CB142546

TERRA DESCANSADA

JHUMPA LAHIRI

Terra descansada

Contos

Tradução
Fernanda Abreu

COMPANHIA DAS LETRAS

Os contos "Céu-Inferno", "Da conta de ninguém", "Uma vez na vida" e "Fim de ano" foram publicados originalmente na revista The New Yorker.

Grafia atualizada segundo o Acordo Ortográfico da Língua Portuguesa de 1990, que entrou em vigor no Brasil em 2009.

Título original
Unaccustomed Earth

Capa
warrakloureiro

Preparação
Natércia Pontes

Revisão
Angela das Neves
Carmen S. da Costa

Dados Internacionais de Catalogação na Publicação (CIP)
(Câmara Brasileira do Livro, SP, Brasil)

Lahiri, Jhumpa
Terra descansada : contos / Jhumpa Lahiri ; tradução Fernanda Abreu. — São Paulo : Companhia das Letras, 2009.

Título original: Unaccustomed Earth
ISBN 978-85-359-1445-0

1. Romance indiano (Inglês) I. Título.

09-03526 CDD-823

Índice para catálogo sistemático:
1. Romances : Literatura indiana em inglês 823

[2009]
Todos os direitos desta edição reservados à
EDITORA SCHWARCZ LTDA.
Rua Bandeira Paulista 702 cj. 32
04532-002 – São Paulo – SP
Telefone (11) 3707 3500
Fax (11) 3707 3501
www.companhiadasletras.com.br

Para Octavio, para Noor

A natureza humana não irá vingar, não mais do que uma batata, se for plantada e replantada no mesmo solo exausto durante uma sequência demasiado longa de gerações. Meus filhos nasceram em outros lugares, e, até onde eu puder controlar seus destinos, irão fincar raízes em terra descansada.

Nathaniel Hawthorne, "The Custom-House"

Sumário

PARTE I

Terra descansada

Depois da morte da esposa, o pai de Ruma aposentou-se da empresa farmacêutica onde havia trabalhado durante muitas décadas e começou a viajar pela Europa, continente que nunca visitara. No último ano, tinha ido à França, à Holanda e mais recentemente à Itália. Eram excursões, viagens na companhia de desconhecidos, feitas de ônibus pela zona rural; cada refeição, cada hotel e cada museu planejados de antemão. Ele passava duas, três, às vezes quatro semanas fora. Quando estava viajando, Ruma não tinha notícias suas. Sempre deixava o papel com as informações do voo preso por um ímã na porta da geladeira, e nos dias em que ele iria voar assistia ao noticiário para ter certeza de que não houvera nenhum acidente aéreo em nenhuma parte do mundo.

De vez em quando, um postal chegava a Seattle, onde Ruma, Adam e o filho, Akash, moravam. Os postais exibiam fachadas de igrejas, chafarizes de pedra, *piazzas* lotadas de gente, telhados de terracota banhados pela luz do fim de tarde. Quase quinze anos já haviam se passado desde a única aventura europeia de Ruma, quando ficara um mês de férias viajando nos trens da EuroRail com duas amigas, depois de terminarem a faculdade, com o dinheiro que economizara trabalhando como assistente jurídica em um escritório de advocacia. Dormira em pensões miseráveis, praticando uma frugalidade que lhe era desconhecida nessa fase da vida, e não comprara nada a não ser variações dos mesmos postais que seu pai agora lhe enviava. O pai escrevia relatos sucintos e impessoais das coisas que tinha visto e feito: "Ontem Galeria Uffizi. Hoje caminhada até o outro lado do Arno. Viagem a Siena marcada para amanhã". Ocasionalmente, incluía alguma frase sobre o tempo. Mas nunca conseguia sentir a presença do pai nesses lugares. Esses postais lembravam a Ruma os telegramas que os pais costumavam mandar para os parentes tempos atrás, depois de terem visitado Calcutá e retornado em segurança à Pensilvânia.

Os postais eram a primeira correspondência que Ruma recebia do pai. Nos trinta e oito anos de vida da filha, ele nunca tivera motivo nenhum para lhe escrever. Era uma correspondência unilateral; as viagens eram curtas o suficiente para Ruma não ter tempo de escrever de volta, e, além do mais, ele não tinha condições de receber cartas. A caligrafia de seu pai era miúda, caprichada, levemente feminina; a de sua mãe havia sido uma mistura de maiúsculas e minúsculas, como se ela só houvesse aprendido a escrever uma versão de cada letra. Os postais eram endereçados a Ruma; seu pai nunca incluía o nome de Adam, nem mencionava Akash. Era somente na despedida que admitia algum vínculo pessoal entre os dois. "Seja feliz, com amor, Baba", assinava ele, como se alcançar a felicidade fosse tão simples assim.

Em agosto, seu pai viajaria novamente, para Praga. Mas primeiro passaria uma semana com Ruma para visitar a casa que ela e Adam haviam comprado no lado leste de Seattle. Tinham se mudado do Brooklyn na primavera, por causa do trabalho de

Adam. Fora seu pai quem sugerira a visita, ligando para Ruma enquanto ela preparava o jantar na nova cozinha e surpreendendo-a. Depois da morte da mãe, fora Ruma quem assumira o dever de falar com o pai todas as noites, para perguntar como havia corrido o dia. As ligações agora eram menos frequentes, normalmente uma vez por semana, no domingo à tarde. "Você é sempre bem-vindo aqui, Baba", disse ao pai por telefone. "Sabe que não precisa pedir." Sua mãe não teria pedido. "Vamos visitar você em julho", ela teria informado a Ruma, já com as passagens na mão. Houvera uma época da vida em que esse tipo de presunção teria deixado Ruma zangada. Agora ela sentia saudade.

Adam estaria fora nessa semana, em mais uma viagem a trabalho. Ele trabalhava para um fundo de investimentos e, desde a mudança, ainda não havia passado duas semanas seguidas em casa. Acompanhá-lo não era uma alternativa viável. Ele nunca ia a nenhum lugar interessante — geralmente eram cidades do noroeste dos Estados Unidos ou do Canadá, onde não havia nada de especial para ela e Akash fazer. Dali a alguns meses, assegurava-lhe Adam, as viagens iriam diminuir. Ele detestava deixar Ruma sozinha com Akash com tanta frequência, sobretudo agora que ela estava grávida de novo. Incentivou-a a contratar uma baby-sitter, ou mesmo uma babá que dormisse em casa se isso pudesse ajudar. Mas Ruma não conhecia ninguém em Seattle, e a ideia de encontrar alguém para cuidar de seu filho em um lugar desconhecido parecia mais desanimadora do que cuidar dele sozinha. Era só deixar o verão passar — em setembro, Akash entraria na pré-escola. Além disso, Ruma não estava trabalhando, e não conseguia justificar o fato de pagar por algo que agora tinha tempo livre para fazer.

Em Nova York, depois de Akash nascer, ela havia negociado trabalhar meio período no escritório de advocacia, passando as quintas e sextas-feiras em casa, em Park Slope, e esse parecia ser o equilíbrio perfeito. No início, o escritório se mostrara tolerante, mas não fora fácil lidar com a morte da mãe ao mesmo tempo em que um caso importante estava prestes a ir a julgamento. Ela morrera na mesa de cirurgia, de ataque cardíaco; a anestesia de uma operação rotineira para a retirada de cálculos renais havia provocado um choque anafilático.

Depois das duas semanas de folga que Ruma recebera por causa do luto, não conseguira suportar a ideia de voltar. Supervisionar o futuro dos clientes, preparar seus testamentos e refinanciar suas hipotecas parecia-lhe ridículo, e tudo que ela queria era ficar em casa com Akash, não apenas às quintas e sextas, mas todos os dias da semana. Então, como por milagre, Adam havia arrumado o novo emprego, com um salário generoso o suficiente para ela poder se demitir. Agora, seu trabalho era em casa: folhear as pilhas de catálogos que chegavam pelo correio, marcá-los com post-its, encomendar lençóis com estampa de dragões para o quarto de Akash.

"Perfeito", disse Adam quando Ruma lhe falou sobre a visita do pai. "Ele vai ajudar você enquanto eu estiver fora." Mas Ruma discordava. Sua mãe, sim, teria sido útil, assumindo as rédeas da cozinha, cantando para Akash e ensinando-lhe cantigas de ninar em bengali, enchendo a máquina de lavar com levas e mais levas de roupas. Ruma nunca havia passado uma semana sozinha com o pai. Quando seus pais iam visitá-la no Brooklyn, depois de Akash nascer, o pai montava acampamento em uma poltrona da sala e ficava folheando o *Times* em silêncio, tocando o queixo do bebê com um dedo de vez em quando, mas comportando-se como quem espera o tempo passar.

Seu pai agora morava sozinho, preparava a própria comida. Quando falavam ao telefone, ela não conseguia imaginar o ambiente em que ele vivia. Mudara-se para um quarto e sala em um condomínio de uma região da Pensilvânia que Ruma não conhecia muito bem. Livrara-se da maior parte de seus pertences e vendera a casa onde Ruma e o irmão caçula, Romi, haviam passado a infância, avisando-lhes somente depois de já ter acertado tudo com o comprador. Para Romi, que morava na Nova Zelândia havia dois anos trabalhando na equipe de um documentarista, isso não fizera diferença. Ruma sabia que a casa, com os quartos que a mãe havia decorado, a cama onde gostava de ficar recostada fazendo palavras cruzadas e o fogão onde cozinhava, agora era grande demais para o pai. Mesmo assim, a notícia havia lhe causado um choque, eliminando a presença da mãe da mesma forma que o cirurgião havia feito.

Ela sabia que o pai não precisava de ninguém para cuidar dele, e no entanto era justamente esse fato que a fazia se sentir culpada; na Índia, teria sido impensável ele não se mudar para a casa dela. O pai nunca havia mencionado essa possibilidade, e depois da morte da mãe o arranjo não era viável; seu antigo apartamento era pequeno demais. Mas em Seattle havia quartos de sobra, quartos vazios e sem uso.

Ruma temia que o pai fosse se transformar em uma responsabilidade, uma demanda a mais, continuamente presente de uma forma à qual não estava mais acostumada. Isso significaria o fim da família que havia criado sozinha: ela, Adam, Akash, e o segundo filho, que chegaria em janeiro, concebido logo antes da mudança. Não conseguia se imaginar cuidando do pai como a mãe havia feito, servindo-lhe as refeições que a mãe costumava preparar. No entanto, não lhe oferecer um lugar em sua casa a fazia se sentir ainda pior. Era um dilema que Adam não entendia. Sempre que ela tocava no assunto, ele lhe lembrava o óbvio: que ela já tinha uma criança pequena para cuidar, e outra a caminho. Lembrava-lhe que seu pai tinha boa saúde para a idade, que estava satisfeito onde morava. Mas não se opunha à ideia de seu pai morar com eles. Essa aceitação era uma demonstração de gentileza, de generosidade, um exemplo dos motivos que a faziam amar Adam, mas mesmo assim a deixava preocupada. Será que não fazia diferença para ele? Sabia que ele estava tentando ajudar, mas ao mesmo tempo sentia que a sua paciência estava se esgotando. Ao deixá-la parar de trabalhar, ao gastar dinheiro com uma linda casa, ao concordar em ter um segundo filho, Adam estava fazendo tudo ao seu alcance para deixar Ruma feliz. Mas nada a estava deixando feliz; recentemente, durante uma conversa, ele também havia comentado isso.

Como era libertador viajar sozinho ultimamente, com apenas uma bagagem para despachar. Ele nunca tinha visitado a costa noroeste do Pacífico, nunca tinha admirado a assustadora vastidão do país que adotara. Só havia cruzado os Estados Unidos de avião uma vez, quando a mulher reservara passagens para Calcutá pela Royal Thai Airlines, com escala em Los Angeles, em vez de viajar pelo leste como normalmente faziam. Ainda se lembrava de como a viagem tinha sido interminável, quatro assentos na ala de fumantes bem no fundo do avião. Nenhum deles teve energia para visitar nenhuma atração turística de Bangcoc durante a escala; em vez disso foram dormir no hotel providenciado pela companhia aérea. Sua mulher, a mais animada de todos para ver o Mercado Flutuante, nem sequer acordou para jantar, pois ele se lembrava de uma refeição no hotel somente com Romi e Ruma, em um solário com vista para um jardim, e de provar a comida mais picante que comera na vida enquanto um enxame irado de mosquitos voejava atrás do rosto de seus filhos. Como quer que corressem, essas viagens à Índia eram sempre épicas, e ele ainda se lembrava da ansiedade que lhe provocavam, de ter de fazer tantas malas e levá-las todas para o aeroporto, de manter os documentos em ordem e transportar a família em segurança por tantos milhares de quilômetros. Mas a mulher vivia para aquelas viagens e, até seus pais morrerem, ele também vivia para elas. Assim, continuavam viajando, apesar da despesa, apesar da tristeza e da vergonha que ele sentia sempre que voltava a Calcutá, apesar do fato de que, quanto mais os filhos cresciam, menos eles queriam ir.

Olhou pela janela para uma superfície de nuvens que se parecia com quilômetros e mais quilômetros de neve prensada sobre a qual se poderia caminhar. Aquela visão encheu-o de paz; era esta a sua vida agora, poder fazer o que quisesse, a responsabilidade por sua família ausente da mesma forma que tudo mais estava ausente naquela visão imaculada das nuvens. Aquelas voltas à Índia tinham sido para ele um fato da vida, assim como para todos os seus amigos nos Estados Unidos. A sra. Bagchi era uma exceção. Ela havia se casado com um rapaz que amava desde menina, mas depois de dois anos ele morrera em um acidente de scooter. Aos vinte e seis anos, ela se mudara para os Estados Unidos sabendo que, caso não o fizesse, os pais tentariam casá-la novamente. Vivia em Long Island, uma anomalia, uma mulher indiana sozinha. Completara o doutorado em estatística e lecionava desde os anos 1970 na Universidade de Stony Brook, e em mais de trinta anos só tinha voltado a Calcutá para comparecer ao enterro dos pais. Chamava-se Meenakshi, e, embora agora usasse o nome de batismo quando lhe dirigia a palavra, ele continuava a pensar nela como sra. Bagchi.

Como eram os dois únicos bengaleses da excursão, haviam começado a conversar naturalmente. Passaram a fazer as refeições juntos, a sentar-se lado a lado no ônibus. Por terem a mesma aparência e falarem a mesma língua, as pessoas os tomavam por marido e mulher. No início, não houve nada de romântico; nenhum dos dois estava interessado em nada desse tipo. Ele apreciava a companhia da sra. Bagchi sabendo que, após algumas semanas, ela iria embarcar em um avião diferente e desaparecer. Depois da Itália, porém, havia começado a pensar nela, ansiando por seus e-mails, verificando o computador cinco ou seis vezes ao dia. Consultou a cidade onde ela morava no site MapQuest para ver quanto tempo demoraria para ir de carro até sua casa, embora houvessem concordado, por enquanto, em se encontrar somente quando estivessem no exterior. Já conhecia parte do caminho, o mesmo que ele e a mulher costumavam fazer para visitar Ruma no Brooklyn.

Logo tornaria a ver a sra. Bagchi, em Praga; dessa vez, haviam concordado em dividir o mesmo quarto e estavam pensando em fazer um cruzeiro pelo golfo do México no inverno. Ela fazia questão de não se casar, de jamais compartilhar sua casa com outro homem, condições que tornavam a perspectiva de sua companhia ainda mais atraente. Ele fechou os olhos e pensou no rosto dela, ainda viçoso, embora segundo seus cálculos ela provavelmente tivesse quase sessenta anos, apenas cinco ou seis a menos que sua mulher. Usava roupas ocidentais, cardigãs e calças pretas, e prendia os grossos cabelos escuros em um coque. O que mais o atraía era sua voz, bem modulada, como se ela estivesse disposta a dizer apenas uma quantidade limitada de coisas por dia. Talvez pelo fato de ela esperar tão pouco, ele era generoso com ela, atencioso de uma forma que nunca havia sido no casamento. Como se sentira tímido ao pedir à sra. Bagchi pela primeira vez que posasse para uma foto em frente a um canal, em Amsterdam, depois de terem visitado a casa de Anne Frank.

Ruma se oferecera para ir ao aeroporto receber o pai, mas ele insistira em alugar um carro e seguir as instruções encontradas na internet. Quando ouviu o barulho dos pneus no caminho de cascalho que conduzia à casa, ela começou a recolher os brinquedos espalhados pelo chão da sala, guardando os bichos de plástico e fechando os livros que Akash insistia em deixar abertos nas páginas favoritas. "Desligue a televisão, pinguinho", disse ao filho. "Não sente tão perto da tela. Venha, Dadu chegou."

Akash estava deitado no chão, imóvel, de bruços, com o queixo apoiado nas mãos. Ele era uma síntese perfeita de Ruma e Adam: os cabelos encaracolados que nunca haviam mandado cortar, a pele de um cálido tom dourado, a fina penugem das pernas também dourada, lembrando um leãozinho. Até mesmo o rosto, com os olhos verdes oblíquos e estreitos, tinha um aspecto levemente leonino. Ele tinha apenas três anos, mas algumas vezes ela já sentia a resistência, a profunda barreira que imaginava fosse se erguer na adolescência. Depois da mudança, ele havia se tornado difícil. Ela sabia que isso se devia a uma combinação do ambiente novo, de sua própria falta de energia, e do fato de Adam passar tanto tempo fora. Havia ocasiões em que Akash se jogava no chão sem aviso, o corpo que ela havia alimentado dentro do seu totalmente desconhecido, hostil. Ou isso, ou então se mostrava carente, exigindo que ela o abraçasse enquanto tentava lhe preparar uma refeição.

Embora ela não houvesse dito nada sobre o bebê, estava convencida de que ele já tinha entendido, de que já se sentia substituído. Ela também havia mudado — estava menos paciente, mais rápida em dizer não em vez de tentar convencê-lo. Não estava preparada para tamanha quantidade de trabalho, para o quanto se sentiria isolada. Havia manhãs em que desejava simplesmente se vestir e sair pela porta, como Adam. Não entendia como a mãe conseguira fazer aquilo. Quando estava crescendo, o exemplo da mãe — mudar-se para um lugar desconhecido por causa do casamento, passar a vida cuidando dos filhos e da casa — lhe servira de alerta, um caminho a ser evitado. Mas agora a vida de Ruma era essa.

Ela atravessou a sala e desligou a televisão. "Me responda quando eu falar com você, Akash. Vamos, levante."

A visão do carro alugado do pai, um sedã bordô compacto, incomodou-a, confirmando mais uma vez o fato de que ela morava em outra costa, a milhares de quilômetros de onde havia crescido, um lugar onde seus pais não conheciam ninguém, onde nem seu pai nem sua mãe até hoje haviam posto os pés. As ligações que seus pais haviam estabelecido com os Estados Unidos, o círculo de amigos bengaleses que tinham na Pensilvânia e em Nova Jersey, a empresa do pai, as escolas que Ruma e Romi haviam frequentado, nada disso existia ali. Fazia sete meses que ela não via o pai. Nas providências para vender e organizar a mudança do antigo apartamento, mudar-se e instalar-se na casa nova, e com as diversas viagens dele, mais de meio ano havia passado.

Akash levantou-se e seguiu a mãe, e juntos viram seu pai abrir o porta-malas do carro e tirar de lá uma pequena mala preta de rodinhas. Ele usava um boné onde estava escrito "Pompeia", uma calça de algodão marrom e uma camiseta polo azul-clara, e calçava um par de tênis de couro branco. Ela se espantou ao constatar o aspecto americano do pai na velhice. Com os cabelos grisalhos e a pele clara, poderia ser praticamente de qualquer lugar. Era a mãe que teria se destacado naquela paisagem úmida e setentrional, com seus sáris de cores brilhantes, seu *bindi* marrom do tamanho de uma moeda de dez centavos, suas joias.

Ele tentou puxar a mala pelo caminho mas, como o cascalho sob as rodas estava atrapalhando, segurou-a pela alça e atravessou o gramado até a casa. Ela percebeu que isso lhe exigia certo esforço, e desejou que Adam estivesse presente para ajudar.

"Akash, é você?", exclamou o pai em inglês, fingindo espanto. "Como você ficou grande." A essa altura, Akash já havia esquecido o parco bengali que Ruma lhe ensinara quando era bebê. Depois de ele começar a dizer frases completas, o inglês havia tomado a dianteira, e ela não tinha disciplina para se ater ao bengali. Além do mais, uma coisa era falar com ele em um bengali de tatibitate, apontar para isto ou aquilo e dizer-lhe as palavras correspondentes. Mas mostrar autoridade era outra coisa; o bengali nunca fora um idioma no qual ela se sentisse adulta. Ela própria estava esquecendo a língua. Sua mãe era rígida, tanto que Ruma nunca havia falado com ela em inglês. Mas o pai não ligava para isso. Nas raras ocasiões em que Ruma ainda falava bengali, quando uma tia ou um tio ligavam de Calcutá para desejar feliz Bijoya ou dar parabéns a Akash, ela tropeçava nas palavras, errava os tempos verbais. No entanto, era a única língua que falara durante seus primeiros anos de vida.

"Quantos anos agora? Três? Ou serão trezentos?", perguntou o pai.

Akash não respondeu, comportando-se como se o avô não existisse. "Mamãe, estou com sede", disse.

"Um minutinho só, Akash."

Seu pai lhe parecia o mesmo. Para um homem de setenta anos, a pele das mãos e do rosto era firme e lisa. Ele não havia perdido peso, e tinha muito cabelo na cabeça, mais até, temia Ruma, do que ela própria depois do nascimento de Akash, quando seus cabelos caíam em chumaços sobre o travesseiro a cada noite, e os fios amassados eram a primeira coisa em que ela reparava todo dia de manhã. O médico havia lhe garantido que eles tornariam a crescer, mas sua banheira continuava cheia de xampus que prometiam estimular o crescimento capilar, encorpar os fios. Seu pai parecia descansado, outra característica que Ruma ultimamente não aparentava. Ela havia adquirido o hábito de passar corretivo sob os olhos, mesmo quando não tinha a intenção de sair de casa. Além disso, vinha engordando. Com Akash, havia perdido peso no primeiro trimestre, mas dessa vez, com apenas doze semanas, já engordara quase cinco quilos. Concluiu que devia ser a sobra que sempre acabava comendo para limpar o prato de Akash, e o fato de que agora só se locomovia de carro, e não a pé. Já havia encomendado dos catálogos calças e saias com cintura de elástico, e seu rosto exibia uma solidez que a incomodava toda vez que se olhava no espelho.

"Akash, diga oi para Dadu", disse ela, dando um leve empurrão no ombro do filho. Ela beijou o pai no rosto. "Quanto tempo você levou para chegar aqui? Estava engarrafado?"

"Não muito. A sua casa fica a trinta e cinco quilômetros do aeroporto." Quando viajava, seu pai sempre fazia questão de saber as distâncias, pequenas e grandes. Mesmo antes do MapQuest, conhecia a distância exata de casa até o escritório, até o supermercado onde faziam compras, e até a casa dos amigos.

"A gasolina é cara aqui", acrescentou. Disse isso de forma casual, mas ainda assim ela sentiu a espetadela de sua crítica da mesma forma que sentira a vida inteira, como se fosse culpa sua o fato de a gasolina custar mais em Seattle do que na Pensilvânia.

"O voo foi longo. Você deve estar cansado."

"Só fico cansado na hora de dormir. Venha aqui", disse a Akash. Ele pôs a mala no chão, curvou-se ligeiramente e estendeu os braços.

Mas Akash pressionou a cabeça nas pernas de Ruma, recusando-se a sair do lugar.

Entraram, e seu pai se abaixou para desamarrar o cadarço do tênis, erguendo um pé de cada vez, balançando-se de leve.

"Baba, venha para a sala, vai ser mais confortável fazer isso sentado no sofá", disse Ruma. Mas ele continuou a tirar os tênis, arrumando-os no chão do *hall* ao lado da mesinha de correspondência antes de endireitar o corpo e olhar em volta.

"Por que Dadu tirou o sapato?", perguntou Akash a Ruma.

"Porque assim ele fica mais à vontade."

"Também quero tirar o sapato." Akash bateu com as sandálias no chão.

Aquele era um dos muitos hábitos de sua criação que ela havia deixado de lado na vida adulta, sem saber quando nem por quê. Ignorou o pedido de Akash e mostrou a casa ao pai, os quartos maiores e mais aconchegantes do que os que a tinham abrigado quando criança. Akash os seguia, e de vez em quando saía correndo sozinho. A casa fora construída em 1959, projetada e inicialmente ocupada por um arquiteto, e Ruma e Adam a estavam mobiliando aos poucos com peças da época: sofás simples e caros, forrados de lã em tons discretos, estantes compridas e baixas apoiadas em pés virados para fora. O lago Washington ficava a poucos quarteirões dali, descendo uma rua em declive. Na sala de visitas, um janelão emoldurava o espelho d'água, e depois da sala de jantar havia uma varanda fechada com uma vista ainda mais espetacular: à esquerda, o panorama de Seattle, e bem à frente as montanhas Olympic, cujos picos nevados pareciam feitos do mesmo branco ondulante das nuvens que flutuavam mais acima. Ruma e Adam não tinham planos de viver no subúrbio mas, depois de cinco anos em um apartamento com vista para os fundos de outros prédios, uma casa assim perto do lago, de onde podiam assistir sentados ao pôr do sol, fora impossível resistir.

Ela apontou para uma das duas pontes que cruzavam o lago, explicando que flutuavam sobre pontões no meio, porque a água era funda demais. O pai olhou pela janela, mas não disse nada. Sua mãe teria sido mais receptiva, teria comentado sobre a vista, refletido se cortinas cor de marfim teriam caído melhor do que as verdes. Parecia, porque ele andava de um canto para o outro da sala, que seu pai estava medindo as dimensões do cômodo. Lembrou-se de ele ter feito isso quando a havia ajudado a se mudar, no passado, para os alojamentos da faculdade e depois para os seus primeiros apartamentos. Imaginou-o nas viagens, em praças públicas, andando de um lado para o outro, subindo e descendo alguma nave, contando o número de degraus que se precisava subir para chegar a alguma biblioteca ou museu.

Levou-o até o andar de baixo, onde havia preparado o quarto de hóspedes. O espaço era dividido em duas partes por uma porta sanfonada. Em um dos lados ficava a cama e uma cômoda, e no outro uma escrivaninha e um sofá, uma estante e uma mesa de centro. Ela abriu a porta que dava para o banheiro e apontou para a cesta de vime onde ele deveria pôr a roupa suja. "Pode fechar isto aqui, se quiser", disse, puxando a porta sanfonada para demonstrar.

"Não precisa", respondeu o pai.

"Toda, mamãe", disse Akash puxando a maçaneta, fazendo o painel sanfonado de cor creme se sacudir para a frente e para trás. "Feche toda."

"Não, Akash."

"Este é o meu quarto quando eu crescer", anunciou Akash.

"Aquela televisãozinha no canto funciona, mas não está ligada ao cabo", disse Ruma ao pai. "O PBS é no canal nove", acrescentou, sabendo de quais programas ele gostava.

"Ei, não pise de sapato na minha cama", disse seu pai de repente para Akash, que havia subido na cama e dava passos largos e decididos por cima da colcha.

"Desça da cama, meu bem."

Por alguns instantes, Akash continuou a fazer exatamente o que estava fazendo, ignorando os dois. Então parou e olhou desconfiado para o avô. "Por quê?"

Antes de Ruma poder explicar, seu pai respondeu: "Porque senão eu vou ter pesadelos".

Akash baixou a cabeça. Para surpresa de Ruma, deslizou depressa para fora da cama e engatinhou um pouquinho como se fosse novamente um bebê.

Tornaram a subir até o andar de cima, para a cozinha. Era o cômodo de que Ruma mais se orgulhava, com suas bancadas de arenito e seus armários de cerejeira. Ao mostrá-lo para o pai, sentiu-se constrangida pela vida de sucesso que tinha com Adam, e ao mesmo tempo sentiu um silencioso tapa de rejeição, compreendendo, já que ele permanecia calado, que nada disso o impressionava.

"Adam plantou tudo isso?", perguntou seu pai olhando para o jardim que dava para ver pela janela da cozinha, mencionando o nome de Adam pela primeira vez.

"Não. Já estava tudo aqui."

"As esporinhas precisam de água."

"Quais são?", perguntou ela, envergonhada por não conhecer o nome das plantas de seu próprio jardim.

Ele apontou. "Aquelas roxas altas."

Ocorreu-lhe que o pai sentia falta de trabalhar no jardim. Até onde a memória da filha alcançava, esta era sua paixão: sair para trabalhar ao ar livre no verão assim que voltava do trabalho, ficar lá até o anoitecer, sujeitando-se às picadas de insetos e aos arranhões. Era algo que ele fazia sozinho; nem Romi nem Ruma nunca haviam se interessado em ajudar, e o pai nunca se dispusera a incluí-los. A mãe reclamava, já que tinha de adiar o jantar até às nove da noite. "Coma você primeiro", dizia Ruma, mas sua mãe, treinada a vida inteira para servir primeiro o marido, jamais cogitaria fazer tal coisa. Além dos tomates, berinjelas e abobrinhas, seu pai fora se especializando ao longo dos anos em cultivar as coisas que sua mãe gostava de usar na cozinha — melão-de-são-caetano, pimentas, variedades delicadas de espinafre. Alheio a outras necessidades de sua mãe, havia trabalhado uma terra hostil para delicadamente fazer brotar essas coisas.

Ele olhou para o reluzente fogão de seis bocas, com seus grandes botões vermelhos, e então, sem pedir, começou a abrir um dos armários.

"O que está procurando?"

"Você tem uma chaleira?"

Ela abriu a despensa. "Vou fazer o chá, Baba."

"Deixe-me regar suas esporinhas. Elas não vão sobreviver nem mais um dia." Ele pegou a chaleira das mãos da filha e encheu-a de água na pia. Lenta e cuidadosamente, levou-a pela porta da cozinha até o lado de fora, dando passos estranhamente curtos, e pela primeira vez desde sua chegada ela viu que, apesar dos olhos límpidos e da pele lisa, seu pai havia se tornado um homem velho. Ficou ao lado da janela vendo o pai regar as flores de cabeça baixa, com as sobrancelhas arqueadas. Ouviu o barulho da água batendo na terra com um jato forte, regular. O som deixou-a levemente encabulada, como se ele estivesse urinando na sua frente. Mesmo depois de o som se extinguir, seu pai ainda permaneceu ali por alguns instantes, inclinando o bico e derramando as últimas gotas da chaleira. Akash o seguira até o lado de fora, e agora estava a poucos metros, com os olhos curiosos erguidos na direção do avô.

Akash não se lembrava da avó. Ela morrera quando ele tinha dois anos, e agora, quando Ruma apontava para a mãe em alguma fotografia, Akash sempre dizia: "Ela morreu", como se a avó houvesse feito alguma coisa extraordinária e impressionante. Não saberia nada das semanas que ela fora passar com Ruma depois de ele nascer, atravessando as manhãs vestida com seu caftã segurando-o no colo enquanto Ruma dormia para se recuperar do cansaço do pós-parto. Ela se recusava a deixá-lo no moisés, e ninava-o o tempo inteiro nos braços, durante horas a fio. O novo bebê não saberia nada dela, com exceção dos suéteres que ela havia tricotado para Akash, já pequenos, e que ele acabaria usando. Havia um cardigã tricotado pela metade, estampado com estrelas brancas e ainda com as agulhas espetadas, um dos poucos objetos da mãe que Ruma havia guardado. Dos duzentos e dezoito sáris, ficara apenas com três, armazenando-os em um saco plástico com zíper no fundo do armário, e dizendo às amigas da mãe para dividirem o resto entre si. E lembrava-se das muitas vezes em que a mãe previra esse exato momento, lamentando o fato de a filha preferir calças e saias às roupas que ela própria usava, o fato de não haver ninguém para quem deixar suas coisas.

Ele desceu até o quarto para desfazer as malas, arrumando as duas calças em uma das gavetas da cômoda, pendurando as quatro camisas de verão quadriculadas nos cabides do armário, calçando um par de chinelos para andar em casa. Fechou a mala vazia e também guardou-a no armário, e pôs a nécessaire no banheiro ao lado da pia. Sua mulher teria gostado da acomodação; sempre ficara incomodada com o fato de Ruma e Adam morarem em apartamento e não terem um quarto separado para eles dormirem quando iam visitá-los. Ele olhou para o quintal lá fora. Havia casas dos dois lados, mas os fundos pareciam reservados. Dali não se podia ver a água nem as montanhas, somente o chão, coberto por uma grossa camada de árvores perenes que ele vira à margem da estrada, e que estavam por toda parte em Seattle.

No andar de cima, Ruma servia chá na varanda. Trouxera todos os apetrechos sobre uma bandeja: um bule de Darjeeling, o coador, leite, açúcar e um pratinho de biscoitos de coco. Ele associava profundamente aqueles biscoitos à mulher — os cristais de açúcar visíveis, o leve sabor de coco —, pois sempre havia uma caixa no armário da cozinha. Nunca conseguira mergulhar um deles na xícara de chá sem que se dissolvesse, fazendo um punhado de papa bege se acumular no fundo da xícara.

Sentou-se e distribuiu presentes. Para Akash, um aviãozinho de madeira com hélices vermelhas e uma marionete do Pinóquio. O menino começou a brincar com os presentes na mesma hora, embaralhando os fios do Pinóquio e pedindo para Ruma ajeitá-los. Havia uma galheta pintada à mão com a palavra "olio" escrita na lateral para Ruma e uma caixa marmorizada para Adam, do tipo que se usa para guardar clipes de papel. Fora a sra. Bagchi quem escolhera tudo, passando quase uma hora na loja de brinquedos, apesar de não ter netos. Ele não havia comentado nada com Ruma ou Romi sobre a sra. Bagchi, e não planejava fazê-lo. Não via motivo para preocupá-los, sobretudo Ruma, agora que estava grávida outra vez. Imaginou se era assim que os filhos haviam se sentido no passado, tendo relacionamentos escusos quando isso era algo proibido por ele e pela mulher, algo que os teria deixado arrasados.

Era Ruma e sua mulher que deveriam ter feito a primeira de suas viagens à Europa. No ano anterior à sua morte, a mulher havia começado a comentar que, embora houvesse sobrevoado a Europa dezenas de vezes no caminho da Pensilvânia para Calcutá, não visitara sequer uma vez os canais de Veneza, a torre Eiffel ou os moinhos e tulipas da Holanda. Ele ficara surpreso com o interesse dela; durante a maior parte do casamento, o fato de que as visitas à família em Calcutá eram a única coisa pela qual valia a pena embarcar em um avião jamais fora questionado. "Passam tantos lugares bonitos no Travel Channel", comentava ela de vez em quando, à noite. "Nós agora temos dinheiro para isso, você tem dias de férias que não estão servindo para nada." Na época, porém, ele não tinha interesse em fazer uma viagem assim; não se deixou contaminar pelo súbito desejo de viajar da mulher e, além do mais, em todos os seus anos de casados, os dois nunca haviam tirado férias juntos e sozinhos.

Como presente dos sessenta e quatro anos da mãe, Ruma havia organizado uma excursão a Paris para as duas. Marcou a viagem para o verão, quando Adam levaria Akash para a casa dos sogros em Martha's Vineyard. Ruma pagou um sinal na agência de viagens e mandou fitas para a mãe aprender um francês básico de conversação e um guia cheio de ilustrações coloridas. Durante algum tempo, ele chegava em casa do trabalho e ouvia a mulher em seu quartinho de costura escutando as fitas em um walkman, contando em voz alta em francês, recitando os dias da semana. A cirurgia de remoção dos cálculos renais foi marcada respeitando as datas da viagem, e o médico disse que seis semanas seria tempo mais do que suficiente para ela se recuperar. Ruma pediu folga no trabalho e foi ao hospital com Akash para a cirurgia, insistindo em estar presente muito embora o pai houvesse dito que não era preciso. Ele se lembrava de como ficara irritado na sala de espera por causa da duração da cirurgia, e essa sensação era vívida de uma forma que a notícia do cirurgião ainda não era. A informação e a cronologia dos acontecimentos que se seguiram permaneciam enevoadas em sua mente: ouvir o cirurgião dizer que sua mulher havia morrido, que ela tivera uma reação adversa ao rocurônio usado para relaxar seus músculos depois da intervenção, revezar-se com Ruma para segurar Akash enquanto iam ver o corpo. Era o mesmo hospital onde Ruma havia trabalhado como voluntária, onde ele uma vez chegara correndo ao pronto-socorro depois de Romi quebrar o braço jogando futebol. Algumas semanas depois do enterro, um de seus colegas do trabalho sugerira que ele tirasse férias, e fora então que se lembrara da viagem que Ruma e a mulher estavam planejando. Perguntou a Ruma se ela ainda pretendia ir e, quando ela respondeu que não, perguntou se ela se importaria que ele reservasse a excursão em seu nome.

"Você gostou da Itália?", perguntou Ruma. Ela estava sentada com o Pinóquio no colo, desembaraçando os fios desajeitadamente. Ele quis lhe dizer que ela estava fazendo errado, que primeiro era preciso soltar o nó do meio. Em vez disso, respondeu à pergunta, dizendo ter gostado muito da Itália, comentando sobre o clima ameno, sobre as muitas *piazzas*, e sobre o fato de as pessoas, ao contrário de muitos americanos, serem magras. Ergueu o indicador, gesticulando com ele para a frente e para trás. "E todo mundo ainda fuma. Eu próprio quase fiquei tentado a fumar um cigarro", disse. Quando ela era pequena, seu pai fumava, hábito que adquirira na Índia mas que abandonara aos quarenta e poucos anos. Ele se lembrava de Ruma, nunca de Romi ou da mulher, importunando-o para que parasse, escondendo seus maços de Winston, ou tirando os cigarros quando ele não estava olhando e substituindo-os por lenços de papel enrolados. Houvera a ocasião em que ela passara a noite inteira chorando, convencida, depois de a professora do colégio falar sobre os riscos do fumo, de que ele iria morrer dali a poucos anos. Na época, ele nada fizera para reconfortá-la; seguira com o vício apesar dos temores da filha. Gostava de um pequeno cinzeiro de bronze que tinham em casa, em forma de chinelo de couro e com um bico curvado e pontudo. Depois de parar, jogou fora todos os outros cinzeiros da casa, mas Ruma, para seu espanto, apropriou-se de seu preferido, lavando-o e guardando-o com seus outros brinquedos. Lembrava-se de que ela e os amigos fingiam que aquilo era o sapato de cristal da Cinderela, e tentavam fazê-lo caber nos rígidos pés de plástico de suas várias bonecas.

"E você sucumbiu?", perguntou-lhe ela então.

"A quê?"

"A fumar um cigarro na Itália."

"Ah, não. Estou velho demais para esse tipo de coisa", respondeu ele, desviando os olhos para o lago.

"O que você comeu lá?", perguntou ela.

Ele se lembrou de uma das primeiras refeições que o grupo tinha feito, um almoço em um restaurante perto do palácio Médici. Ele ficara chocado com a quantidade de comida, com os vários pratos. Os legumes marinados para ele já eram suficientes, mas depois os garçons trouxeram travessas de ravióli, seguidas por uma carne assada. Nessa tarde, várias pessoas do grupo, inclusive ele, voltaram para o hotel para se recuperar, desistindo do resto do passeio. No dia seguinte, o guia lhe disse que os almoços nos restaurantes eram opcionais, contanto que todos se reencontrassem depois como combinado no local e horário seguintes. Assim, ele e a sra. Bagchi começaram a sair para passear juntos, fazendo refeições frugais, comentando com assombro que houvera um tempo em que eles também eram capazes de comer lautos almoços, como era o costume na Índia.

"Experimentei um ou dois pratos de massa", disse ele, bebericando o chá. "Mas o que mais comi foi pizza."

"Você passou três semanas na Itália e só comeu pizza?"

"Era uma pizza bem boa."

Ela sacudiu a cabeça. "Mas a comida lá é tão incrível."

"Tenho vídeos", disse ele, mudando de assunto. "Posso mostrar a você depois, se quiser."

Jantaram cedo; Ruma alegou que o pai provavelmente estava com fome depois da viagem, e ele reconheceu que queria se deitar em breve pois, afinal de contas, eram três horas a mais na costa leste. Ela havia passado os dois dias anteriores cozinhando, fazendo os pratos se acumularem um a um nas prateleiras da geladeira, e o trabalho a deixara exausta. Quando fazia comida indiana para Adam, podia se dar ao luxo de ser preguiçosa. Podia se safar preparando um *dal* ou uma salada em vez de um *chorchori*. "Só isso?", exclamava sua mãe às vezes ao telefone, incrédula, depois de perguntar a Ruma o que ela estava preparando para o jantar, e era nesses momentos que Ruma reconhecia como a sua experiência de casada era diferente. Sua mãe nunca havia utilizado atalhos; mesmo na Pensilvânia, cuidara da casa como para satisfazer o olhar rabugento de uma sogra. Embora a mãe tivesse sido uma excelente cozinheira, seu pai nunca a havia elogiado por isso. Era só quando iam à casa dos outros, e quando ele reclamava da comida a caminho de casa, que ficava claro o quanto valorizava o talento da mulher. Ruma não chegava nem perto de cozinhar tão bem: suas fatias de legumes eram grossas demais, seu arroz grudento, mas, enquanto ia provando os pratos que ela havia preparado, ele não parava de elogiá-la dizendo que estava tudo delicioso.

Pela primeira vez em meses, pela primeira vez naquela casa em Seattle, ela comeu com os dedos como fazia seu pai. Akash, sentado entre os dois em sua cadeirinha, quis comer com os dedos também, mas isso era algo que Ruma não havia lhe ensinado. Não conversaram sobre sua mãe, nem sobre Romi, o irmão com quem ela sempre sentira ter tão pouca coisa em comum, apesar dos nomes absurdamente parecidos. Não falaram sobre a gravidez, sobre como estava se sentindo em comparação com a outra vez, como ela e a mãe certamente teriam feito. Não conversaram sobre muita coisa, já que o pai não era muito falante durante as refeições. Essa reticência era uma das coisas das quais a mãe sempre reclamava, um dos aspectos nos quais Ruma havia tentado compensar pelo pai.

"Ainda está tão claro lá fora", disse ele por fim, embora não tivesse erguido os olhos do prato desde que começara a comer, parecendo, como tantas vezes parecia para Ruma, alheio ao ambiente à sua volta.

"No verão o sol só se põe depois das nove", disse ela. "Desculpe os *begunis* terem se despedaçado", acrescentou. "Não esperei o óleo ficar quente o suficiente."

"Não tem problema. Experimente", disse ele a Akash, que nos últimos quatro meses vinha se recusando a comer qualquer outra coisa no jantar que não fosse macarrão com queijo. Em seguida acrescentou para Ruma, apontando o prato de Akash.

"Por que você compra essas coisas? São cheias de química." Quando Akash era mais novo, ela seguira o conselho da mãe para acostumá-lo ao sabor da comida indiana, dando-se ao trabalho de ferver frango com legumes, canela, cardamomo e cravo. Agora toda a comida dele saía de caixas.

"Odeio essa comida", retrucou Akash, franzindo o cenho para o prato de seu avô.

"Akash, não fale assim." Apesar de seus esforços, ele estava se transformando no tipo de criança americana que ela sempre tomara cuidado para não ser, o tipo que horrorizava e intimidava sua mãe: mandona, com medo de comer coisas. Quando ele era mais novo, comia tudo que a avó preparava para ele. "Você antes comia a comida de Dida", disse Ruma. "Ela fazia todas essas coisas."

"Não lembro de Dida", disse Akash. Ele balançou a cabeça de um lado para o outro, como a negar o próprio fato de a avó um dia ter estado viva. "Não lembro. Ela morreu."

Ruma estava lendo histórias para Akash antes de ele dormir quando o pai deu uma leve batida na porta, passando-lhe o telefone sem fio. Estava segurando a mão esquerda de um jeito esquisito na frente do peito, e ela viu que estava coberta de espuma de detergente. "Adam no telefone."

"Baba, eu ia lavar a louça. Vá dormir."

"São só umas coisinhas." Seu pai sempre lavara a louça depois de a família comer; segundo ele, ficar em pé durante quinze minutos depois de uma refeição facilitava sua digestão. Ao contrário de Ruma, ao contrário de sua mãe, ao contrário de qualquer outra pessoa que Ruma já tivesse conhecido, seu pai nunca deixava a torneira aberta enquanto passava detergente em tudo. Esperava pratos e panelas estarem prontos para ser enxaguados, e antes disso tudo que se ouvia era o barulho leve e contínuo da esponja.

Ela pegou o telefone. "Rum", ouviu Adam dizer. Era assim que ele havia começado a chamá-la logo depois de se conhecerem. Na primeira vez em que lhe escreveu uma carta, errou a grafia de seu nome, começando com "Querida Room".

Ela imaginou-o jogado na cama em um quarto de hotel em Calgary, que era para onde ele fora dessa vez, descalço, com a gravata afrouxada, tornozelos cruzados. Aos trinta e nove anos, ainda tinha uma beleza de garoto, com os cabelos fartos, encaracolados e castanho-alourados que Akash havia herdado, um corpo bem torneado de maratonista, maçãs do rosto que ela cobiçava em segredo. Não fosse a voz muito grave e os óculos que agora usava para ver de longe, ainda poderia passar por um dos rapazes descontraídos e atléticos com quem ela havia cursado a faculdade.

"Meu pai está aqui."

"Nós conversamos."

"O que ele disse?"

"Fez as perguntas de sempre. 'Como você está? Como estão seus pais?'" E era verdade; era só isso que ele perguntava a Adam.

"Você já jantou?"

Ele fez uma pausa antes de responder. Ela percebeu que ele devia estar assistindo a alguma coisa na TV enquanto falavam. "Vou sair daqui a pouco para jantar com um cliente. Como vai Akash?"

"Ele está aqui do meu lado." Ela aproximou o fone do ouvido do menino. "Diga oi para o papai."

"Oi", disse Akash sem entusiasmo. Depois, silêncio. Ela pôde ouvir Adam dizendo: "Como estão as coisas, garotão? Está se divertindo com Dadu?". Mas Akash se recusou a continuar a conversa, olhando fixamente para a página do livro, e depois de algum tempo Ruma tornou a aproximar o fone da própria orelha.

"Ele está cansado", falou. "Está quase dormindo."

"Eu bem que queria dormir", disse Adam. "Estou pregado."

Ela sabia que ele estava viajando desde cedo, que havia passado o dia inteiro trabalhando, que teria de trabalhar durante o jantar. No entanto, não sentiu a menor empatia. "Não consigo imaginar meu pai morando aqui", falou.

"Então não o convide."

"Acho que ele está querendo sugerir isso com a visita."

"Então convide."

"E se ele disser sim?"

"Aí ele vai morar conosco."

"Será que eu devo convidar?"

Ela ouviu Adam expelir o ar pelo nariz, paciente. "Nós já conversamos sobre isso mil vezes, Rum. A decisão é sua. Ele é seu pai."

Ela virou uma página do livro de Akash, sem dizer nada.

"Preciso ir", disse Adam. "Estou com saudade de vocês."

"Nós também estamos", disse ela.

Desligou o telefone, pousando-o ao lado da fotografia emoldurada sobre a mesinha de cabeceira que mostrava Ruma e Adam no dia do casamento, cortando o bolo branco de vários andares. Ela não conseguia explicar o que havia acontecido com o casamento depois da morte da mãe. Pela primeira vez desde que haviam se conhecido, em um jantar em Boston, quando ela estudava direito e ele cursava o MBA, sentia um muro entre os dois, simplesmente porque ele não havia passado pela mesma coisa que ela, porque seu pai e sua mãe ainda estavam vivos na casa de Lincoln, em Massachusetts, onde Adam fora criado. Ela sabia que era errado de sua parte, mas mesmo assim instalara-se nela a consciência de que ela e Adam eram pessoas distintas, levando vidas distintas. Embora as ausências do marido contribuíssem para o seu isolamento, algumas vezes, quando Adam estava em casa, era tudo pior, não melhor. Mesmo com Akash para cuidar, parte dela estava começando a preferir a solidão, sem Adam zanzando à sua volta, todo preocupado com o seu estado de espírito, com a sua disposição.

Dez anos antes, sua mãe fizera tudo que podia para convencer Ruma a não se casar com Adam, dizendo que ele iria se divorciar dela, que no final das contas iria querer uma garota americana. Nenhuma dessas coisas havia acontecido, mas ela às vezes se lembrava dessa época, recordando como tivera de ser corajosa para resistir à indignação da mãe, e também à recusa do pai de expressar até mesmo isso, que lhe parecera ainda mais cruel. "Você tem vergonha de si mesma, de ser indiana, a verdade é essa", dizia e repetia a mãe para Ruma. Ela sabia o choque que aquilo representava; nunca havia revelado aos pais seus outros envolvimentos com homens americanos até o dia de anunciar seu noivado. Com o passar dos anos, sua mãe não somente voltara atrás em relação a essas objeções, mas passara a negá-las com veemência; passara a amar Adam como um filho, um substituto para Romi, que havia partido o coração dos pais quando fora morar no estrangeiro, mantendo apenas laços distantes. Sua mãe conversava com Adam ao telefone mesmo quando Ruma não estava em casa, mandava-lhe e-mails de vez em quando, jogava Scrabble com ele pela internet. Quando os pais de Ruma iam visitá-los, sua mãe sempre trazia uma bolsa térmica de piquenique cheia de *mishti* caseiro, uma preparação complexa, untuosa, com muito creme, que Ruma nunca aprendera a fazer e que Adam adorava.

Foi depois de ela ter tido o filho que a relação de Ruma com a mãe havia se tornado harmoniosa; ser avó transformou sua mãe, trazendo-lhe uma felicidade e uma energia que Ruma nunca tinha visto. Pela primeira vez na vida, Ruma sentiu-se perdoada pelas muitas expectativas que havia desrespeitado ou evitado ao longo dos anos. Passou a ansiar pelas conversas que tinham todas as noites, nas quais relatava os acontecimentos do dia, descrevendo as coisas novas que Akash aprendera a fazer. A mãe começara até a fazer exercícios, levantando-se às cinco da manhã e vestindo um velho moletom de Ruma estampado com a marca Colgate. Queria viver para ver seus netos se casarem, dizia. Havia momentos em que Ruma se sentia mais próxima da mãe morta do que jamais se sentira em vida, uma intimidade nascida do simples fato de pensar nela com tanta frequência, de sentir sua falta. Mas sabia que isso era uma ilusão, uma miragem, e que a distância entre as duas era agora infinita, intransponível.

Depois de lavar a louça, ele a secou, e em seguida esfregou e enxugou o interior da pia, retirando do ralo os pedaços de comida. Guardou as sobras na geladeira, amarrou o saco de lixo e jogou-o no latão que tinha visto na frente de casa, certificou-se de que as portas estavam trancadas. Passou algum tempo sentado à mesa da cozinha, arrumando uma frigideira cujo cabo — como percebera ao lavá-la — estava frouxo. Procurou uma chave de fenda na gaveta e, como não a encontrou, realizou a tarefa com a ponta de uma faca de mesa serrilhada. Depois de terminar, esticou a cabeça pela porta do quarto de Akash e viu o menino e Ruma adormecidos. Passou vários minutos na soleira da porta. Alguma coisa na aparência da filha havia mudado; ela agora se parecia tanto com sua mulher que ele não conseguia suportar olhá-la de frente. Aquela primeira visão que tivera dela mais cedo, em pé no gramado com Akash, quase o deixara sem ar. O rosto da filha agora estava mais envelhecido, como o de sua mulher, e os cabelos começavam a ficar grisalhos nas têmporas da mesma forma, torcidos com um elástico para formar um nó frouxo. E os traços, obsedantes agora que a mulher não estava mais ali: o mesmo formato e cor dos olhos, a covinha do lado esquerdo quando sorriam.

Apesar da diferença de fuso horário, ele teve dificuldade para dormir, distraído pelo barulho de uma lancha passando de vez em quando pelo lago. Sentou-se na cama, folheando abstraído uma edição da *U. S. News & World Report* que trouxera do bolso da poltrona do avião, e em seguida abriu um guia de Seattle que, segundo supôs, tinha sido posto sobre a mesinha de cabeceira para seu proveito. Olhou as fotografias da biblioteca nova, dos cafés e dos salmões inteiros exibidos sobre leitos de gelo. Leu sobre a média pluviométrica anual e sobre o fato de que raramente nevava. Quando estudou o mapa, ficou surpreso ao ver como estava longe do Pacífico, percebendo somente agora que havia montanhas antes do mar. Embora houvesse viajado até tão longe, aquele ambiente não lhe parecia tão estrangeiro como quando ele ia à Europa. Aquilo ali lembrava seus primeiros tempos nos Estados Unidos, quando entendia apenas uma ou duas palavras do que as pessoas diziam e tinha de manusear moedas diferentes. Ali, como em uma noite de verão na Pensilvânia, as mariposas voavam junto à tela da janela, e de vez em quando um inseto se chocava contra a tela, assustando-o com sua força.

De sua posição na cama, ele examinou o cômodo espaçoso, parcamente mobiliado. Quando tinha a idade de Ruma, morava com a mulher e os filhos em um pequeno apartamento em Garden City, Nova Jersey. Haviam transformado um closet em quarto de crianças quando Romi e Ruma nasceram. Ele se preocupava com a segurança da família naquele conjunto habitacional, e as câmeras de vigilância na portaria o deixavam nervoso em vez de tranquilo, mas na época, quando ainda estava cursando o doutorado de bioquímica, era o melhor que podia pagar. Lembrou-se da mulher preparando as refeições no fogão elétrico da minúscula cozinha, dos quartos que depois recendiam à comida que ela havia preparado. Moravam no décimo quarto andar, e ela punha os sáris para secar um a um sobre a estreita grade da varanda. O quarto onde tanto Romi quanto Ruma haviam sido concebidos era escuro, nunca recebia a luz da manhã, mas mesmo assim ele ainda o considerava o mais sagrado dos espaços. Lembrava dos filhos correndo pelos cômodos, do som de suas vozes de criança. Era uma parte de suas vidas que somente ele e a mulher carregavam consigo. Os filhos se lembrariam apenas da grande casa que ele havia comprado no subúrbio, com salgueiros no quintal dos fundos, um quarto para cada irmão e um subsolo coalhado de brinquedos. E, comparada ao lugar em que Ruma agora morava, mesmo aquela casa não era nada, uma estrutura frágil que ele sempre tivera medo de que pegasse fogo com a chama de um fósforo.

Agora que estava sozinho, conhecidos às vezes lhe perguntavam se ele planejava se mudar para a casa de Ruma. Até mesmo a sra. Bagchi mencionou isso. Mas ele comentou que Ruma não fora criada com essa noção de dever. Vivia sua própria vida, tomara as próprias decisões, casara-se com um rapaz americano. Não esperava que ela fosse acolhê-lo, e na verdade não podia culpá-la por isso. Afinal, o que ele havia feito quando seu próprio pai estava morrendo, quando sua mãe ficara sozinha? Nessa época, Ruma e Romi eram adolescentes. Mudar-se com a família de volta para a Índia estava fora de cogitação, e também não havia como sua mãe viúva octogenária se mudar para a Pensilvânia. Deixara-a aos cuidados dos irmãos até ela, depois de algum tempo, morrer.

Se ele tivesse sido o primeiro a partir, a mulher não teria pensado duas vezes antes de se mudar para a casa de Ruma. Não havia nascido para morar sozinha, da mesma forma que as ipomeias não eram feitas para crescer na sombra. Sob esse aspecto, era o oposto da sra. Bagchi. O isolamento da vida em um subúrbio americano, motivo de reclamação da mulher pelo qual ele se sentia responsável, representara uma solidão maior do que ela podia suportar.

Mas ele gostava de solidão, assim como a sra. Bagchi. Agora que estava aposentado, passava os dias trabalhando como voluntário para o Partido Democrata da Pensilvânia, trabalho que podia fazer do computador de casa, e isso, somado às viagens, bastava para mantê-lo ocupado. Era um alívio não ter de cuidar da casa antiga, cortar e varrer o gramado, trocar as janelas de inverno por telas no verão, apenas para ter de fazer o contrário poucos meses depois. Também era um alívio morar em outra parte do estado, perto o suficiente para as coisas ainda serem conhecidas, mas longe o bastante para ter uma sensação diferente. Na casa antiga, ainda estava preso à vida de antes, comparecendo sozinho às festas que ele e a mulher frequentavam, recebendo à noite os telefonemas de amigos preocupados que sempre vinham lhe trazer panelas de frango ao curry ou, supondo que ele estivesse se sentindo sozinho, iam visitá-lo sem avisar nas tardes de domingo.

De repente, sentiu-se cansado, sua visão embaçou e as palavras do guia começaram a pular da página. Ao lado da pequena pilha de livros havia um telefone. Ele largou o livro, ergueu o fone, verificou o tom de discagem e tornou a pô-lo no gancho. Antes de viajar para Seattle, dera o telefone da filha para a sra. Bagchi em um e-mail, mas ficara subentendido que ela não deveria ligar. Ela havia amado o marido em dois anos mais do que ele havia amado a mulher em quase quarenta, disso ele tinha certeza. Ainda carregava uma foto dele na carteira, um menino de vinte e poucos anos e rosto recém-barbeado, com os cabelos bem repartidos para um dos lados. Isso não o incomodava. De certa forma, preferia saber que o coração dela ainda pertencia a outro homem. Aos setenta anos, não era a paixão que o motivava a se envolver, por mais discreta, por mais ocasionalmente que fosse, com outra mulher. O que o motivava, isso sim, decorria de ter sido casado durante todos aqueles anos, o fato de ter se habituado à companhia de alguém.

Sem a mulher, a ideia da própria morte o assaltava, e ele sabia que isso poderia acontecer da mesma forma súbita. Nunca tivera uma experiência próxima da morte; quando os pais e parentes tinham morrido, estava sempre a muitos continentes de distância, e nunca havia testemunhado a feia violência do fato. Da mesma forma, sequer estivera presente, tecnicamente, quando sua mulher falecera. Estava lendo uma revista, bebericando uma xícara de chá na cantina do hospital. Mas não era isso que o fazia se sentir tão culpado. Era o fato de terem todos partido de tantos pressupostos: o pressuposto de que a operação correria sem problemas, o pressuposto de que ela passaria uma noite no hospital e em seguida voltaria para casa, o pressuposto de que dali a alguns dias eles receberiam amigos para jantar, e de que ela viajaria para a França algumas semanas depois de passado tudo aquilo. O pressuposto de que a cirurgia da mulher seria um pequeno obstáculo em sua vida, não seu fim. Lembrava-se de Ruma soluçando em seus braços como se de repente fosse muito jovem outra vez e houvesse caído da bicicleta ou sido picada por uma abelha. Como dessas outras vezes, ele havia sido forte por ela, e não derramara nenhuma lágrima.

Em algum momento no meio da noite, ela havia acordado na cama de Akash e andado cambaleando até a sua. Normalmente, Akash ia para a cama dela de manhã bem cedinho, e adormecia ao seu lado por mais algumas horas antes de acordar e querer comer cereal. Ela não se importava que Akash fosse para sua cama, sobretudo quando Adam estava fora. Nessa manhã, porém, a cama estava vazia. Ela não estava mais enjoando quando acordava. Pelo contrário: a primeira coisa em que pensava era comida: tinha vontade de comer um *burrito*, ou um dos sanduíches de queijo com ovo da lojinha de *bagels* perto de seu antigo apartamento em Park Slope, um lembrete de que, durante a noite inteira, enquanto ela dormia, seu corpo estivera trabalhando pesado. Na cozinha, viu a louça do jantar, limpa e seca, em um dos cantos da bancada. No escorredor havia uma tigela, uma colher, um copo de suco e uma caneca limpos. Ao lado do fogão, sobre um pires, estava um saquinho de chá já meio seco, separado para ser usado uma segunda vez. Ouviu a voz de Akash vindo de algum lugar lá fora, mas não conseguiu vê-lo pela janela. Saiu para a varanda, onde o som da voz do filho estava mais nítido. "Mas eu não vi nenhuma tartaruga", ouviu-o dizer, e imaginou que ele e o pai houvessem dado um passeio até o lago.

Tomou seu suplemento pré-natal e pôs a água do chá para ferver. Estava preparando torradas quando o pai e Akash entraram pela porta da cozinha.

"A gente foi até o lago e Dadu me pôs em um filme", disse Akash, animado, apontando para a câmera de vídeo pendurada no pescoço do avô.

"Você está molhado", observou ela, vendo que as tiras das sandálias e a frente do short do menino estavam escurecidos pela água. Virou-se para o pai. "O que houve?"

"Nada, nada. Pensamos que tivéssemos visto uma tartaruga, e Akash quis tocar nela", disse ele a Ruma. "Ele está querendo comer cereal."

"Venha, primeiro você precisa trocar de roupa", disse ela a Akash. Ao voltar, viu que o pai havia aberto o armário. "É este aqui que ele come?", perguntou erguendo uma caixa de Cheerios.

Ela fez que sim com a cabeça. "A que horas você acordou, Baba?"

"Ah, antes das cinco. Fui me sentar na varanda e tomei café, depois Akash apareceu e saímos."

"Pode deixar que eu tomo conta agora", disse ela, vendo o pai despejar leite na tigela de cereal.

"Não tem problema. Coma a sua comida."

Ela abriu a geladeira para pegar manteiga e geleia, preparou seu chá. Quando terminou, seu pai pegou a chaleira, pôs o saquinho de chá já seco na mesma xícara que estava no escorredor e despejou água quente por cima.

"Dadu, lá fora?", pediu Akash, puxando a calça do avô.

"Já, já, Babu. Deixe só eu terminar."

Enquanto ela tomava café, foi citando os lugares que poderiam visitar durante a estada dele — antes de o pai chegar, havia verificado horários de funcionamento, preços de ingressos, e em sua cabeça já havia bolado todo um itinerário, algo para mantê-los ocupados todos os dias. Não tivera tempo nem disposição para explorar muito o centro de Seattle, e pensou que a semana com o pai poderia lhe dar essa oportunidade. "Tem a torre Space Needle, claro", começou ela. "E o mercado de Pike Place. Na beira do lago tem um aquário aonde eu queria levar Akash. Eles fazem uns passeios de barco pelo canal de Puget que, parece, são divertidos. Poderíamos ir passar o dia em Victoria. E tem também a fábrica da Boeing, se você estiver interessado. Eles fazem visitas."

"Sim", respondeu o pai. Ele lhe parecia cansado, os olhos miúdos por trás dos óculos. "Para ser sincero", disse ele, "eu não me importaria em descansar disso tudo."

Ela não entendeu; imaginara que o pai fosse querer ver Seattle com sua filmadora, da mesma forma que estava interessado em ver tantos outros lugares pelo mundo ultimamente. "Bom, fora isso não tem muita coisa para fazer por aqui."

"Eu não preciso ser ciceroneado."

"Não foi isso que eu quis dizer. Como preferir, Baba." Sua incompreensão seguiu-se de preocupação. Imaginou se haveria alguma coisa que ele não estava lhe contando. Perguntou-se como seria a vida no condomínio onde morava, se havia muitas escadas para subir, se ele tinha algum vizinho que o conhecia ou cuidava dele. Lembrou-se de uma estatística sobre a qual ouvira falar, sobre ser típico que cônjuges de muito tempo morressem a poucos anos de intervalo um do outro; o que ficava para trás basicamente morria de tristeza. Mas Ruma sabia que os pais nunca haviam se amado dessa forma.

"Está tudo bem com você?"

Ele ergueu os olhos para a filha; estava inclinado na direção de Akash, fazendo caretas para distraí-lo enquanto ele terminava de comer o cereal. "Como assim?"

"Quero dizer, você está se sentindo bem?"

"Estou me sentindo muito bem. Só estava querendo umas férias das minhas férias", respondeu ele. "De certa forma, as excursões também dão trabalho."

Ela aquiesceu. "Entendo." E entendia mesmo, pois no fundo sabia que não havia nada de errado com o pai. Embora a incomodasse reconhecer isso, ele parecia até mais feliz agora; a morte da mãe o havia deixado mais leve, efeito contrário ao que tivera sobre ela própria.

Ele tirou do bolso um lenço branco e limpou os restos de leite e cereal do rosto de Akash. O gesto a fez pensar em quando era pequena, e nas pequenas formas como seu pai acudira em seu socorro, sacando um lenço quando ela respingava comida na roupa, ou quando precisava assoar o nariz, ou quando havia ralado o joelho. "Deixe passar alguns dias. Quem sabe então fazemos um passeio de barco."

Depois do café da manhã, Akash tinha sua aula de natação semanal. Ela esperava que o pai fosse ficar em casa, mas ele disse que queria ir, e levou junto a filmadora. Ofereceu-se para levá-los até a piscina no carro alugado mas, como a cadeirinha do menino estava no SUV, Ruma foi dirigindo. Aprendera a dirigir no colégio, mas depois passara anos morando em cidades; portanto, como até então nunca mais tinha precisado de carro, dirigir tinha sido uma atividade que associava apenas às visitas que fazia aos pais: pegar o carro para devolver fitas de vídeo ou levar a mãe ao shopping. Era algo com que precisara se habituar em Seattle: ter de encher o tanque do carro, verificar se os pneus estavam calibrados. Embora já estivesse conhecendo melhor as estradas, as saídas, as montanhas e as características da luz, não sentia nenhuma conexão com tudo aquilo, nem com ninguém. Só havia trocado gentilezas com os vizinhos — um marido e mulher aposentados de um dos lados, dois professores gays da Universidade de Washington do outro. Conversava com algumas mulheres enquanto ficava sentada vendo Akash nadar na piscina mas, ao final de cada aula, elas nunca propunham um encontro. Parecia pouco natural ter de fazer esforço para se entrosar com desconhecidos àquela altura da vida.

Estava acostumada com as amigas que deixara para trás no Brooklyn, mulheres que conhecera nas aulas de ioga para gestantes e em um grupo de mães para o qual havia entrado depois de Akash nascer, mulheres que conheciam os detalhes cotidianos de sua vida. Tinham lhe feito companhia quando ela entrara em trabalho de parto, doado as roupas e cobertores que os filhos não usavam mais. Essas amigas moravam a cinco ou dez minutos a pé de seu apartamento, algumas no seu próprio prédio, e quando ela trabalhava meio período podiam encontrá-la quase sem que ela avisasse antes, para empurrarem seus carrinhos por Prospect Park. Tinham conhecido a mãe de Ruma quando ela vinha visitá-los no fim de semana, e algumas tinham viajado até a Pensilvânia para o funeral. No início, depois da mudança, essas amigas mandavam e-mails para Ruma ou ligavam dos celulares enquanto estavam sentadas no parquinho sem ela. Mas, com a diferença de horário e as crianças sempre ao lado, era impossível ter qualquer conversa importante. Por mais que houvesse passado tempo com aquelas mulheres, as raízes não eram muito profundas, e nos últimos dias, depois de ler os e-mails, Ruma raramente se sentia inspirada a responder.

O carro era silencioso, exceto pelo barulho dos pneus sobre o asfalto e do ruído cortante dos carros que passavam no sentido contrário. Akash brincava com um de seus trenzinhos, fazendo as rodas correrem pela superfície da porta e pelo encosto do banco de Ruma. Ela reparou na atenção silenciosa que o pai prestava à forma como dirigia, relanceando os olhos para o velocímetro de vez em quando, olhando junto com ela antes de mudarem de faixa. Apontou para o supermercado onde agora fazia compras, e mostrou onde ficava o monte Rainier, que não estava visível nesse dia.

"Esta é a saída que Adam pega para ir trabalhar", disse ela.

"Quanto é a distância do trabalho dele?"

Quando era mais nova, ela o teria corrigido: "Se diz *qual é a distância*, não *quanto é a distância*", teria dito na mesma hora, irritada, como se o erro dele fosse um reflexo de suas próprias limitações. "Não sei. Acho que ele leva uns quarenta minutos em cada trajeto."

"É bastante. Por que não escolheram uma casa mais perto?"

"Não achamos ruim. E nos apaixonamos pela casa." Imaginou se o pai consideraria esse último comentário frívolo.

"E você? Já arrumou trabalho neste lugar novo?"

"É difícil arrumar trabalho de meio período na área de direito contencioso", respondeu ela. "A pré-escola só vai até o meio-dia, e não queremos pôr Akash na creche."

"Para exercer a advocacia aqui, você vai ter de fazer outra prova da Ordem?", perguntou seu pai.

"Não. Existe um acordo de reciprocidade com o estado de Nova York."

"Então por que não procura um emprego novo?"

"Ainda não estou pronta, Baba." Ela não se dera ao trabalho de entrar em contato com nenhuma empresa de Seattle, nem telefonara para o advogado que trabalhava com direito sucessório cujo número lhe fora passado por um dos sócios de seu antigo escritório, sugerindo que Ruma talvez pudesse fazer pareceres avulsos. Percebeu que nunca dissera com todas as letras ao pai que pretendia passar os próximos anos sem trabalhar. "Ainda estamos nos instalando."

"Isso eu entendo. Só estou perguntando se você tem alguma ideia de quanto isso vai durar."

"Talvez quando o novo bebê entrar para o jardim de infância."

"Mas isso é só daqui a cinco anos. Agora é a hora de você trabalhar, de construir sua carreira."

"Eu estou trabalhando, Baba. Em breve vou cuidar de dois filhos, igual a Ma."

"Isso vai fazer você feliz?"

Ela não respondeu. Sua mãe teria entendido a decisão, teria apoiado e ficado orgulhosa da filha. Ruma passara anos trabalhando cinquenta horas por semana, e ganhando salários de seis dígitos, enquanto o irmão ainda vivia tentando segurar as pontas. Sempre sentira que tanto o pai quanto a mãe atribuíam injustamente papéis a Romi que não correspondiam à realidade: o de primogênito do pai, o de cônjuge secundário da mãe.

"Eles não vão ser crianças para sempre, Ruma", continuou seu pai. "O que você vai fazer então?"

"Vou voltar a trabalhar."

"Você vai estar com mais de quarenta anos. Talvez não seja tão simples."

Ela manteve os olhos colados na estrada e apertou um botão para ligar o rádio que encheu o carro com o zumbido determinado da voz de um repórter. Nunca fora capaz de enfrentar o pai de frente da forma como costumava brigar com a mãe. De alguma forma, temia que qualquer diferença de opinião fosse prejudicar o laço já frágil que existia entre os dois. Sabia que o havia decepcionado ao ser rejeitada por todas as universidades da Ivy League às quais se candidatara. Apesar da vida itinerante e incerta de Romi, sabia que o pai o respeitava mais por ter se formado em Princeton e recebido uma bolsa da Fullbright para ir para o exterior. Ruma podia contar nos dedos de uma das mãos as discussões que tivera com o pai. No colegial, depois de ela tirar a carteira de motorista, ele se recusara a incluí-la no seguro do carro da família. No ciclo básico da faculdade, quando chegou a hora de decidir sua matéria de especialização, ele tentara convencê-la a optar por biologia em vez de história. Espantara-se com o preço da faculdade de direito mas, quando fora aceita na Northeastern, pagara mesmo assim. E, quando ela e Adam estavam planejando o casamento, ele argumentara que uma cerimônia ao ar livre era arriscada e recomendara um salão de festas sem graça em vez da colina em Martha's Vineyard onde ela e Adam queriam se casar. No fim das contas o tempo fora perfeito, e o sol batia com força no mar quando os dois trocavam os votos. No entanto, até hoje Ruma tinha pesadelos com a tenda branca, as cadeiras dobráveis e as centenas de convidados ensopados de chuva.

Entrou no estacionamento da escola de natação. Dentro do prédio, disse ao pai para esperar nos bancos, de onde poderiam assistir à aula através do vidro, enquanto ela ia até o vestiário pôr o calção em Akash. Quando tornou a encontrá-lo, ele estava entretido com a câmera, inserindo uma fita nova e fazendo os ajustes. "Olha o Akash ali", disse ela ao pai, apontando para onde o filho estava sentado, enrolado em uma toalha, esperando a aula começar. Pensava que Akash fosse pequeno demais para entrar na piscina sem ela, que teriam de fazer a aula anterior, na qual os pais também entravam na água. Mas essa aula não tinha vagas e, desde o princípio, Akash havia se separado dela sem problemas, pulando nos braços da instrutora, uma adolescente de cabelos ruivos.

Durante os trinta minutos seguintes, seu pai não parou de filmar Akash: filmou-o enquanto prendiam a boia em suas costas, filmou-o pulando na piscina, soprando bolhas e treinando pernadas. Levantou-se do banco onde ele e Ruma estavam sentados, com a lente da câmera quase encostada no vidro. Nunca havia demonstrado aquele tipo de atenção quando Ruma e Romi eram pequenos. Naquela época, era a mãe quem ficava sentada assistindo às aulas de natação dos dois, a mãe quem prendia a respiração, apavorada, quando subiam a escada e acenavam para ela, e em seguida pulavam do trampolim mais alto. O pai não havia ensinado Romi a lançar uma bola de beisebol nem tampouco ensinado os filhos a patinar no gelo do lago que ficava na floresta depois das casas, a uma curta caminhada, e que congelava todos os invernos.

No carro, a caminho de casa, o pai tornou a abordar o tema da carreira. "Trabalhar é importante, Ruma. Não só para a sua estabilidade financeira. Para a estabilidade mental. Eu trabalhei a vida inteira, desde que tinha dezesseis anos."

"Você se aposentou."

"Mas não consigo ficar desocupado. É por isso que estou viajando tanto. É uma extravagância, mas não preciso de todo o dinheiro que economizei."

"É importante confiar em si mesmo, Ruma", prosseguiu ele. "A vida é cheia de surpresas. Hoje você pode depender de Adam, do emprego de Adam. Amanhã, quem sabe?"

Durante uma fração de segundo, ela tirou os olhos da estrada e olhou para ele. "O que você está sugerindo? O que está dizendo?"

"Nada. Só que talvez o fato de você não estar empregada me deixe aflito. Não por minha causa, entende? É com você que estou preocupado. Eu tenho dinheiro mais que suficiente para durar até morrer."

"Quem mais morreu?", perguntou Akash do banco de trás.

"Ninguém. Só estamos conversando coisas bobas. Nossa, que trem bonito esse seu, ele já saiu da estação?", perguntou o avô, virando-se para o neto.

Nessa noite, depois do jantar, ele mostrou os vídeos. Primeiro, para deleite de Akash, assistiram às imagens da aula de natação, e em seguida ele mostrou os vídeos da Europa: afrescos em igrejas, pombos voando, cabeças de pessoas vistas de trás. A maioria das imagens fora captada pela janela do ônibus da excursão, enquanto um guia dava explicações sobre os monumentos que passavam. Ele sempre tomara cuidado para manter a sra. Bagchi fora do quadro mas, quando assistiu ao vídeo ampliado na tela da televisão da filha, percebeu que havia sinais dela por toda parte — o braço da sra. Bagchi pousado na janela aberta do ônibus, sua bolsa de couro azul sobre um banco.

"Esse é Luigi", disse quando a câmera focou por um instante seu guia italiano.

"Quem faz essas excursões com você?", perguntou Ruma.

"A maioria das pessoas é como eu, aposentada, ou desocupada por algum outro motivo", respondeu ele. "Muitos japoneses. Em cada país é um grupo diferente."

"Você fez amizade com alguém?"

"Somos todos simpáticos uns com os outros."

"Quantas pessoas são?"

"Umas dezoito, vinte."

"E você passa o dia inteiro grudado nelas, ou tem algum tempo sozinho?"

"Uma horinha aqui, outra ali."

"Quem é essa?", perguntou ela de repente.

Ele olhou horrorizado para a tela da televisão onde, por alguns segundos, a sra. Bagchi apareceu tremida, sentada diante de uma mesa em um café, mexendo o açúcar em uma minúscula xícara com uma minúscula colher. Então lembrou-se de ter oferecido a câmera ao sr. Yamata, um dos japoneses da excursão, para ele dar uma olhada. Sem que ele percebesse, o sr. Yamata devia ter apertado o botão de gravar. A sra. Bagchi sumiu e não tornou a aparecer. Ele se sentiu aliviado pelo fato de o lugar estar escuro, de a filha não poder ver seu rosto. "Essa quem?"

"Já sumiu. Uma mulher que parecia indiana."

Ali estava uma oportunidade de contar para Ruma. Era mais difícil do que ele imaginara, estar na casa da filha, passar o dia inteiro em sua companhia. Sentia-se lamentável por enganá-la. Mas o que poderia dizer? Que havia arrumado uma nova amiga? Uma namorada? A palavra era desconhecida para ele, impossível de expressar; ele nunca tinha tido uma namorada na vida. Teria sido mais fácil contar para Romi. O filho teria absorvido a informação de modo casual, talvez tivesse até sentido alívio. Ruma era diferente. Durante toda a vida, ele se sentira condenado por ela, a mando da mulher. Ela e Ruma eram aliadas. E ele havia suportado o ressentimento da filha sem nunca ter contado a ela a sua versão dos fatos, sem nunca dizer que a mulher se mostrara demasiado exigente, incapaz de dar valor à vida que ele dera tanto duro para lhe proporcionar.

Como sua mulher, Ruma agora estava sozinha naquele lugar novo, sobrecarregada, sem amigos, cuidando de um filho pequeno, e tudo aquilo lembrava-lhe demais os primeiros anos de seu casamento, anos pelos quais sua mulher nunca o havia perdoado. Sempre pensara que a vida de Ruma seria diferente. Até onde se lembrava, ela nunca havia parado de trabalhar. Mesmo no colegial, apesar dos seus protestos e dos da mulher, insistira em trabalhar como ajudante de garçom em um restaurante do bairro, tipo de atividade que os parentes na Índia teriam considerado uma desgraça para uma moça de sua classe e instrução. Mas a filha não era mais responsabilidade sua. Finalmente ele havia chegado a essa idade.

"Essa foi uma das coisas que eu observei durante as minhas viagens", disse ele, enquanto a praça cor-de-rosa e inclinada de Siena passava pela tela, com a sra. Bagchi escondida em algum lugar no meio da multidão. "Hoje em dia os indianos estão por toda parte."

Akash acordou-a na manhã seguinte, entrou correndo no quarto e puxou-a pelo braço. "Dadu foi embora."

"Como assim?"

"Ele não está aqui."

Ela se levantou. Faltavam quinze para as oito. "Ele provavelmente foi dar uma volta, Akash." Mas, quando olhou pela janela, viu que o carro alugado não estava na frente de casa.

"Ele vai voltar?"

"Um instante, Akash, deixe-me pensar." Seu coração estava disparado, e ela se sentia da mesma forma que às vezes se sentia em algum parquinho quando, por uns poucos segundos, não conseguia ver Akash. Na cozinha, viu que o pai não tomara o café da manhã; não havia tigela nem colher no escorredor, nenhum saquinho de chá ressequido sobre um pires ao lado do fogão. Imaginou se ele estaria se sentindo mal, se saíra à procura de uma farmácia para comprar uma aspirina ou Alka-Seltzer. Seria típico dele fazer isso sem acordá-la. Certa vez, ele fizera um canal em um dente sem contar a ninguém e voltara para casa à noite com a boca toda inchada e cheia de gaze. Então imaginou se ele teria descoberto os barcos atracados no cais que dividiam com vizinhos no final do lago e posto um deles na água. Não havia como encontrá-lo; seu pai não tinha celular. Quanto a chamar a polícia, ela não sabia a placa do carro alugado. Pegou o telefone mesmo assim, decidida a ligar para Adam e perguntar o que fazer. Nesse exato instante, porém, ouviu o barulho dos pneus esmigalhando o cascalho.

"Onde você estava?", quis saber. Não havia nada para indicar que seu pai estivesse sentindo qualquer coisa fora do normal; ele segurava uma caixa plana amarrada com barbante que parecia ter vindo de uma padaria.

"Eu me lembrei que ontem, no caminho da natação, passamos por um berçário. Pensei em dar uma passada lá para verificar o horário."

"Berçário? Mas nós já decidimos em que escolinha vamos pôr Akash."

"Não, não um berçário para crianças. Um berçário de plantas, uma chácara. Os fundos da casa pegam bastante sol e a terra parece boa", disse ele, olhando pela janela. "Um clima chuvoso é bom para o jardim. Posso plantar uns arbustos e alguma cobertura de solo se você quiser."

"Ah", disse ela.

"Fica só a dez quilômetros da sua casa. Ao lado tem uma padaria. Tome", disse, abrindo a caixa e mostrando-a para Akash. "Qual é que você vai querer?"

"Não precisa trabalhar no nosso jardim, Baba. Você disse que queria descansar."

"O jardim me relaxa."

Até então, nunca havia ocorrido a Ruma plantar flores no quintal. No entanto, a sugestão a agradou. Sentiu-se lisonjeada com o interesse do pai pelo lugar onde ela vivia, pelo desejo de torná-lo mais bonito.

"Você poderia ter me avisado que iria sair", disse Ruma.

"Eu avisei", respondeu ele. "Deixei um recado em cima da cômoda do quarto dizendo que tinha saído para dar uma volta de carro."

Ela virou-se para Akash, que acabara de destroçar um croissant e espalhar migalhas de miolo no pijama. Estava prestes a culpá-lo por não ter procurado direito no quarto do avô. Mas é claro que Akash era pequeno demais para ver o alto da cômoda, e não tinha idade suficiente para ler um recado.

Quando a chácara abriu, seu pai tornou a sair, dessa vez levando Akash consigo, depois de transferir a cadeirinha para o sedã. Quando os dois saíram, ela percebeu que era a primeira vez que estava deixando Akash sozinho aos cuidados do pai. Era estranho ficar sozinha em casa; ficou preocupada com que Akash de repente exigisse a sua presença. Costumava se sentir assim quando ele era menor, quando mamava de duas em duas horas, quando ficar sem ele, mesmo por um tempo curto, parecia anormal. Uma hora depois, seu pai e Akash voltaram trazendo sacos de terra, bandejas cheias de flores, uma pá, um ancinho e uma mangueira. Seu pai perguntou se podia pegar emprestado algumas roupas velhas de Adam, e Ruma deu-lhe uma calça de brim e uma camisa social rasgada, coisas que Adam havia separado para doar ao Exército da Salvação, e emprestou-lhe um par de tênis de corrida do marido. As roupas ficaram grandes nele, os ombros da camisa caídos, as pernas da calça arregaçadas. Durante o resto do dia, enquanto Akash brincava ao seu lado em meio a uma montanha de terra cada vez maior, seu pai não parou de fincar a pá no chão, arrancando a grama e produzindo um barulho fofo, enérgico, usando o boné de beisebol para proteger a cabeça do sol. Trabalhou sem descanso, fazendo um breve intervalo ao meio-dia para comer um sanduíche de manteiga de amendoim e geleia junto com Akash, e só entrou em casa depois de o sol baixar alegando que os mosquitos haviam aparecido.

Na manhã seguinte, seu pai voltou à chácara para comprar mais coisas: um rolo de turfa, sacos de forragem e adubo orgânico. Dessa vez, além do material de jardinagem, trouxe também uma piscina inflável em forma de crocodilo que esguichava água pela cabeça. Armou a piscina no quintal e encheu com a mangueira. Akash passou o dia inteiro brincando na piscina, esguichando água no jardim e procurando as minhocas que o avô desencavava. Como na véspera, seu pai trabalhou quase sem parar até o sol se pôr. Com Akash do lado de fora o dia inteiro, Ruma teve tempo de fazer algumas coisas dentro de casa, coisas grandes e pequenas que vinha adiando. Pagou as contas que venceriam no final do mês, arquivou as pilhas de papelada geradas pela vida com Adam e em seguida começou a separar as roupas de Akash, tirando das gavetas as que já estavam pequenas e trazendo outras peças maiores das caixas plásticas guardadas no porão. Dependendo do sexo do bebê, teria de guardar as roupas menores ou doá-las. Faltavam quatro semanas para a amniocentese, quando ficariam sabendo do resultado. Sua barriga ainda não estava aparecendo muito e ela não sentira nenhum chute. Porém, ao contrário da última vez, não duvidava da presença de uma vida dentro de si.

Tirou das caixas suas roupas de gestante, as calças de cós reforçado e as batas que logo teria de usar. Depois de separar as roupas, voltou a atenção para a estante do quarto de Akash, que vinha querendo pintar desde que a comprara havia mais de dez anos, em

Boston, para guardar seus livros de direito. Retirou todos os brinquedos e livros e começou a empilhá-los no canto. Pediria a ajuda do pai para levá-la até lá fora, para poder pintá-la no quintal. Em determinado momento, Akash entrou no quarto, assustando-a. Estava descalço, e suas pernas douradas estavam cobertas de terra. Imaginou se ele ficaria chateado com ela por mexer nas suas coisas, mas ele olhou para a pilha como se aquilo fosse perfeitamente normal, depois começou a selecionar alguns itens.

"O que você está fazendo?", perguntou ela.

"Plantando coisas."

"Ah, é? O que você está plantando?"

"Tudo isto aqui", disse ele com os braços cheios enquanto saía do quarto. Ela o seguiu até o lado de fora, onde viu que o pai tinha criado um pequeno canteiro para Akash, pouco maior que um jornal aberto, escavado com buracos rasos a intervalos regulares. Ficou olhando Akash enterrar coisas, agachado no chão como o avô. Uma bola de borracha cor-de-rosa, algumas peças de Lego encaixadas, um bloco de madeira com uma estrela desenhada: tudo foi enterrado.

"Não enterre fundo demais", disse o avô. "Não mais de um dedo de profundidade. Ainda consegue tocar nas coisas?"

Akash aquiesceu. Pegou um dinossauro de plástico em miniatura e forçou-o para dentro da terra.

"Que cor é essa?", perguntou o avô.

"Vermelho."

"E em bengali?"

"*Lal.*"

"Muito bem."

"E *neel*!", exclamou Akash, apontando para o céu.

Enquanto o pai estava no chuveiro, ela preparou um chá. Gostava desse ritual, um reconhecimento formal da transformação do dia em noite, apesar de o sol não se pôr. Quando estava sozinha, essas horas passavam de forma arbitrária. Sentiu-se grata pela oportunidade de ficar sentada na varanda com o pai, com o bule, a tigela de castanhas salgadas, o pratinho de biscoitos, olhando para o lago e escutando a forte brisa atravessar as copas das árvores, uma versão mais grandiosa do modo como Akash costumava suspirar quando era bebê, cheio de contentamento, nas profundezas do sono. As folhas cintilavam como se estivessem iluminadas por dentro, estremecendo embora o ar não estivesse frio. Akash dormia, exausto depois de ter passado o dia inteiro brincando no quintal, e o silêncio reinava na casa.

"Se eu morasse nesta casa, dormiria aqui fora no verão", disse o pai depois de algum tempo. "Montaria uma cama dobrável."

"Você pode, sabe."

"O quê?"

"Dormir aqui fora. Temos um colchão inflável."

"É só conversa. Estou bem onde estou."

"Mas", continuou ele, "se eu pudesse, construiria uma varanda assim para mim."

"Por que não constrói?"

"O condomínio não deixa. Teria ficado bom na casa antiga."

Quando seu pai mencionou a casa antiga, lágrimas brotaram dos olhos de Ruma. De certa forma, estar em um lugar que sua mãe nunca vira ajudava. Uma das últimas conversas que tivera com a mãe fora quando lhe contara sobre o novo emprego de Adam que, na época, não passava de uma possibilidade remota, enquanto iam de carro até o hospital. "Não vá", dissera-lhe a mãe do banco da frente. "É longe demais. Eu nunca mais vou ver você." Seis horas depois de dizer isso, sua mãe estava morta.

Ruma sentiu uma vontade súbita de perguntar ao pai, como quisera tantas vezes, se ele sentia saudades da mãe, se algum dia havia chorado a sua morte. Mas nunca havia perguntado nada e ele nunca admitira ter sentido ou feito essas coisas.

"Se tivesse construído uma varanda, onde teria sido?"

Ele pensou um pouco. "Ao lado da sala de jantar, acho. Era o lado mais fresco da casa."

Ela tentou pensar na casa dos pais transformada dessa forma. Imaginou uma parede derrubada na sala de jantar, imaginou-se conversando com a mãe ao telefone, a mãe reclamando enquanto os operários martelavam e furavam. Então viu os pais sentados na sombra, em cadeiras de vime, tomando chá como ela e o pai faziam agora. Quando imaginava a casa antiga, sua mãe sempre estava viva nela, impossível não ver. Com o nascimento de Akash, com sua presença súbita, perfeita, Ruma sentira-se maravilhada pela primeira vez na vida. Ele às vezes ainda tinha o poder de deixá-la atônita: o simples fato de estar respirando, de todos os seus órgãos estarem no lugar certo, de o sangue correr de maneira silenciosa e eficaz por seus membros pequenos, sólidos. Ele era sangue do seu sangue, dissera-lhe a mãe no hospital no dia em que Akash nascera. Só que as palavras que sua mãe usou foram mais literais, enchendo de significado a expressão batida: "Ele é feito da sua carne e do seu osso". Isso fizera Ruma reconhecer a existência do sobrenatural na vida cotidiana. Mas a morte também tinha o poder de pasmar, como ela agora sabia: o fato de um ser humano poder passar anos e anos vivo, pensando, respirando, comendo, cheio de um milhão de preocupações, sensações, pensamentos, ocupando espaço no mundo, e então, de um instante para o outro, tornar-se ausente, invisível.

"Desculpe não termos ido visitar você no seu apartamento novo", disse ela ao pai. "Adam vai passar algum tempo sem férias. Mas iremos depois que o bebê nascer."

"Não tem nada para ver lá. Só uma TV, um sofá e minhas coisas. Não tem espaço para todos vocês ficarem. Não é como aqui."

"Mesmo assim eu gostaria de ver", disse ela. "Podemos ficar em um hotel."

"Não precisa, Ruma. Não há necessidade de viajar essa distância toda só para ver um apartamento", disse o pai. "Você agora é mãe", acrescentou ele. "Não há necessidade de arrastar os seus filhos."

"Mas era isso que você e Ma faziam quando nos levavam para a Índia todas aquelas vezes."

"Não tínhamos alternativa. Nossos pais não queriam viajar. Mas eu vou voltar para visitar você", disse ele, fitando a distância com um ar de aprovação e tomando um gole de chá. "Gosto daqui."

"Meu pai está plantando flores no quintal dos fundos", contou ela a Adam nessa noite, ao telefone.

"Ele planeja ficar por perto para cuidar delas?"

O atrevimento da resposta deixou-a irritada, e ela se sentiu na defensiva em relação ao pai. "Não sei."

"Hoje é quinta-feira, Ruma. Por quanto tempo você vai se torturar?"

Ela não estava mais se sentindo torturada. Planejara dizer isso a Adam, mas agora havia mudado de ideia. Em vez disso, falou: "Quero esperar mais uns dias. Ter certeza de que todo mundo se entende".

"Pelo amor de Deus, Ruma", disse Adam. "Ele é seu pai. Você o conhece desde que nasceu."

No entanto, até agora, ela não sabia determinadas coisas a seu respeito. Não sabia o quanto ele podia ser autônomo, prestativo, a ponto de ela não ter precisado lavar uma louça sequer desde a sua chegada. No jantar, ele era flexível e gostava do peixe e do peito de frango grelhado que ela começou a preparar depois que a comida indiana acabou, contentando-se com uma lata de sopa no almoço. Mas era Akash quem despertava a faceta do pai que mais surpreendia Ruma. À noite, o pai ficava ao seu lado no banheiro enquanto ela dava banho no menino, limpando a terra seca dos cotovelos e joelhos. Ajudava a vestir-lhe o pijama, escovar-lhe os dentes e pentear para trás os cabelos macios e úmidos. Certa tarde, quando Akash adormecera sobre o tapete da sala, seu pai fizera questão de pôr uma almofada debaixo da cabeça dele, de lhe cobrir o corpo com uma manta de algodão. Agora, Akash já insistia para que fosse ele quem lesse uma história na hora de dormir, e dormia no andar de baixo na cama do avô.

Na primeira noite em que Akash dormiu com o avô, ela desceu para se certificar de que ele havia pegado no sono. Viu uma fresta de luz debaixo da porta e ouviu a voz de seu pai lendo *Green eggs and ham*. Imaginou os dois debaixo das cobertas, as cabeças recostadas nos travesseiros, o livro entre eles, Akash virando as páginas enquanto seu pai lia. Era óbvio que seu pai não sabia o livro de cor, como ela, já que o estava lendo pela primeira vez na vida. Lia de forma desajeitada, fazendo pausas entre as frases, com uma estranha animação na voz que não existia em sua fala cotidiana. Mesmo assim, seu esforço a deixou tocada e, em pé junto à porta, ela percebeu que, pela primeira vez na vida, o pai havia se apaixonado. Estava prestes a bater e lhe dizer que já havia passado da hora de Akash dormir, que ele devia apagar a luz. Mas deteve-se e voltou para o andar de cima, sentindo por um instante inveja do próprio filho.

O jardim estava ficando bom. Era um exercício fútil, ele sabia. Não conseguia imaginar a filha ou o genro cuidando das plantas como se devia, percebendo o que precisava ser feito. Dali a semanas, imaginava ele, o jardim estaria coberto de ervas daninhas, as folhas devoradas por lesmas. Mas talvez eles contratassem alguém para fazer o serviço. Ele teria preferido plantar vegetais, mas exigiam mais cuidado do que flores. Era uma plantação modesta, um pouco de murta e mil-flores de crescimento mais lento sob as árvores, dois arbustos de azaleias, uma fileira de hostas, uma trepadeira clematite para subir pelas estacas da varanda e, em homenagem à mulher, uma pequena hortênsia. Em um canteiro atrás da cozinha, incapaz de se conter, plantou também uns poucos tomates, junto com alguns malmequeres e marias-sem-vergonha; tinham justo o tempo de tirar uma pequena colheita no outono. Espaçou as esporinhas, prendeu-as a estacas, enterrou no chão alguns bulbos de gladíolo. Sentia falta de trabalhar ao ar livre, da sensação sólida de terra sob os joelhos, entrando debaixo das unhas, do cheiro que continuava preso à pele mesmo depois de ele ter se esfregado no chuveiro. Era a única coisa na casa antiga de que tinha saudades, e as vezes em que pensava no seu jardim eram quando sentia com mais intensidade a falta da mulher. Ela havia levado isso embora. Durante anos, depois de as crianças crescerem, tinham sido só os dois, mas ela dava um jeito de usar todos os vegetais, incluindo-os em pratos que ele próprio não sabia preparar. Além disso, quando ela estava viva, os dois sempre recebiam convidados que ficavam maravilhados com o fato de as batatas saírem de seu próprio quintal, e no final da noite levavam para casa sacolas cheias delas.

Ele olhou para o pequenino canteiro de Akash, com a terra cuidadosamente moldada em volta dos brinquedos, canetas e lápis enfiados no chão. Havia também moedas de um centavo, todas as que ele tinha sobrando no bolso.

"Quando é que as plantas vão nascer?", perguntou Akash da piscina, onde estava agachado em cima de um pequeno veleiro.

"Daqui a pouco."

"Amanhã?"

"Não tão daqui a pouco. Essas coisas levam tempo, Akash. Lembra-se do que eu ensinei a você hoje de manhã?"

E Akash recitou seus números em bengali, de um a dez.

Nessa noite, na cama, depois de Akash adormecer ao seu lado, ele escreveu um postal para a sra. Bagchi. Era mais seguro, decidiu, do que mandar um e-mail do computador de Ruma, modo de comunicação no qual ele não conseguia se forçar a confiar por completo. Encontrara o cartão no mostruário da loja de ferragens onde comprara a piscina de Akash. A fotografia era uma vista das barcas em Elliot Bay, lugar que ele nunca tinha visitado. Na Europa, sempre tomava cuidado para comprar apenas postais de lugares que houvesse visitado, caso contrário sentia-se desonesto. Mas ali não tinha escolha. Escreveu o cartão em bengali, cujo alfabeto Ruma não seria capaz de decifrar. "Estou plantando um jardim para Ruma", começou. "Akash está crescido e aprendendo a nadar. O tempo está agradável, aqui não chove no verão. Estou animado para ir a Praga", concluiu. Não assinou. Vasculhou a carteira, onde havia anotado em um pedacinho de papel o endereço postal da sra. Bagchi. Só carregava consigo uns poucos endereços: o do filho, o da filha, e agora o da sra. Bagchi, todos anotados em pedacinhos de papel que ficavam atrás de sua carteira de motorista e do cartão da previdência social. Escreveu o endereço em inglês, e por fim, no alto, o nome dela.

Perguntou-se onde ficaria o correio mais próximo. Será que Ruma acharia estranho se ele lhe pedisse um selo? Poderia levar o postal de volta consigo para a Pensilvânia e mandá-lo de lá, mas parecia uma bobagem. Decidiu dizer a Ruma que precisava postar uma conta. Havia uma caixa de correio na estrada a uns três quilômetros dali; em algum momento antes de ir embora poderia enviar o postal. Não sabia onde guardá-lo agora. Não era um cômodo fácil para esconder coisas: as superfícies eram limpas, os cantos visíveis, o armário quase vazio, não fossem suas poucas camisas. Em determinado momento do dia, Ruma descia — ele nunca sabia muito bem quando — para fazer a cama, recolher a roupa suja do cesto e enxugar a água que ele havia respingado na lateral da pia enquanto escovava os dentes e fazia a barba. Cogitou guardar o postal no bolso da mala, mas estava cansado demais para sair da cama. Em vez disso, guardou-o entre as páginas do guia de Seattle sobre a mesinha de cabeceira, e então, como precaução extra, guardou o livro na gaveta.

Virou-se para o neto adormecido, os cílios compridos e bochechas arredondadas lembrando-lhe os próprios filhos quando eram pequenos. De repente, teve consciência de que não viveria para ver Akash entrar na idade adulta, de que nunca veria a meia-idade do neto, sua velhice, e esse simples fato da vida o entristeceu. Imaginou o menino dali a muitos anos, ocupando aquele mesmo quarto, fechando a porta como Ruma e Romi haviam feito. Era inevitável. No entanto, sabia que ele também tinha virado as costas para os próprios pais ao se mudar para os Estados Unidos. Em nome da ambição e da realização profissional, razões que já não tinham importância, havia-os abandonado. Beijou Akash de leve na lateral da cabeça, ajeitando com a mão os cachos de cabelos dourados, depois apagou a luz, enchendo o quarto de escuridão.

No sábado de manhã, véspera do dia previsto para seu pai ir embora, o jardim ficou pronto. Depois do café da manhã, ele mostrou a Ruma o que havia feito. Os arbustos ainda estavam pequenos, com forragem em volta da base e espaço suficiente para distingui-los uns dos outros, mas explicou que ficariam mais altos e mais próximos, mostrando a ela com a mão a altura que ela poderia esperar que atingissem no verão seguinte. Indicou-lhe a frequência das regas, a intensidade, disse-lhe para esperar o sol ter baixado. Mostrou-lhe o frasco de fertilizante que havia comprado e instruiu-a a misturá-lo com água. Paciente, ela escutou enquanto Akash entrava e saía correndo da piscina, mas absorveu pouca coisa do que o pai disse.

"Cuidado com estes besouros", disse ele, removendo um inseto da folha e jogando-o longe. "A hortênsia não vai florir muito este ano. As flores serão cor-de-rosa ou azuis, dependendo da acidez do solo. Depois de algum tempo, você vai ter de podar."

Ela aquiesceu.

"Sempre foram as flores preferidas da sua mãe", acrescentou o pai. "Quero dizer, aqui neste país."

Ruma olhou para a planta, para as grandes folhas verde-escuras de bordas serrilhadas. Nunca soubera daquilo.

"Cheque para ver se os tomates estão longe do chão." Ele se inclinou, rearrumando uma das plantas. "Esta estaca deve bastar para segurá-los, ou então você pode usar um pouco de barbante. Não deixe que sequem. Se o sol estiver forte, cheque duas vezes ao dia. Se gelar antes de ficarem maduros, colha os tomates e enrole em jornal. E corte os caules das esporinhas no outono."

"Talvez você possa fazer isso", sugeriu ela.

Ele se levantou, desajeitado, com uma das mãos segurando a frente da coxa. Tirou o boné de beisebol e enxugou a testa com o braço. "Tenho uma viagem marcada. Já comprei a passagem."

"Quero dizer depois de você voltar, Baba."

Seu pai, que antes olhava para as unhas sujas de terra, ergueu o rosto e olhou em volta, para o jardim e as árvores.

"Este é um bom lugar, Ruma. Mas é a sua casa, não a minha."

Ela esperava alguma resistência, então seguiu falando. "Você pode ficar com todo o andar de baixo. Pode continuar viajando sempre que quiser. Não vamos atrapalhar você. O que você acha, Akash?", disse, com a voz mais alta. "Dadu deve vir morar aqui conosco? Você iria gostar?"

Akash começou a dar pulos dentro da piscina, esguichando água de um golfinho de plástico, fazendo sim com a cabeça.

"Sei que seria uma mudança grande", continuou Ruma. "Mas seria bom para você. Para todos nós." A esta altura, ela já estava chorando. Seu pai não se adiantou para reconfortá-la. Estava calado, esperando aquele momento passar.

"Eu não quero ser um fardo", disse ele depois de algum tempo.

"Você não seria. Seria uma ajuda. Não precisa se decidir agora. Só me prometa que vai pensar no assunto."

Ele ergueu a cabeça para olhar a filha, um olhar breve e triste que pareceu finalmente vê-la de fato, e assentiu.

"Gostaria de fazer alguma coisa especial no seu último dia aqui?", perguntou ela. "Poderíamos almoçar em Seattle."

Essa sugestão pareceu animá-lo. "Que tal o passeio de barco? Ainda é possível?"

Ela entrou em casa, dizendo-lhe que ia aprontar Akash e checar os horários. De repente, ele se sentiu desesperado para ir embora, e as vinte e quatro horas que restavam lhe pareceram insuportáveis. Lembrou a si mesmo que no dia seguinte estaria em um avião, no caminho de volta para a Pensilvânia. E que, duas semanas depois disso, iria a Praga com a sra. Bagchi, e passaria as noites dormindo ao seu lado. Sabia que não era por ele que a filha o estava convidando para morar ali. Era por ela. Precisava dele como ele nunca sentira que ela precisara antes, sem contar as coisas óbvias que proporcionara à filha ao longo da vida. E, por causa disso, o convite o incomodava ainda mais. Parte dele, a parte dele que nunca deixaria de ser pai, sentia-se obrigada a aceitar. Mas não era o que ele queria. Passar uma semana ali, por mais agradável que tivesse sido, só fizera confirmar esse fato. Ele não queria fazer parte de outra família, parte da confusão, das brigas, das demandas, da energia de tudo aquilo. Não queria viver à margem da vida da filha, à sombra de seu casamento. Não queria tornar a morar em uma casa imensa que só faria encher de coisas ano após ano, à medida que as crianças crescessem, todas as coisas das quais recentemente havia se livrado, os livros, papéis, roupas e objetos que as pessoas se sentiam compelidas a possuir, a guardar. A vida crescia e seguia crescendo até certo ponto. O ponto ao qual ele agora havia chegado.

A única tentação era o menino, mas ele sabia que o menino iria esquecê-lo. Era para Ruma que ele representaria um novo lembrete de que, agora que sua mulher não estava mais ali, embora ele próprio ainda estivesse vivo, não havia mais ninguém para cuidar dela. Quando via Ruma ali, correndo atrás de Akash, recolhendo suas coisas, limpando o xixi do chão, responsável por todas as suas necessidades, percebeu como sua mulher era mais nova quando tinha feito tudo aquilo, praticamente uma menina. Quando a mulher tinha a idade de Ruma, seus filhos já eram quase adolescentes. Quanto mais as crianças cresciam, menos davam a impressão de parecer com o pai ou com a mãe — falavam diferente, vestiam-se de forma diferente, pareciam estrangeiros sob todos os aspectos, da textura dos cabelos ao formato dos pés e das mãos. Estranhamente, era com o neto, que para começar só era metade bengali, que sequer tinha um sobrenome bengali, que ele sentia uma conexão biológica direta, uma sensação de si próprio reconstituído em outro.

Lembrou-se dos filhos chegando em casa da faculdade, impacientes com ele e com a mulher, apaixonados pela independência recém-descoberta, sempre querendo sair de casa. Isso havia atormentado sua mulher e, embora ele jamais houvesse admitido, também havia lhe causado alguma dor. Nessas ocasiões, ele não conseguia deixar de pensar em como eles tinham sido jovens um dia, como tinham sido indefesos em seus braços nervosos, precisando deles para sobreviver, sem conhecer mais ninguém. Ele e a mulher eram todo o seu mundo. Depois de algum tempo, porém, essa necessidade se dissipou, reduziu-se a algo amorfo, tênue, algo que às vezes ameaçava se romper. Essa perda também estava reservada para Ruma; seus filhos iriam se transformar em desconhecidos, iriam evitá-la. E, como ela era sua filha, ele queria protegê-la disso, assim como havia tentado, ao longo de toda a vida, protegê-la de tantas coisas. Queria poupá-la da deterioração que ocorria inevitavelmente durante um casamento, e da conclusão que ele às vezes temia ser verdade: de que todo o processo de ter uma família, de pôr filhos no mundo, por mais gratificante que às vezes parecesse, era imperfeito desde o princípio. Mas essas eram as especulações de um velho, um velho que estava agora, ele próprio, agindo feito criança.

Seu pai foi embora cedo na manhã seguinte, enquanto Akash ainda dormia. Novamente ela se oferecera para ir ao aeroporto, mas dessa vez ele foi ainda mais veemente, dizendo-lhe que não queria atrapalhar a rotina de Akash. Estavam todos cansados do dia intenso em Seattle. Depois do passeio de barco, subiram a torre Space Needle, e jantaram no mercado de Pike Place antes de voltar para casa. Quando ela foi se juntar ao pai na cozinha, viu que ele já havia terminado o cereal, viu a tigela e a colher no escorredor. O saquinho de chá, normalmente separado para um segundo uso mais tarde durante o dia, fora jogado no lixo.

"Pegou tudo?", perguntou ela ao ver a mala do pai na porta. Ele havia chegado trazendo presentes, mas não comprara nada para levar de volta. Tudo que havia comprado ao longo da última semana, todas as coisas da chácara e da loja de ferragens, a mangueira enrolada, as ferramentas e sacos de terra que sobraram e agora estavam arrumados com cuidado debaixo da varanda, tinha sido para ela.

"Ligue quando chegar em casa", pediu Ruma, algo que a mãe dizia aos filhos quando eles iam embora. Pediu os detalhes do voo, anotando-os na parte inferior do papel, pregado na geladeira, com o itinerário de Adam.

"Adam chega hoje à noite?"

Ela fez que sim com a cabeça.

"Que bom. As coisas vão voltar ao normal, então."

Ela sentiu vontade de dizer como lhe parecera normal ter o pai em casa. Mas não conseguiu se forçar a pronunciar as palavras. Seu pai olhou para o relógio, em seguida despejou um pouco do chá no pires para fazê-lo esfriar mais depressa. Levou o pires à boca, sorvendo o líquido pela beirada.

"Foi uma semana maravilhosa, Ruma. Aproveitei cada dia."

"Eu também."

"Estes dias com Akash foram um lindo presente", acrescentou, com a voz mais suave. "Se quiser, posso vir passar um tempo aqui depois que você tiver o bebê. Não serei tão útil quanto a sua mãe teria sido."

"Isso não é verdade."

"Mas entenda, por favor, que eu prefiro ficar sozinho. Estou velho demais agora para fazer uma mudança dessas."

Suas palavras gentis atingiram-na com força, depressa demais. Ela compreendeu que ele não havia precisado pensar a respeito, que nunca tivera a intenção de ficar.

"Reserve um tempo para contatar escritórios de advocacia da região", continuou ele. "Não deixe todo aquele trabalho ficar sem serventia."

Ele se levantou e, antes que ela pudesse detê-lo, enxaguou a xícara e o pires e encaixou-os no escorredor. Estava na hora de ir embora.

"Deixe eu descer para dar um beijo em Akash", disse ele. Virou-se para sair da cozinha, então parou. "Você tem um selo sobrando? Preciso pôr uma conta no correio."

"Na gaveta da mesinha do hall", respondeu ela. "Tem uma cartela lá dentro."

Ruma ouviu a gaveta sendo aberta, depois fechada e em seguida o barulho dos chinelos do pai na escada. Quando ele voltou, foi até a entrada calçar os sapatos, amarrou os cadarços, guardou os chinelos no bolso da frente da mala. Beijou Ruma na bochecha. "Cuide-se. Dê notícias do jardim." Olhou para a barriga dela e acrescentou: "Estou esperando as boas-novas." Virou-se e foi até o carro, onde pôs a mala no bagageiro. Ela ficou olhando enquanto ele ligava o motor e dava ré, perguntando-se quando tornaria a vê-lo. Na caixa de correio, ele fez uma pausa, e por um instante ela pensou que fosse abrir a janela e pôr a conta lá dentro. Mas ele só acenou pela janela fechada, inclinando-se na sua direção, parecendo perdido, e segundos depois foi embora.

"Onde Dadu está?", perguntou Akash quando ela estava terminando o chá.

"Ele foi para casa hoje."

"Por quê?"

"Porque é lá que ele mora."

"Por quê?" No rostinho do filho, ela viu a decepção que também sentia.

"Papai vai voltar hoje à noite", disse ela, tentando mudar de assunto. "Que tal fazermos um bolo?"

Akash foi até a porta da cozinha e experimentou a maçaneta, olhando para o quintal através do vidro. "Eu quero Dadu."

Ela abriu a porta para ele e seguiu-o até lá fora, ambos descalços, Ruma pisando com cuidado, Akash sem medo das pedras ou gravetos. Fazia mais frio do que ela esperava, ainda cedo demais para o calor do dia ter se acumulado. Ela cogitou voltar e buscar suéteres. "Amorzinho? Você está com frio?", perguntou, abraçando o próprio peito, mas Akash não respondeu. Pegou o regador vazio que o avô havia deixado debaixo da varanda e fingiu regar as coisas em seu pequeno canteiro. Ela olhou para os objetos que despontavam da terra: canetas e lápis, um canudo, um palito de picolé. Havia papéis também: velhos envelopes de mala direta, cartões de proposta de assinatura caídos de revistas, dobrados no chão como pequenas barracas de camping. Seu olhar recaiu sobre outro pedaço de papel, mais rígido que o resto. Curvou-se para examiná-lo, reconhecendo a caligrafia do pai. Supôs que fosse um dos postais que o pai havia lhe mandado, e que Akash tirara da porta da geladeira, ou da cesta na mesa do hall. Mas aquele postal não tinha carimbo do correio, não havia sido postado. Estava escrito em bengali, e endereçado em inglês a uma pessoa em Long Island. Uma certa sra. Meenakshi Bagchi.

Ela o recolheu do chão. "Akash, o que é isto aqui?"

Ele estendeu a mão, tentando arrancar o postal de sua mão. "É meu."

"O que é?", perguntou ela, dessa vez mais ríspida.

"É para o meu jardim."

"Dadu deu isto aqui para você?"

Ele sacudiu a cabeça, zangado, e então começou a chorar.

Ela olhou para o postal, e imediatamente entendeu, assim como entendera pela expressão no rosto do cirurgião o que havia acontecido com a mãe na mesa de operação. A mulher no vídeo, o motivo das viagens do pai, o motivo de sua boa disposição, o motivo pelo qual ele não queria morar em Seattle. O motivo pelo qual quisera um selo naquela manhã. Ali, em umas poucas frases que ela sequer conseguia ler, estava a explicação, a prova de que não fora apenas por Akash que seu pai havia se apaixonado.

Ele estava em uma livraria do aeroporto, comprando um jornal para ler na sala de embarque, quando viu, em pé, em um suporte de metal junto à caixa registradora, um exemplar do mesmo guia de Seattle que encontrara na cabeceira da cama da casa de Ruma. Havia procurado o livro por toda parte, revirando toda a roupa de cama, quase acordando Akaṣh ao fazê-lo. Abriu gavetas que nunca havia usado, espiou a prateleira do armário, enfiou a mão o mais fundo possível debaixo do colchão, amaldiçoando a si mesmo por não ter enviado o postal antes. Por fim, descobriu o guia no chão debaixo da cama, do lado em que Akash dormia. Procurou freneticamente em todas as páginas, sacudindo o livro pela lombada, mas o postal havia sumido. Por um instante, sentiu-se tentado a acordar o menino, a perguntar se ele o tinha visto, posto em algum lugar. Procurou no banheiro, no cesto de roupa suja, na banheira onde havia tomado banho naquela manhã. Finalmente, sem conseguir mais justificar a busca, sabendo que iria perder o avião, foi embora, com o selo intacto de Ruma ainda solto no bolso da camisa, em valor mais alto do que o necessário para um postal, uma coisa sem peso que o enchia de apreensão.

Ela levou Akash para dentro, enxugou-lhe as lágrimas e abraçou-o, e então, quando ele se acalmou, preparou o café da manhã. Disse sim quando ele perguntou se podia ver televisão, acomodando-o com a tigela de cereal atrás da mesa de centro, e voltou para a cozinha para olhar novamente o postal. Seu primeiro impulso foi rasgá-lo, mas ela se controlou, encarando as letras bengalesas que sua mãe um dia tentara, sem sucesso, lhe ensinar quando criança. Eram frases que a mãe teria entendido em um segundo, frases que provavam, com mais força do que o funeral, mais força do que todos os dias decorridos desde então, que sua mãe não mais existia. Para onde teria ido quando a vida continuava, quando Ruma ainda precisava que ela lhe explicasse tantas coisas?

Tornou a sair para o quintal, atravessou o gramado e olhou para a hortênsia que o pai havia plantado, que daria flores cor-de-rosa ou azuis dependendo do solo. A planta não provava a Ruma que seu pai havia amado sua mãe, ou sequer que sentia saudades dela. No entanto, ele a plantara ali, homenageara a mãe antes de voltar sua atenção para outra mulher. Ruma alisou o postal na mão, raspando com a unha a terra que escondia um pedacinho do código postal. Virou o cartão e examinou a frente, a vista genérica que o pai havia escolhido para simbolizar sua visita. Então tornou a entrar em casa, foi até a mesa do hall. Tirou a cartela de selos da gaveta e colou um deles no postal, para que o carteiro mais tarde o recolhesse.

Inferno-Céu

Tecnicamente, Pranab Chakraborty não era o irmão mais novo do meu pai. Ele era um bengali como nós, de Calcutá, que havia naufragado na costa árida da vida social dos meus pais no início dos anos 1970, quando moravam em um apartamento alugado em Central Square e podiam contar os conhecidos nos dedos de uma única mão. Mas eu não tinha nenhum tio de verdade nos Estados Unidos, portanto fui ensinada a chamá-lo de Pranab Kaku. Reciprocamente, ele chamava meu pai de Shyamal Da, usando sempre o tratamento respeitoso, e chamava minha mãe de Boudi, que é como os bengaleses devem tratar a esposa de um irmão mais velho, em vez de usar seu primeiro nome, Aparna. Depois que meus pais fizeram amizade com Pranab Kaku, ele confessou que no dia em que o conhecemos ele havia seguido minha mãe e a mim durante boa parte de uma tarde pelas ruas de Cambridge, onde costumávamos passear depois de eu sair da escola. Ele nos seguira pela Massachusetts Avenue, entrara e saíra da Harvard Coop., onde minha mãe gostava de conferir os utensílios domésticos com desconto. Entrara conosco em Harvard Yard, onde minha mãe muitas vezes sentava na grama, quando o tempo estava bom, para ficar vendo as ondas de alunos e professores percorrerem apressados as trilhas da praça, até que, por fim, quando estávamos subindo a escada da Biblioteca Widener para eu poder usar o banheiro, dera um tapinha no ombro da minha mãe e perguntara, em inglês, se por acaso ela era bengalesa. A resposta era evidente, já que minha mãe estava usando os braceletes vermelhos e brancos característicos das bengalesas casadas e um sári simples do distrito de Tangail, e ostentava na risca central dos cabelos uma grossa faixa de vermelhão, além de ter o rosto cheio e redondo e os grandes olhos escuros tão típicos das bengalesas. Ele reparou nos dois ou três alfinetes de fralda que ela trazia presos às finas pulseiras de ouro que usava por baixo das vermelhas e brancas, que serviam para substituir o fecho perdido de alguma blusa ou passar um cordão por uma anágua em poucos instantes, hábito que ele associava estritamente à sua mãe, irmãs e tias de Calcutá. Além disso, Pranab Kaku ouvira minha mãe falando comigo em bengali, dizendo-me que eu não podia comprar um exemplar da revista em quadrinhos *Archie* na cooperativa. Na época, porém, como ele também confessou, era tão recém-chegado aos Estados Unidos que não tomava nada por certo, e duvidava até mesmo do óbvio.

Já fazia três anos que meus pais e eu residíamos em Central Square; antes disso, tínhamos morado em Berlim, onde eu havia nascido e meu pai terminado a formação de microbiologia antes de aceitar um cargo de pesquisador no Hospital Central de Massachusetts. E antes de Berlim, minha mãe e meu pai tinham morado na Índia, onde não se conheciam e onde o casamento deles fora organizado pelas famílias. Central Square é o primeiro lugar do qual lembro de ter morado, e nas minhas lembranças do nosso apartamento, em um prédio marrom-escuro coberto de telhas em Ashburton Place, Pranab Kaku está sempre presente. Segundo a história que ele gostava de contar, minha mãe convidou-o a nos acompanhar de volta até nosso apartamento naquela mesma tarde e preparou um chá para eles; então, depois de saber que ele não fazia uma refeição bengali decente havia mais de três meses, serviu-lhe o resto de curry de peixe com arroz que tínhamos comido no jantar da véspera. Ele ficou para um segundo jantar nessa mesma noite, depois de meu pai chegar em casa, e depois disso começou a aparecer para jantar quase todas as noites, ocupando a quarta cadeira da mesa de fórmica quadrada de nossa cozinha e tornando-se parte de nossa família na prática, assim como no tratamento.

Ele vinha de uma família rica de Calcutá e nunca havia precisado sequer servir-se um copo d'água antes de se mudar para os Estados Unidos para estudar engenharia no MIT. A vida como estudante de pós-graduação em Boston foi um choque cruel, e durante o primeiro mês ele perdeu quase dez quilos. Chegara em janeiro, no meio de uma tempestade de neve, e depois de uma semana havia arrumado as malas e ido para o aeroporto de Logan, disposto a desistir da oportunidade que dera duro para conseguir durante a vida inteira, mas acabara mudando de ideia no último minuto. Agora estava morando em Trowbridge Street, na casa de uma mulher divorciada, mãe de dois filhos pequenos que não paravam de gritar e chorar. Alugava um quartinho no sótão, e só podia usar a cozinha em determinados horários do dia, sendo sempre instruído a limpar o fogão usando uma esponja e desengordurante. Meus pais concordaram que era uma situação terrível e, se tivessem um quarto sobrando, teriam-no oferecido a ele. Em vez disso, recebiam-no para as refeições e abriam nosso apartamento para ele a qualquer hora, e logo foi lá que ele começou a passar os intervalos entre as aulas e seus dias livres, sempre deixando para trás algum vestígio de sua presença: um maço de cigarros quase no fim, um jornal, uma correspondência que não se dera ao trabalho de abrir, um suéter tirado e esquecido durante a visita.

Lembro-me nitidamente do som de sua risada exuberante e da imagem de seu corpo alto e magro curvado ou esparramado sobre a mobília sem graça e descombinada que viera com nosso apartamento. Ele tinha um rosto atraente, de testa alta, bigode farto e cabelos compridos demais e desgrenhados que, segundo minha mãe, deixavam-no parecido com os hippies americanos que se via por toda parte naquela época. Suas pernas compridas se sacudiam rapidamente para cima e para baixo sempre que ele estava sentado, e suas mãos elegantes tremiam quando ele segurava um cigarro entre os dedos, batendo as cinzas em uma xícara que minha mãe começou a separar para esse uso exclusivo. Embora fosse cientista por formação, não havia nele nada de rígido, previsível ou bem-ordenado. Parecia estar sempre faminto, passando pela porta e anunciando que não havia almoçado, e então comia com voracidade, estendendo a mão por trás de minha mãe para roubar costeletas enquanto ela as fritava, antes mesmo de ela conseguir arrumá-las direito em uma travessa com salada de cebola roxa. Quando estavam sozinhos, meus pais comentavam que ele era um aluno brilhante, uma estrela de Jadavpur que viera para o MIT com uma prestigiosa bolsa de assistente, mas Pranab Kaku era descuidado com as aulas, às quais faltava com frequência. "Esses americanos estão aprendendo equações que eu já sabia quando tinha a idade de Usha", reclamava. Espantava-o que meu professor da primeira série não me mandasse fazer nenhum dever de casa, e que, aos sete anos de idade, eu ainda não tivesse aprendido raiz quadrada nem o conceito de pi.

Ele aparecia sem avisar e sem telefonar antes, simplesmente batendo na porta como as pessoas faziam em Calcutá e chamando "Boudi!" enquanto esperava minha mãe deixá-lo entrar. Antes de o conhecermos, eu voltava da escola e encontrava minha mãe com a bolsa no colo e vestida com o casaco impermeável, desesperada para fugir do apartamento onde havia passado o dia inteiro sozinha. Mas agora eu a encontrava na cozinha, abrindo a massa para os *luchis* que normalmente preparava aos domingos para mim e meu pai, ou instalando cortinas novas compradas na Woolworth's. Na época, eu não sabia que as visitas de Pranab Kaku eram aquilo que minha mãe passava o dia inteiro esperando, que ela vestia um sári novo e penteava os cabelos em preparação para sua chegada, e que planejava, com dias de antecedência, os lanches que iria lhe servir com tanta casualidade. Não sabia que ela vivia para o instante em que o ouvia chamar "Boudi!" da entrada e que ficava de mau humor nos dias em que ele não aparecia.

Ela devia ficar satisfeita com o fato de eu também aguardar ansiosamente aquelas visitas. Ele me mostrou truques com cartas e uma ilusão de ótica em que parecia estar cortando fora o próprio polegar com enorme dificuldade e força, e ensinou-me a decorar tabuadas muito antes de eu ter de aprendê-las na escola. Seu hobby era a fotografia. Ele tinha uma câmera cara, que exigia raciocínio antes de se apertar o obturador, e eu rapidamente me tornei sua modelo preferida, de rosto redondo, desdentada, com a grossa franja precisando de um corte. Ainda são os meus retratos de que mais gosto, pois transmitem aquela segurança da juventude que hoje não tenho mais, sobretudo na frente da câmera. Lembro-me de ter de correr de um lado para o outro de Harvard Yard enquanto ele ficava em pé com a câmera tentando me fotografar em movimento, ou de posar nos degraus de prédios da universidade, ou no meio da rua, ou encostada em troncos de árvore. Há apenas uma foto em que minha mãe aparece; ela está me segurando sentada no colo, com a cabeça inclinada na minha direção, as mãos pressionadas sobre meus ouvidos como para me impedir de escutar alguma coisa. Nessa foto, a sombra de Pranab Kaku, com os dois braços erguidos em ângulo para segurar a câmera junto ao rosto, flutua no canto do quadro, uma forma escurecida, de traços indistintos, superimposta em um dos lados do corpo da minha mãe. Éramos sempre nós três. Eu estava sempre presente quando ele vinha nos visitar. Teria sido inadequado para minha mãe recebê-lo sozinha no apartamento; isso era algo que estava subentendido.

Os dois tinham em comum todas as coisas que ela e meu pai não tinham: amor por música, cinema, política de esquerda, poesia. Vinham do mesmo bairro no norte de Calcutá, onde as casas de suas famílias ficavam a uma curta distância a pé uma da outra, e conheciam as respectivas fachadas uma vez descrita a localização exata. Conheciam as mesmas lojas, os mesmos trajetos de bonde e ônibus, os mesmos lugares pouco conhecidos onde comprar *jelabis* e *moghlai parathas*. Meu pai, por sua vez, vinha de um subúrbio a mais de trinta quilômetros de Calcutá, área que minha mãe considerava uma selva, e mesmo em seus piores momentos de saudade de casa ela ficava agradecida por meu pai tê-la ao menos poupado de uma vida na espartana casa dos sogros, onde ela teria tido de manter a cabeça sempre coberta com a ponta do sári e usar um reservado que não passava de uma plataforma elevada com um buraco no meio e onde não havia um único quadro pregado nas paredes dos quartos. Em poucas semanas, Pranab Kaku já havia trazido seu toca-fitas para o nosso apartamento, e tocava para minha mãe medleys e mais medleys de canções dos filmes em híndi de sua juventude. Eram canções alegres e românticas, que transformavam a vida tranquila do nosso apartamento e transportavam minha mãe de volta para o mundo que ela deixara ao se casar com meu pai. Ela e Pranab Kaku ficavam tentando se lembrar de qual cena em qual filme vinham as canções, quem eram os atores e que roupa estavam usando. Minha mãe descrevia Raj Kapoor e Nargis cantando debaixo de guarda-chuvas sob um aguaceiro, ou Dev Anand dedilhando um violão na praia em Goa. Ela e Pranab Kaku tinham conversas arrebatadas sobre esses assuntos, levantando as vozes em um combate brincalhão, confrontando-se de uma forma que ela e meu pai nunca faziam.

Como ele representava o papel de irmão mais novo, ela se sentia à vontade para chamá-lo de Pranab, ao passo que nunca chamou meu pai pelo primeiro nome. Na época, meu pai tinha trinta e sete anos, nove a mais do que minha mãe. Pranab Kaku tinha vinte e cinco. Meu pai era um apreciador do silêncio e da solidão. Casara-se com minha mãe para fazer a vontade dos pais; eles estavam dispostos a aceitar sua deserção contanto que ele tivesse uma esposa. Ele era casado com o trabalho, com a pesquisa, e vivia em uma concha que nem minha mãe nem eu éramos capazes de penetrar. Para ele, conversar era um calvário; exigia um esforço que ele preferia exercer no laboratório. Qualquer tipo de excesso lhe desagradava, e ele não manifestava nenhum desejo ou necessidade salvo os elementos frugais da rotina diária: cereal e chá pela manhã, uma xícara de chá ao chegar em casa e dois pratos de legumes diferentes a cada noite para o jantar. Não comia com o apetite voraz de Pranab Kaku. Meu pai tinha uma mentalidade de sobrevivente. De vez em quando, gostava de observar, em companhias diversas e muitas vezes sem provocação relevante, que os russos famintos sob o regime de Stálin haviam chegado a comer cola de papel de parede. Seria possível pensar que ele ficava ligeiramente enciumado, ou no mínimo desconfiado, da regularidade das visitas de Pranab Kaku e do efeito que elas tinham sobre o comportamento e o humor de minha mãe. No entanto, na minha concepção, meu pai sentia-se grato a Pranab Kaku pela companhia que ele fazia à sua mulher, livre da sensação de responsabilidade que devia sentir por tê-la forçado a sair da Índia, e aliviado, talvez, por vê-la feliz para variar um pouco.

No verão, Pranab Kaku comprou um Fusca azul-marinho e começou a levar minha mãe e eu para passeios por Boston e Cambridge, e logo para fora da cidade, disparando pela autoestrada. Levava-nos à loja India Tea & Spices, em Watertown, e certa vez levou-nos até New Hampshire para ver as montanhas. À medida que o tempo foi ficando mais quente, começamos a ir ao lago de Walden Pond uma ou duas vezes por semana. Minha mãe sempre preparava um lanche com ovos cozidos e sanduíches de pepino e conversava animadamente sobre os piqueniques de inverno de sua juventude, grandes expedições em que cinquenta de seus parentes pegavam o trem até a zona rural de Bengala Ocidental. Pranab Kaku escutava essas histórias com interesse, absorvendo os detalhes desaparecidos do passado dela. Não ignorava sua nostalgia, como meu pai, nem escutava sem entender, como eu. Em Walden Pond, Pranab Kaku convencia minha mãe a atravessar o bosque e fazia-a descer o declive íngreme até a beira d'água. Ela desembalava as coisas do piquenique, sentava-se e ficava nos vendo nadar. O peito dele era coberto de pelos grossos e escuros, até a cintura. Ele era uma visão estranha, com suas pernas finas como caniços e uma barriga pequena e flácida, como uma mulher outrora esbelta que houvesse tido um bebê e depois não se dera o trabalho de tonificar o abdome. "Você está me deixando gordo, Boudi", reclamava ele depois de se refestelar com a comida de minha mãe. Nadava com grande alarde, atabalhoadamente, com a cabeça sempre para fora d'água; não sabia soltar bolhas nem prender a respiração, como eu havia aprendido na aula de natação. Aonde quer que fôssemos, qualquer desconhecido naturalmente supunha que Pranab Kaku fosse meu pai, que minha mãe fosse sua mulher.

Hoje está claro para mim que minha mãe estava apaixonada por ele. Ele a cortejou como nenhum homem jamais havia feito, com o afeto inocente de um cunhado. Para mim, ele era apenas um parente, uma mistura de tio com um irmão bem mais velho, pois sob determinados aspectos meus pais o protegiam e cuidavam dele quase da mesma forma como cuidavam de mim. Ele respeitava meu pai, a quem sempre pedia conselhos sobre a vida no Ocidente, sobre abrir uma conta bancária e arrumar um emprego, e prezava suas opiniões sobre Kissinger e o caso Watergate. De vez em quando, minha mãe provocava-o em relação às alunas indianas do MIT, ou lhe mostrava retratos de suas primas mais jovens na Índia. "O que acha dela?", perguntava. "Não é bonita?" Sabia que nunca poderia ter Pranab Kaku para si, e imagino que aquela fosse a sua tentativa de mantê-lo na família. No entanto, mais importante do que tudo, ele no início se mostrava totalmente dependente dela, necessitando-a durante aqueles meses de uma forma como meu pai nunca fez em toda a história de seu casamento. Ele proporcionou à minha mãe a primeira e, desconfio, a única felicidade pura que ela jamais sentiu. Acho que nem o meu nascimento deixou-a tão feliz. Eu era uma prova concreta de seu casamento com meu pai, uma consequência natural da vida que ela fora criada para levar. Mas Pranab Kaku era diferente. Ele era o único prazer totalmente inesperado de sua vida.

No outono de 1974, Pranab Kaku conheceu Deborah, uma aluna americana de Radcliffe, que começou a acompanhá-lo nas visitas à nossa casa. Eu chamava Deborah pelo primeiro nome, assim como meus pais, mas Pranab Kaku ensinou-a a chamar meu pai de Shyamal Da e minha mãe de Boudi, instrução à qual Deborah obedeceu de bom grado. Antes de os dois virem jantar pela primeira vez, perguntei à minha mãe, enquanto ela arrumava a sala, se eu deveria chamá-la de Deborah Kakima, transformando-a em tia da mesma forma que havia transformado Pranab em tio. "De que adianta?", respondeu minha mãe, fitando-me com um olhar penetrante. "Daqui a algumas semanas, a diversão vai terminar e ela vai largar dele." No entanto, Deborah permaneceu ao seu lado, frequentando as festas de fim de semana nas quais Pranab Kaku e meus pais estavam agora mais envolvidos, reuniões onde só havia bengaleses com exceção dela. Deborah era muito alta, mais alta do que meu pai e minha mãe e quase tão alta quanto Pranab Kaku. Usava os compridos cabelos cor de cobre repartidos ao meio, como minha mãe, mas presos em um rabo de cavalo baixo em vez de trançados, ou soltos desordenadamente sobre os ombros e pelas costas de uma forma que minha mãe considerava indecente. Usava pequenos óculos de aro prateado e nenhum pingo de maquiagem, e estudava filosofia. Eu a achava linda de morrer mas, segundo minha mãe, Deborah tinha espinhas no rosto e seus quadris eram estreitos demais.

Durante algum tempo, Pranab Kaku continuou a aparecer uma vez por semana para jantar sozinho, quando praticamente só fazia perguntar à minha mãe o que ela achava de Deborah. Buscava a sua aprovação, dizendo-lhe que Deborah era filha de professores do Boston College, que seu pai publicava poesias, e que tanto seu pai quanto sua mãe tinham feito doutorado. Quando ele não estava por perto, minha mãe reclamava das visitas de Deborah, de ter de preparar uma comida menos apimentada, muito embora Deborah dissesse gostar de comida apimentada, e de ficar com vergonha de pôr uma cabeça de peixe frita dentro do *dal*. Pranab Kaku ensinou Deborah a dizer *khub bhalo* e *aacha* e a pegar determinadas comidas com os dedos em vez de usar o garfo. Algumas vezes, eles acabavam dando de comer um ao outro, deixando os dedos se demorarem na boca um do outro, fazendo meus pais baixarem os olhos para os pratos e esperarem aquilo passar. Em reuniões maiores, eles se beijavam e ficavam de mãos dadas na frente de todo mundo, e quando não estavam escutando, minha mãe falava com as outras mulheres bengalesas. "Ele costumava ser tão diferente. Não entendo como alguém pode mudar tão de repente. A diferença é simplesmente inferno-céu", dizia ela, usando sempre essas palavras, *inferno-céu*, para a metáfora invertida de sua própria lavra.

Quanto mais minha mãe começou a se ressentir das visitas de Deborah, mais comecei a ansiar por elas. Apaixonei-me por Deborah, da forma como meninas muitas vezes se apaixonam por mulheres que não são suas mães. Adorava seus olhos cinza serenos, os ponchos, as saias transpassadas de brim e sandálias que ela usava, seus cabelos lisos que ela me deixava arrumar em todo tipo de penteado bobo. Ansiava por sua aparição casual; sempre que havia alguma reunião, minha mãe insistia para que eu usasse um dos meus vestidos de ar vagamente vitoriano, que iam até o tornozelo e que ela chamava de "máxis", e fazer um penteado de festa, o que significava separar uma mecha de cada lado da minha cabeça e prendê-las juntas atrás com uma fivela. Nas festas, Deborah acabava se esquivando educadamente depois de algum tempo, para grande alívio das bengalesas com quem supostamente devia conversar, e vinha brincar comigo. Eu era mais velha do que todos os outros filhos dos amigos dos meus pais, mas em Deborah encontrei uma companheira. Ela sabia tudo sobre os livros que eu lia, sobre Píppi Meialonga e Anne de Green Gables. Dava-me o tipo de presente que meus pais não tinham dinheiro nem inspiração para comprar: um grande livro de contos dos irmãos Grimm ilustrado com aquarelas sobre páginas grossas e lustrosas, marionetes de madeira com cabelos feitos de lã. Falava-me sobre a sua família, as três irmãs mais velhas e os dois irmãos, dos quais o caçula era mais próximo da minha idade do que da dela. Certa vez, depois de visitar os pais, ela trouxe três livros de Nancy Drew, com seu nome escrito em caligrafia de menina no alto da primeira página, e um velho brinquedo que havia sido seu, um teatrinho de papel com cenários que podiam ser trocados: o exterior de um castelo, um salão de baile, um campo aberto. Deborah e eu conversávamos livremente em inglês, língua na qual, àquela altura, eu já me expressava com mais facilidade do que em bengali, que era obrigada a falar em casa. Algumas vezes, ela me perguntava como se dizia isso ou aquilo outro em bengali; um dia me perguntou o que queria dizer *asobbho*. Hesitei, depois lhe disse que era disso que minha mãe me chamava quando eu tinha feito alguma coisa muito malcriada, e Deborah fechou a cara. Eu me sentia no dever de protegê-la, consciente de que ela era indesejada, de que era malvista, consciente das maldades que os outros diziam.

Agora éramos quatro nos passeios de Fusca, Deborah na frente, com a mão por cima da que Pranab Kaku usava para passar a marcha, e minha mãe e eu atrás. Minha mãe logo começou a encontrar motivos para não ir, dores de cabeça e começos de resfriado, então eu me tornei parte de um novo triângulo. Para minha surpresa, minha mãe me deixava ir com eles ao museu de belas-artes, ao passeio público e ao aquário. Estava esperando o caso terminar, Deborah partir o coração de Pranab Kaku e ele voltar para nós, magoado e contrito. Eu não via nenhum sinal de o relacionamento dos dois estar dando errado. O carinho que demonstravam um pelo outro, sua felicidade espontânea, tudo isso era para mim algo novo e romântico. Comigo no banco de trás, Pranab Kaku e Deborah podiam treinar para o futuro, experimentar a ideia de uma família que fosse deles. Incontáveis fotografias foram tiradas de Deborah comigo, eu sentada no colo dela, segurando sua mão, beijando-a no rosto. Trocávamos o que eu acreditava serem sorrisos secretos, e nesses instantes eu achava que ela me entendia melhor do que qualquer outra pessoa no mundo. Qualquer um teria dito que Deborah daria uma excelente mãe algum dia. Mas minha mãe se recusava a admitir tal coisa. Eu não sabia, na época, que minha mãe me deixava ir passear com Pranab Kaku e Deborah porque estava grávida pela quinta vez desde o meu nascimento, e tão doente, exausta e com medo de perder outro bebê que passava a maior parte do dia dormindo. Depois de dez semanas, ela teve outro aborto espontâneo, e o médico aconselhou-a a parar de tentar.

Quando o verão chegou, um diamante apareceu na mão esquerda de Deborah, algo que minha mãe nunca havia recebido. Certo dia, como a sua família de verdade morava muito longe, Pranab Kaku foi sozinho à nossa casa para pedir a bênção de meus pais antes de lhe dar o anel. Mostrou-nos a caixa, abrindo-a e tirando o diamante guardado lá dentro. "Quero ver como fica em alguém", disse, incentivando minha mãe a experimentá-lo, mas ela recusou. Fui eu quem estendi a mão, sentindo o peso do anel suspenso na base do meu dedo. Ele então fez um segundo pedido: queria que meus pais escrevessem para os seus pais dizendo que haviam conhecido Deborah e que tinham uma boa opinião a seu respeito. Naturalmente, estava nervoso com a ideia de contar à família que pretendia se casar com uma moça americana. Havia contado aos pais tudo sobre nós, e em determinado momento meus pais receberam uma carta deles, agradecendo-lhes por cuidarem tão bem de seu filho e por lhe proporcionarem um lar de verdade nos Estados Unidos. "Não precisa ser comprida", disse Pranab Kaku. "Só umas poucas linhas. Vai ser mais fácil eles aceitarem se vier de vocês." Meu pai não gostava nem desgostava de Deborah, e nunca comentava nem criticava como fazia minha mãe, mas garantiu a Pranab Kaku que uma carta de aprovação seria encaminhada a Calcutá antes do fim da semana. Minha mãe aquiesceu, concordando, mas no dia seguinte eu vi a xícara que Pranab Kaku vinha usando como cinzeiro durante todo aquele tempo dentro da lixeira da cozinha, em pedaços, e três band-aids colados na mão da minha mãe.

Os pais de Pranab Kaku ficaram horrorizados com a ideia de o filho único se casar com uma americana e algumas semanas depois nosso telefone tocou no meio da noite: era o sr. Chakraborty dizendo a meu pai que eles não tinham como abençoar uma união daquelas, que estava fora de cogitação, que se Pranab Kaku tivesse a ousadia de se casar com Deborah eles não iriam mais considerá-lo seu filho. Então a mulher dele entrou na linha, pediu para falar com minha mãe e atacou-a como se as duas fossem íntimas, culpando minha mãe por deixar o envolvimento se aprofundar. Disse que já haviam escolhido uma esposa para ele em Calcutá, que ele partira para os Estados Unidos com a promessa de voltar, depois que terminasse os estudos, para se casar com essa moça. Haviam comprado o apartamento vizinho no prédio em que moravam para Pranab e sua prometida, e o apartamento estava vazio, esperando a sua volta. "Achamos que pudéssemos confiar em vocês, mas vocês nos traíram mortalmente", disse sua mãe, descontando a raiva em uma desconhecida de um jeito que não podia fazer com o filho. "É isso que acontece com as pessoas nos Estados Unidos?" Tentando proteger Pranab Kaku, minha mãe defendeu o casamento, dizendo à mãe dele que Deborah era uma moça bem-educada de uma família decente. Os pais de Pranab Kaku imploraram aos meus para convencê-lo a desistir, mas meu pai se recusou, decidindo que não cabia a eles se envolver. "Não somos os pais dele", disse à minha mãe. "Podemos avisá-lo que eles não aprovaram o casamento, mas nada além disso." Assim, meus pais não contaram nada a Pranab Kaku sobre como os pais dele os destrataram, culparam e ameaçaram repudiar o filho, contaram somente que se recusaram a abençoá-lo. Diante da recusa, Pranab Kaku deu de ombros. "Estou pouco ligando. Nem todo mundo pode ter a mente tão aberta quanto vocês", disse ele a meus pais. "A bênção de vocês dois me basta."

Depois do noivado, Pranab Kaku e Deborah começaram a se distanciar de nossas vidas. Foram morar juntos em um apartamento em Boston, no South End, bairro que meus pais consideravam pouco seguro. Nós também nos mudamos, para uma casa em Natick. Embora meus pais houvessem comprado a casa, ocupavam-na como se ainda fossem locatários, retocando as marcas no chão com restos de tinta e relutando em furar as paredes, e todas as tardes, quando o sol batia na janela da sala, minha mãe fechava as persianas para nossa mobília nova não desbotar. Semanas antes do casamento meus pais convidaram Pranab Kaku para um jantar especial, preparado por minha mãe, para marcar o fim da vida de solteiro. Esse seria o único aspecto bengali do casamento; o resto seria estritamente americano, com bolo, pastor protestante e Deborah de vestido branco longo e véu. Há uma foto desse jantar, tirada por meu pai, a única, até onde sei, em que minha mãe e Pranab Kaku aparecem juntos. A foto está ligeiramente borrada; lembro-me de Pranab Kaku explicando a meu pai como mexer na câmera, então ele aparece levantando os olhos da mesa da cozinha e da elaborada profusão de comida que minha mãe havia preparado em sua homenagem, com a boca aberta, o braço comprido esticado e o dedo apontando, ensinando a meu pai a ler o fotômetro ou algo do tipo. Minha mãe está em pé ao seu lado, com uma das mãos sobre a cabeça dele, como se o abençoasse; a primeira e última vez que iria tocá-lo na vida. "Ela vai abandoná-lo", disse minha mãe depois às amigas. "Ele está jogando a vida fora."

O casamento foi em uma igreja em Ipswich, com recepção em um country club. Seria uma cerimônia pequena, o que meus pais imaginaram cem ou duzentas pessoas, em vez de trezentas ou quatrocentas. Minha mãe ficou chocada ao ver que menos de trinta pessoas haviam sido convidadas, e mais surpresa do que lisonjeada pelo fato de, entre todos os bengaleses que Pranab

Kaku conhecia àquela altura, nós sermos os únicos da lista. No casamento, assim como os outros convidados, nós nos sentamos primeiro nos duros bancos da igreja, depois em volta de uma mesa comprida que fora arrumada para o almoço. Embora fôssemos a coisa mais próxima de uma família que Pranab Kaku tinha naquele dia, não fomos incluídos nas fotografias de grupo tiradas nos jardins do country club, com os pais e avós de Deborah e seus muitos irmãos, e nem minha mãe nem meu pai se levantaram para propor um brinde. Minha mãe não deu valor ao fato de Deborah ter tomado providências para que meus pais, que não comiam carne, fossem servidos de peixe, em vez de filé-mignon como todos os outros. Falou o tempo inteiro em bengali, reclamando da formalidade de tudo aquilo, e do fato de Pranab Kaku, de smoking, mal ter nos dirigido a palavra porque estava ocupado demais pendurando-se nos ombros de seus novos parentes americanos enquanto dava a volta na mesa. Como sempre, meu pai não disse nada em resposta ao comentário de minha mãe, comendo sua comida de forma silenciosa e metódica, com o garfo e a faca resvalando de vez em quando na superfície da louça, já que estava acostumado a comer com as mãos. Limpou o prato, em seguida limpou também o da minha mãe, pois ela havia declarado a refeição intragável, e depois anunciou que havia comido demais e estava com dor de barriga. A única hora em que minha mãe forçou um sorriso foi quando Deborah apareceu atrás de sua cadeira, dando-lhe um beijo na bochecha e perguntando se estávamos nos divertindo.

Quando a dança começou, meus pais permaneceram sentados à mesa, bebendo chá, e depois de duas ou três músicas decidiram que estava na hora de ir para casa, e minha mãe me lançou olhares pelo salão para me comunicar isso enquanto eu dançava de mãos dadas com Pranab Kaku, Deborah e as outras crianças do casamento. Eu queria ficar, e quando, relutante, fui até onde meus pais estavam sentados, Deborah foi atrás. "Boudi, deixe Usha ficar. Ela está se divertindo tanto", disse ela à minha mãe. "Muitas pessoas moram para o mesmo lado de vocês, alguém pode levá-la daqui a pouco." Mas minha mãe disse que não, eu já tinha me divertido bastante, e me forçou a vestir o casaco por cima do meu vestido longo de mangas bufantes. No carro, saindo do casamento, eu disse à minha mãe, pela primeira mas não pela última vez na vida, que a detestava.

No ano seguinte, recebemos um aviso de nascimento dos Chakraborty, uma fotografia de duas meninas gêmeas que minha mãe não colou em nenhum álbum nem prendeu na porta da geladeira. As meninas tinham sido batizadas de Srabani e Sabitri, mas eram chamadas de Bonny e Sara. Com exceção de um cartão agradecendo o nosso presente de casamento, essa foi a única comunicação conosco; não fomos convidados para ir à nova casa de Marblehead, comprada depois de Pranab Kaku conseguir um emprego bem remunerado na empresa de engenharia Stone & Webster. Durante algum tempo, meus pais e os amigos continuaram a convidar os Chakraborty para reuniões, mas como eles nunca apareciam, ou então iam embora depois de ficar apenas uma hora, os convites cessaram. Suas ausências foram atribuídas, por meus pais e pelo resto do círculo, a Deborah, e havia um consenso de que ela privara Pranab Kaku não somente de suas origens como também de sua independência. Ela era o inimigo, ele era sua presa, e o exemplo deles era citado como alerta, e como prova, de que os casamentos mistos estavam fadados ao fracasso. De vez em quando, eles surpreendiam a todos e apareciam em algum *pujo* por algumas horas, com as duas filhinhas idênticas que mal pareciam bengalesas, só falavam inglês e recebiam uma criação totalmente diferente da minha e da maioria das outras crianças. Não eram levadas a Calcutá todos os verões, não tinham pais ainda presos a um outro estilo de vida e que incentivavam os filhos a fazer a mesma coisa. Por causa de Deborah, elas eram poupadas de tudo isso, e por esse motivo eu as invejava. "Usha, olhe só para você, tão crescida e tão bonita", dizia Deborah sempre que me via, reavivando, mesmo que apenas por um minuto, o nosso laço de anos atrás. A essa altura, ela já havia cortado os lindos cabelos compridos, e ostentava um penteado curto. "Aposto que daqui a pouco você já vai ter idade para ser baby-sitter", dizia ela. "Vou ligar para você... as meninas iriam amar." Mas nunca ligou.

Deixava de ser criança quando entrei para o ginásio e comecei a me interessar por meninos americanos da minha turma. Essas paixões não davam em nada; apesar dos elogios de Deborah, nessa idade eu sempre passava desapercebida. Mas minha mãe devia ter pressentido alguma coisa, porque me proibia de frequentar as festas que aconteciam na última sexta-feira de cada mês na cantina da escola, e o fato de eu não poder namorar era uma lei implícita. "Não pense que vai poder se casar com um americano como fez Pranab Kaku", dizia ela de vez em quando. Eu tinha treze anos e a noção de casamento era irrelevante na minha vida. Mesmo assim, as palavras dela me incomodavam, e eu sentia o cerco se apertar em volta de mim. Ela dava um escândalo quando eu lhe dizia que queria usar sutiã ou que queria ir a Harvard Square com alguma amiga. No meio de nossos bate-bocas, ela muitas vezes citava Deborah como a antítese de si própria, o tipo de mulher que ela se recusava a ser. "Se ela fosse sua mãe, deixaria você fazer o que quisesse, porque não estaria nem aí. É isso que você quer, Usha, uma mãe que não está nem aí?" Quando menstruei pela primeira vez, no verão antes de entrar para a oitava série, minha mãe me passou um sermão, alertando que eu não deveria deixar nenhum menino tocar em mim, e depois me perguntou se eu sabia como uma mulher engravidava. Eu lhe contei o que tinha aprendido na aula de ciências, sobre como o espermatozoide fertilizava o óvulo, e ela então perguntou se eu sabia exatamente como isso acontecia. Vi o terror em seus olhos, e então, apesar de conhecer também esse aspecto da procriação, menti e disse que ninguém havia nos explicado essa parte.

Comecei a ter outros segredos, esquivando-me dela com a ajuda das amigas. Dizia-lhe que ia dormir na casa de uma amiga quando na verdade ia a festas, bebia cerveja e deixava os meninos me beijarem, acariciarem meus seios e pressionarem suas ereções contra meus quadris enquanto dávamos uns amassos em algum sofá ou banco traseiro de carro. Comecei a sentir pena da minha mãe; quanto mais velha eu ficava, mais via como a sua vida era deprimente. Ela nunca havia trabalhado e passava o dia assistindo a novelas para fazer o tempo passar. Seu único trabalho era limpar e cozinhar para meu pai e para mim. Raramente íamos a restaurantes, pois meu pai sempre comentava, mesmo quando eram baratos, como eram caros comparados a comer em casa. Quando minha mãe reclamava com ele o quanto odiava a vida no subúrbio e o quanto se sentia sozinha, ele não dizia nada para tranquilizá-la. "Se está assim tão infeliz, volte para Calcutá", sugeria ele, deixando bem claro que a separação não iria afetá-lo de nenhum modo. Comecei a imitar meu pai em minha relação com ela, isolando-a duplamente. Quando gritava comigo por falar demais ao telefone, ou por passar tempo demais no meu quarto, aprendi a gritar de volta; dizia que ela era lamentável, que não sabia nada sobre mim, e ficou claro para nós duas que, de forma abrupta e definitiva, eu deixara de precisar dela, exatamente como havia acontecido com Pranab Kaku.

Então, um ano antes de eu ir para a faculdade, nós fomos convidados a comemorar o dia de Ação de Graças na casa dos Chakraborty. Não éramos os únicos convidados do antigo grupo de Cambridge de meus pais; aparentemente, Pranab Kaku e Deborah queriam promover uma espécie de reencontro de todas as pessoas de quem eram amigas naquela época. Normalmente, meus pais não festejavam o dia de Ação de Graças; o ritual de um grande jantar sentado e os pratos que se devia comer nada significavam para eles. Tratavam a data como se fosse o Dia do Herói da Pátria ou o Dia do Ex-Combatente — apenas mais um feriado no calendário americano. Mas nesse dia pegamos a estrada até Marblehead e chegamos a uma impressionante casa de fachada de pedra com uma entrada de garagem em semicírculo com chão de cascalho repleta de carros. A casa ficava a uma curta distância a pé do mar; no caminho, passamos pelo porto que dava para o Atlântico frio e cintilante, e quando descemos do carro fomos acolhidos pelo som de gaivotas e ondas. A maioria dos móveis da sala havia sido levada para o porão, e várias outras mesas tinham sido unidas à principal para formar um U gigante. Estavam cobertas com toalhas e postas com louça branca e talheres de prata, com abóboras no centro. Fiquei impressionada com os brinquedos e as bonecas espalhados por toda parte, com os cachorros que soltavam compridos pelos amarelos em cima de tudo, com todas as fotografias de Bonny, Sara e Deborah que decoravam as paredes e a porta da geladeira. Quando chegamos, a comida estava sendo preparada, algo que minha mãe sempre via com reprovação, e a cozinha era um caos de pessoas, cheiros e imensas tigelas sujas.

A família de Deborah, da qual tínhamos uma vaga lembrança do dia do casamento, estava presente: seus pais, seus irmãos e irmãs, seus maridos e mulheres, namorados e bebês. As irmãs tinham trinta e poucos anos mas, como Deborah, podiam ser confundidas com universitárias, de calça jeans, tamancos e largos suéteres de lã, e seu irmão Matty, com quem eu havia dançado no casamento, era agora calouro em Amherst, tinha olhos verdes bem separados um do outro, finos cabelos castanhos e uma compleição que corava com facilidade. Assim que vi os irmãos de Deborah, brincando entre si enquanto picavam e misturavam ingredientes na cozinha, fiquei furiosa com minha mãe por ter dado um chilique antes de sairmos de casa e me obrigado a vestir um *shalwar kameez*. Sabia que, por causa da minha roupa, eles iriam imaginar que eu tinha mais coisas em comum com os outros bengaleses do que com eles. Mas Deborah insistiu em me incluir, pondo-me para descascar maçãs junto com Matty, e longe dos olhos dos meus pais alguém me deu cerveja para beber. Quando a comida ficou pronta, nos apontaram os nossos assentos, em uma formação que alternava rapazes e moças e deixou os bengaleses pouco à vontade. Garrafas de vinho foram alinhadas sobre a mesa. Dois perus foram trazidos, um deles com recheio de linguiça, o outro sem. A comida me deu água na boca, mas eu sabia que depois, a caminho de casa, minha mãe iria reclamar de que tudo estava sem gosto e sem sal. "Impossível", respondeu minha mãe, sacudindo a mão acima do copo quando alguém tentou lhe servir um pouco de vinho.

Gene, o pai de Deborah, levantou-se para fazer uma prece e pediu a todos da mesa que se dessem as mãos. Baixou a cabeça e fechou os olhos. "Senhor, agradecemos hoje pela comida que estamos prestes a receber", começou. Meus pais estavam sentados lado a lado, e fiquei espantada ao ver que obedeciam, que os dedos morenos do meu pai seguravam de leve os dedos pálidos da minha mãe. Reparei em Matty sentado do outro lado da mesa e o vi olhar de relance para mim enquanto seu pai falava. Depois do coro de améns, Gene ergueu o copo e disse: "Queiram me perdoar, mas nunca pensei que fosse ter a oportunidade de dizer isto: um brinde ao dia de Ação de Graças com os índios... ou melhor, com os indianos". Apenas poucas pessoas riram da piada.

Então Pranab Kaku se levantou e agradeceu a todos por terem vindo. Estava relaxado por causa do álcool, e seu corpo outrora magro começava a ganhar volume. Pôs-se a falar, emocionado, sobre seus primeiros dias em Cambridge, e então, de repente, relembrou a história de como tinha encontrado minha mãe e a mim pela primeira vez, contando aos presentes como nos havia seguido naquela tarde. Quem não nos conhecia riu, achando divertida a descrição do encontro e o desespero de Pranab Kaku. Ele atravessou a sala até onde minha mãe estava sentada e passou um braço comprido em volta de seu ombro, forçando-a, por um breve instante, a se levantar. "Esta mulher", declarou, puxando-a mais para perto de si, "esta mulher me recebeu em meu primeiro dia de Ação de Graças nos Estados Unidos. Pode até ter sido em uma tarde de maio, mas aquela primeira refeição à mesa de Boudi, para mim, foi um dia de Ação de Graças. Se não fosse aquela refeição, eu teria voltado para Calcutá." Minha mãe desviou os olhos, encabulada. Tinha trinta e oito anos, já estava ficando grisalha, e parecia mais próxima da idade do meu pai do que da de Pranab Kaku; apesar da barriga, ele ainda conservava a mesma aparência atraente e descontraída. Pranab Kaku voltou para seu lugar à cabeceira da mesa, ao lado de Deborah, e concluiu: "E, se isso tivesse acontecido, eu nunca teria conhecido você, minha querida", e beijou-a na boca na frente de todo mundo, provocando muitos aplausos, como se fosse uma repetição de seu casamento.

Depois do peru, garfos menores foram distribuídos e todos fizeram seus pedidos de três tipos de torta diferentes, anotados em bloquinhos pelas irmãs de Deborah como se fossem garçonetes. Depois da sobremesa, os cachorros precisavam passear, e Pranab Kaku se ofereceu para levá-los. "Que tal um passeio pela praia?", sugeriu, e os parentes de Deborah concordaram que era uma excelente ideia. Nenhum dos bengaleses quis ir, preferiram se reunir, finalmente, sentados e bebendo chá em um dos cantos da sala, onde se puseram a conversar livremente depois das amenidades forçadas com os americanos durante a refeição. Matty veio se sentar na cadeira agora vazia ao meu lado, me incentivando a participar do passeio. Quando hesitei, apontando para minhas roupas e sapatos pouco adequados e consciente também da fúria silenciosa da minha mãe ao nos ver juntos, ele disse: "Tenho certeza de que Deb pode emprestar alguma coisa para você." Então subi para um quarto, onde Deborah me emprestou um jeans, um suéter grosso e um par de tênis, deixando-me parecida com ela e as irmãs.

Ela ficou sentada na beirada da cama, me vendo trocar de roupa como se fôssemos duas amigas, e me perguntou se eu tinha namorado. Quando respondi que não, ela falou: "Matty acha você bonita".

"Ele disse isso a você?"

"Não, mas eu percebi."

Quando tornei a descer a escada, animada com essa informação, usando o jeans que tive de arregaçar e com o qual finalmente me sentia eu mesma, reparei em minha mãe erguendo os olhos da xícara de chá e me encarando, mas ela não disse nada, e lá fui eu, com Pranab Kaku, seus cachorros e seus parentes, descendo uma rua e depois alguns degraus de madeira íngremes até a água. Deborah e uma das irmãs ficaram na casa para começar a arrumar tudo e cuidar dos que tinham ficado. No início, fomos caminhando todos juntos, em fila indiana pela areia, mas percebi que Matty estava andando mais devagar, então nós dois ficamos para trás e a distância que nos separava dos outros foi aumentando. Começamos a paquerar, conversamos sobre assuntos de que não me lembro mais e depois de algum tempo nos afastamos até uma reentrância na rocha e Matty tirou um baseado do bolso. Viramos as costas para o vento e fumamos, fazendo nossos dedos frios se tocarem, pressionando os lábios no mesmo pedaço úmido do papel de seda. No início, não senti efeito nenhum, mas então, ouvindo-o falar sobre a banda na qual tocava, tive consciência de que sua voz parecia estar a muitos quilômetros de distância e de que eu estava com vontade de rir, embora o que ele estivesse dizendo nem fosse muito engraçado. Tive a sensação de que fazia horas que estávamos separados do grupo, mas, quando voltamos para a areia, ainda pudemos ver todos eles subindo um promontório para assistir o sol se pôr.

Já havia escurecido quando voltamos todos para a casa e eu estava apreensiva com a ideia de encontrar meus pais enquanto ainda estava doidona. Quando chegamos, porém, Deborah disse que meus pais, sentindo-se cansados, já tinham ido embora e concordado que alguém me desse carona até em casa depois. Uma lareira fora acesa, e disseram-me para relaxar e comer mais um pedaço de torta enquanto guardavam os restos e arrumavam a sala lentamente. É claro que foi Matty quem me levou para casa, e sentada no carro em frente à casa dos meus pais eu o beijei, ao mesmo tempo empolgada e aterrorizada com a possibilidade de minha mãe sair para o gramado de camisola e nos flagrar. Dei meu telefone para Matty e, durante algumas semanas, pensei nele com frequência, esperando feito boba que ele fosse ligar.

No final das contas, minha mãe estava certa; catorze anos depois daquele dia de Ação de Graças, após vinte e três anos de casados, Pranab Kaku e Deborah se divorciaram. Fora ele quem a havia traído, apaixonando-se por uma bengalesa casada, destruindo duas famílias na sequência. A outra mulher era alguém que meus pais conheciam, embora não muito bem. Deborah a essa altura tinha quarenta e poucos anos, Bonny e Sara estavam na faculdade. Com o choque e a tristeza que sentiu, foi a minha mãe que Deborah recorreu, ligando e chorando ao telefone. De alguma forma, ao longo dos anos, ela havia continuado a nos considerar praticamente a família do marido, mandando flores quando meus avós morreram e dando-me uma edição abreviada do dicionário Oxford da língua inglesa como presente de formatura na faculdade. "Vocês o conheciam tão bem. Como é que ele pôde fazer uma coisa dessas?", perguntou Deborah à minha mãe. Então indagou: "Vocês sabiam alguma coisa sobre isso?". Minha mãe respondeu a verdade, que não. Seus corações tinham sido partidos pelo mesmo homem, só que o de minha mãe já havia remendado muito tempo atrás, e estranhamente, à medida que meus pais se aproximavam da velhice, ela e meu pai haviam desenvolvido afeição um pelo outro, mesmo que fosse apenas por hábito. Acho que a minha ausência de casa depois que eu mudei para a faculdade teve algo a ver com isso, porque ao longo dos anos, quando ia visitá-los, passei a reparar em um carinho entre meus pais que não existia antes, uma provocação silenciosa, uma solidariedade, uma preocupação quando um deles adoecia. Minha mãe e eu também havíamos nos reconciliado; ela aceitara o fato de eu não ser somente a filha dela, mas também filha dos Estados Unidos. Aos poucos, aceitou que eu namorasse um americano, depois outro, depois mais outro, que dormisse com eles, e até mesmo que vivesse com um deles mesmo sem estarmos casados. Acolhia meus namorados na casa dela e, quando as coisas não davam certo, dizia-me que eu encontraria alguém melhor. Ao completar cinquenta anos, depois de muito tempo desocupada, resolveu cursar biblioteconomia em uma universidade próxima.

Ao telefone, Deborah confessou uma coisa que deixou minha mãe surpresa: que durante todos aqueles anos sentira-se irremediavelmente excluída de uma parte da vida de Pranab Kaku. "Eu tinha um ciúme terrível de você naquela época, por conhecê-lo, por compreendê-lo de uma forma que eu jamais seria capaz. Ele virou as costas para a família, para vocês todos, na verdade, mas eu continuei a me sentir ameaçada. Nunca consegui superar isso." Ela contou à minha mãe que passara anos tentando fazer Pranab Kaku se reconciliar com os pais, e que também o incentivara a manter vínculos com outros bengaleses, mas que ele havia resistido. Fora ideia de Deborah convidar-nos para a festa de Ação de Graças; por ironia, a outra mulher também estava presente nesse dia. "Espero que não me culpe por tê-lo tirado da vida de vocês, Boudi. Sempre tive medo de você pensar isso."

Minha mãe garantiu a Deborah que não a culpava por nada. Não lhe confessou nada sobre o próprio ciúme de décadas atrás, disse apenas que sentia muito pelo que havia acontecido, que era uma coisa triste e terrível para a família de Deborah. Não contou a ela que, poucas semanas depois do casamento de Pranab Kaku, enquanto eu estava em uma reunião de bandeirantes e meu pai estava no trabalho, ela havia percorrido a casa inteira, recolhendo todos os alfinetes de fralda esquecidos em gavetas e potinhos, e acrescentando-os aos poucos que trazia presos às pulseiras. Depois de juntar um número suficiente, prendeu-os um a um ao próprio sári, unindo a parte da frente à camada de tecido que havia por baixo, para que ninguém pudesse arrancar a roupa de seu corpo. Então pegou um frasquinho de fluido de isqueiro e uma caixa de fósforos e saiu para o nosso quintal gelado, cheio de folhas que precisavam ser catadas. Por cima do sári, usava um casaco impermeável lilás na altura dos joelhos, e qualquer vizinho que a visse teria tido a impressão de que ela simplesmente saíra para pegar um pouco de ar. Ela abriu o casaco, tirou a tampa do frasquinho de fluido e encharcou as roupas, depois tornou a fechar os botões e o cinto do casaco. Foi até o latão de lixo atrás de nossa casa e jogou fora o resto de fluido, depois voltou para o meio do quintal com a caixa de fósforos no bolso do casaco. Durante quase uma hora, ficou ali parada, olhando para nossa casa, tentando criar coragem para riscar um fósforo. Não fui eu quem a salvei, nem meu pai, mas sim nossa vizinha de casa, a sra. Holcomb, de quem minha mãe nunca havia sido especialmente amiga. A vizinha saiu para catar as folhas de seu quintal, chamou minha mãe e comentou como o pôr do sol estava bonito. "Vi que já faz algum tempo que você está aí admirando", falou. Minha mãe concordou, e então voltou para dentro de casa. Quando meu pai e eu chegamos, no início da noite, ela estava na cozinha preparando o arroz do jantar, como se fosse um dia igual a qualquer outro.

Minha mãe não contou nada disso a Deborah. Foi a mim que confessou, depois de o meu próprio coração ser partido por um homem com quem eu esperava me casar.

Opções de acomodação

Do lado de fora, o hotel parecia promissor, como um velho chalé de esquiadores nas montanhas: paredes marrons feito chocolate, um telhado bem pontudo, galões vermelhos nas janelas. No entanto, assim que entraram no saguão do Chadwick Inn, Amit ficou desapontado: o lugar era totalmente sem graça e fora renovado em tons pastéis, com um papel de parede estampado com linhas cinza em ziguezague, como se alguém houvesse testado repetidamente a tinta de uma caneta e, no final das contas, não tivesse encontrado nada para dizer. Na recepção havia um mostruário giratório de metal repleto de folhetos sobre os montes Berkshires e Megan pegou um punhado deles enquanto Amit fazia o *check-in*. Agora os folhetos estavam espalhados em cima de uma das camas de casal de seu quarto. Megan desdobrou a capa de um deles, revelando um mapa. "Onde nós estamos, exatamente?", perguntou, movendo o dedo exageradamente para o norte.

"Aqui", respondeu Amit, apontando para a cidade. "Olhe o lago aqui, está vendo? Aquele que se parece um pouco com um coelho."

"Não estou vendo", disse Megan.

"Bem aqui", Amit pegou o dedo de Megan e puxou-o com firmeza até o lugar certo.

"Quero dizer, não entendo como o lago se parece com um coelho."

A viagem desde Nova York tinha sido longa e Amit estava com vontade de tomar um drinque. Mas ali dentro não havia minibar e o hotel não tinha serviço de quarto. Diante das duas camas de casal cobertas por colchas floridas bordô, uma cômoda grande apoiava um televisor no centro. Em uma mesa quadrada entre as duas camas, uma piramidezinha de papel listava os canais a cabo da região. O único aspecto agradável do quarto era um pé-direito alto e oblíquo, com vigas aparentes. Apesar disso, o quarto era escuro; mesmo com as cortinas da varanda abertas, todas as luzes precisavam ficar acesas.

Estavam ali para o casamento de Pam Borden, que seria naquela noite na Langford Academy, um colégio interno onde o pai de Pam era diretor e onde Amit havia se formado dezoito anos antes. Houvera uma alternativa de hospedagem, a vinte dólares por pessoa, em um dos alojamentos de Langford, que estava vazio porque era agosto. Mas Amit decidira esbanjar no Chadwick Inn, que ficava ligeiramente afastado do campus e tinha uma piscina, uma quadra de tênis, um restaurante duas estrelas e acesso ao lago sombreado onde ele, quando adolescente, havia aprendido a andar de caiaque e canoa. Depois de conversar com Megan, haviam decidido deixar as meninas na casa dos pais dela em Long Island e alugar um quarto para o sábado e o domingo, transformando o casamento de Pam em férias curtas, só para os dois.

Amit destrancou a porta corrediça de vidro e saiu para a varanda, uma estreita área de cimento com duas cadeiras de plástico. O nordeste dos Estados Unidos estava atravessando uma onda de calor, e mesmo ali nas montanhas estava quente, mas a pureza do ar, com seu cheiro forte de pinho, era revigorante. Ele ficou impressionado com a calmaria. Nada das vozes das meninas chamando uma à outra, nada de broncas ou demonstrações de carinho de Megan. A viagem de carro também havia sido assim, com Megan dormindo e o banco de trás vazio, mesmo ele tendo olhado várias vezes pelo retrovisor, esperando ver o rosto das filhas dormindo, brigando ou mastigando um *bagel*. Sentou-se em uma das cadeiras pouco confortáveis. Sentia-se enganado. "Não acredito que nos cobraram a diária de duzentos e cinquenta dólares por isto", falou.

"É uma loucura", disse Megan, aproximando-se dele. "Mas imagino que eles possam cobrar o que quiserem, já que estamos no meio do nada."

Era verdade: estavam no meio do nada, embora ele não se sentisse assim. Soubera, sem precisar consultar um mapa, quais estradas pegar depois de sair da rodovia; lembrava-se da direção em que ficava a cidade. Mas nunca estivera naquele hotel. Seus pais não haviam se hospedado ali durante os fins de semana em que vinham visitá-lo; quando Amit estudava em Langford, eles moravam na Índia, em Nova Déli. Tampouco apareceram na formatura dele. Planejavam fazê-lo, mas o pai de Amit, oftalmologista de um dos melhores hospitais de Déli, fora solicitado para fazer uma cirurgia de catarata em um membro do Parlamento, e, portanto, conhecidos bengaleses de Worcester compareceram no lugar de seus pais. Depois da formatura, Amit não mantivera contato com seus amigos de Langford. Não sentia saudade do colégio, e quando recebia cartas pedindo contribuições de ex-alunos ou convidando-o para a sucessão de reuniões, jogava-as no lixo sem abri-las. Tirando sua relação distante com Pam, e um moletom que ainda tinha o nome enrugado do colégio escrito no peito, nada lhe lembrava aqueles anos da sua vida.

Ele não conseguia se imaginar mandando as filhas para Langford — não conseguia conceber se desligar delas como os pais haviam se desligado dele.

Olhou para o terreno do hotel. Um pinheiro que se erguia bem em frente à sua varanda tampava a maior parte da vista próxima. A piscina era pequena e pouco convidativa, rodeada por uma cerca de treliça, sem ninguém nadando ou tomando sol ao redor. À esquerda ficavam as quadras de tênis, escondidas por outros pinheiros, mas ele pôde ouvir o *tlec* suave de uma bola sendo lançada para lá e para cá, barulho que o deixou cansado.

"Que pena esta árvore aqui", comentou.

"Se ao menos estivesse alguns metros mais longe", concordou Megan.

"Talvez devêssemos pedir outro quarto. Não seria a primeira vez."

Em seu relacionamento, Amit e Megan tinham uma tradição de trocar de quarto em hotéis. Em Porto Rico, na primeira viagem que fizeram juntos, ganharam um quarto no térreo e encontraram um lagarto morto no banheiro. Megan reclamou, e foram trocados para uma suíte de luxo com vista para o deslumbrante mar azul-esverdeado e o contrastante azul do céu. Durante toda a estadia, deixaram as cortinas abertas, fazendo amor de lado na cama para não perder a vista, acordando com ela pela manhã; e o efeito era como se o quarto inteiro, a cama, e até eles próprios estivessem de alguma forma flutuando no mar. Algo parecido acontecera em Veneza, onde comemoraram o primeiro aniversário de casamento: depois de uma noite de frente para uma parede de pedra, mudaram para um quarto com vista para o canal, onde todo dia de manhã uma pequena embarcação atracava para vender frutas e legumes. Nesse caso agora, refletiu Amit, já estavam do melhor lado do hotel — os quartos da frente tinham vista para o estacionamento.

"Não vale a pena, só por duas noites", disse Megan. Ela se inclinou um pouco na cadeira e olhou por cima da balaustrada da varanda, esticando o pescoço. "O casamento vai ser aqui no hotel?"

"Eu já disse, vai ser em Langford."

"Bom, algum outro casal está prestes a se unir naquele mirante. Estou vendo damas de honra."

Amit olhou para o outro lado do pinheiro e viu pessoas se afastando por uma trilha calçada de pedra que emergia da varanda do restaurante do hotel. Havia um fotógrafo apoiado em um tripé, rodeado por bolsas de equipamento, e na frente dele um grupo de jovens posava com vestidos lilases idênticos.

"O casamento de Pam vai ser diferente", disse ele.

"Como assim?"

"Ela não vai ter damas de honra."

"Como você sabe?"

"Não faz o tipo dela."

"Nunca se sabe", disse Megan. "Várias mulheres fazem coisas fora do normal no dia do casamento. Até mesmo mulheres como Pam."

O leve desdém da mulher passou direto por ele, sem atingi-lo. Ele sabia que Megan havia ficado surpresa com o fato de ele ter aceitado o convite para o casamento de Pam, uma vez que ele e Pam raramente se encontravam. E, embora Megan não houvesse protestado, sabia que de certa forma havia arrastado a mulher até ali, até um lugar desconhecido cheio de pessoas desconhecidas, até um pedaço de seu passado que nada tinha a ver com a vida que ele e Megan compartilhavam. Sabia que, embora Megan se recusasse a reconhecer isso, sentia-se insegura em relação a Pam, e ficara na defensiva durante os encontros que tivera com ela, apenas um ou dois, como se Amit e Pam houvessem sido amantes. Quando Amit e Megan se conheceram, trocaram históricos, revelando a sucessão de interesses amorosos que os conduziram um ao outro, mas ele jamais mencionou Pam nesse contexto. Amara-a, era verdade, mas, como ela nunca fora sua namorada, não houvera nada a explicar. Afundou na cadeira, apoiando o pescoço no duro encosto de plástico, e fechou os olhos. "Um drinque cairia bem."

Tornaram a entrar no quarto refrigerado, e ele abriu a mala que dividiriam durante o fim de semana. Retirou o grosso envelope contendo o convite, as instruções para chegar, um pequeno mapa do campus de Langford com os locais da cerimônia e da recepção assinalados com marca-texto. Sentou-se na cama, recostando-se em uma pilha de travesseiros extremamente macios, afundando. Então olhou para o relógio digital ao lado da pirâmide de papel sobre a mesinha de cabeceira. "O casamento vai começar daqui a uma hora. Deveríamos comprar travesseiros assim lá para casa."

"Então é melhor nos aprontarmos." Megan olhou para ele com um ar de preocupação profissional, como se ele fosse um paciente do seu plantão. "Qual é o problema?"

"Nenhum. Eu só estava torcendo para termos um pouco de tempo antes de ir, para dar um passeio ou nadar no lago. No caminho para cá estava pensando em dar uma nadada. Não achei que o tráfego fosse estar tão ruim."

"Podemos nadar amanhã", disse ela. "Temos o fim de semana inteiro."

Ele assentiu. "Certo." Levantou-se e foi até o banheiro, fazer a barba e tomar uma chuveirada. Esses rituais cotidianos lhe pareceram um fardo. Não se sentia inspirado a vestir o terno e socializar com fantasmas de sua adolescência. Tirou a roupa, depois postou-se em frente ao espelho e espalhou creme de barbear pelo rosto. Desde o nascimento de Monika, três anos antes, essa era sua primeira viagem sem ao menos uma das meninas.

Estavam precisando muito de umas férias. Em geral, no verão, sempre alugavam uma cabana por duas semanas nas montanhas Adirondacks. Mas Megan estava no último ano de residência no hospital Mount Sinai, e seu horário não permitia viagens. Acabara de concluir um turno na unidade de terapia intensiva cardíaca, com plantões de trinta e seis horas, quando voltava para o apartamento de madrugada e pegava no sono na hora em que Amit e as meninas estavam começando o dia. Amit, que era editor de um periódico de medicina, tinha um horário mais flexível. O verão era um período calmo na revista, e desde junho ele vinha cuidando do café da manhã e do banho das meninas, marcava brincadeiras com amiguinhas, deixava Maya em uma colônia de férias pela manhã e ia buscá-la no fim do dia. Reduzir os horários da babá durante os meses de verão fora uma das formas que ele e Megan haviam escolhido para cortar despesas; o sinal de seu novo apartamento, dois andares de um prédio tipo *brownstone* na rua 75 Oeste, havia minado suas economias.

Podia sentir o alívio de Megan por não ter Maya e Monika ali, por estar livre. Amit queria compartilhar esse alívio, essa sensação de fuga pela qual vinham ansiando durante o verão inteiro, depois de receberem o convite do casamento de Pam e planejarem a viagem. Mas, agora que estavam sozinhos, pegava-se atormentado pensando na coriza de Monika e imaginando se a sogra lembraria que Maya era alérgica a morangos. Sentiu-se tentado a perguntar a Megan, mas deteve-se, sabendo que ela iria acusá-lo de não confiar nos sogros. Como mãe, ela era menos ansiosa, menos cuidadosa do que ele. Nas folgas, fazia todas as vontades das filhas, preparando guloseimas com elas na cozinha, sem se importar que pulassem o jantar por terem se entupido de cookies e bolo. Ele sabia que a indulgência da mulher era um pouco provocada pela culpa, mas era também parte do temperamento dela. Ela não havia ficado horrorizada como ele quando Maya encontrou um pedaço de chiclete amassado no parquinho e o pôs na boca, ou quando Monika se afastou deles enquanto faziam um piquenique no Central Park e começou a usar os dedinhos para brincar com um cocô de cachorro. Nesses momentos, Megan ria enquanto limpava as mãos e rostos das filhas, convencida de que elas poderiam sobreviver a qualquer coisa. Ela passava os dias ao lado de pessoas que lutavam pelas próprias vidas e não conseguia se deixar abater por um cotovelo arranhado ou uma febre de trinta e oito graus.

Era Amit, que havia estudado o suficiente sobre o corpo para conhecer sua fragilidade inerente, que havia dissecado cadáveres suficientes para saber o que uma incisão horizontal no peito revelaria, que se sentia atormentado pela vulnerabilidade das filhas; tanto em relação a doenças quanto a acidentes de todos os tipos. Ainda tinha pesadelos com um incidente na cantina do Museu de História Natural, quando Monika, então com um ano de idade, quase havia sufocado com um pedaço de damasco seco. Uma mulher da mesa ao lado, que por acaso era enfermeira, pulou ao ouvir o barulho da tosse de Monika e enfiou os dedos com eficiência na boca da menina; apesar de seus dois anos de faculdade de medicina, faltava a Amit o simples instinto, a segurança para fazer uma coisa dessas. Ele passara o resto do dia sem conseguir olhar para nenhuma das duas filhas, nem aproveitar sua visita ao museu. Não parava de pensar no pedaço de damasco atravessado na laringe de Monika, e em como aquilo poderia tê-la silenciado para sempre. Quando lia no jornal matérias sobre táxis que subiam na calçada de repente e matavam meia dúzia de pedestres, era sempre a si mesmo que imaginava, segurando Monika e Maya pela mão. Ou então imaginava uma onda em Jones Beach, aonde as vinha levando uma vez por semana durante o verão, arrastando uma das duas para debaixo d'água, ou um monte de areia sufocando-as enquanto ele folheava uma revista a poucos metros de distância. Em cada um desses cenários, via a si mesmo sobrevivendo, e as meninas perecendo sob sua supervisão. Megan poria a culpa nele, naturalmente, e depois pediria o divórcio, e tudo aquilo, a sua vida com ela e com as meninas, iria terminar. Sabia que bastava um olhar na direção errada para sua existência despencar do precipício.

Pousou o barbeador e abriu o chuveiro para aquecer o ambiente. Ouviu uma batida na porta, e então Megan a abriu.

"Não vou poder ir ao casamento", disse ela sacudindo a cabeça, em um tom definitivo, da mesma forma que dizia às meninas que elas não podiam assistir a mais um programa na TV ou passar mais cinco minutos na banheira.

"Que história é essa?"

"Olhe aqui", ela falou, apontando para a saia que tinha vestido. Na parte de cima, usava apenas o sutiã cor da pele, de alças finas. A saia chegava-lhe aos tornozelos e era feita de um tecido diáfano, cinza-claro, sobreposto a uma camada de seda em tom levemente mais escuro. Ela suspendeu uma parte da saia e os olhos dele identificaram na mesma hora a marca no tecido. No início, ele pensou que estivesse manchado, mas então percebeu se tratar de uma queimadura que havia criado um pequeno furo chamuscado nas bordas. Na camada de baixo, a seda tinha um aspecto feio, como a pele brilhante que aparece quando se retira à força a casquinha de um machucado.

"Está horrível", disse ela. "Não tem como esconder."

"Você trouxe outra roupa?"

Ela fez que não com a cabeça, olhando para ele com irritação. "Você trouxe?"

Amit enxugou as mãos em uma toalha e sentou na tampa do vaso. Correndo as mãos entre as duas camadas de tecido, sentiu o pano finíssimo roçar sua palma, e a seda as costas dos dedos. Na faculdade de medicina, cogitara virar cirurgião, aprendendo a remendar os mais minúsculos tecidos do corpo. Mas nunca chegara a exercer a prática em nenhum plantão, aprendera apenas nos livros-texto e laboratórios. Até onde podia ver, não havia esperança de remendar a saia. Ela era tão simples, tão fina, que o pedaço faltante, através do qual a almofada de um de seus dedos estava agora visível, a havia arruinado.

"Não acredito que não percebi isso quando estava arrumando a mala", disse Megan. "Deve ter sido na última vez em que usei. Brasas de cigarro ou algo assim."

Ele sabia que não era culpa dela, mas mesmo assim não pôde deixar de culpá-la um pouco por não ter prestado mais atenção. Nem de imaginar se aquilo teria sido uma ação consciente da parte dela, para evitar o casamento de Pam, para sabotar a situação. Ocorreu-lhe que, com a desculpa da saia de Megan, eles poderiam abandonar totalmente o plano de ir ao casamento, e passar a noite no hotel, vendo filmes na cama. Ninguém iria reparar na sua ausência em um grupo tão grande, e seus lugares seriam ignorados pelos garçons que dariam a volta nas mesas. Se o Chadwick Inn fosse mais aconchegante, poderia ter sido uma tentação.

"Tem alguma loja aqui por perto?", perguntou Megan. "Algum lugar aonde eu pudesse dar um pulo para comprar alguma outra coisa enquanto você se arruma?"

"Tinha um shopping, mas ficava a mais ou menos uma hora de carro daqui. Não me lembro de nenhuma loja de roupa na cidade. Nenhuma loja bacana."

Ela virou a saia para um dos lados, de modo que a queimadura não ficasse mais visível pela frente. Então postou-se ao lado dele, diante do espelho da pia, fazendo seus braços nus se tocarem. Em geral, Megan não usava maquiagem, mas para a festa havia pintado a boca com um batom avermelhado. Ele achou aquilo estranho, preferia a beleza inteligente e antiquada de seu rosto. Era o rosto de alguém que ele podia imaginar vivendo em alguma época do passado, um tempo mais simples, em um Estados Unidos que sequer conhecia a existência da Índia. Seus cabelos castanho-escuros estavam presos, como sempre, afastados sem afetação do rosto e do pescoço comprido e pálido. Usava óculos, lentes ovais sem armação que pareciam necessárias para proteger o olhar sensível dela. Os dois tinham a mesma altura, um metro e setenta e cinco, alto para uma mulher mas baixo para um homem, e ela era cinco anos mais velha, com quarenta e dois. No entanto, dos dois, era Amit quem, à primeira vista, já parecia estar na meia-idade, pois aos vinte e um anos seus cabelos haviam ficado completamente grisalhos. Fora ali, em Langford, quando ele estava no último ano do colégio, que o embranquecimento dos fios havia começado. No início, foram apenas alguns, bem escondidos em meio aos cabelos pretos. No entanto, em seu ano de calouro em Columbia, já eram os cabelos pretos que ele podia contar nos dedos de uma só mão. Tinha lido que, depois de uma experiência traumática, era possível uma pessoa ficar grisalha na juventude. Mas não houvera nenhuma morte repentina que ele pudesse identificar, nenhum acidente. Nenhuma mudança profunda de vida, a não ser os pais terem-no mandado para Langford.

"Imagino que, se você passar a noite inteira ao meu lado, ninguém vá reparar", disse Megan, apertando-se de encontro a ele. Ele sentiu o calor de seus braços e um estremecimento de desejo, embotado demais pela exaustão para ser transformado em ação.

"Você acha mesmo que consegue sobreviver uma noite inteira sem sair do meu lado?", perguntou a ela.

"Se você conseguir, eu consigo." Havia na voz dela um quê de desafio, e Amit sorriu, achando a ideia divertida, motivado a ir ao casamento agora que teria uma tarefa específica a desempenhar. Ao mesmo tempo, pensou que nos primeiros tempos de seu amor isso não teria sido uma questão, e o fato de seus corpos se tocarem continuamente no decorrer de uma noite seria algo natural e que teria passado desapercebido.

"Combinado", disse ele.

Olharam para seus reflexos no espelho, ela com a saia furada e o sutiã de alça fina, ele nu, com o pênis flácido, o rosto coberto de espuma de barbear muito branca. Megan sacudiu a cabeça. "Que dupla nós vamos fazer."

Tinha imaginado que pudessem ir a pé até o colégio — bastava atravessar a estrada e andar alguns minutos por um terreno em declive. Mas Megan estava de salto alto e não queria sujar os sapatos de lama, então entraram no carro. Os bancos ainda estavam repletos de vestígios das filhas: livros abandonados, bonequinhas, os cavalos de plástico que Maya havia começado a colecionar. Somente as cadeirinhas haviam sido retiradas, transferidas para o carro dos sogros durante o fim de semana. Naquele instante pensou nas meninas na casa dos avós, brincando na casa da árvore que o sogro construíra para as visitas ocasionais, e a sogra oferecendo fatias de bolo e caixinhas de suco para um lanche. As filhas não se pareciam em nada com ele nem com a família dele, e, apesar da distância que Amit sentia em relação aos pais, esse fato o incomodava, o fato de sua mãe e seu pai, fisicamente, não terem transmitido nada às meninas. Tanto Maya quanto Monika haviam herdado o colorido de Megan, sem um pingo da pele muito morena e dos olhos negros de Amit, de modo que, apesar dos nomes vagamente indianos, pareciam totalmente americanas. "São suas filhas?", às vezes perguntavam as pessoas quando ele estava sozinho com as duas, em lojas ou no playground do parque.

Depois de apenas dois minutos, saíram da estrada e dobraram na larga alameda margeada de árvores que conduzia aos portões do colégio. As folhas estavam lustrosas e abundantes, mas as suas lembranças eram dos galhos cor de fogo do outono e da luz arroxeada das montanhas, das sombras que se espalhavam por suas curvas e declives, e da neve que no inverno cobria o alto dos portões. O colégio em si era mais ou menos como ele se lembrava: constrangedoramente grande e bem conservado, com peças redondas de escultura abstrata espalhadas aqui e acolá pela grama.

"Isto aqui é mais bonito do que onde eu fiz faculdade", disse Megan enquanto atravessavam o campus, olhando para os prédios impecáveis e para as esculturas.

"É um pouco exagerado", disse ele. Quando haviam se conhecido, Megan ficara impressionada com o fato de ele ter estudado em colégio interno, mas ao mesmo tempo provocara-o por causa disso. Não se mostrava amargurada em relação aos privilegiados, mas às vezes os julgava; se ele não fosse indiano, Megan provavelmente teria evitado alguém como ele. Era a mais nova de cinco irmãos; o pai era policial, a mãe professora de jardim de infância. Depois de se formar no colegial, ela havia arrumado um emprego em uma copiadora durante o dia e como vendedora de telemarketing à noite, e só começara a faculdade aos vinte anos, e meio período, porque precisava continuar trabalhando. Sob esse aspecto, era a pessoa que ele conhecia que mais trabalhava, mais até do que seu próprio pai e do que o grupo uniformemente bem-sucedido de amigos bengaleses dos pais. As origens populares de Megan haviam desagradado os pais de Amit, bem como o fato de ela ser cinco anos mais velha do que ele. Sua beleza sem adornos, sua recusa em usar lentes de contato, sua altura, nada disso os havia seduzido. Pelo contrário, só fizera piorar seu desapontamento em relação a Amit.

Ele reparou em expansões anexadas a alguns dos prédios, elementos modernos de aço e vidro ao lado dos tijolos e das cúpulas brancas. Seus pais o haviam tirado de uma escola pública em Winchester, Massachusetts, onde ele crescera, e mandado para Langford, pois tinham resolvido se mudar de volta para a Índia quando Amit estava na nona série. Ele ainda se lembrava da noite em que os pais haviam lhe comunicado esses planos. Estavam sentados em um restaurante de frutos do mar em Cape Cod, em Cotuit, com vista para a água, a mesa repleta de garras vermelho-vivas e conchas das quais seu pai extraía sem esforço a carne para todos comerem. Seu pai começara dizendo que estava ficando irrequieto lecionando na Escola de Medicina de Harvard, que havia um hospital em Déli onde achava que precisavam dele. Amit ficara estupefato com a decisão dos pais — ao contrário da maioria dos outros bengaleses de Massachusetts, eles sempre haviam mostrado descaso pela Índia, chegando a ser críticos, nunca saudosos ou emotivos. Sua mãe tinha os cabelos curtos e usava calças, só vestia os sáris em ocasiões especiais. Seu pai tinha um armário de bebidas em casa e gostava de tomar gim-tônica antes das refeições. Ambos vinham de famílias ricas, e ambos haviam passado verões em estações de montanha e frequentado eles próprios colégios internos na Índia. A riqueza relativa dos Estados Unidos nunca os havia impressionado; sob muitos aspectos, sua vida na Índia era mais privilegiada, mas tinham deixado o país sem olhar para trás.

No restaurante, seu pai sacara o formulário de inscrição de Langford que mostrava fotografias do campus, alunos sorridentes reunidos em volta de mesas nas salas de aula, professores em pé diante de quadros-negros, surpreendidos pela câmera no meio de alguma frase. A instituição era muito superior à escola que ele frequentava antes, disse-lhe o pai, citando a porcentagem de formandos de Langford que seguiam para universidades da Ivy League. Enquanto o pai falava, Amit percebeu que o cargo de Déli havia sido aceito, que sua casa em Winchester já havia sido posta à venda. Frequentar a escola em Déli estava fora de cogitação; não valia a pena passar pela dificuldade de se adaptar ao sistema de ensino de outro país, disse o pai, já que, no final das contas, Amit iria frequentar uma universidade americana.

De Langford, todos os anos, durante o Natal e ao final de cada ano acadêmico, Amit ia a Déli visitar os pais e ficava hospedado em seu apartamento cheio de criados em Chittaranjan Park, em um quarto frio reservado para suas estadias. Não gostava de suas temporadas em Déli, e seu bengali hesitante de nada lhe servia ali. A cidade lhe dava saudades de Calcutá, onde viviam seus parentes, onde ele estava acostumado a ir. Seus pais haviam se mudado para Déli no ano do assassinato de Indira Gandhi, e os motins que assolaram a cidade depois disso, os toques de recolher e a vigilância constante em que os pais tinham de viver significavam que Amit passava o tempo inteiro trancado em casa, sem amigos, sem nada para fazer. Nesse sentido, voltar para aquela cidadezinha tranquila era um alívio para ele. Quatro anos mais tarde, seus pais voltaram para os Estados Unidos, e se instalaram em Houston. Em Déli, seu pai havia aperfeiçoado uma técnica a laser para corrigir o astigmatismo que lhe valeu convites para trabalhar e lecionar em hospitais mundo afora. Depois de cinco anos em Houston, os pais se mudaram outra vez, para Lausanne, na Suíça. Agora viviam na Arábia Saudita.

Em Langford, Amit era o único aluno indiano, e todos sempre imaginavam que ele houvesse nascido e crescido na Índia, e não em Massachusetts. Elogiavam-no por seu sotaque, dizendo--lhe sempre como seu inglês era bom. Ele havia chegado no colégio aos quinze anos, para o segundo colegial, que em Langford era chamado de quarta série, e a essa altura as amizades e alianças entre os meninos de sua turma já estavam formadas. No colegial em Winchester ele era um aluno brilhante, mas de repente precisou dar um duro danado para manter as notas. Tinha de ir à aula de paletó todos os dias de manhã, chamar os professores de “mestre” e frequentar a capela aos domingos.

Rapidamente percebeu que a riqueza dos pais era risível comparada à maioria dos meninos de Langford. Não havia para onde escapar no final do dia e, embora ele não admitisse isso para ninguém, sobretudo para os pais quando todo fim de semana telefonavam de Déli, sentia uma saudade atroz e tanta falta deles que, durante aqueles primeiros meses, seus olhos muitas vezes se enchiam de lágrimas a troco de nada. Procurava sinais dos rostos e vozes dos pais nas pessoas que o cercavam e cuidavam dele, mas não havia absolutamente nada nem ninguém em Langford que lhe fizesse lembrar dos pais. Depois desse primeiro semestre, adaptara-se da melhor forma possível àquele novo mundo, participando de competições de natação, chamando os colegas pelo sobrenome, usando sempre calças de lona porque jeans eram proibidos. Aprendeu a viver sem a mãe e o pai como todos os outros, livrando-se da dependência cotidiana em relação a eles mesmo ainda sendo um menino, e até aprendeu a gostar disso. Mesmo assim, recusou-se a perdoá-los.

A cada feriado de Ação de Graças, ele e os outros alunos que não tinham para onde ir eram acolhidos pela família de Pam — meninos de Santiago, Teerã e outros lugares conturbados do mundo, ou filhos de diplomatas e jornalistas que se mudavam com frequência ainda maior do que os pais de Amit. Iam todos comer na casa dos Borden, que ficava em uma das extremidades do campus, na companhia de Pam e de seus três irmãos, todos os quais frequentavam colégios internos diferentes, mas sempre passavam os feriados em casa. Para Amit, esse era o ponto alto de cada ano. Ele e todos os outros meninos eram apaixonados por Pam, que era a única menina da família, a única menina do campus e, segundo parecia na época, a única menina do mundo todo. Torciam para se sentar perto dela à mesa, e depois passavam semanas falando nela, imaginando sua vida no colégio Mount Hermon, em Northfield, imaginando como seriam seus seios, ou a sensação de seus cabelos castanho-claros muito lisos, perguntando-se como seriam pela manhã, caindo desordenados nas costas dela. Imaginavam o quarto no andar de cima onde Pam dormia quando voltava para casa. Reparavam se ela comia carne branca ou escura, e repararam no ano em que ela não comeu peru.

Ela parecia lisonjeada, muito consciente da admiração de todos eles, mas fora de alcance. Era aquele fenômeno raro e perturbador: uma adolescente já consciente do poder que exerce sobre os homens, e ao mesmo tempo sem nenhum interesse por eles. Sentia-se à vontade com o sexo oposto de uma forma que a maioria das meninas não se sentia, talvez por ter crescido em uma casa cheia de meninos. Os Borden eram pessoas abertas, todos eles, até mesmo` as crianças, treinados para serem anfitriões simpáticos para os alunos que aparecessem em sua mesa no feriado. Pam conversava com Amit e com os outros, perguntando a cada um sobre seus cursos como se fosse da idade da mãe deles, e não uma menina de quinze anos. E então eles desapareciam de sua consciência até o ano seguinte. Depois da refeição, o diretor Borden levava-os até o gramado para uma partida de futebol americano com os irmãos de Pam. Ou então ficavam todos dentro de casa, onde a sra. Borden, que lecionava francês no colégio, organizava complicados jogos de palavras e charadas.

Em seu último ano em Langford, Amit foi aceito na Universidade de Columbia. Ninguém mais da sua turma iria estudar lá, mas então, um belo dia, o diretor Borden disse a Amit que Pam também havia optado por Columbia. "Fique de olho nela para mim", disse o diretor; mas foi Pam quem ligou primeiro, daquele mesmo jeito altivo que tinham os pais dela, muito embora a cidade de Nova York e o mundo da universidade fossem tão desconhecidos para ela quanto para ele. De repente, só porque ela havia decidido, os dois ficaram amigos. Jantavam duas vezes por semana depois da aula de religião que faziam juntos, no Café Pertutti, onde se deliciavam com pratos cremosos de macarrão, ou então no La Rosita, para tomar *café con leche* e comer arroz com feijão. Depois disso, iam estudar na mesma salinha da biblioteca Butler, sentados um de frente para o outro, lendo Milton e Marx. Coisas estranhas o levavam a amá-la. O fato de ela nunca carregar os livros numa mochila ou bolsa, mas sempre levá-los abraçados junto ao peito. De sempre parecer estar insuficientemente agasalhada, e continuar usando uma jaqueta de camurça franjada na época do ano em que todos os outros já estavam enrolados em lã e penugem. De as duas últimas letras de seu nome serem as mesmas duas primeiras do seu, uma coisa boba que ele nunca lhe disse, mas que o fazia acreditar que estavam ligados um ao outro.

No início, ele se perguntou se viviam um romance, mas logo percebeu que ela estava tendo casos, que ele não passava de um amigo. Ela estava acostumada a viver cercada por homens que, assim como seus irmãos, protegiam-na, eram leais a ela, faziam-lhe a corte sem seduzi-la. E havia elegido Amit para desempenhar esse papel enquanto estivessem na faculdade. Pedia-lhe para investigar algum garoto sobre o qual estivesse curiosa, para descobrir sua reputação, seu histórico, antes de decidir se queria tentar seduzi-lo. Em troca, dava-lhe conselhos sobre como abordar outras garotas, como flertar com elas da forma mais eficaz. Foi Pam quem o orientou durante seu primeiro relacionamento universitário, com Ellen Craddock, esforçando-se bastante e fazendo amizade com Ellen só para jogá-la nos braços de Amit em College Walk.

Somente uma vez Amit havia conseguido reunir coragem para passar uma cantada em Pam, no segundo ano de faculdade, quando a beijou depois de se embebedar em uma festa e tocou-lhe o seio por cima de um suéter de gola rulê verde-escuro que ela estava usando. Ela havia retribuído o beijo, deixado que ele a tocasse, mas depois havia se afastado, como se já soubesse que um dia aquilo iria acontecer. "Agora nós sabemos como é", disse a ele, e Amit entendeu então que aquilo era impossível, que ela não gostava dele daquele jeito. Deixara-o realizar seu desejo, da mesma forma que a sua família o aceitava uma vez por ano em sua casa, oferecendo um pedacinho de si e em seguida fechando a porta.

Embora Pam continuasse morando em Nova York, onde negociava direitos internacionais em uma agência literária, ultimamente os dois se viam quando muito uma ou duas vezes por ano, em geral por acidente, no metrô ou em alguma esquina, ou em uma exposição lotada no Metropolitan. Mas ele era membro permanente da lista de correspondência dela, portanto recebia cartões de Natal e mesmo de aniversário — ela era do tipo que se lembrava de coisas assim. Quando soube que Amit e Megan haviam se casado, mandou-lhes castiçais da Tiffany's. E, quando as meninas nasceram, chegaram presentes caros, vestidos europeus e mantas de *cashmere* para seus carrinhos. Ela não telefonara para contar a ele que iria se casar, apenas mandara o convite. E, depois de todos aqueles anos, Amit se sentia ao mesmo tempo levemente empolgado e solícito, do modo como qualquer comunicação de Pam ou dos Borden sempre o fizera se sentir, levando-o a deixar de lado o que quer que estivesse fazendo para lhes dedicar sua total atenção.

Os convidados estavam reunidos debaixo de uma linda árvore, onde o bar havia sido montado e oferecia drinques antes da cerimônia. No gramado havia fileiras de cadeiras dobráveis viradas para as montanhas azul-leitosas de inclinação enganosamente suave. Acima delas, o sol começava a se pôr. Fora ali, naquele lugar exato, que ele havia se formado. Tinha uma aparência diferente nesse dia, um corpo mais esbelto, os cabelos ainda predominantemente pretos. Fora Pam, na faculdade, quem o proibira de pintá-los, dizendo-lhe que o grisalho ficava distinto, que atrairia as mulheres. Ele não havia acreditado, mas ela estava certa; todas as mulheres com as quais ele havia se envolvido tinham confessado, mais cedo ou mais tarde, que achavam os seus cabelos grisalhos sexy.

"Outro lado", disse Megan quando se aproximaram das pessoas. Ele passou para o lado esquerdo da mulher e alinhou os passos com os dela. Lado a lado, entraram na fila dos drinques. Havia a coleção habitual de garrafas e duas tigelas de ponche cheias de limonada. "Com álcool ou sem?", perguntou o barman. Eles pegaram dois copos da batida de limão e andaram até o gramado tomando a bebida doce e forte. Ele olhou para os rostos ao redor, homens carregando crianças pequenas nos ombros, mães tranquilizando os filhos em bebês-conforto, babás correndo atrás de crianças mais velhas. As babás pareciam jovens, estudantes do colegial, ele imaginou, contratadas para a ocasião. Os pais apontavam para as árvores, para as nuvens que se espalhavam e se moviam acima do vale. Ele não reconheceu ninguém e sentiu saudade das filhas.

"Quantas crianças", comentou Megan.

"As meninas teriam gostado."

"Mas nesse caso nós não poderíamos nos divertir. Saúde."

"Saúde." Como estavam em pé lado a lado, ergueram os copos para o alto, sem se olhar.

Parecia estranho beber no colégio. Ele se lembrou das festas clandestinas, das garrafas contrabandeadas para os alojamentos e consumidas nas noites de sexta-feira e sábado, sempre temendo as rondas do supervisor.

"Estou me sentindo velho", disse a Megan. Viu um rosto conhecido, sorrindo para ele, aproximando-se. Os óculos de tartaruga estilosos eram novos, mas ele se lembrava dos olhos azuis simpáticos, dos cabelos castanhos ondulados, da covinha no queixo. Fizeram algumas aulas juntos, haviam sido parceiros no laboratório de química, lembrou-se de repente. O pai dele e o de Pam foram criados juntos; ele sempre se referia ao diretor como "tio Borden". Amit lembrou-se do sobrenome, Schultz, mas não do primeiro nome.

"Sarkar", disse Schultz. "Amit Sarkar, não é?"

Amit estendeu a mão e, no mesmo instante, lembrou-se do primeiro nome de Schultz. "Que bom ver você. Esta é minha mulher, Megan. Megan, este é Tim."

O sorriso desapareceu do rosto de Schultz. "É Ted."

"Ted, claro, Ted. Mil perdões. Ted, esta é minha mulher, Megan." Sentiu-se um idiota, tão arrasado pelo próprio erro quanto teria ficado em seu primeiro semestre em Langford, quando se esforçava tanto para agradar. Repreendeu-se por ter dito qualquer nome, por não ter deixado que surgisse naturalmente ao longo da conversa. "Me perdoe", repetiu ele enquanto Ted e Megan se apertavam as mãos. "O dia foi longo. A viagem também."

"Não se preocupe", disse Ted, de um jeito que só fez Amit se sentir ainda pior. "Seus pais ainda estão na Índia?"

"Eles voltaram. E depois foram embora de novo."

"Onde você está morando agora?"

Ficaram sabendo que Ted também vivia em Manhattan. Era divorciado e trabalhava em um escritório de advocacia.

"Vocês conhecem esse cara com quem Pam vai se casar? Aquele com quem ela finalmente vai sossegar em vez de um de nós?"

"Não conheço Ryan", disse Amit, perguntando-se como Megan iria interpretar o comentário de Ted.

"Tudo que eu sei é que ele é roteirista de televisão", disse Ted. "De um daqueles seriados sobre direito que fazem o meu emprego parecer glamoroso. É por isso que eles vão se mudar para Los Angeles. Parece que um dos atores do seriado viria para a festa."

Olharam em volta à procura de alguém que pudesse ser uma celebridade. Os convidados formavam um grupo atraente, muitas das mulheres com vestidos pretos curtos. Amit lembrou-se da saia de Megan e deu um passo em direção a ela, passando o braço pela cintura da mulher.

"Como vocês dois se conheceram?", perguntou Ted.

"Na faculdade de medicina", respondeu Megan.

"Ah, doutor Sarkar, estou impressionado."

"Só ela", disse Amit. "Ela foi até o fim. Eu não."

Um quarteto de cordas pôs-se a tocar e as pessoas começaram a tomar a direção de seus lugares. Amit e Megan escolheram cadeiras bem atrás, pois ela reclamou que seus saltos estavam afundando na grama. Todos se viraram quando o homem com quem Pam estava prestes a se casar passou por entre as cadeiras e assumiu seu lugar no meio do altar onde um sacerdote estava em pé. Ryan parecia já um tanto avançado na casa dos quarenta, alto, bronzeado, com uma barba meio grisalha e rugas nos traços atraentes do rosto. Então Pam apareceu, descendo o corredor entre as cadeiras acompanhada do pai, com a mãe e os irmãos logo atrás dela. A sra. Borden não havia mudado; seus cabelos claros e curtos tinham o mesmo penteado prático, seu corpo ainda era esbelto. Ela virou a cabeça para lançar um sorriso reconfortante para os convidados de ambos os lados. Os Borden haviam passado a vida inteira presidindo reuniões tão grandes quanto aquela, assembleias semanais, partidas esportivas e formaturas, e de certa forma aquilo não era diferente. A única pessoa que ele não reconheceu foi uma menina de uns doze anos que carregava um buquê de flores e tinha um rosto comprido e bonito e uma expressão séria. Imaginou que fosse uma das sobrinhas ou primas mais novas de Pam. A noiva usava um vestido sem mangas com grinalda, feito de um tecido amarrotado cor de marfim. O efeito não era nem tanto de um vestido, mas sim de um comprido lençol que ela havia amarrado em torno de si, criando um visual descuidado e ao mesmo tempo perfeito. Segurava casualmente um buquê de frésias amarelas em uma das mãos, sorria e acenava para as pessoas com a outra. Continuava sendo a mulher mais linda que ele jamais conhecera.

O casal ficou em pé de costas para os convidados, de frente para o pastor, as montanhas e o sol poente. A cerimônia foi curta, simples, sem damas de honra ou padrinho, como Amit previra. Alguém se levantou e leu um poema que ele não conseguiu escutar porque não havia microfone. Visualmente, porém, o efeito foi espetacular, com o céu escurecendo sobre as montanhas em um tom que mesclava o amarelo escuro de um pêssego e o roxo de uma ameixa, e o luxuriante terreno do colégio vazio, a não ser pelo espaço ocupado pela cerimônia. Ele ficou olhando para algumas mechas dos cabelos de Pam, desprendidas pelo vento que começara a soprar sobre eles, fazendo as mulheres vestirem seus xales em volta dos ombros; aquele frio ar de montanha que sempre substituía o calor do dia. Ela estava agora com trinta e sete anos, a mesma idade que ele, mas de costas parecia uma moça de dezenove. Ainda assim, estava se casando tarde, muito mais tarde do que ele.

Enquanto assistia à cerimônia, ele se sentiu grato pela ligação que havia mantido com Pam, suficiente para ele estar sentado ali, vendo-a se casar, testemunhando os primeiros momentos daquela fase da existência dela. Tudo que Amit esperava era uma continuação das coisas que conhecia: Megan, seu emprego, a vida em Nova York, as meninas. A coisa mais profunda de todas, ter Maya e Monika, já havia acontecido; nada alteraria sua vida mais do que isso. Ele não queria mudar nada, e no entanto parte de si às vezes ansiava por voltar ao início de seu relacionamento com Megan, nem que fosse apenas pelo prazer de esperar e vivenciar essas coisas novamente.

Houve uma salva de palmas quando Pam e Ryan se beijaram, de olhos abertos por causa da empolgação, e então a música começou a tocar e a festa se deslocou pelo corredor de gramado entre as cadeiras. Amit se levantou, posicionando-se dessa vez à esquerda de Megan sem precisar ser instruído, e juntos tomaram seu lugar atrás dos outros na fila dos cumprimentos. Pam jogava a cabeça para trás e ria das coisas que as pessoas diziam, adiantando-se para beijá-las ou tocando-lhes o antebraço com uma das mãos em um gesto de reconforto. "Onde estão suas lindas meninas?", exclamou assim que viu Amit, esticando o pescoço para poder beijá-lo em uma das bochechas e depois na outra. Sua pele continuava a mesma, de uma maciez desconcertante, mas, agora que estava de frente para ela, ele pôde ver os mesmos pés de galinha da sra. Borden se formando ao redor dos olhos.

"Deixamos as meninas com os pais de Megan. É nosso fim de semana de liberdade total."

"Eu quero ficar acordada até as cinco da manhã", anunciou Megan alegremente. "Quero passar a noite inteira comemorando e ver o sol nascer da nossa sacada."

Amit olhou de relance para Megan, intrigado por ela nunca ter mencionado aquilo para ele. Havia suposto que seu principal objetivo naquele fim de semana fosse dormir sem ser incomodada. "É mesmo?"

Megan não lhe respondeu. Em vez disso, falou para Pam: "Você está linda. Que vestido mais bonito". Disse isso com sinceridade, sem ficar intimidada por Pam como ficara no passado. Amit imaginou se isso se devia ao fato de Pam agora ser casada, de pertencer a outro homem, e portanto nem sequer um pouquinho a Amit.

Apertaram as mãos de Ryan. "Pam me falou tanto sobre você", disse Ryan para Amit.

"Parabéns", retrucou Amit. "Muitas felicidades."

"Vamos ver se eu consigo transformar esta aqui em uma garota da Califórnia."

"Os filhos de Ryan estão correndo em algum lugar por aí", disse Pam. "Aquela carregando as flores era Claire." Beijando Ryan na bochecha, ela se corrigiu. "Desculpe, amor. Nossos filhos." Captou o olhar de Amit como quem diz: *Você acredita que eu sou madrasta?* Então aquele era o segundo casamento de Ryan e envolvia os filhos de outra mulher. Aquela menina de rosto comprido era agora enteada de Pam. Não era o que Amit teria imaginado para Pam, tantas complicações; Pam que poderia ter tido o homem que quisesse.

"Eu estava torcendo muito para ver as suas meninas", disse a noiva. "Vocês têm alguma foto?"

Megan examinou a bolsa, mas estava carregando uma bolsinha feita de miçangas e deixara a carteira no quarto de hotel.

"Eu tenho", disse Amit. Mostrou duas fotografias, ambas tiradas quando Maya e Monika eram recém-nascidas, os olhos escuros, as bocas parecendo dois pontinhos. "Elas estão bem diferentes agora."

"Vocês precisam levá-las a Los Angeles. Precisam passar alguns dias na casa de praia de Ryan." Ela riu. "Quero dizer, na nossa casa de praia."

"Adoraríamos", disse Megan. Mas Amit sabia que isso nunca iria acontecer, que aquilo ali era o fim da estrada, que ele nunca mais teria nenhum motivo para tornar a adentrar o mundo de Pam.

"Amanhã vai ter um brunch no campus", avisou Pam. "Vemos vocês lá?" Disse isso à sua antiga maneira, olhando para Amit como se houvesse algo extremamente urgente que precisasse discutir com ele: anotações para uma prova que iriam fazer juntos ou uma análise de sua última paixão.

"Claro", respondeu ele.

"Que ótimo você ter vindo, Amit. É tão bom ver você", disse Pam. Por um instante ele pôde sentir uma centelha de seu antigo vínculo, de sua estranha amizade. Sempre fora muito dedicado a ela, mais até, como ela admitira certa vez, do que seus próprios irmãos, e sentia que ela estava reconhecendo isso de novo agora, no olhar.

"Não poderíamos deixar de vir", falou.

A fila os fez avançar para o meio dos outros convidados da festa. Megan disse que precisava ir ao banheiro. "Você sabe onde tem?"

Ele olhou em volta. Do outro lado do gramado, onde as pessoas estavam em pé comendo os aperitivos, ficava o prédio das matrículas, uma mansão vitoriana gigantesca cercada de varandas. As portas duplas dos fundos estavam abertas e garçons entravam e saíam com suas bandejas. Ele se lembrou de entrar ali com os pais, de ser entrevistado por um homem desagradável chamado sr. Plotkin. O sr. Plotkin perguntara a Amit por que ele queria estudar em Langford e, como seus pais estavam sentados do lado de fora da sala, Amit respondera a verdade, que eles se mudariam para a Índia e não queriam que ele fizesse o colégio lá. "Infelizmente eu acho que essa resposta não é digna de um aluno de Langford, senhor Sarkar", disse-lhe o sr. Plotkin do outro lado da escrivaninha, onde estavam espalhados os boletins e cartas de recomendação de Amit. Então uniu as mãos e esperou Amit dar uma resposta mais adequada.

"Provavelmente tem um banheiro ali", disse ele para Megan. Acompanhou-a até o prédio, ainda fielmente posicionado à esquerda dela, mas lá dentro viram que havia uma longa fila para o banheiro feminino.

"O que vamos fazer?", sussurrou Megan.

"Bom, eu não posso esperar nessa fila com você. Só tem mulheres. Tenho certeza de que ninguém vai reparar na saia."

"Você acha?" Ela remexeu na bolsa, posicionando as mãos de forma que a bolsa cobrisse o furo. Por cima da saia ela estava usando uma blusa branca de botão, com alguns deles abertos para mostrar o corpete cor-de-rosa que havia por baixo. Tinha o pescoço nu. Nunca usava as joias que a mãe lhe dera, rebuscadas demais para o seu gosto.

"Você está ótima", disse ele. Estava sendo sincero, mas ainda não tinha lhe dito isso. "Vou pegar outra bebida para nós e encontro você aqui de novo. Outro drinque?"

"Está bem."

Deixou-a ali, ainda remexendo na bolsa. Demorou mais do que esperava para pegar as bebidas. A fila do bar incluía alguns de seus antigos professores, a maioria em meia-idade avançada, alguns pareciam estar à beira da aposentadoria. Ali estava a sra. Randall, sua professora de física, para quem ele acenou, e o sr. Plotkin, cujo olhar evitou. Então viu o sr. Nagle, um de seus professores de inglês, que também havia sido conselheiro do jornal do colégio, *The Langford Legend*, para o qual Amit escrevia e do qual acabara virando editor. O sr. Nagle era um dos membros mais jovens do corpo docente, recém-saído da faculdade quando Amit estudava ali, e ainda tinha a aparência jovial de um rapaz, com cabelos escuros e um bigode curvado para baixo que faziam Amit pensar em uma versão mais baixa e mais magra do Ringo Starr. O sr. Nagle vinha de Winchester, era formado no colegial de lá, e Amit sempre sentira uma identificação com ele por causa disso.

"Deixe-me adivinhar. Você está escrevendo para o *New York Times*", disse o sr. Nagle.

"Na verdade, eu trabalho para um periódico de medicina."

"É mesmo? Não achei que você se interessasse por ciências."

Ele não se interessava. Queria ser jornalista, era verdade. Adorava trabalhar no semanário de oito páginas, adorava ir uma vez por semana com o sr. Nagle e o resto da equipe editorial até a redação do jornal da cidade para fazer a paginação. Lembrava-se de ficar sentado na biblioteca, bolando ideias de pauta, entrevistando membros do corpo docente e as celebridades que às vezes iam a Langford dar palestras. Demonstrar um interesse ativo, jornalístico pela vida do colégio ajudara-o a suportar o fato de odiar estar ali. Mas sabia que o jornalismo não era uma opção de carreira, que seus pais jamais aceitariam isso. Essa era a única batalha que não tivera coragem de travar: a expectativa dos pais de que ele estudasse medicina, a pressuposição de que fosse virar médico como o pai.

Ele tinha inclinação para as ciências, portanto havia jogado o jogo, cursando biologia no ciclo básico em Columbia e depois iniciando o curso de medicina na mesma instituição. Aguentou dois anos, principalmente porque conheceu Megan e se apaixonou por ela. Porém, quanto mais a conhecia, mais claro ficava que não tinha a mesma dedicação, a mesma persistência que ela. Certa noite, enquanto estudavam para uma prova de farmácia, ele havia saído para tomar um café. Percorreu algumas quadras para esticar as pernas, depois mais umas tantas. Continuou a descer a Broadway, andou cem quarteirões de seu alojamento em Washington Heights até o Lincoln Center e de lá continuou até Chinatown onde, ao raiar do dia, sentindo-se à beira do delírio, finalmente parou. Peixe e legumes eram descarregados de caminhões, a vida tornava a encher as ruas aos poucos. Entrou em uma padaria, tomou um chá quente, comeu um pão de coco e ficou olhando um grupo de chinesas sentadas em volta de uma mesa redonda nos fundos, separando uma montanha de espinafre. Pegou o trem de volta ao norte da cidade e dormiu durante a prova. Começou a matar uma aula, depois outra. Uma semana se passou e, apesar da total passividade, ele teve a sensação de estar realizando o maior feito de sua vida. Desistiu da faculdade e só contou aos pais no final do semestre. Esperava que Megan fosse largá-lo, mas ela respeitou a decisão e ficou com ele. Por impulso, depois de desistir da faculdade de medicina, ele se candidatou à escola de jornalismo em Columbia, mas não foi aceito. Megan incentivou-o a escrever mesmo assim, a trabalhar como freelancer e preparar alguns clippings. Mas o trabalho no periódico de medicina era mais fácil, mais previsível. Exigia-lhe menos, e Amit não conseguia mais se imaginar fazendo qualquer outra coisa.

"Tinha certeza de que você viraria jornalista", disse o sr. Nagle. "Nós ganhamos aquele prêmio maravilhoso no ano da sua formatura. Nunca consegui ganhar de novo. A plaquinha ainda está na biblioteca."

Uma terceira pessoa juntou-se a eles, um homem que foi apresentado a Amit como o recém-nomeado diretor da comunidade de ex-alunos. Ele se interessou imediatamente por Amit, perguntando-lhe se pretendia comparecer à reunião seguinte, conversando sobre os planos para o novo ginásio de Langford.

"Com licença", disse Amit assim que houve uma pausa na conversa. "Preciso encontrar minha mulher." Percebeu que, enquanto conversava com o sr. Nagle, havia terminado seu drinque, e agora só tinha o de Megan. Então tornou a entrar na fila para pegar outra batida de limão. Começou a zanzar entre os convidados e entrou no prédio das matrículas à sua procura. Mas ela não estava lá, e ele imaginou que ela tivesse saído para procurá-lo. Estava escurecendo e a única área iluminada era o toldo onde os convidados se sentariam para jantar. Quando encontrou Megan, ela estava conversando com Ted Schultz; a mão esquerda ainda pousada estrategicamente sobre a saia. A visão de Ted fez Amit se sentir novamente tolo por tê-lo chamado pelo nome errado.

"Peguei isto aqui para você", disse Amit, entregando a bebida a Megan.

"Ah." Ela olhou para o drinque, sacudindo a cabeça. Segurava uma taça de champanhe na outra mão. "Eu peguei isto aqui de uma bandeja."

"Eu estava contando para Megan como era este lugar quando estudávamos aqui", disse Ted. "Antes de subirem aqueles prédios feios. Em que alojamento você morou?"

"Ingalls, no primeiro ano. Depois Harkness." Sentiu-se inseguro em relação aos nomes, como se eles também pudessem estar incorretos.

"Adivinhe só", disse Megan. "Nosso celular não funciona aqui em cima. Tentei ligar para as meninas, mas não tem sinal."

"Com certeza tem um telefone público em algum lugar", disse Amit. "Eu ligo para elas antes de dormirem." Estava cansado de ficar em pé, e ansiava pela oportunidade de se sentar e encher a barriga com algo sólido. Algumas pessoas mais velhas já estavam debaixo do toldo, junto com algumas mulheres amamentando bebês, e ele se perguntou se seria inadequado sentar-se também. Esperou uma brecha na conversa de Ted e Megan para sugerir que fossem até a mesa, mas então sentiu um tapinha nas costas, virou-se e deparou-se com os pais de Pam. Começou uma conversa com eles, parabenizando-os, tornando a sacar a carteira para mostrar retratos das meninas. "São iguaizinhas à mãe", disse a sra. Borden à sua maneira habitualmente direta.

Quando ele tornou a se virar para Megan, viu que a taça de champanhe dela estava vazia. Ela havia chegado mais perto de Ted e mexia distraidamente no brinco de diamante, mania que tinha quando ficava nervosa. Será que Megan estava paquerando Ted? Em vez de sentir ciúmes, Amit sentiu-se estranhamente liberado, aliviado da própria responsabilidade para com Megan, da responsabilidade de fazê-la se divertir. Sua cabeça latejava.

Ele precisava de um copo d'água, precisava diluir o álcool que havia penetrado em seu cérebro depressa demais. A noite mal tinha começado, mas era como se ele estivesse bebendo havia horas. Então viu que a mão junto à orelha de Megan era a mesma que antes escondia a saia. Agora que ela também já havia tomado alguns drinques, não se importava mais com a saia, e Amit percebeu que estava livre do dever de ficar ao lado dela.

Durante o jantar, ficaram sentados em uma mesa com três outros casais. Dois deles eram amigos de Ryan da Califórnia e, depois de feitas as apresentações, ficaram conversando entre si. As mulheres tinham cinquenta e poucos anos, ambas usavam terninhos de seda e joias de prata pesadas, e Amit desconfiou que elas tivessem algo a ver com televisão. Os homens tinham cabelos escuros e falavam bastante, parecendo ser velhos amigos. O outro casal estava noivo. A mulher, Felicia, era amiga de Pam, e o noivo se chamava Jared. Jared era arquiteto, tinha o cabelo muito fino e claro, e parecia estar sempre meio sorrindo para tudo e para todos; até Amit perceber que essa era a expressão fixa de seu rosto, a boca fina permanentemente arqueada nos cantos. O atual projeto de Jared era a nova ala de um hospital, e ele e Megan começaram imediatamente a conversar, com Megan dizendo-lhe todas as coisas que, na sua opinião, precisavam ser melhoradas nos projetos de hospitais.

Enquanto enchiam seus copos de vinho e água e serviam-lhes uma terrina de salmão, Felicia contou a Amit seus planos para o casamento com Jared. Era uma mulher mignon, e seu corpo de menina estava envolto em um vestido bege sem manga, de gola alta. Seus traços, embora agradáveis, pareciam pequenos demais para o rosto, como se ainda precisassem preenchê-lo adequadamente, e a distância entre o canto inferior do nariz e o lábio superior deixava o interlocutor distraído. Ela falava de um jeito cansado, pesando cada palavra. Estavam no meio do processo de escolher o lugar, disse Felicia, e não tinham certeza do número de convidados.

"Este casamento aqui é enorme", comentou ela. "Quantas pessoas você acha que tem?"

Ele olhou para as mesas em volta, contou oito pessoas em casa mesa. "Umas duzentas, acho eu." Esvaziou o copo d'água e olhou para Megan, cujo rosto animado não demonstrava um pingo de desconforto.

"Onde foi o casamento de vocês?", perguntou Felicia.

"Nós nos casamos escondidos há oito anos. No cartório." Na época, parecia a coisa certa a fazer, em vez de pedir a seus pais que viessem de avião de Lausanne, aos de Megan que arcassem com as despesas, e tentar fazer com que todos ficassem contentes. Ele tinha vinte e nove anos, Megan trinta e quatro. Fora empolgante: a alegria de se casar aliada ao fato de que tudo seria feito em segredo, sem planejamento, sem envolvimento de mais ninguém. Seus pais não conheciam Megan. Ele sabia o quanto isso era insultuoso para eles. Apesar de todo o comportamento liberal e ocidentalizado deles, sabia que queriam que ele se casasse com uma bengalesa, nascida e criada como ele.

"Vocês se arrependem?", perguntou Felicia.

"Acho que as nossas filhas se arrependem." Pois as meninas agora estavam em uma idade em que esperavam ouvir histórias sobre bolo de casamento e ver fotografias da mãe vestida de branco.

Felicia perguntou a idade das meninas, e mais uma vez, desajeitado, ele sacou as fotos da carteira. "Megan tem outras melhores. Mais recentes, quero dizer. Mas estão no hotel."

"Vocês precisaram tentar durante algum tempo?"

Ele achou a pergunta ousada vindo de uma desconhecida. Mas foi sincero com ela, ainda descontraído por causa da batida de limão. "Com Maya aconteceu da primeira vez, acredita?", falou. Lembrava-se de como se sentira orgulhoso, poderoso. Na primeira vez na vida em que fazia sexo sem contracepção, uma vida havia começado.

"Vocês vão tentar um terceiro?"

"É difícil de imaginar." Lembrou-se de quando as filhas eram bem pequenas, quando balanços e brinquedos abarrotavam os cômodos, e a bandeja grudenta do cadeirão tinha de ser esfregada no chuveiro ao final de cada noite. As meninas já haviam se tornado misteriosas, ambas já sem fraldas, retirando-se para o quarto para ler ou jogar alguma coisa, conversando em idiomas secretos, explodindo em gargalhadas à mesa sem motivo aparente. Ele havia se mostrado mais ansioso do que Megan para formar uma família. O mundo da paternidade era exótico e preenchia sua vida de uma forma que seu emprego não fazia. Fora Amit quem insistira para ter o segundo filho. Megan estava satisfeita com um, dizia que havia pagado o preço de pertencer a uma família numerosa. Mas Amit não queria que Maya fosse filha única, que tivesse a mesma vida solitária da qual ele se lembrava. Megan havia cedido e tornado a engravidar apesar de estar com quase quarenta anos, mas desde o nascimento de Monika estava usando um DIU.

Uma colher bateu em um copo e todos voltaram sua atenção para a frente do toldo, para os primeiros brindes. Ouviram amigas de Pam do colégio interno e depois da faculdade, algumas das quais ele se lembrava vagamente de ter encontrado durante uma sessão de drinques no Marlin. Seguiram-se membros das duas famílias e colegas de trabalho de Pam e Ryan. Amit deixou-se distrair por uma aranha cinza-clara que escalou a lateral da toalha de mesa e depois entrou no espaço entre a manga da camisa e o paletó de Jared. Sentiu-se tentado a dizer alguma coisa, mas Jared não havia percebido; pelo contrário, continuou sentado ali, com o mesmo leve sorriso ainda estampado no rosto, sem dúvida pensando no dia em que as pessoas se levantariam para brindar ao seu próprio casamento.

O prato principal foi servido: costeletas com aspargos e batatas.

"Como foi passar de um filho só para dois?", perguntou Felicia, retomando a conversa onde a haviam interrompido. "Uma amiga me falou que um mais um igual a três. É verdade?" Ela cortou um pedaço da costeleta, fazendo o sangue da carne escorrer para o meio das batatas.

Ele pensou um pouco. "Na verdade, foi depois do segundo filho que o nosso casamento meio que..." Fez uma pausa, tentando encontrar a palavra certa. "... desapareceu." Percebeu que era uma palavra curiosa para se usar, mas algo fora perdido, escorrera por entre os dedos, e essa era a única maneira que ele conseguia achar para expressar isso.

"Como assim?", perguntou Felicia. Ela pousou o garfo e olhou para ele apertando os olhinhos, com a voz subitamente fria.

Ele olhou para Megan, cheia do brilho que a iluminara nessa noite, ainda conversando com Jared. No hotel, tinham prometido não sair de perto um do outro, mas ela estava a muitos quilômetros de distância dele. Sentiu o mesmo ressentimento que muitas vezes o invadia depois de limpar a cozinha, dar banho em Maya e Monika, colocá-las na cama, e em seguida ver televisão sozinho, sabendo que tinha feito as filhas atravessarem mais um dia, que mais uma vez Megan não tinha participado disso. Ela morava no mesmo apartamento, dormia na cama dele. O coração dela não pertencia a mais ninguém senão a ele e às meninas, mas mesmo assim havia momentos em que Amit se sentia tão sozinho quanto nos primeiros tempos em Langford. E havia momentos em que odiava Megan, simplesmente por causa disso. Se estivesse sóbrio, teria reprimido esse pensamento, lembrando a si mesmo que era para o seu bem e para o das meninas que ela trabalhava tanto. Teria lembrado a si mesmo que dali a mais ou menos um ano suas vidas iriam mudar, que Megan esperava arrumar emprego em um consultório particular, para poderem novamente tirar férias em família e oferecer jantares aos amigos. Mas nessa noite nada veio censurar o seu ressentimento; ele o abraçou, sentindo-se justificado pela própria capacidade de reconhecer o que era verdade.

"Desapareceu", repetiu ele, dessa vez com mais força. "Acho que isso acontece com todo mundo, mais cedo ou mais tarde."

Mas a expressão de Felicia havia se tornado mais dura. "Que coisa mais horrível de se dizer", falou ela sem esconder a repulsa. "E ainda por cima em um casamento."

No entanto, ele se sentia justificado. Não era desde o nascimento de Monika que uma parte enorme da energia deles não era mais dedicada a fazer coisas juntos, mas a inventar formas para cada um ter algum tempo sozinho? Ela não ficava com as meninas nos dias de folga para ele correr no parque e ele não cuidava das filhas para ela passear em uma livraria ou fazer as unhas? E não era terrível a forma como ele ansiava por esses momentos, tanto que, algumas vezes, até uma viagem sozinho de metrô era a melhor parte de seu dia? Não era terrível que, depois de todo o trabalho que a pessoa dedicava a encontrar alguém com quem passar a vida, depois de formar uma família com esse alguém, mesmo apesar de sentir saudade desse alguém, como Amit sentia saudade de Megan noite após noite, a solidão fosse aquilo que a pessoa mais valorizava, a única coisa que, mesmo em doses passageiras, ínfimas, garantia sua sanidade?

Cogitou explicar isso a Felicia, mas viu que ela não queria

mais conversar. Antes estivera prestando atenção em cada palavra dele, mas agora voltara a atenção para uma das mulheres de joias de prata. Ele olhou para o relógio e viu que eram quase oito e meia. As meninas deviam estar de camisola, lendo histórias antes de dormir. Ele não havia terminado a refeição, na verdade comera muito pouco, mas o prato foi levado embora e um bolo de morangos com creme surgiu em seu lugar. Ergueu os olhos e viu que a maioria das mesas estava vazia. A pista de dança fora aberta, e casais dançavam colados debaixo de um toldo vizinho, cercados pelas montanhas e pela noite escura. A banda tocava uma música de Gershwin. Jared conduziu Felicia para longe da mesa e, apesar de saber que nunca mais precisaria encontrá-la, Amit ficou aliviado ao vê-la partir, levando embora o deprimente indício de sua conversa. Jared estava se curvando para ouvir algo que Felicia sussurrava, e Amit imaginou se ela estaria contando o que ele lhe dissera. "Que inadequado", pensaria o casal, "falar desse jeito com uma pessoa que está noiva." E prometeriam um ao outro que não deixariam isso acontecer no casamento deles, que mesmo depois de doze filhos jamais se sentiriam assim.

Ele viu Ted se aproximando, perguntando a Megan se podia se sentar na cadeira vazia ao seu lado. "Que jantar. Eu nem de longe comi tão bem no meu próprio casamento", disse ele.

"Eu deveria ligar para as meninas", disse Megan. "Nós prometemos ligar."

"Eu ligo", ofereceu-se Amit. "Fique aqui, Meg. Divirta-se."

"Eu não vou fugir com ela", disse Ted, dando uma piscadela. "Prometo."

"Tem certeza de que você está bem?", perguntou Megan a Amit. Pela forma como a mulher o olhava, ele viu, sem precisar dizer nada, que ela sabia que ele havia bebido demais, que continuara a prestar atenção nele mesmo conversando com outros homens durante a noite toda.

"Eu estou legal. Vou procurar um telefone público e já volto. Uma caminhada vai me fazer bem."

"Mas depois vamos dançar a noite inteira e ver o sol nascer, o.k.?" Ela sorriu e Amit de repente sentiu o amor da mulher por ele: aquela crença inabalável nele e no casamento que ela jamais questionava, que jamais denegria como ele havia feito nessa noite.

"Está bem." Ele foi até onde ela estava sentada, curvou-se e beijou-a na bochecha, depois encaminhou-se para o prédio da administração onde ficavam os banheiros. Duas grandes salas tinham sido abertas para as crianças brincarem. Algumas corriam de um lado para o outro, outras choravam, outras estavam esparramadas em sono profundo nas poltronas e sofás de couro. Ele andou para lá e para cá à procura de um telefone. Só havia aparelhos exclusivos para comunicações internas do campus, ou então aparelhos particulares em cima das escrivaninhas. Ele os viu através das portas de vidro das salas. No entanto, quando tentou as maçanetas, estavam todas trancadas.

Saiu do prédio para ver se por acaso havia um telefone do lado de fora. Não encontrou nada. Mesmo assim ainda precisava ligar para as meninas, queria ouvir a voz das filhas, esse era o único pensamento em sua mente. Começou a atravessar o terreno escuro em direção ao hotel, esquecendo-se que o carro estava estacionado no colégio. Em vez de buscá-lo, saiu cambaleando pelo terreno silencioso, a não ser pelo leve ruído da música que flutuava no ar e pelo barulho de sua própria respiração. Parou e ergueu os olhos para o céu e as estrelas, para as constelações tão brilhantes fora da cidade. Pensou em Megan, pensou que talvez devesse voltar e avisá-la que estava indo até o hotel. Mas continuou andando, incapaz de ver os próprios pés marchando pelo chão.

Não havia nenhuma luz exceto a das estrelas, e ele não tinha certeza em que direção ficava o hotel. Então tornou a parar para escutar a serenata dos sapos que viviam ao redor do lago, que parecia o toque repetido e aleatório de um instrumento de cordas em uma orquestra, sendo eternamente afinado antes de algum espetáculo. Era um som do qual havia se esquecido, um som que o havia assombrado e mantido acordado durante suas primeiras noites no alojamento de Langford, no final de outro agosto, quando ele tinha quinze anos. Todos os alunos recém-chegados tinham escutado aquilo enquanto dormiam em seus novos quartos, naquelas camas estranhas, com saudades de seus pais, de suas casas; na primeira reunião, tinham lhes dito que os sapos estavam chamando os parceiros, defendendo o território à beira d'água antes de se enterrarem na lama para passar o inverno. Nessa noite aquela toada ensurdecedora teve sobre Amit o mesmo efeito que tivera na época: de que tudo no mundo acontecia além de sua visão, fora de seu alcance.

Viu o hotel. O trajeto fora muito rápido; Megan sequer perceberia a ausência dele. Entrou no quarto e sentou-se na cama vazia, diferentemente daquela que servira para espalhar suas roupas usadas e a bagagem, e pegou o telefone. Passeou os olhos pelo quarto, e o que antes havia achado decepcionante agora achou reconfortante. Discou o código de área dos sogros. Mas não conseguiu se lembrar do resto do número.

Passou muito tempo sentado ali, com o telefone no colo, tentando se lembrar dos números. Mas não conhecia o telefone de cor: era Megan quem sempre ligava. Estudou a pirâmide de papel sob todos os ângulos, como se a resposta pudesse estar ali. Mas não: eram os canais de TV. Teria de voltar ao casamento, perguntar a Megan, depois regressar para o hotel. Era isso que faria. Levantou-se, atravessou o quarto até a porta. Então lembrou-se de que podia ligar para o auxílio à lista. Voltou para junto do telefone e estava prestes a pressionar os botões. Mas sua cabeça latejou e as coisas começaram a rodar, a pirâmide de papel na cabeceira não estava mais no mesmo lugar em que estivera um segundo antes, e a necessidade de deitar o dominou, puxando-o de volta para os travesseiros da cama.

Acordou ainda de terno, os pés calçados com os sapatos pretos engraxados. A luz estava acesa no quarto escuro, e a cortina da varanda estava afastada. Seu primeiro pensamento foi que ainda era noite, e que precisava voltar para o casamento. Mas então olhou para o relógio digital na cabeceira e viu que eram onze da manhã.

"Megan?", chamou. Mal conseguiu articular a palavra. Sua voz estava pastosa, e ele percebeu que durante muito tempo enquanto dormia havia ansiado por um copo d'água. Sentou-se um pouco na cama, e tomou consciência de uma pressão lancinante em volta da cabeça. Olhou para a cama vizinha e viu que ninguém havia dormido ali, que a mala aberta e as roupas não tinham sido retiradas.

Sentou-se por completo, e em seguida pôs-se de pé. "Megan?", tornou a chamar. Tirou o paletó, foi até o banheiro, bebeu água da pia. Não conseguia suportar acender a luz. A noite começou a voltar aos poucos. Lembrou-se de estar sentado na tampa da privada, minutos antes, segundo parecia, examinando a saia de Megan. Então lembrou-se de ver Pam Borden se casando, de esperar em uma fila comprida para pegar um drinque e de uma conversa durante o jantar com uma mulher que estava noiva. Lembrou-se de deixar Megan à mesa com outro homem. De repente, acendeu a luz de supetão e viu que os óculos da mulher não estavam ao lado da pia onde ela os deixava habitualmente durante a noite, que ela não havia voltado para o hotel.

Voltou para a cama onde havia dormido, à procura de algum sinal dela do outro lado. Mas a colcha não fora afastada;

havia apenas os vincos indicando onde ele estivera deitado. Tornou a atravessar o quarto. Abriu com violência a porta do armário, que continha apenas alguns cabides vazios. Decidiu ir até a recepção perguntar se ela havia voltado. Sentiu frio e tornou a vestir o paletó. Então viu que a porta da varanda estava parcialmente aberta.

Ela estava sentada em uma cadeira, usando uma calça jeans e um suéter de lã que fora previdente o bastante para pôr na mala, supondo que poderia fazer frio nas montanhas. Os brincos de diamante que ele lhe dera de presente depois do nascimento de Maya reluziam em suas orelhas. Ela estava tomando café de um copo de papel e fitando o pinheiro que atrapalhava a vista.

"Bom, eu cheguei a tempo de ver o sol nascer, como disse que faria", falou. "Só que hoje não deu para ver o sol nascer." Ele olhou para o céu. Estava muito claro, mas completamente nublado. O ar estava frio e a chuva parecia iminente.

Ele olhou para a cadeira vazia ao lado de Megan, sabendo que não era bem-vindo. Ela não havia se virado para encará-lo, não havia erguido os olhos, e ele foi se postar mais ou menos atrás dela, tremendo, com os braços cruzados na frente do peito. "A que horas você chegou?", perguntou-lhe.

"Ah, deve ter sido lá pelas três. Foi quando a festa começou a esvaziar. Meus pés estão me matando. Há anos eu não dançava assim."

As palavras dela fizeram-no pensar que talvez as suas lembranças fizessem parte de um sonho terrível. "Nós dançamos ontem à noite no casamento?"

"Eu só fiquei louca de preocupação durante mais ou menos uma hora. Procuramos você por toda parte. Pedi para desconhecidos olharem por debaixo da porta dos cubículos no banheiro. Cheguei até a pensar em chamar a polícia. Mas então alguma coisa me disse que você tinha vindo parar aqui, e quando liguei para o hotel foi exatamente isso que eles me disseram." Ela falou tudo isso com calma, como se estivesse se dirigindo à árvore na sua frente, mas mesmo assim ele pôde sentir sua fúria em cada palavra.

"Não consegui encontrar um telefone público", disse ele.

Ela então se virou para ele, girando a cadeira com violência sem se levantar, com os olhos marejados de lágrimas. "Nem eu. Mas pedi ao pai de Pam e ele abriu uma das salas."

Amit baixou os olhos para os próprios pés, para as laterais dos sapatos sujas de lama. "Eu deixei o carro lá. Você veio dirigindo?"

"Como poderia ter vindo, se as chaves estavam no seu bolso?"

"Como foi que você voltou, então?" Ele teve a sensação de que talvez fosse passar mal quando se lembrou de Ted, quando pensou nele acompanhando Megan até o hotel no meio da noite.

"Ah, aquele casal simpático da nossa mesa me deu uma carona. Jared e Felicia."

Ele sabia que ela havia sido fiel, que estava lhe dizendo a verdade. Ao mesmo tempo, sentindo-se novamente enjoado, imaginou se Felicia haveria contado a Megan o que ele dissera. "Como estão as meninas?"

"Estão ótimas, divertindo-se horrores. Eu disse aos meus pais que vamos chegar lá hoje à tarde."

"Mas nós vamos ficar aqui até amanhã. Era esse o plano."

"É meio bobo, você não acha, com esse tempo? O recepcionista do hotel disse que vai piorar."

Dez anos antes, isso não teria tido importância. Eles teriam rido da chuva, passeado mesmo assim, depois se enfurnado no quarto e feito amor.

"Desculpe, Meg. A bebida me subiu à cabeça. Eu nem me lembro de ter bebido tanto. Não tive a intenção de abandonar você."

Ela não reagiu ao pedido de desculpas. Em vez disso, falou: "Já tomei café. Posso pegar o carro antes de a chuva começar, enquanto você faz as malas. O restaurante do hotel não é mau. Você provavelmente deveria comer alguma coisa. Estou cansada e quero que você consiga dirigir na volta".

"Você está sempre cansada", ele quis lhe dizer. "A única vez em que não esteve cansada em muitos anos foi ontem à noite." Mas sabia que não estava em condições de acusá-la.

"Então?", indagou ela.

"Vai ter um brunch", ele se lembrou e de repente sentiu-se esperançoso achando que talvez ainda faltasse um pouquinho do casamento, que talvez pudesse mostrar a cara, compensar o que havia perdido. "Eu posso comer lá. Queria me despedir de Pam e Ryan", disse. "Vamos juntos até lá. Por favor."

Ela abriu a boca para dizer alguma coisa, então parou. A cabeça dele latejava e sua voz estava embargada, pelo olhar triste nos olhos da mulher pôde ver que ele estava uma lástima, que era a pena que a impedia de levantar a voz, de repreendê-lo. Depois de algum tempo, ela disse: "Se é isso que você quer".

"Você vai comigo?"

"Já passei tempo demais sozinha nesse casamento."

Ela ficou sentada na varanda lendo o jornal da região enquanto ele tirava o terno e vestia roupas normais. Ele então arrumou as malas, jogando no lixo todos os folhetos turísticos. Atravessaram a estrada e percorreram o terreno até Langford. Estavam no meio do caminho quando começou a chover. Era só uma garoa, que enchia o ar com um som quase inaudível, mas, quando chegaram à entrada do campus, seus cabelos estavam úmidos, seus pés encharcados e frios. Em determinado momento, pararam para admirar uma vista do lago. Apesar da chuva um homem nadava na água cinza-escura, bastante longe da margem.

Passaram pelo pequeno cemitério no terreno do colégio e seguiram uma trilha que os conduziu até um cartaz pregado em uma estaca que indicava "Brunch" com uma seta. Foram nessa direção, atentos para algum outro cartaz. Os toldos debaixo dos quais as pessoas haviam jantado e dançado ainda estavam armados, agora vazios, as mesas dobradas e empilhadas. As cadeiras nas quais haviam se sentado para assistir à cerimônia ainda estavam dispostas de forma mais desorganizada pelo gramado. Havia um caminhão estacionado em frente ao prédio dos ex-alunos, onde dois operários de macacão recolhiam as coisas.

"É aqui o brunch?", perguntou Amit.

"Não sei nada sobre nenhum brunch", respondeu um dos homens.

Seguiram na direção da capela e do mirante. Passaram pelo estacionamento onde havia alguns carros, inclusive o deles. Chegaram aos portões principais do colégio, depois tornaram a dar meia-volta.

"Não estou vendo mais nenhum cartaz", disse Megan. "Ela disse em que prédio seria?"

Amit fez que não com a cabeça, e seguiram em frente. Unidos naquela busca, ele imaginou se a raiva dela estaria se dissipando. Mas não caminhavam lado a lado; ela seguia na frente, conduzindo mesmo sem perceber. Quando as portas estavam abertas, eles entravam, percorrendo corredores acarpetados e bolorentos, subindo escadas nuas, passando por salas de aula vazias com quadros-negros limpos e as mesas de madeira redondas diante das quais os alunos de Langford sempre se sentavam. Dali a menos de um mês, os alunos voltariam àquelas mesas. Ele estava livre do colégio, que não tinha mais a menor influência em sua vida. Porém, em vez de se sentir grato, sentiu vontade de reviver aqueles dias confusos, aquela vida de descoberta, de estar preso àquelas mesas redondas, aulas, provas. Havia coisas que sempre tivera a intenção de conhecer melhor: história russa, a sucessão dos imperadores romanos, filosofia grega. Queria ler todas as noites o que lhe mandavam, fazer o que lhe diziam para fazer. Havia os grandes autores que nunca tinha lido, que nunca leria. As suas filhas em breve embarcariam naquela mesma jornada e o mundo se abriria para elas em sua incrível inteireza. Mas agora não havia tempo para isso, nem mesmo para ler o jornal inteiro aos domingos.

No departamento de música encontraram uma sala com vários tipos de sofás e suportes para ensaiar instrumentos. Havia um pequeno piano de cauda no canto e à frente duas lixeiras cheias de copinhos de café e embalagens amassadas de uma padaria. Sobre uma mesa dobrável comprida, uma cafeteira e uma pilha de copos não utilizados.

"Achamos", disse Amit, sentindo-se triunfante. Então, de forma igualmente instantânea, sentiu-se derrotado. Viu uma caixa aberta em cima da mesa contendo algumas bombas de chocolate. Aquela visão fez seu estômago se contrair de fome, e ele pegou um dos doces, que comeu de uma vez só.

"Parece que perdemos o brunch", disse Megan. Depois de algum tempo, acrescentou: "Você está com chocolate em volta da boca".

Sem ter nenhum guardanapo ou os lenços umedecidos que sempre carregava quando estava com as meninas, ele limpou a boca com as costas da mão. Os sinos da capela badalaram como se fosse só para eles. Pensou em Pam e Ryan a caminho do aeroporto, da lua de mel na Escócia. Pensou nos outros convidados voltando para casa, agradavelmente ressacados, e nos Borden relaxando em casa, comentando sobre a festa, congratulando-se por um trabalho benfeito.

Tomaram a direção do estacionamento para pegar o carro. A chuva agora estava forte e fazia um barulho de percussão nas folhas das árvores. Se o casamento tivesse sido hoje em vez de ontem, pensou Amit consigo mesmo, tudo teria sido diferente; eles teriam se reunido na capela, e todos teriam comentado como era uma pena estar fazendo aquele tempo. A chuva apertou e ambos começaram a acelerar o passo, quase correndo lado a lado, Megan com uma das mãos acima da cabeça. Chegaram perto de Standish Hall, o alojamento onde poderiam ter ficado hospedados. A porta da frente estava aberta, presa por uma pedra grande.

"Vamos esperar alguns minutos até essa chuva diminuir", disse Amit ofegante. "Eu preciso ir ao banheiro."

No saguão, em um quadro de avisos, estava pregada uma lista de convidados do casamento com os respectivos quartos. Ele deixou Megan ali, lendo os nomes da lista, enquanto subia até o banheiro. Por todo o corredor, as portas estavam abertas, camas desfeitas, lençóis dobrados em cima dos colchões. No banheiro, os boxes dos chuveiros, separados por placas de mármore cinza, ainda estavam salpicados de gotas d'água por terem sido usados de manhã. Quando ele voltou, Megan não estava mais no saguão. Ele começou a descer o resto do corredor e encontrou-a em um dos quartos, sentada na beirada de uma escrivaninha. Estava lendo uma xerox sobre a qual alguém havia pisado e deixado a marca poeirenta de uma sola de sapato. "O brunch acabou às onze", disse ela.

Ele conhecia a disposição do quarto, mas houvera uma reforma desde que estudara ali. O alarme contra incêndio era novo, assim como os móveis de madeira clara. O colchão parecia mais firme, sem o forro preto e branco do qual ele se lembrava. Um carpete marrom cobria o chão. A persiana baixada até a metade diante da janela era nova, com um anel preso à cordinha. O efeito era mais asséptico, menos charmoso, muito parecido com o interior do Chadwick Inn. Ele abriu o armário, que mal tinha profundidade para comportar um cabide.

"Poderíamos ter ficado aqui, sabe?", comentou Megan. "Teríamos economizado duzentos dólares, e eu não teria passado metade da noite preocupada achando que você tinha sumido."

Ele fechou o armário, em seguida a porta do quarto. Não havia como trancá-la por dentro. "Culpa minha por tentar ter um fim de semana romântico."

"Mas isto aqui é muito mais romântico." O tom de sua voz era objetivo, mas ele também detectou uma pontinha de arrependimento. Quando se virou para ela, viu que estava preocupada, com o cenho levemente franzido. Ela havia tirado os óculos, levantado o suéter de lã e limpava as lentes delicadas com a camiseta que usava por baixo. Seus cabelos afastados do rosto estavam colados à cabeça, suas faces coradas por causa da corrida. Ela segurou os óculos em frente ao rosto, inspecionando-os antes de tornar a colocá-los. "Foi em um quarto assim que você transou pela primeira vez?"

Depois de todos aqueles anos, era algo que ela não sabia sobre ele. Apesar da raiva que sentia, ela continuava atormentada pelo passado do marido, nem que fosse pelo simples fato de não ter feito parte dele. "Eu não transei em Langford. De toda forma, era um colégio só de meninos."

"Eu me recuso a acreditar que não tivesse um jeito de fazer as meninas entrarem."

"Tinha, mas eu nunca fiz. Já disse a você um milhão de vezes que era infeliz aqui."

"E Pam?", perguntou Megan cruzando os braços sobre o peito e olhando de relance para a cama. "Você transou com ela alguma vez?"

"Não."

Ela deu um passo na sua direção, olhando para a camisa úmida colada no corpo dele, depois encarou-o bem nos olhos. "O que aconteceu, então? Teve alguma coisa entre vocês dois, é óbvio."

"Não foi nada, Meg. Nós éramos amigos e durante algum tempo eu tive uma paixonite por ela. Mas nada aconteceu. É tão terrível assim?"

A informação caiu ali entre os dois, valiosa pelos anos em que ele não a revelara, insignificante agora que havia contado. Pela janela, ele viu os operários na chuva, dobrando as cadeiras e empilhando-as sobre um carrinho. Foi até a janela e baixou a persiana por completo, fazendo o quarto escurecer. Então tornou a se virar para Megan, agora bem perto dela. Ajoelhou-se no chão e envolveu-lhe as pernas com os braços, pressionando o rosto em sua calça jeans. Ela não se afastou como ele temia, não se desvencilhou daquele seu abraço desajeitado. Ele então sentiu a mão da mulher no topo da cabeça, os dedos compridos acariciando seus cabelos grisalhos, e na mesma hora, com força, sentiu uma ereção. Começou a beijar-lhe as pernas, agarrando as passadeiras do cinto e puxando-a para baixo de modo a fazê-la se ajoelhar também sobre o carpete. Levou uma das mãos ao grosso gancho do jeans, conhecendo exatamente a sensação de tocá-la ali, a mistura de pele, osso e pelos. Olhou para a mulher e percebeu que, apesar de seu rosto estar virado para o lado, ela havia relaxado o corpo, ajustando-se para acomodar a mão dele.

"Não podemos fazer isso aqui", sussurrou ela, e no entanto estava inclinando a cabeça para trás, deixando que ele levantasse seu suéter de lã.

"Por que não?" Ele agora a beijava no pescoço e em seguida na boca, beijos fortes, de boca aberta, que ela retribuía. Pegou a mão da mulher e levou-a até abaixo do cinto.

Ela então olhou para ele, com uma expressão levemente carinhosa, e sacudiu a cabeça. "Isto aqui é um alojamento, Amit. Crianças moram aqui."

Mas ele continuou, guiando a mão dela até a fivela do cinto enquanto a forçava a tirar as roupas, o suéter de lã, a camiseta macia por baixo. Os cabelos dela se soltaram. Ele baixou sua calça jeans, que revelou coxas geladas e vermelhas, como queimadas de sol. Tiraram sapatos e meias, fazendo uma confusão de pedacinhos molhados de grama se derramar sobre o carpete, e em seguida se posicionaram sobre a cama. Ele não conseguia se lembrar da última vez em que tinham feito aquilo fora do apartamento, fora do quarto, onde ficavam sempre nervosos com medo de as meninas entrarem. Estavam nervosos agora, mas excitados também, sabendo que poderiam ser pegos. Ele a penetrou e sentiu as mãos dela nas costas, aquecendo-o, os tornozelos da mulher tocando a parte de trás de suas pernas, e o choque da língua dela dentro do seu ouvido. Ela sugeriu virar-se de costas, sabendo que era o jeito mais rápido. Mas ele quis ficar de frente para ela. Levou as mãos aos seus quadris, por cima das estrias que pareciam riscas de madrepérola incrustadas que nunca sumiriam, cujo brilho simbolizava apenas a decadência do corpo. Levou a boca a um de seus seios, vazio e murcho depois de amamentar duas crianças, e sentiu o gosto da camada de suor que os cobria. A respiração dela tornou-se audível, e então ela gritou, alto o suficiente para qualquer pessoa nos quartos vizinhos saber o que estava acontecendo. Mas ninguém os flagrou, nenhum operário apareceu para limpar, nenhum convidado do casamento entrou, nenhuma menininha surgiu no quarto rindo. Ele gozou dentro dela e sentou-se, sabendo que não poderiam se demorar. Olhava para as roupas que tinham de tornar a vestir. Megan tinha os olhos fixos em seu rosto, um dos braços estendido pelo seu corpo e a mão pressionada contra o peito do marido, como para impedi-lo, agora que haviam terminado, de tornar a desabar em cima dela. Mas ele torceu para estar perdoado, e durante alguns instantes continuaram juntos na cama estreita do pequeno quarto, com o coração dele a bater depressa, vigoroso, fazendo vibrar de forma distinta a palma da mão dela.

Só bondade

Foi Sudha quem apresentou Rahul ao álcool durante um fim de semana em que ele foi visitá-la em Penn — foi ela quem lhe deu o primeiro copo de chope e depois, na manhã seguinte no refeitório, a primeira xícara de café. Ele havia achado ambas as bebidas repulsivas, dito que preferia Schnapps a chope e despejado uns dez saquinhos de açúcar no café. Era o primeiro ano dele no colegial. Quando ela foi passar as férias em casa, no verão seguinte, ele lhe pediu para comprar algumas caixas de cerveja, planejando dar uma festa em um fim de semana em que os pais iriam passar a noite em Connecticut. Já estava com um metro e oitenta e três de altura, sem aparelho nos dentes, com pelos brotando ao redor da boca e espinhas escuras marcando ocasionalmente as faces, e era seu *irmãozinho* apenas no tratamento. Ela fora até uma loja de bebidas perto de casa e ajudara Rahul a dividir as latinhas entre o próprio quarto e o dela para que os pais não as encontrassem.

Depois de seus pais irem dormir, ela havia levado algumas latinhas até o quarto de Rahul. Ele descera sem fazer barulho até o andar de baixo e trouxera de volta uma xícara cheia de cubos de gelo para resfriar a Budweiser quente. Compartilharam uma xícara, depois outra, ouvindo Stones e Doors no toca-discos de Rahul, fumando cigarros ao lado da janela aberta e soltando a fumaça pela tela. Era como se Sudha estivesse de novo na escola, fazendo coisas que antigamente não tinha energia ou coragem para fazer. Depois de anos considerando-o somente uma criança, sentia um novo vínculo com o irmão, uma impressão de que eram finalmente amigos.

Sudha havia esperado para desobedecer aos pais, só depois que entrasse na faculdade. Antes disso, vivera segundo as expectativas deles, estudiosa, limitando sua vida social às outras meninas bem-comportadas de sua turma, nem que fosse apenas para garantir que um dia iria se libertar. Em Filadélfia, longe dos olhos dos pais, estudou com disciplina, formando-se no ciclo básico com dupla especialização em economia e matemática, mas nos finais de semana aprendeu a se soltar, frequentando festas e recebendo rapazes em sua cama. Começou a beber, coisa que os pais não faziam. Eles eram pudicos em relação ao álcool de forma quase puritana e torciam o nariz para os membros do círculo de bengaleses — os homens, naturalmente — que gostavam de bebericar uísque durante as reuniões. No primeiro ano, houvera noites em que bebera tanto que chegara a vomitar nas ruas do campus, sujando a calçada inteira e voltando para o alojamento com as amigas aos tropeços. Mas aprendeu quais eram os próprios limites. A ideia de se exceder, de ficar fora de controle, não atraía Sudha. Competência: era esse o traço que no fundo a definia.

Quando Rahul se formou no colegial, os pais comemoraram, já que agora, na opinião deles, haviam criado com sucesso dois filhos nos Estados Unidos. Rahul iria estudar em Cornell, e Sudha continuava em Filadélfia, cursando um mestrado em relações internacionais. Seus pais deram uma festa, à qual convidaram quase duzentas pessoas, e compraram um carro para Rahul, justificando o gesto como uma necessidade para sua vida em Ithaca. Gabavam-se da universidade, mais impressionados com Cornell do que haviam ficado com Penn. “Nosso trabalho está feito”, declarou o pai ao final da festa, posando para fotografias ao lado de Rahul e Sudha. Os dois haviam passado anos sendo comparados a outras crianças bengali, ouvindo falar em medalhas de ouro conquistadas em feiras de ciências, em universidades que ofereciam bolsa integral. Algumas vezes, o pai de Sudha recortava artigos de jornal sobre adolescentes superdotados — o menino que completara o doutorado aos vinte anos de idade, a menina que fora aceita em Stanford aos doze — e colava-os na geladeira. Quando Sudha fez catorze anos, seu pai escreveu para a Escola de Medicina de Harvard, solicitou uma ficha de inscrição e colocou-a sobre a escrivaninha da filha.

O exemplo de Sudha ensinara aos pais que não havia nada a temer em relação a mandar um filho para a faculdade. Rahul também encarou a situação com tranquilidade, sem demonstrar a ansiedade excessiva da irmã no verão anterior à própria partida. Mostrava-se quase indiferente às mudanças que tinha pela frente, e sua atitude lembrava a Sudha que ele sempre fora o mais inteligente dos dois. Ela dera duro para conservar a sua posição entre os melhores da turma, para terminar o colegial em segundo lugar. Mas Rahul jamais levantara um dedo, nem abrira um livro exceto quando este o agradava e fora precoce o suficiente para pular a segunda série do ensino fundamental.

No final do verão, Sudha foi a Wayland ajudá-lo a arrumar as malas, mas ao chegar lá viu que não havia mais nada para ela fazer. Ele já havia preparado as malas, enchido alguns engradados de leite com discos, pego lençóis e toalhas na rouparia, embalado a máquina de escrever elétrica. Disse à irmã que ela não precisava ir até Ithaca com ele, mas Sudha insistiu, acompanhando-o enquanto Rahul dirigia o carro novo, com os pais a segui-los. O campus ficava no alto de uma colina cercada por fazendas, lagos e cachoeiras, totalmente diferente de Penn. Ela o ajudou a desfazer as malas, carregando caixas pelo pátio da universidade junto com as outras famílias dos calouros que chegavam. Na hora da despedida, a mãe chorou, e Sudha também chorou um pouco diante da ideia de abandonar o irmão caçula, que ainda não completara dezoito anos, naquele lugar distante e majestoso. Mas Rahul não se comportou como se estivesse sendo abandonado nem libertado. Embolsou o dinheiro que o pai contou e lhe entregou ao se despedirem, e virou as costas na direção do alojamento antes mesmo de Sudha e os pais terem partido no carro.

Foi no Natal que ela tornou a vê-lo. No jantar, ele não teve nada de especial a dizer sobre as aulas, nem sobre os professores, nem sobre os novos amigos que fizera. Seus cabelos haviam crescido o suficiente para esconder o pescoço e para prendê-los atrás das orelhas. Ele usava uma camisa de flanela xadrez e, em volta do pulso, uma pulseira trançada. Não comeu a enorme quantidade que Sudha ainda comia sempre que se sentava à mesa na casa da mãe. Parecia entediado, observando sem ajudar Sudha e sua mãe decorarem a árvore com os enfeites que eles haviam feito quando eram pequenos. Sudha se lembrava de que sempre parecia ficar gripada no feriado do Natal, exausta uma vez passada a pressão das provas, e pensava que Rahul talvez sentisse a mesma coisa. No entanto, mais tarde nessa mesma noite, ele foi encontrá-la no andar de cima onde ela estava embalando presentes no quarto, e parecia mais animado. “Oi. Onde você escondeu?”, perguntou.

“Onde escondi o quê?”

"Não me diga que veio para casa com as mãos abanando."

"Ah", disse ela, entendendo o que ele queria dizer. "Nem pensei nisso. Achei que, como você agora está na faculdade..." Era verdade: dessa vez não lhe ocorrera pôr uma caixa de cerveja na mala. Agora ela preferia beber vinho, um copo no jantar quando saía com amigos em Filadélfia, mas não esperava fazer a mesma coisa quando estivesse na casa dos pais em Wayland.

"Ainda não tenho idade suficiente para comprar nada aqui." Ele passeou os olhos pelo quarto como se nele pudesse existir o que procurava, examinando o armário e a cômoda da irmã, a cama coberta de papel de embrulho e sobre a qual repousava uma caixa da loja Filene's com uma camisola para a mãe.

"Que tal uma ida à loja de bebidas?", sugeriu Rahul sentando-se na cama, amassando um pedaço de papel de embrulho que ela havia desenrolado. Correu a mão pelas etiquetas de presente, pela fita adesiva, pegando cada objeto e em seguida tornando a largá-lo.

"Agora?", perguntou ela.

"Você tem algum outro plano para hoje à noite?"

"Bom, não. Mas Ma e Baba vão achar esquisito se sairmos de repente."

Ele revirou os olhos. "Nossa, Didi. Você está com quase vinte e quatro anos. Realmente ainda liga para o que eles acham?"

"Eu estava quase vestindo o pijama."

Ele pegou a tesoura, concentrando o olhar no lento abrir e fechar das lâminas, como se descobrisse pela primeira vez para que serviam. "Desde quando você ficou tão chata?"

Ela sabia que ele estava brincando, mas mesmo assim o comentário a magoou. "Amanhã, eu prometo."

Ele se levantou, novamente distante como na hora do jantar, e ela se pegou cedendo. "A loja ainda deve estar aberta", disse, olhando para o relógio de pulso. Então acabara indo, depois de mentir para os pais que precisava fazer uma compra de última hora no shopping, e de Rahul dizer que a levaria até lá.

"Você é o máximo", Rahul lhe disse a caminho da cidade. Abaixou o vidro do seu lado, enchendo o carro de ar gelado, e pescou dentro do bolso do casaco um maço de cigarros. Empurrou o acendedor do painel e ofereceu-lhe um, mas ela balançou a cabeça e aumentou a calefação. Disse-lhe que havia se candidatado para ir a Londres no ano seguinte, fazer um segundo mestrado na London School of Economics.

"Vai passar um ano inteiro em Londres?"

"Você pode ir me visitar."

"Para que você precisa de outro mestrado?" Além de abalado, ele também parecia desaprovar sua decisão. Era o tipo de reação que ela esperava dos pais. Eles não a haviam deixado fazer um intercâmbio em Oxford no primeiro ano do colegial, dizendo-lhe que ela era jovem demais para morar sozinha em um país estrangeiro. Mas agora estavam animados com a perspectiva de Sudha ir para Londres, primeira cidade onde haviam morado depois de se casar e onde Sudha havia nascido, e falavam em visitá-la e reatar contato com velhos amigos.

Ela explicou que a LSE tinha um dos melhores programas em economia do desenvolvimento, que estava pensando em trabalhar em ONGs depois de formada. Mas Rahul não parecia estar escutando, e ela ficou irritada com ele, consigo mesma, na verdade, por ter concordado em sair tão tarde da noite. "Você quer uma caixa pequena?", perguntou ela quando chegaram à loja de bebidas.

"Prefiro uma embalagem maior."

Ela antes pagava pelas coisas sem pensar, mas nesse dia percebeu que ele nem fez menção de pegar a carteira.

"E uma garrafa de vodca também", acrescentou ele.

"Vodca?"

Ele tirou outro cigarro do maço. "As férias vão ser longas."

Quando voltaram, os pais já estavam deitados, mas Sudha insistiu para esconderem as coisas como faziam antes. Pensando que a mãe teria motivo para entrar no quarto de Rahul durante as semanas que ele passaria em casa, para fazer faxina ou pegar a roupa suja, guardou as bebidas no seu quarto, algumas latinhas no fundo do armário, outras em um vão atrás de uma estante, a garrafa de Smirnoff enrolada em um velho suéter de bolinhas dentro da cômoda. Disse a Rahul que era mais seguro assim, e ele não pareceu se importar. Pegou umas duas latinhas para a noite e deu-lhe um beijo rápido na bochecha antes de deixá-la, sem insistir quando ela disse estar cansada demais para acompanhá-lo.

Ele nascera quando Sudha tinha seis anos, e a noite em que sua mãe havia entrado em trabalho de parto era a primeira lembrança forte da vida dela. Lembrava-se de estar em uma festa na casa de amigos bengaleses dos pais em Peabody e de ser deixada para dormir lá porque o pai teve de levar a mãe direto para Boston, sem a mala que Sudha ajudara a fazer contendo a escova de dentes, o creme facial e a camisola de que iria precisar no hospital. Embora Sudha compreendesse que um bebê estava prestes a nascer, embora o tivesse sentido com as próprias mãos, já que ele às vezes ameaçava rasgar a barriga da mãe com seus chutes, mesmo assim ficou preocupada pensando que a mãe, que gemia com a cabeça encostada em uma parede, estivesse morrendo. "Vá embora", disse-lhe a mãe quando Sudha tentou acariciar-lhe a mão, em um tom que a deixou magoada. "Não quero que você me veja assim." Depois da partida dos pais, a festa continuou. Deixaram Sudha brincando no subsolo junto com as outras crianças, entre as máquinas de lavar e de secar roupa, enquanto o jantar era servido aos adultos. Os donos da casa não tinham filhos. Sudha passara a noite em uma cama de armar dentro de um quartinho que não tinha nenhum móvel permanente, exceto uma tábua de passar e um armário reservado para produtos de limpeza. Pela manhã, não havia Sucrilhos para ela comer, apenas torrada com margarina, e foi então, durante esse café da manhã de adultos contido e decepcionante, que o telefone tocou com a notícia da chegada de seu irmão.

Ela esperava uma irmã, mas mesmo assim ficou encantada por não ser mais filha única, por ter alguém para ajudá-la a preencher o vazio que sentia na casa dos pais. As poucas coisas que eles possuíam estavam sempre arrumadas, as duas últimas edições da *Time* no mesmo lugar da mesa de centro. Sudha preferia as casas de seus amigos americanos, abarrotadas e soterradas de coisas, com pasta de dente endurecendo na pia, as camas macias desfeitas. Por fim, com a chegada de Rahul, uma abundância e uma desordem parecidas passaram a reinar em sua casa: as loções e fraldas empilhadas em cima da cômoda, panelas estalando com as mamadeiras sendo escaldadas no fogão, o cheiro forte e leitoso de uma criança pequena invadindo os quartos. Ela se lembrava de como havia ficado animada, afastando as próprias coisas para o lado e abrindo espaço no quarto para o moisés, o trocador e o móbile de abelhinhas de pelúcia de Rahul. Brinquedos e outros presentes foram se acumulando no berço que ele usaria depois; o preferido de Sudha era um coelhinho branco de pelúcia que tocava música quando se girava uma chave no pescocinho dele. Ela não se importava quando a mãe entrava no quarto no meio da noite para reconfortar Rahul, sentava-se em uma cadeira de balanço e cantava uma canção em bengali que falava de uma espinha de peixe espetando o pé de um menininho, canção que também ninava Sudha e a fazia voltar a dormir. Na farmácia, Sudha escolheu os cartões de chegada do bebê e depois ajudou o pai a guardá-los nos envelopes, umedecendo os selos com uma esponja molhada. Inúmeras fotografias foram tiradas — Rahul dormindo no moisés, tomando banho em uma banheira de plástico —, e ela fez questão de organizá-las num álbum especial, com uma capa de brim azul porque ele era menino.

Não existia a mesma documentação sobre a infância de Sudha. Em Londres, seus pais alugavam dois quartos em Balham de um senhorio bengali chamado sr. Pal, e fora ele quem havia tirado as poucas fotos que existiam de Sudha bebê, usando um vestido de renda branca que deveria ter servido para um batizado, mas que sua mãe simplesmente achava bonito. O sr. Pal havia aberto as portas para os pais dela quando a mãe estava grávida, resgatando-os da senhoria anterior, uma inglesa idosa que não tolerava crianças sob seu teto. Seus pais tinham lhe contado que metade dos imóveis para alugar na Londres dos anos 1960 especificavam "BRANCOS SOMENTE", e a combinação de serem indianos e de a mulher estar grávida era tão limitadora que, antes de encontrarem o sr. Pal, o pai tinha cogitado mandar a mãe de volta para a Índia para ter o bebê. Para Sudha, essa história era como o episódio de um mito grego ou da Bíblia, cheia de bênçãos e sinais proféticos, destacando a sua família como uma sobrevivente em mares desconhecidos e intolerantes.

Quatro anos mais tarde, mudaram-se para Massachusetts, já que o pai deixara o emprego na Badger para ir trabalhar na Raytheon, sem levar consigo nenhum indício dos anos passados em Londres, nenhum vestígio; a não ser o apreço da mãe pelos biscoitos McVitie's, que ela comia todas as manhãs junto com o chá, e sua eterna crença na qualidade dos sutiãs ingleses, que ela periodicamente pedia às amigas do Reino Unido que lhe enviassem pelo correio. Nenhum dos brinquedos de Sudha havia sobrevivido à travessia do Atlântico, nenhuma roupinha de bebê ou suvenir de qualquer tipo. No primário, quando pediram a Sudha para apresentar à turma sua autobiografia, projeto para o qual os outros alunos levaram mantas, sapatos usados e colheres enegrecidas, tudo que ela conseguiu levar foi um envelope de fotos tiradas pelo sr. Pal, entediando os colegas enquanto apresentava seu trabalho em pé na frente da sala.

Nada disso teve importância depois que Rahul chegou. Sudha havia passado desapercebida, mas estava determinada a fazer com que o irmão menor deixasse sua marca de criança nos Estados Unidos. Procurava todos os brinquedos certos para ele, recuperando em bazares de garagem o celeiro da Fisher Price, caminhões Tonka, o jogo Speak and Say que fazia barulhos de animais e outras coisas que havia descoberto entre os brinquedos dos amigos. Pediu aos pais que comprassem para Rahul os livros que seus primeiros professores tinham lido para ela, *Peter Rabbit* e *Frog and Toad*. "De que adianta comprar livros para uma pessoa que não sabe ler?", indagavam os pais com certa legitimidade; então ela pegava os livros na biblioteca da escola e os lia ela própria para o irmão. Pediu aos pais para instalarem esguichos no gramado para Rahul poder correr no meio da água no verão e convenceu o pai a montar um balanço no quintal. Bolava fantasias complexas para o Dia das Bruxas, transformando-o em elefante ou geladeira, enquanto as dela eram compradas prontas, uma máscara leve e um avental fino. Às vezes, envolvia-se mais do que eles na criação de Rahul — era ela, a essa altura já pesada demais para os assentos, que ficava se balançando no quintal depois da escola, era ela quem passava horas construindo cidades de brinquedo com pequenas toras de madeira que ele destruía com um gesto alegre da mão.

Embora mimasse e adorasse o irmão, começou a invejá-lo em pequenas coisas. Invejava-o por seus membros esguios, ao passo que ela ficava ligeiramente inchada sempre que a menstruação chegava, e invejava-o porque as pessoas podiam chamá-lo de *Raoul*, e assim ele podia se apresentar aos outros sem causar perguntas. Invejava-o por sua beleza; mesmo quando ele era criança, era possível perceber com clareza o belo homem em que iria se transformar. O rosto dele não tinha o mesmo molde da família. Sudha, com o queixo redondo do pai e a testa pequena da mãe, era obviamente filha deles, mas Rahul se parecia pouco com qualquer um dos dois, como se os seus genes houvessem sido tirados não da superfície, mas de alguma fonte mais profunda, esquecida. Tinha a tez mais escura, a pele inconfundivelmente morena, e seus traços bem marcados não exibiam o mesmo caráter indeterminado que ela e os pais compartilhavam. Ele podia andar de short no verão, praticar esportes na escola, coisas que sua mãe considerava inadequadas para uma menina. Sudha imaginava que isso se devesse ao fato de ele ser menino e mais jovem, e de seus pais a essa altura já estarem mais à vontade com o jeito como as coisas funcionavam nos Estados Unidos. Sudha não nutria nenhum carinho por seu eu do passado, nenhum afeto nostálgico pela aparência que um dia tivera ou pelas coisas que fizera. O que tinha, isso sim, era uma forte sensação de arrependimento, sem saber exatamente de quê. Sua aparência, é claro, era totalmente normal: os cabelos escuros presos em rabos de cavalo, ou tranças, descendo até a cintura em um ano, e cortados curtos como os da patinadora Dorothy Hamill no ano seguinte. E tinha feito coisas normais: dormido na casa de amigas, tocado clarinete na banda da escola, vendido barras de chocolate de porta em porta. No entanto, não conseguia se perdoar. Mesmo agora, já adulta, tudo que desejava era poder voltar atrás e mudar as coisas: as roupas desajeitadas que havia usado, a insegurança que havia sentido, todos os erros inocentes que havia cometido.

Graças a Rahul, havia também mais uma pessoa para testemunhar o fato assombroso do casamento de seus pais. Não era um casamento feliz nem infeliz, e a falta de emoções extremas era o que mais incomodava Sudha. Ela poderia ter compreendido brigas, achava que poderia ter compreendido até mesmo um divórcio. Sempre torcia para algum sinal de amor se manifestar; as únicas coisas que a consolavam eram alguns retratos tirados durante seus anos em Londres. A mãe parecia irreconhecível de tão magra, com os cabelos ostentando um penteado de salão e uma bolsa de crochê em forma de cornucópia pendurada no cotovelo. Até mesmo seus sáris eram glamorosos nessa época, bem apertados para exibir as curvas do corpo, com uma delicada estampa de batique marrom. O pai parecia vestido de forma vagamente estilosa, com ternos, gravatas escuras estreitas e óculos de sol. Aquela era a época, imaginava Sudha, em que a imigração ainda era uma aventura: viver com aquecedores de parafina, ver neve pela primeira vez.

Wayland havia representado o choque. De repente seus pais estavam aprisionados e se tornaram conscientes de que tinham pela frente uma sentença perpétua de estrangeiros. Em Londres, a mãe estudara para virar professora do método Montessori, mas nos Estados Unidos não trabalhava nem dirigia carro. Engordou dez quilos depois de Rahul nascer, e o pai deixou de lado os ternos da moda e passou a fazer compras na Sears. Em Wayland, eles se tornaram passivos, cautelosos, e os rituais de uma pequena cidade da Nova Inglaterra eram mais incompreensíveis do que viver em duas das maiores cidades do mundo. Apoiavam-se nos filhos, em Sudha sobretudo. Foi ela quem teve de explicar ao pai que ele precisava juntar as folhas dentro de sacos, e não simplesmente arrastá-las com o ancinho até a mata diante da casa. Era ela, com seu inglês perfeito, quem ligava para a assistência técnica da Lechmere para solicitar a manutenção dos eletrodomésticos. Rahul nunca considerou um dever seu ajudar os pais dessa forma. Enquanto Sudha via a separação dos pais da Índia como um mal que crescia e encolhia feito um câncer, Rahul também se mostrava insensível a esse aspecto de sua vida. "Ninguém os arrastou até aqui", dizia ele. "Baba saiu da Índia para ficar rico, e Ma se casou com ele porque não tinha mais nada para fazer."

Assim era Rahul: sempre consciente das fraquezas da família, sem nunca poupar Sudha das coisas que ela evitava enfrentar.

Outro semestre se passou antes de Sudha tornar a vê-lo. Ela foi aceita na LSE e em junho voltou a Wayland para passar uma semana. Durante a visita, dedicou-se inteiramente aos pais, assistindo aos jogos de Wimbledon com o pai na televisão, ajudando a mãe a preparar comida e a encomendar persianas novas para os quartos. Passou o tempo inteiro em casa, enquanto Rahul entrava e saía sem explicação. Ele estava trabalhando meio período como garçom em um restaurante de frutos do mar em Scituate, a pouco menos de sessenta quilômetros de casa, então passava a maior parte do dia dormindo, trabalhava à noite e depois saía com amigos. Não eram mais os amigos do colégio, meninos que Sudha conhecia desde que Rahul havia entrado para o jardim de infância. Eram pessoas que ele havia conhecido no restaurante, pessoas que ele nunca se dava ao trabalho de convidar para casa.

O distanciamento do irmão deixou Sudha preocupada, mas seus pais não disseram nada. Ele sempre parecia estar um pouco de mau humor e precisando urgentemente ir para algum lugar — para o trabalho, para uma academia onde fazia musculação, para a locadora devolver um dos filmes estrangeiros a que assistia enquanto todos os outros dormiam. Ela e Rahul nunca discutiam, mas havia momentos, quando ela cruzava com ele no corredor ou pedia que lhe passasse o controle remoto, em que ela ficava convencida, por um breve instante, de que ele a desprezava. Não era nada que o irmão tivesse dito ou feito — até mesmo no fato de evitá-la ele era sempre educado e frio —, mas ela sentia que ele havia mudado de opinião a seu respeito, que o Rahul que outrora a admirava e confiava nela fora substituído por uma pessoa que ela só conseguia desagradar. Imaginou quando ele iria abordá-la para outra ida à loja de bebidas, mas o irmão jamais tocou no assunto. Ela supôs que tivesse o próprio estoque, escondido em algum lugar; certa noite, quando ficou acordada até tarde lendo uma revista, ouviu o barulho da geladeira fazendo gelo, dos cubos caindo dentro de um copo.

Ficou sabendo pela mãe que as notas de Rahul no segundo semestre tinham sido ruins; no primeiro, a mais baixa fora um B, mas agora ele praticamente só tinha tirado C. Abandonara as aulas de biologia e de química orgânica, substituindo-as por cinema e literatura inglesa. "Você poderia conversar com ele?", pediu a mãe a Sudha. "Descobrir o que deu errado?" Sudha partiu em defesa de Rahul, dizendo que passar do colégio para a faculdade exigia uma adaptação enorme, que muitos estudantes encontravam dificuldades. Seu pai não escondeu a desaprovação que sentia e, embora não tenha confrontado Rahul, certo dia disse a Sudha: "Ele não vai terminar a faculdade". Não aprovava o fato de pagar uma anuidade astronômica só para Rahul ficar assistindo a filmes franceses em uma sala de aula. Seu pai não tinha paciência para fracasso, para indulgências. Nunca deixava os filhos esquecerem que não houvera ninguém para ajudá-lo como ele os ajudava, de modo que, por mais que Sudha tivesse sucesso nos estudos, ela sentia que a sorte dela lhe fora dada de presente, e não merecida. Tanto seu pai quanto sua mãe tinham origem humilde; as duas avós tinham aberto mão das joias de ouro para pôr um teto sobre a cabeça da família e comida no prato. Por mais cansativa que parecesse às vezes, essa mentalidade também tranquilizava Sudha, pois era algo que os pais compreendiam e respeitavam em relação um ao outro, e ela desconfiava que fosse a liga que os mantinha juntos.

Certa noite, já tarde, ela bateu na porta de Rahul. Ele estava deitado na cama, ouvindo música nos fones de ouvido, folheando um exemplar surrado das peças de Beckett. Pousou o livro sobre o peito quando a viu, mas não tirou os fones. Sudha viu uma caneca no chão ao lado da cama, cheia de cubos de gelo e de um líquido transparente. Ele não lhe ofereceu nada: estava jogando o antigo jogo deles sem a companhia dela.

"Então, como anda a faculdade?", perguntou Sudha.

Ele ergueu os olhos para a irmã. Estavam vermelhos. "Eu estou de férias."

"As suas notas não foram boas, Rahul. Você precisa estudar um pouco mais."

"Eu estudei bastante", respondeu ele.

"Eu sei que o primeiro ano pode ser difícil."

"Eu estudei bastante", repetiu ele. "Meus professores me detestam. Por acaso isso é culpa minha?"

"Tenho certeza que eles não detestam você", disse ela. Cogitou atravessar o quarto e se sentar na beirada da cama, mas permaneceu onde estava.

"Que porra você sabe sobre isso?", disse ele, fazendo-a sobressaltar.

"Olhe, eu só estou tentando ajudar."

"Não estou pedindo a sua ajuda. Você não precisa consertar nada. Alguma vez já passou pela sua cabeça que talvez a minha vida esteja legal do jeito que está?"

Suas palavras a silenciaram, ferindo-a bem fundo. Ela sempre havia interferido muito na vida dele, era verdade, esforçando-se para não controlá-la, mas para melhorá-la de alguma forma. Sempre havia considerado essa intervenção sua responsabilidade para com ele. Não conhecia outra forma de ser irmã.

"Você nem sequer mora aqui", continuou ele. "Acha que pode simplesmente chegar e tornar tudo perfeito antes de desaparecer em Londres? É isso que você quer fazer?"

Ela olhou para ele, em seguida para a caneca ao lado da cama, perguntando-se o quanto ele teria bebido naquela noite, onde estaria escondida a garrafa. Pensou nos pais que dormiam na outra ponta do corredor, sem saber o que ele estava fazendo, e sentiu-se indignada por eles. "Você é inteligente, Rahul. Bem mais inteligente do que eu. Não entendo."

Ele se inclinou e pegou a caneca do chão. Sorveu um trago e engoliu, depois deslizou a caneca para debaixo da cama, escondendo-a. "Você não precisa entender, Didi. Não precisa entender tudo o tempo todo."

Na última noite de Sudha, antes de ela voltar para Filadélfia, ele os surpreendeu, aceitando ir a um restaurante comemorar a partida iminente da irmã para a Inglaterra. Seus pais estavam de bom humor, falando sobre a vida em Londres, tentando se lembrar da ordem das estações da linha de metrô Piccadilly. Rahul também estava animado, sugerindo a Sudha todas as casas e túmulos de escritores que ela deveria visitar enquanto estivesse lá. Falava com uma autoridade agressiva, como se ele próprio já houvesse visitado o túmulo de Marx, e pela primeira vez ocorreu a Sudha que talvez ele sentisse ciúmes daqueles anos em que ela e os pais haviam morado na Inglaterra, aqueles anos em que Rahul não existia. Ele pediu um drinque chamado Singapore Sling e bebeu-o devagar durante a refeição. Não falou nada sobre planos para depois do jantar, mas antes de a conta chegar olhou para o relógio e pulou da mesa dizendo que estava atrasado para algum compromisso, e foi embora no próprio carro.

Sudha tinha voltado para casa com os pais e estava acordada assistindo a *Quando fala o coração* no videocassete quando o telefone tocou. Era Rahul ligando da delegacia. Ele fora parado em uma estrada tranquila perto de Mill Pond por ziguezaguear na pista. O nível de álcool no seu sangue não era extremo mas, como ele era menor de vinte e um, bastou para que fosse preso. Ele pediu a Sudha que fosse sozinha à delegacia e que levasse trezentos dólares em dinheiro. Mas já era mais de meia-noite, e, além do mais, a chave do carro estava no bolso da calça do pai, no quarto. Ela acordou o pai e lhe disse para se vestir. Foram juntos pagar a fiança e soltar Rahul. Seu pai foi dirigindo, com o rosto amarfanhado de sono, aparentemente desorientado na cidade em que morava havia muitos anos. Pararam em um caixa eletrônico para tirar dinheiro. "Vá você", disse o pai quando chegaram à delegacia. "Eu prefiro esperar no carro." Sua voz rateou quando ele falou, como no dia em que telefonara para Sudha na faculdade para avisar que o avô tinha morrido. Assim, ela poupou o pai dessa humilhação, dessa dor de entrar em um lugar para onde eram levados criminosos algemados. Quando viu Rahul, ele estava sóbrio, com as pontas dos dedos escurecidas de tinta. Era domingo à noite, e a audiência foi marcada para o dia seguinte. "Você virá comigo?", perguntou à irmã enquanto voltavam para o carro, ele estava abalado o suficiente para ela lhe garantir que sim.

"Que ridículo", disse sua mãe no dia seguinte, enquanto Rahul dormia. Culpou a polícia por ter tido uma reação exagerada. "Afinal de contas, ele nem sequer teve um acidente. Estava só a sessenta e cinco por hora. Provavelmente só foi parado porque é indiano." Seu pai não disse nada. Continuou sentado tomando seu chá e lendo o *Sunday Globe*. Tampouco dissera nada no caminho de casa.

"Não foi esse o problema", disse Sudha devagar, tentando espalhar manteiga gelada pela superfície da torrada.

"O que você está dizendo, Sudha?", perguntou a mãe, soando irritada. O pai não baixou o jornal, mas ela teve a sensação de que ele havia parado de ler. Sudha sabia que o que estava prestes a dizer era algo que eles ao mesmo tempo esperavam e temiam visceralmente, como crianças desobedientes prestes a levarem uma palmada. Cabia a ela desferir o golpe.

"Eu acho que Rahul talvez tenha um problema com a bebida."

"Sudha, por favor", disse a mãe. Depois de uma pausa, prosseguiu. "Pelo que eu sei, todo mundo bebe nas faculdades americanas." Ela falava como se a bebida fosse um hobby dos alunos da graduação, uma fase a ser superada.

"Não desse jeito."

"Você não bebia nos primeiros anos da faculdade?"

"Não desse jeito", repetiu Sudha. Não o suficiente para ser presa, sentiu-se tentada a dizer.

"É esse o problema com este país", disse a mãe. "Liberdades demais, diversão demais. Quando éramos jovens, a vida não era só diversão."

Sudha sentiu pena da mãe, pena de sua recusa em admitir um fato tão desagradável e desconhecido quanto aquele, de sua necessidade de culpar os Estados Unidos e suas leis em vez do filho. Teve a sensação de que o pai entendia, mas ele se recusou a participar da conversa, recusou-se a confrontar Rahul quando ele por fim desceu a escada, de banho tomado e contrito, prometendo nunca mais fazer uma coisa assim. Os pais sempre tinham se mostrado cegos em relação aos fatos que atormentavam seus filhos: quando eram provocados na escola por causa da cor da pele, ou das comidas engraçadas que a mãe de vez em quando punha na lancheira, sanduíches de curry de batata que tingiam de verde o pão de forma. Que motivo poderia haver para o filho estar infeliz?, teriam pensado seus pais. "Depressão" era uma palavra desconhecida para eles, um fenômeno americano. Na opinião deles, seus filhos estavam imunes às dificuldades e injustiças que eles próprios haviam deixado para trás na Índia, como se as vacinas aplicadas pelo pediatra em Sudha e

Rahul, quando eles eram bebês, lhes garantissem uma existência livre de sofrimento.

Sentia-se empolgada por estar em Londres, curiosa para conhecer a terra onde havia nascido. Antes de viajar, solicitara seu passaporte britânico, documento que os pais não tinham tirado para ela na época de seu nascimento, e, quando o apresentou em Heathrow, o oficial da imigração lhe disse: "Bem-vinda ao lar". Os pais viajaram com ela e ficaram dez dias na cidade, ajudando-a a se instalar em seu alojamento de Tottenham Court Road. Lembraram-lhe de olhar para a direita antes de atravessar a rua, compraram-lhe cardigãs da Marks & Spencer para que aguentasse o inverno. Levaram-na até Balham de metrô para lhe mostrar a casa onde ela havia sido criança. Juntos fizeram uma viagem de três horas pela zona rural até Sheffield, onde agora o antigo senhorio sr. Pal morava com a família. Não falavam de Rahul a menos que amigos os forçassem a fazê-lo, e quando isso acontecia, era sempre para comunicar somente os fatos positivos a respeito dele: que estava estudando em Cornell, que cursava agora o segundo ano. Esses fatos davam aos pais uma nesga de esperança: como se a faculdade, onde ele havia começado a desmoronar, pudesse num passe de mágica tornar a reconstruí-lo.

Depois de os pais irem embora, ela ficou ocupada com as aulas e com os novos amigos, vindos de todos os cantos do mundo, com quem estudava, fazia turismo e frequentava pubs. Talvez por ser o lugar onde havia nascido, experimentou uma conexão instintiva com Londres, uma sensação de pertencimento, embora mal soubesse se movimentar na cidade. Apesar do oceano que agora a separava dos pais, sentia-se mais próxima deles, mas sentia-se também livre, pela primeira vez na vida, do peso de sua família. Mesmo assim, não conseguia mais beber sem pensar em Rahul, sempre consciente de que o segundo copo de cerveja, que terminava satisfeita ao final de uma noite, não teria bastado para ele. Durante a audiência, ficara sentada ao lado do irmão no tribunal cheio de gente, esperara o nome dele ser chamado, escutara serem lidas as acusações. Estava lá para lhe dar força, para apoiá-lo, mas naquele local de justiça ela não estava ao seu lado. Ele teve a carteira de motorista suspensa por seis meses e foi obrigado a frequentar aulas de reeducação para pessoas que abusavam do álcool em Ithaca. No final das contas, o pai tivera de pagar quase dois mil dólares em multas e honorários. A prisão foi mencionada no *The Wayland Town Crier*, um jornal que seus pais recebiam.

Em novembro, enquanto passeava pela National Gallery, ela conheceu um homem. Estava admirando *O casal Arnolfini*, de Van Eyck, e continuara parada em frente ao quadro depois de um grupo de pessoas passar. Era um quadro a óleo que mostrava um casal de mãos dadas em um quarto, com um cachorrinho a seus pés. O homem vestia uma capa roxa debruada de pele e um chapéu de palha preto muito grande. A mulher usava um vestido verde-esmeralda que se arrastava pelo chão como uma pesada cortina e segurava na mão um pouco do tecido. Tinha um véu branco na cabeça e parecia talvez estar grávida, Sudha não tinha certeza. Atrás do homem havia uma janela com algumas frutas no peitoril, um damasco ou uma tangerina. Na parede estava pendurado um espelho convexo que refletia toda a cena do quadro.

"Chegue mais perto", disse o homem ao lado de Sudha, gesticulando para que ela se aproximasse da tela de modo que ninguém pudesse atravessar sua linha de visão. "Senão é impossível ver direito." Ele começou a falar sobre o espelho, sobre como este era o ponto de convergência do quadro, refletindo o chão e o teto, o quarto e o mundo do lado de fora, e ela viu então que o espelho refletia não apenas o casal, mas também dois homens parados junto à porta, espiando o quarto exatamente como ela estava fazendo. "Um deles é Van Eyck", disse o homem. "É isso que diz a legenda acima do espelho. Está escrito 'Van Eyck esteve aqui' em latim." Sua voz era suave, como se ele estivesse falando apenas para ela, com aquela cadência ritmada do sotaque britânico que já começava a influenciar a pronúncia de Sudha. Seus cabelos escuros eram um pouco compridos, e ele não parava de afastá-los do rosto. Ela pôde sentir o leve aroma de especiarias do sabonete da pele dele. Ele usava um blazer de tweed, uma calça de veludo e segurava uma capa de chuva dobrada sobre um dos braços. Disse-lhe que os dois homens junto à porta do quadro estavam testemunhando a união do casal, e acrescentou que este fora pintado para servir de certificado de matrimônio. "É claro que isso é apenas uma interpretação", disse o homem. "Há quem diga que se trata de uma cena de noivado."

Ela estudou os detalhes que ele mencionava, o brilho do quadro, consciente do olhar que estavam compartilhando. "E os sapatos? Eles querem dizer alguma coisa?", Sudha pegou-se perguntando e apontou para um par de tamancos de madeira abandonados no fundo do quadro e em seguida para uns chinelos ao lado do tapete.

O homem então se virou para Sudha. Era mais velho do que ela esperava, próximo dos quarenta anos a julgar pelos olhos, límpidos olhos azuis que pousaram com calma sobre diferentes pontos do rosto dela. Sua expressão era séria, o semblante plácido, mas as laterais da boca então se ergueram em um sorriso. "Desconfio que isso signifique que eles estão pisando em solo sagrado. Ou então ela acabou de voltar das compras."

Nesse dia, ela não sabia o quanto o quadro era famoso, mas o homem em nenhum momento a fez se sentir ignorante. Foram admirar outros quadros, e ele inclinava a cabeça na direção da de

Sudha e falava sobre as obras; depois de algum tempo perguntou-lhe se ela queria acompanhá-lo para tomar um chá. Seu nome era Roger Featherstone. Era doutor em história da arte, editor de uma revista de arte e também havia escrito um livro sobre a pintura de retratos no Renascimento. Cortejou Sudha com persistência e romantismo: flores sempre que batia à porta, luvas, brincos e perfumes de presente. Era filho único e fora criado em colégios internos ingleses; seu pai trabalhava no exterior para o fabricante de máquinas de costura Singer, e agora tanto o pai quanto a mãe já haviam morrido. Roger tinha nascido na Índia e passara os três primeiros anos de sua vida em Bombaim, mas não se lembrava de nada. Casara-se aos vinte e poucos anos com uma moça que conhecera em Cambridge; dois anos depois ela o havia deixado, renunciado a todas as suas posses e entrado para um monastério budista no Tibete.

Ele assumia a responsabilidade por tudo, providenciando entradas para o teatro, fazendo reservas em restaurantes, preparando piqueniques e arrastando Sudha até o parque de Hampstead Heath. Era o primeiro homem com quem ela saía que nunca chegava atrasado, nunca se esquecia de telefonar quando dizia que o faria, e Sudha logo reconheceu nele o mesmo traço de competência que ela própria possuía. Ele gostava de comer e de cozinhar, e tinha inspiração suficiente para acordar cedo e ir a pé até uma padaria predileta para comprar *pâtisseries*, surpreendendo Sudha, na primeira manhã em que ela acordou no apartamento dele de Shepherd's Bush, com uma bandeja de café da manhã. Passara muitos anos morando sozinho, mas rapidamente abriu sua vida para ela, dando-lhe uma chave de casa, gavetas forradas na cômoda, uma prateleira de vidro no armário do banheiro. Quando jovem, ele sonhava em ser pintor e chegara a se inscrever na Chelsea Art School, mas, depois de ouvir de um professor que ele não iria muito longe, nunca mais havia tocado em uma tela. Não era amargurado em relação a isso; assim como Sudha, era alguém que compreendia onde ficavam os próprios limites. Ao mesmo tempo, podia se mostrar exigente quando escrevia críticas destrutivas para sua revista, insistia para que lhe dessem a melhor mesa nos restaurantes, mandava devolver garrafas de vinho. Assim como Sudha, bebia moderadamente, sempre pedindo uma garrafa, mas raramente consumindo mais de um ou dois copos.

Quando o Natal foi se aproximando, ela disse aos pais que estava sobrecarregada de estudo e não voltou para casa, mas na verdade ela e Roger viajaram juntos para Sevilha e depois para a Costa del Sol. Quando ela voltou da Espanha, havia um recado dos pais com a telefonista do alojamento pedindo para que Sudha ligasse de volta. Quando ligou de um dos telefones públicos no saguão do alojamento, eles lhe contaram que as notas de Rahul não haviam melhorado, que tinham recebido uma carta de um orientador manifestando preocupação. Ele agora estava passando o feriado de Natal em Wayland; depois de uma briga violenta, deixara de falar com os pais. Ela ficou grata por Roger não estar presente para ouvir o telefonema, por ele ter se despedido dela no táxi com um beijo e voltado para o seu apartamento. Havia pintado para ele um retrato difuso da família que ele absorvera como se fosse uma nota ao final de um livro, algo que emanava dela, mas que estava seguramente escondido fora do campo de visão dele. "Mal posso esperar para conhecê-los", disse, palavras que, segundo Sudha deduzia, deixavam claras as suas intenções. Ele não se interessava por nada além dos detalhes básicos. Assim, ela não contou a Roger que Rahul bebia, que ele havia sido preso, que ela não falava com o irmão havia meses.

Os pais lhe pediram para conversar com Rahul, dizendo que ele saíra para dar uma volta, que ela telefonasse de novo dali a um tempo. Ela esperou alguns dias. Ficou surpresa, depois de todos aqueles meses, ao constatar como aquilo a deixava abalada. E sentia-se também irritada com os pais por ainda dependerem da sua ajuda. Ligou do apartamento de Roger, debitando o telefonema de um cartão de crédito enquanto ele estava no trabalho. Rahul havia completado vinte anos na primeira semana de janeiro, fato que ela deixara passar em branco. Foi ele quem atendeu, e ela então lhe deu os parabéns. Era meio-dia em Massachusetts, início de noite em Londres. Do outro lado da janela da cozinha de Roger, o céu estava escuro; sobre a bancada, Sudha estava preparando queijos, biscoitos salgados e azeitonas para ela e Roger jantarem juntos quando ele chegasse em casa.

"Tudo bem?", perguntou ela.

"Tudo. Ma e Baba estão totalmente histéricos por nada." Rahul falou como se não houvesse nenhuma tensão entre eles e perguntou-lhe como estava Londres.

"Eles disseram que você foi reprovado em duas matérias."

"Eram matérias horríveis."

"Você está indo às aulas, pelo menos?"

"Me deixe em paz, Didi", disse ele mudando de tom.

"Está ou não está?", insistiu ela.

Houve uma pausa. Ela ouviu o estalo de um isqueiro, a primeira longa expiração de quem acende um cigarro. "Não quero fazer o que estou fazendo."

"O que você quer fazer?", perguntou ela, sem se dar ao trabalho de conter a própria irritação.

"Estou escrevendo uma peça de teatro."

Essa informação a surpreendeu, e ela achou promissor o fato de ele pelo menos estar fazendo alguma coisa. Seu irmão sempre escrevera bem; certa vez, quando ele ainda estava no colegial, redigira uma resposta a uma das questões de um trabalho de filosofia que ela tivera de fazer em casa como parte de uma prova de Penn, uma pergunta sobre o *Eutífron*, de Platão, que seu professor elogiara com um extenso comentário.

Ela pôs uma azeitona na boca, retirou o caroço roxo e colocou-o sobre um pratinho pintado que ela e Roger haviam comprado juntos em Sevilha. "Que ótimo, Rahul. Mas você precisa estudar também."

"Eu quero largar a faculdade."

"Ma e Baba não vão aceitar isso. Termine a faculdade, depois você pode fazer o que quiser."

"Estou farto de perder tempo. E quero meu carro de volta. Detesto não dirigir. Sinto-me encurralado."

Ela se controlou, sem dizer a ele que era um absurdo achar que os pais fossem tornar a confiar nele ao volante. "São só mais dois anos da sua vida, Rahul. Tente aguentar firme. Ou então você vai acabar odiando a si mesmo."

"Meu Deus, você está falando igualzinho a eles", disse desligando na cara da irmã.

Ela voltou a Boston em abril, para passar o recesso depois do trimestre da Quaresma, com um anel de brilhante dado por Roger escondido em uma corrente debaixo do suéter, e isso a fez se sentir envolta em uma camada que a protegia da própria família. Depois de janeiro, os pais não haviam tornado a incomodá-la em relação a Rahul, respondendo-lhe, na única vez em que ela perguntara, que ele havia voltado à faculdade. Ela se sentia culpada pelo próprio distanciamento, mas não o suficiente para aconselhar os pais, não o suficiente para conversar com Rahul. Tinha uma dissertação de dez mil palavras sobre desregulamentação a escrever para o mestrado, e tinha Roger; a essa altura, já havia se mudado para o apartamento dele. Ficou surpresa ao ver Rahul em pé no aeroporto ao lado dos pais. Todos os três estavam com um ar triste, preocupado, e os pais só se animaram quando a viram atrás do carrinho tomado por uma pilha de malas.

"Oi", disse ela, aproximando-se do irmão e abraçando-o, embora no início os braços compridos dele tenham continuado abaixados. "Que bom ver você."

"Bem-vinda de volta", disse Rahul, e, quando ele recuou, Sudha viu que não estava sorrindo.

"O seu semestre já terminou?"

Ele fez que não com a cabeça, ainda se recusando a encará-la, e então escapou de sua garganta uma risadinha com um som estranho. "Estou morando aqui agora."

Ela voltara para casa para contar à família sobre Roger, para lhes dizer que planejava se mudar para Londres de vez e se casar com ele, mas foi sobre Rahul que tiveram de falar primeiro. Durante o trajeto do aeroporto para casa, ela conseguiu juntar as peças do que havia acontecido. Quem falou foi a mãe; o pai só dirigia, murmurando de vez em quando consigo mesmo sobre a condição do tráfego, e Rahul passou a maior parte do tempo olhando pela janela como se estivesse no banco de trás de um táxi. Embora houvesse voltado para Ithaca depois do feriado de Natal, deixara de frequentar as aulas, e duas semanas antes, depois de ser formalmente expulso da universidade, voltara a morar em Wayland.

Pelo que Sudha entendia, ele estava morando com os pais como se aquilo fossem apenas outras férias. Durante o dia, ficava no quarto ou assistia à televisão. Os pais haviam vendido seu carro, então ele nunca saía. Antes, quando ele os evitava, havia nele algo de belicoso, algo prestes a explodir. Essa energia já não existia mais. Ele não parecia mais zangado com os pais, nem com o fato de estar em casa. Durante algum tempo, os pais disseram aos amigos que ele estava tirando uma licença da faculdade, e depois que estava se transferindo para a Universidade de Boston. "Rahul precisa de uma cidade grande para desabrochar", diziam; mas ele nunca se candidatou a outras universidades. Os pais diziam às pessoas que o filho estava procurando um emprego, e então a mentira foi se tornando mais complexa, e Rahul tinha um emprego, fazia consultorias em domicílio, quando na verdade ele passava o dia inteiro em casa sem fazer nada. A mãe, que sempre esperara que os filhos morassem sob o seu teto, agora sentia vergonha disso.

Depois de algum tempo, ele conseguiu um emprego de três dias por semana como gerente de uma lavanderia automática em Wayland. Os pais compraram um carro usado e barato para Rahul poder ir até a cidade. No passado, não haviam se importado que ele lavasse pratos, mas agora viviam com medo do dia em que algum conhecido visse o filho pesando sacos de roupa suja em uma balança. Outros bengaleses faziam fofocas a seu respeito e rezavam para que os próprios filhos não estragassem a vida da mesma forma. Assim, ele se transformou no que todos os pais temiam: uma desgraça, um fracasso, alguém que não estava contribuindo para o grande círculo de realizações que os filhos de bengaleses conquistavam país afora, como cirurgiões, advogados ou cientistas, ou então escrevendo artigos para a primeira página do *New York Times*.

Sudha agora fazia parte desses filhos bem-sucedidos, e sua coleção emoldurada de diplomas de ensino superior ocupava o corredor do andar de cima da casa dos pais. Ela trabalhava como gerente de projetos de uma organização londrina que promovia microempréstimos em países pobres. E estava noiva. No verão, ela e Roger pegaram um avião até Massachusetts para ele conhecer a família de Sudha e pedir oficialmente a mão dela em casamento. A pedido de Roger, não ficaram hospedados em Wayland, mas em um hotel de Boston; a essa altura, ela já o conhecia bem o suficiente para aceitar que ele limitasse sua exposição à família dela, da mesma forma que, na praia, costumava proteger o corpo dos raios do sol. "É melhor ser claro desde o início em relação a essas coisas", dissera Roger a Sudha com seu jeito educado porém firme, e ela interpretou isso como mais um sinal de seu caráter responsável, de sua vigilância em relação à vida em comum dos dois. O arranjo do hotel foi aceito sem protestos por seus pais; Rahul os havia privado da capacidade de reagir. Aceitaram o fato de ela e Roger estarem planejando se casar no cartório em Londres, de estarem dispostos a dar apenas uma recepção em Massachusetts, de Roger já ter sido casado uma vez, de ele e Sudha terem catorze anos de diferença. Aprovaram suas qualificações acadêmicas e sua capacidade, graças a uma herança sabiamente investida, de comprar uma casa para ele e Sudha morarem em Kilburn. O fato de ele ter nascido na Índia ajudava, de ser inglês e não americano, de beber chá e não café, e de dizer *zed* e não *zee* para se referia à letra Z; coisas superficiais que permitiam a seus pais sentir empatia por ele. Sudha teve a sensação de que os pais não estavam exatamente abrindo espaço na família para Roger, mas permitindo que ele a levasse embora. Rahul, porém, não havia diminuído a pressão; questionava Roger, examinando a última edição de sua revista de arte que os pais haviam admirado e posto de lado, fazendo a sua parte, inspecionando o futuro marido da irmã em busca de falhas.

"Roger é um cara legal", disse-lhe Rahul quando os dois estavam sozinhos na cozinha lavando pratos. "Parabéns."

"Obrigada. Obrigada por estar aqui", respondeu ela. Estava sendo sincera; nunca havia trazido um homem para dentro de casa e não imaginara que fosse ficar tão nervosa.

"Eu não tenho mais para onde ir."

"Mas como estão as coisas?", perguntou ela. "Você não está ficando maluco morando em casa desse jeito?"

"Não é tão ruim assim."

Sudha ficou grata por ele estar conversando com ela e teve medo de pressioná-lo. Tinha consciência de um terrível desequilíbrio entre os dois. Sentia-se acusada pelo simples fato de a sua vida não estar danificada da mesma forma.

"Como vai a lavanderia?"

Ele deu de ombros.

"Você ainda está escrevendo a sua peça?"

"Era uma bobagem."

Sem saber mais o que fazer, ela deu um passo à frente para abraçá-lo, e foi então que sentiu o cheiro do álcool, doce, forte, inconfundível. Durante o almoço, ele havia se levantado da mesa uma vez; agora ela percebia que tinha ido até o lugar onde a garrafa estava escondida. Não estava bêbado, nem havia nada em seu comportamento que indicasse ter tomado mais do que uma única dose. Mas o fato de ter consumido álcool na surdina, de não conseguir suportar sóbrio a companhia da família, fez Sudha perceber que Rahul não era apenas um apreciador da bebida, nem apenas bebia socialmente ou era dado a tomar porres, algumas das possibilidades que ela havia levantado para racionalizar a situação até agora.

"Você pode ir nos visitar em Londres quando quiser, será um prazer", ofereceu ela, entristecida pelo fato de não estar sendo sincera.

"Não tenho dinheiro."

"Tenho certeza de que Baba compraria uma passagem para você."

"Não quero o dinheiro dele", disse Rahul.

Você mora na casa dele, ela teve vontade de dizer. Come a comida que Ma põe na mesa. Deixa que paguem a gasolina do seu carro. Mas não disse nada disso, sabendo que, se dissesse, a porta que ele mantinha aberta para ela com hesitação iria bater outra vez na sua cara.

* * *

Nos meses que antecederam à recepção de casamento de Sudha, planejada para o outono, Rahul começou a namorar uma mulher chamada Elena. Elena era aspirante a atriz e trabalhava como garçonete em um pequeno restaurante em Waltham. Ele contou isso a Sudha quando ela voltou a Wayland dez dias antes da recepção, sem Roger, que chegaria de avião sozinho para a festa. "Nunca me senti assim antes, Didi", disse-lhe. Poucos dias antes da recepção, levou Elena para almoçar em casa. Sudha agora era uma mulher casada, mas estar sem Roger a deixava ansiosa, pois sentia a camada protetora que ele proporcionava se esgarçar de repente. Elena tinha trinta anos, oito a mais do que Rahul. Mas teria sido possível confundi-la com uma aluna do colegial, com seu jeans apertado e sua blusa curta e justa, os compridos cabelos castanhos presos de lado com uma fivela, delineador preto realçando o contorno dos olhos. Era discreta, falando apenas quando lhe dirigiam a palavra, sem tentar seduzir os pais de Sudha como Roger havia feito. Contou-lhes que havia sido criada em Mattapoisett e depois morado em Emerson. Não comeu o arroz que a mãe de Sudha serviu com o almoço, alegando que arroz a deixava inchada. Rahul manteve os braços o tempo todo em volta dos ombros magros da namorada, beijando-a com ar sonhador na frente de todos. Falou por Elena, contando que ela já fizera um comercial para um antialérgico. Ele não parava de falar em alguém chamado Crystal; no final das contas, revelou-se que Crystal era filha de Elena com um ex-namorado.

Os pais de Sudha não disseram nada quando essa informação foi divulgada. Haviam acolhido Elena, enchido a mesa em sua homenagem como tinham feito para Roger, conversando amenidades sobre o projeto do túnel expresso conhecido como

Big Dig, em Boston, e sobre o cardápio da recepção de Sudha e Roger. Mas então, quando Sudha e a mãe estavam trazendo o chá e uma tigela de *pantuas* banhados em calda de açúcar, Rahul anunciou que ele e Elena estavam noivos.

Sudha congelou atrás de uma cadeira, apertando com força as colheres que estava distribuindo. A sala pareceu girar; ela pressionou a toalha da mesa como se um forte vento estivesse prestes a chegar e levar tudo embora. Baixou os olhos para o diamante que trazia no dedo, imaginando a mesma coisa na mão de Elena, imaginando onde o irmão conseguiria dinheiro para comprar um anel. O chá Darjeeling reservado para ocasiões especiais foi ficando forte demais dentro do bule, e os *pantuas* marrom-avermelhados continuaram amontoados dentro da tigela de servir.

"Isso não vai ser possível", disse seu pai por fim, rompendo o silêncio que vinha mantendo, na impressão de Sudha, havia mais de um ano.

"O que tem de impossível?", indagou Rahul. Continuava com um braço em volta de Elena, e seu indicador acariciava-lhe a lateral do pescoço.

"Você não passa de um menino. Não tem carreira nem objetivo ou rumo na vida. Não tem condições de se casar. E essa mulher", disse o pai, registrando a presença de Elena por um breve instante antes de se virar para o outro lado, "tem praticamente idade para ser sua mãe."

Estavam os dois quites, e o equilíbrio, se é que se poderia chamá-lo assim, tornou a reinar na sala. Mas Sudha sabia que aquilo era o oposto do equilíbrio, que na verdade era uma guerra.

"Você é um esnobe", disse Rahul. "Não passa de um velho esnobe lamentável." Não havia raiva em sua voz, nada da violência que Sudha previra. Ele se levantou com um movimento fluido, parecendo pôr Elena de pé também, como se o seu braço fosse um ímã para o corpo dela, e então os dois saíram da casa.

Sudha e os pais esperaram até ouvir o barulho do carro de Elena se afastando de ré, e então sua mãe começou a servir o chá.

"Estive pensando", disse o pai virando-se para Sudha, rompendo o silêncio pela segunda vez. "O restaurante onde vamos fazer a recepção do casamento. Ele tem bar?"

"Todos os restaurantes têm bar, Baba."

"Estou preocupado com Rahul. Ele não tem controle quando se trata de..." Fez uma pausa, procurando a palavra que desejava usar. "Quando se trata daquilo."

Sudha fechou os olhos, pensando que talvez fosse chorar. Havia passado todo aquele tempo esperando os pais reconhecerem o problema de Rahul com a bebida, mas ouvir seu pai dizer isso agora, depois do que acabara de acontecer, era demais.

"Talvez devêssemos fazer a recepção em algum outro lugar", sugeriu sua mãe. "Algum lugar sem bebidas."

"É tarde demais para isso. E não é justo", disse Sudha. Ela e Roger esperavam poder beber na própria recepção de casamento, insistiu. Por que todo mundo deveria ser punido por causa de Rahul?

"Você não pode pedir a ele para não beber demais nesse dia?", perguntou a mãe.

"Não", respondeu Sudha, empurrando a cadeira para trás e levantando-se da mesa. Passara esse tempo todo mexendo com a colher de chá e então a jogou sem efeito nenhum no chão acarpetado da sala de jantar, onde o talher caiu sem fazer barulho. "Eu não posso mais falar com ele. Não posso consertá-lo. Não posso passar a vida consertando as coisas erradas desta família", disse, e, como o irmão havia feito pouco antes, saiu da sala batendo o pé.

Durante a recepção, Rahul fez um brinde. Era um tributo a Sudha e Roger, mas Sudha prendeu a respiração enquanto ele falava, desejando apenas que se sentasse. Ele estava sem Elena. Um dia depois de sair de casa com ela, tinha voltado arrasado, sozinho. Sudha imaginou se Elena teria terminado com ele, mas não perguntou nada. Imaginou se Rahul deixaria de comparecer à recepção, mas ele chegou ao restaurante uma hora mais cedo, ocupando o lugar na família que era seu de direito, cumprimentando as pessoas que chegavam, conduzindo-as ao livro de ouro. Eram quase todos amigos dos pais de Sudha, quase todos bengaleses. Ninguém do lado de Roger havia comparecido.

O brinde prosseguiu, e as palavras começaram a ficar arrastadas. Antes da recepção, seu pai havia conversado com o barman, pagando-lhe um extra para ficar de olho no que Rahul bebia; Sudha não teve coragem de dizer ao pai que Rahul estava além do alcance desse tipo de medida, que o álcool morava dentro do seu bolso no mesmo lugar onde a maioria dos homens carregava a carteira, que as duas taças de champanhe que ele havia tomado na frente de todos eram apenas fachada. Rahul começou a contar uma história sobre a infância de Sudha, desencavando uma anedota sobre umas férias em Bar Harbor, havia muito tempo, quando Sudha tivera de ir ao banheiro e não havia nenhum posto de gasolina em muitos quilômetros. Então seu pai se levantou, foi se postar ao lado de Rahul e sussurrou alguma coisa em seu ouvido, gesticulando para que se sentasse.

"Desculpe, eu ainda não terminei." As pessoas riram, sem perceber que Rahul não tivera a intenção de ser engraçado, que aquilo não era algum tipo de esquete cômico. O microfone emitiu um chiado.

Seu pai então o segurou pelo cotovelo, e Rahul se retraiu, dando-lhe um safanão. "Não... toque... em mim", sibilou, e as palavras foram amplificadas pelo microfone.

Um dos amigos dos pais de Sudha se levantou para fazer outro brinde, mas Sudha não ouviu. Percebeu os convidados conversando entre si em frente aos pratos de *tandoori* cor-de-rosa, e o irmão tomando a direção do bar. Quando se levantou para procurá-lo, ele não estava mais lá, e seu carro havia sumido do estacionamento. Ela alertou os pais, preparou-se para mais um telefonema da polícia. Mas ninguém tinha condições de procurar por Rahul no meio da recepção, e sem ele presente, como em um efeito perverso, seus pais começaram a relaxar. Apenas Sudha não conseguiu relaxar. Roger, que também havia bebido um pouco de champanhe demais, disse-lhe para não se preocupar. "Ele está passando por um momento difícil", observou com calma enquanto a conduzia até a pista de dança. "Ele é jovem."

Ela olhou para o marido, querendo gritar com ele por acreditar em Rahul de uma forma que ela já não conseguia. Nunca havia contado a Roger sobre terem escondido as latinhas de cerveja, fato que agora a atormentava. No entanto, mais uma vez, decidiu não dizer nada a Roger, temendo que ele fosse culpá-la, que fosse julgar Rahul. Parecia o quadro que tinham admirado juntos em Londres naquele primeiro dia, onde o pequeno espelho ao fundo revelava mais do que o quarto parecia conter. E de que adiantava fazer Roger chegar mais perto para ver o que ela já era forçada a ver?

No final das contas, Rahul não tinha ido muito longe: simplesmente voltara para a casa dos pais onde, no final da noite, estes o encontraram dormindo. Na manhã seguinte, Roger e Sudha viajaram para a lua de mel. Dentro avião, ela sentiu-se neutralizada, isolada dentro da cabine, como se a luz do sol particularmente forte pudesse apagar os acontecimentos da noite anterior, mas, assim que pousaram em St. Thomas, sentiu-se novamente conspurcada, ouvindo Rahul sibilar no microfone, ofender o pai e empurrá-lo na frente de todos os amigos. A vida seguiu em frente. Sudha e Roger voltaram para Londres, acomodaram-se na casa nova, escreveram cartões para agradecer aos amigos por terem ajudado a tornar aquele dia tão especial. Mas Sudha não conseguiu perdoar Rahul pelo ocorrido, e aqueles terríveis minutos que ele passara ao microfone eram a única coisa de que se lembrava quando olhava as fotografias da recepção, todos aqueles retratos posados e sorridentes no gramado que haviam culminado naquilo.

Então ele desapareceu de vez. Não houve bilhete nem explicação. Segundo os pais, ele simplesmente saiu de casa certa noite e não voltou mais. A essa altura, suas idas e vindas eram tão aleatórias que os pais só perceberam de fato que ele estava ausente depois de alguns dias. Então repararam que a escova de dentes dele não estava no banheiro e que uma das malas grandes, geralmente usadas para as viagens à Índia, não estava no porão. Ele devia ter resolvido visitar algum amigo, disseram os pais, mas não conheciam nenhum dos amigos novos de Rahul, e portanto não havia ninguém para quem pudessem ligar. Notificaram que o carro havia sumido, e este foi localizado no dia seguinte, abandonado na rodoviária de Framingham. Tentando ser prestativo, Roger sugeriu que entrassem em contato com Elena, mas eles nem sequer sabiam seu sobrenome.

Uma semana depois, receberam uma carta com carimbo de Columbus, Ohio. Não estava endereçada a ninguém; ele não havia escrito o sobrenome da família no envelope. "Não se deem ao trabalho de me procurar aqui", escrevia ele. "Estou só passando a noite. Não quero contato com nenhum de vocês. Por favor me deixem em paz." Os pais se perguntaram como ele teria chegado a Ohio já que não tinha dinheiro, e imaginaram se haveria pego carona. Uma semana se passou antes de a mãe perceber que as bolsinhas de zíper, que ela escondia no fundo das gavetas atrás das pilhas de sutiãs britânicos, que guardavam todas as joias de ouro acumuladas ao longo da vida, todas as peças que simbolizavam o sucesso do marido nos Estados Unidos, muitas delas destinadas a pertencer a qualquer mulher com quem Rahul viesse a se casar, haviam sumido.

Fazia dois meses que ele estava desaparecido quando Sudha descobriu que estava grávida; em uma daquelas noites de sua triste lua de mel, seu corpo havia começado a gerar uma vida. De repente, junto com o terrível havia agora o maravilhoso, e a boa notícia fez seus pais reviverem. Sudha pensou muito em Rahul durante a gravidez, invadida por lembranças e sonhos da infância dos dois, recordando a existência que dera origem a ambos, experiência que ao mesmo tempo vivia dentro dela e pertencia a seu passado, e que Roger jamais entenderia. Durante o primeiro trimestre da gestação, suas emoções eram uma montanha-russa imprevisível. Nos dias bons, ela acreditava que Rahul precisava se afastar para juntar os pedaços da própria vida. Nos dias ruins, temia que a polícia telefonasse para os pais dizendo que o corpo do irmão havia sido encontrado em uma vala. Ele continuou ausente no Natal seguinte, que Sudha e Roger passaram em Wayland, e permaneceu ausente do hospital londrino na noite em que ela deu à luz Neel. E ela se acostumou a isso, acostumou-se a ter um irmão que nunca via.

Envolvidos com Neel, seus pais também se acostumaram a isso e passaram a visitar Londres em qualquer oportunidade que tinham, deixando o netinho tapar o buraco monstruoso deixado pela partida de Rahul. Passavam horas encarando dentro do moisés aquela criatura séria, coberta de penugem, com a pele clara de Roger, os cabelos escuros de Sudha, e um destino só dele. Alguns meses depois, Sudha voltou ao trabalho, primeiro três dias por semana, depois cinco, saindo de casa às oito e meia e voltando às seis; buscando Neel na casa da babá e passando apenas duas horas com o filho, primeiro no banho, depois ninando-o na cadeira de balanço até ele dormir. Sentia-se sempre péssima por cuidar de Neel apenas durante esse breve período do dia, mas lembrava a si mesma que ele era jovem demais para se magoar com isso, mostrando-se radiante ao vê-la chegar, pulando no seu colo como se ela fosse a mais maravilhosa das criaturas da Terra.

Foi então, em uma época em que sua vida estava mais exigente do que nunca e também mais gratificante, que ela chegou em casa do mercado em um sábado frio e encontrou, do outro lado da porta, um envelope dos Estados Unidos endereçado com a caligrafia de Rahul.

Ficou parada no hall da casa, revestido com o papel de parede marrom e dourado que ela e Roger viviam querendo arrancar, encarando a prova simples, porém definitiva da existência de Rahul. Perguntou-se como ele havia conseguido seu endereço, mas então se lembrou de que, quando estivera em casa para a recepção do casamento, anotara-o em um pedaço de papel que colara na geladeira dos pais. Neel cochilava dentro do carrinho, sem conhecer a existência do tio, sem ter noção do choque que encheu de lágrimas os olhos da mãe. O carimbo postal apagado era de Nova York, e o verso do envelope indicava uma caixa postal em algum lugar no norte do estado. Antes de abri-lo, ela consultou um atlas. A cidade ficava ao norte de Ithaca. Ficou espantada — imaginara que ele tivesse ido o mais longe possível, até Oregon ou a Califórnia. Jamais pensara que ele fosse querer voltar para perto do lugar onde havia fracassado de forma tão retumbante. Dentro do envelope havia uma única folha de papel datilografada à máquina.

Querida Didi,
Espero que seja você. Primeiro, quero pedir desculpas. Por tudo. Sei que fiz besteira, mas agora está tudo melhor. Estou trabalhando como cozinheiro em um restaurante. Descobri que gosto bastante de cozinhar. Nada muito refinado, mas aprendi a fazer ótimas omeletes. Também estou escrevendo outra peça. Mostrei para uma pessoa que conheci aqui, um cara que dirigiu algumas peças em Syracuse, e ele disse que a peça ainda precisa ser trabalhada, mas que eu não devo desistir! Estou morando com Elena — lembra-se dela? Nós voltamos, e eu a convenci a se mudar para cá. Crystal está na quarta série e Elena arrumou um emprego no setor de recursos humanos da universidade. Você pode pensar o que quiser de Elena, mas foi ela quem me convenceu a entrar para o AA. Então, como eu disse, está tudo melhor. De toda forma, sinto muito por tudo que fiz e espero que você (e Roger) consigam me perdoar por ter sido um idiota no seu casamento. Estou feliz de verdade por vocês. E gostaria de ir a Londres fazer uma visita, se puder. Economizei um pouco de dinheiro e vou ter uma folga do restaurante neste verão. Confio em você para não comentar sobre nada disso com nossos pais.

Rahul

Ela respondeu na mesma hora, sem reler a carta ou se importar em perguntar a Roger se Rahul poderia ficar hospedado na sua casa. Rasgou uma folha do bloco que mantinham junto ao telefone, para anotar recados, e escreveu:

Querido Rahul,
Sim, sou eu. Eu tive neném, um menino chamado Neel. Ele está com dez meses, e quero que você o conheça.

Parou, e então assinou a carta. Não tinha mais nada a dizer.

* * *

Não via Rahul desde a noite do casamento, fato que lhe parecia incrível. "Oi, Didi", disse ele quando a irmã abriu a porta, ainda usando o tratamento respeitoso tradicional que seus pais haviam lhe ensinado. Ela não sentiu nenhuma estranheza ao vê-lo em pé sob o pórtico de sua casa depois de mais de um ano e meio, completando uma parte sua que estava faltando, como as roupas que podia usar de novo agora que perdera o peso da gravidez.

"Aqui está ele", disse ela a Rahul, acomodando Neel no colo. Neel estendeu uma das mãos, com um biscoito preso entre os dedos. Balbuciou baixinho, acostumando-se à visão daquela pessoa nova à sua frente.

"Isso mesmo", disse Rahul, acariciando a bochecha de Neel com as costas do indicador. "É o seu tio problemático que finalmente veio visitar você." Ele sacudiu a cabeça, incrédulo, familiarizando-se com os detalhes do rosto de Neel: o nariz, os olhos, a boca e as mechas de cabelos finos que Sudha tinha a impressão de ter conhecido a vida toda. Era Rahul quem havia mudado. Estava mais gordo, o suficiente para que os traços outrora refinados agora parecessem comuns, o pescoço e a cintura grossos. Tinha as costas curvadas de um homem velho com dificuldade de se locomover. Os cabelos estavam penteados para trás, afastados da cabeça, com entradas nas têmporas e costeletas compridas. O jeans havia perdido o viço e estava puído na bainha. O blazer risca de giz parecia saído de um brechó e tinha as mangas um pouco curtas.

"Não consigo acreditar que você nasceu e eu não sabia. Você é absolutamente perfeito", disse ele a Neel. Olhou para Sudha, depois para Neel, depois de novo para Sudha. "Ele tem o seu rosto, sem dúvida."

"Você acha? Eu vejo o de Roger."

Rahul fez que não com a cabeça. "De jeito nenhum, Didi. Este menino é um Mukherjee da cabeça aos pés."

Ela lhe mostrou a casa: a cozinha e o lavabo do subsolo, o salão no térreo, dois quartos e um banheiro no primeiro andar, o escritório de Roger no sótão. Apesar de todos os andares, a casa era pequenina, e os dois nunca paravam de subir e descer as escadas, que ultimamente Neel também vinha tentando escalar. As escadas eram demais para o pai de Sudha, que recentemente havia desenvolvido uma bursite no joelho; na última visita que fizeram, seus pais ficaram hospedados na casa de amigos no subúrbio de Londres. Mas Roger concordara em deixar Rahul dormir no sofá-cama do escritório, normalmente coberto de papéis.

"Fique à vontade para tirar um cochilo", disse ela a Rahul, mas ele recusou, convencendo Neel a subir no seu colo e permanecendo com ele o tempo todo enquanto Sudha descascava batatas e se preparava para assar um frango. Ficou examinando o espaço de pé-direito baixo, com o chão quadriculado de preto e branco, uma mesa de jantar eternamente atulhada, pratos de porcelana Spode e formas de cobre penduradas em paredes amarelas. O próprio Roger havia pintado as paredes, aplicando a última camada de tinta com uma esponja. Rahul parou na frente das prateleiras onde ficavam os livros de culinária, ao lado de porta-retratos. A maioria das fotos era de Neel: nos momentos após seu nascimento, nos braços dos pais de Sudha, sentado no carrinho em frente à casa. Não havia fotos de Rahul. "Quando foi tirada esta aqui?", perguntou ele.

"Qual delas?"

"Parece um *annaprasan*."

"Ah, essa", disse ela, espetando um limão com um garfo, relembrando o dia em que Neel comera sua primeira refeição sólida, poucos meses antes, quando os pais pegaram um avião até

Londres para participar. "Foi só uma coisa pequena em casa", disse ao irmão, como se isso pudesse explicar a ausência dele. Tradicionalmente, era o tio materno quem alimentava a criança. No caso de Neel, quem fizera isso fora o pai de Sudha.

Rahul atravessou a cozinha até onde a irmã estava, em frente à bancada de madeira, e tirou a carteira do bolso traseiro. Sacudiu-a com uma das mãos, fazendo surgir uma fotografia escolar de uma menina sardenta, sorridente, com duas marias-chiquinhas castanhas. "Esta é Crystal", falou orgulhoso, explicando que tinha se organizado para todos os dias estar em casa quando ela voltava da escola, assim preparava-lhe um lanche e depois o jantar, antes de Elena chegar e ele sair para seu turno no restaurante. Não sacou nenhuma foto de Elena, mas Sudha se lembrava dela claramente da única vez em que fora almoçar com a família. Não perguntou a Rahul se ele e Elena haviam se casado, se iriam ter um filho juntos. Sudha havia tentado ajudar o irmão, mas quem conseguira fora Elena. "Ela é uma ótima menina", disse ele antes de guardar a foto de Crystal. "Pensei em comprar para ela um pequeno serviço de chá, sabe, algo bem inglês? Ela iria adorar."

Ele ergueu Neel no ar, sacudindo-o de forma brincalhona, esfregando o rosto em sua barriga e fazendo o menino rir histericamente.

"Cuidado", alertou Sudha.

Rahul obedeceu, parou com a brincadeira e deu um abraço apertado em Neel, depois começou a lhe fazer cócegas até ele rir de novo. "Relaxe, Didi. Agora eu também sou pai."

Sudha e Roger beberam vinho branco no jantar, mas Rahul pediu apenas uma água tônica com um pouco de suco de laranja. Comeram ao ar livre, em uma mesinha no jardim, com vista para as roseiras que floresciam apesar da negligência de Sudha e Roger. Ela tivera dúvidas em relação ao vinho, se bebia ou não na frente de Rahul. Havia algumas garrafas de uísque e vodca no armário da cozinha, restos da festa de inauguração da casa que ela e Roger tinham dado, e ela as escondeu no fundo do armário e dentro do baú de suéteres ao pé da cama, dizendo a si mesma que Roger nunca iria perceber. Neel estava sentado no colo de Rahul, comendo uns bocadinhos de purê de batatas do dedo estendido de Roger.

"É sua primeira visita a Londres?", perguntou Roger a Rahul.

"Tirando as dezenas de vezes em que fiquei sentado em Heathrow a caminho de Calcutá, sim", respondeu Rahul, e Sudha se lembrou de todas aquelas viagens que haviam feito quando crianças para visitar parentes, viagens que nunca mais tornariam a acontecer. Haviam dormido lado a lado na mesma cama, tomado banho juntos muitas vezes, visto tudo com um só par de olhos.

Rahul mencionou os lugares que queria visitar ao longo da semana — o Museu Britânico, a casa de Freud, o museu Victoria & Albert —, e perguntou se era possível passar o dia em Stratford-upon-Avon. Parecia subitamente desesperado para interagir com o mundo, depois de todos aqueles anos sentado dentro do quarto. Roger lhe informou os horários dos museus, as exposições em cartaz, e Sudha ficou surpresa ao ver como o marido e o irmão se conheciam pouco, como eram praticamente dois estranhos. "Mas o que eu mais quero é ficar com Neel", disse Rahul. "Posso levá-lo a um parque, ao zoológico, qualquer coisa."

Sudha disse a Rahul para se divertir, que Neel passava o dia com uma babá, mas que à noite o sobrinho seria todo seu.

"Então, para quando é o próximo?", perguntou Rahul, pondo Neel sobre suas pernas e sacudindo-as para cima e para baixo.

"O próximo o quê?", perguntou Roger.

"O próximo filho."

"Você por acaso tem falado com Ma?", perguntou Sudha, que começou a rir e parou abruptamente.

"O que você quer, amiguinho?", perguntou Rahul, baixando os olhos para o rosto erguido de Neel. "Um irmãozinho como eu, ou uma irmã?"

Agora que o assunto dos pais viera à tona, ela decidiu contar as notícias deles a Rahul; falou que o pai iria se aposentar no final do ano e que os dois estavam procurando um apartamento para comprar em Calcutá. "É lá que eles estão agora", falou.

"Não estão em Wayland?"

"Não." Esse fato tornava mais fácil para Sudha acatar o pedido de Rahul, para que não contasse aos pais sobre a sua visita.

"Eles vão se mudar para lá de vez?"

"Talvez." Ela lhe contou sobre os problemas do pai com o joelho, disse que ele teria de ser operado para retirar um pouco de fluido. Um dia, ela sabia, seria algo mais grave, e quando isso acontecesse, enquanto Rahul estivesse longe, ela teria de ser filha única de novo.

Depois do jantar, Roger guardou as sobras enquanto Sudha subia para preparar o banho de Neel. Rahul a seguiu, sentou-se em cima da privada e ficou soprando as bolhas de sabão que havia comprado para Neel enquanto ela, agachada no chão, ensaboava e enxaguava o filho. Neel ficou encantado com as bolhas e esperava de olhos arregalados que cada uma delas emergisse do aro de plástico, estendendo a mão, estourando-as e pedindo mais.

"Muito bem, rapazinho, hora de dormir", disse ela depois de alguns minutos, tirando a tampa de borracha do ralo da banheira e deixando a água esvaziar. Estendeu a mão para pegar a toalha de Neel, jogou-a em cima do ombro e tirou o filho da banheira. Enrolou-o, esfregou sua cabeça. "Dê boa-noite para Mamu", disse.

"Como ele os chama?", perguntou Rahul.

"Quem?"

"Nossos pais."

Ela hesitou, embora não precisasse pensar na resposta. "Dadu e Dadi."

"Igualzinho a nós", comentou ele, abrandando a voz. "Aposto que eles tratam você feito um rei", disse para Neel.

"Você nem imagina o quanto. Ainda nem desembrulhamos alguns dos presentes de Natal."

"E no próximo Natal? Vocês têm planos?"

"Eles planejaram vir a Londres", começou Sudha, esperando uma reação. "Você é bem-vindo, claro", continuou, sabendo que essa ideia era absurda. "Todos vocês, Elena e Crystal. Poderiam ficar em um hotel."

Então ela parou, percebendo que estava retendo a respiração, esperando que seu irmão desaparecesse de sua vida outra vez. Em vez disso, ele falou: "Vou pensar", deixando-a ainda mais ofegante, pois ela se deu conta de que, sem nenhuma trégua formal, a batalha havia terminado, que ele queria voltar.

Rahul já estava acordado quando ela desceu a escada na manhã seguinte e viu seu irmão sentado à mesa com Roger, vestindo uma camiseta colada ao corpo mais robusto, os cabelos suados grudados no rosto. Estava de short, e os pelos de suas pernas morenas eram mais encaracolados do que ela se lembrava. Roger tomava chá e mostrava a Rahul um mapa do metrô, indicando-lhe quais trens iam para onde, apontando parques onde ele podia correr.

"Aonde você foi?", perguntou ela a Rahul. Preparou um bule de café, depois esquentou leite para o cereal de Neel, sabendo que o filho logo iria acordar.

"Não faço ideia", respondeu ele. "Eu simplesmente sigo em frente durante uma hora. Correr é meu novo vício." Era a primeira vez desde que ele havia chegado que fazia qualquer referência à bebida. "Correr e tomar café."

Quando o café ficou pronto, ela lhe serviu uma xícara, viu-o acrescentar três colheres de açúcar, lembrou-se do dia em que ele fora visitá-la na faculdade e ela lhe dera sua primeira cerveja. "O que você vai fazer hoje?"

Rahul deu de ombros. "Talvez vá a um museu. Só quero passear por aí."

"Se estiver pronto daqui a vinte minutos, eu deixo você no metrô", ofereceu Roger.

Enquanto estava no trabalho, Sudha ficou pensando no que o irmão estaria fazendo, e imaginou se um das centenas de pubs das ruas de Londres o deixaria tentado. Parte de si tinha medo de que algo servisse de detonador e ele tornasse a desaparecer. No entanto, quando voltou para casa naquela noite, encontrou Rahul rastejando escada acima atrás de Neel, fingindo ser um leão faminto. Nessa noite, saíram para comer um curry, e novamente ele não bebeu, e encheu a toalha de papel que cobria a mesa com intrincados desenhos. De novo ficou sentado com Sudha no banheiro enquanto ela dava banho em Neel, e na manhã seguinte saiu para correr. Durante o resto da semana, foi percorrendo sua lista de atividades, sempre voltando com um presentinho para Neel. Parecia estranho estar no trabalho durante uma parte tão grande da visita de Rahul, mas Sudha achou melhor, mais seguro, que seu tempo com o irmão se limitasse às manhãs e noites, ocasiões em que Roger e Neel estavam presentes.

No sábado de manhã, Rahul preparou omeletes, cortando cogumelos e cebolas com grande agilidade, como os chefs fazem na TV, e depois, por sugestão dele, foram ao zoológico de Londres. Ele havia se oferecido para levar Neel sozinho, e embora no decorrer da semana tanto Sudha quanto Roger houvessem aproveitado a presença de Rahul, deixando-o encarregado do sobrinho, durante cinco ou dez minutos quando precisavam ir até a esquina buscar ovos ou pão, isso estava fora de cogitação. No entanto, quando chegaram ao zoo, tanto Roger quanto Sudha se sentiram desnecessários. Rahul carregou Neel nos ombros o tempo inteiro, e o carrinho que Sudha empurrava não continha nada a não ser a bolsa dela. Neel também estava apaixonado por Rahul e desatava a chorar sempre que o tio precisava ir ao banheiro. Rahul insistira em pagar por tudo — havia comprado os ingressos, os sanduíches, os refrigerantes, o sorvete de Neel e a bexiga verde-limão que passou a tarde inteira flutuando acima de suas cabeças.

"Estava pensando em pegar um cinema mais tarde", disse Rahul ao chegarem em casa, ainda com Neel no colo. "Mas acho que prefiro ficar em casa com este rapaz aqui."

"Não seja bobo", disse Sudha. "Você passou o dia inteiro com ele. Merece um descanso."

Rahul sacudiu a cabeça. "Eu vou embora amanhã, e temos muito tempo para recuperar." Então ele falou: "Quem merece uma folga são vocês. Quando foi a última vez em que viram um filme juntos?".

A ideia se apresentou um plano perfeito que parecia totalmente errado. Ela olhou para Roger, e Rahul a viu olhando. "O que é? Vocês não confiam em mim?"

"Claro que confiamos", disse Roger. Ele se virou para Sudha. "Vamos, Su?"

Ela lembrou a si mesma que tinham um celular; o cinema ficava a dez minutos de carro da casa. Se pegassem uma sessão cedo, estariam de volta a tempo para o banho de Neel. "Vou ligar para ver o que está passando", disse ela.

"Não vamos sair daqui", prometeu-lhe Rahul, levantando os olhos do chão da sala onde ele e Neel empilhavam blocos, e ela se forçou a acreditar nele. Não haviam lhe deixado uma chave, ele não tinha para onde ir. Ela deixara comida para Neel: leite em um copinho de bico e um macarrão cozido demais com o qual era impossível engasgar. Lembrou a Rahul para tomar cuidado com Neel na escada. Durante o filme, manteve o toque do celular ligado, sem confiar que o aparelho fosse vibrar no bolso da calça. Depois da primeira hora, levantou-se e foi ligar do saguão.

"Tudo bem?"

"Tudo ótimo", respondeu Rahul. "Ele parecia estar com fome, então estou dando alguma coisa para ele comer." Ao fundo, ela pôde ouvir Neel batendo com alguma coisa, uma caneca ou uma colher, na bandeja do cadeirão.

"Ótimo. Obrigada. Voltamos já", disse ela.

"Não precisam ter pressa", disse Rahul. Assim, no caminho de volta, por sugestão de Roger, pararam em um mercadinho para comprar queijo, geleias e algumas outras coisas de que precisavam. Compraram três belos bifes para o jantar, e Roger disse que faria uma torta.

Rahul e Neel não estavam na sala de estar onde ela esperava encontrá-los, nem entretidos no meio dos brinquedos espalhados pelo chão. A televisão exibia um programa infantil, mas não havia ninguém assistindo. No andar de baixo, na cozinha, o cadeirão não havia sido limpo, e pedaços pegajosos de macarrão nadavam em uma poça d'água na superfície da bandeja. O balão do zoológico fora preso à lateral do cadeirão e chegava quase até o teto. Todos os armários de cima estavam abertos, mas nada parecia ter sido retirado. Sudha fechou-os depressa, com um suor frio brotando sobre os lábios.

"Eles não saíram, o carrinho ainda está aqui", disse Roger.

Enquanto ela subia correndo a escada, ouviu um barulho de água chapinhando e repreendeu-se por ter entrado em pânico. "Está tudo bem", disse em voz alta. "Ele está dando banho em Neel."

Encontrou Neel dentro da banheira, enchendo o copinho de bico com água e tornando a esvaziá-lo. Estava sentado sem a proteção de plástico em que normalmente o colocavam para ele não escorregar. Estava tremendo, mas tirando isso parecia satisfeito, ocupado com a tarefa, com água até a metade do peito; a mera visão do filho ali sozinho levou Sudha a soltar uma série de gritos espontâneos e fez uma corrente elétrica de medo lhe varar os quadris. A água não estava mais morna. Um escorregão e ele teria caído de bruços, fazendo seus cabelos finos e escuros se espalharem como um halo e ondularem enquanto o resto de seu corpo permaneceria imóvel.

"Onde está seu tio?", perguntou Roger, embora Neel fosse incapaz de responder. Arrancou Neel da banheira, fazendo-o desatar a chorar.

Encontraram Rahul no escritório de Roger, dormindo, com um copo debaixo do sofá-cama. No quarto do casal, o baú de suéteres estava aberto, e os gargalos das garrafas despontavam do meio deles, aninhados em lã. Voltaram para o escritório de Roger e não conseguiram acordar Rahul, embora Sudha tenha sacudido seu ombro enquanto segurava Neel. Roger estava inclinado por cima da bolsa de lona de Rahul, enfiando roupas lá dentro.

"O que está fazendo?", perguntou ela.

"O que pareço estar fazendo, Sudha?"

"Ele pode fazer isso quando acordar."

Roger se levantou, e sua expressão não era nada gentil. "Estou tornando isso mais fácil para ele. Não quero nunca mais que o seu irmão ponha os pés na nossa casa ou chegue perto do nosso filho."

Como não podiam gritar com Rahul, começaram a gritar um com o outro, e a estranha calma que havia sucedido à descoberta do filho a salvo na banheira foi destruída.

"Foi você quem disse a Rahul que confiávamos nele", falou ela. "Você concordou em sair."

"Não ponha a culpa em mim", falou Roger. "Eu mal conheço seu irmão. Não se atreva a pôr nenhum pingo da culpa em mim."

"Não estou pondo a culpa em você", disse ela, começando a chorar. "Desculpe. Eu deveria ter lhe contado."

"Me contado o quê?"

Ela agora estava soluçando demais para poder articular qualquer palavra, e Neel, por reação, recomeçou a chorar. Roger se aproximou da mulher e com os braços esticados segurou-a pelos ombros. "Me contado o quê?"

E de alguma forma, apesar de estar chorando tanto, ela lhe contou: sobre a primeira vez em que Rahul fora visitá-la em Penn, e sobre como ele nem sequer havia gostado de cerveja, e depois sobre todas as latinhas que os dois haviam escondido ao longo dos anos e sobre como, depois de algum tempo, aquilo não era mais uma brincadeira para ele e sim um modo de vida, um modo de vida que o havia afastado da família e arruinado a vida dele.

Roger olhou para o escritório em volta, com suas paredes cobertas de livros, seus armários cheios de pastas, postais com retratos nobres pregados acima da escrivaninha. Seu rosto foi tomado por uma expressão de repulsa. Ele então olhou para Sudha, e sua repulsa por ela era igualmente evidente. "Você mentiu para mim. Eu nunca menti para você, Sudha. Eu nunca teria escondido uma coisa dessas de você."

Ela aquiesceu. Ainda estava chorando, segurando Neel apertado. Roger pegou o filho do colo dela e deixou-a ali com Rahul, que estava estendido de costas, com uma das pernas pendurada para fora do sofá-cama, e o rosto flácido virado para a parede.

Ela passou a noite inteira sem dormir, com Roger deitado de lado, rígido feito uma tábua. Tinham se deitado com fome, os três bifes jogados dentro do congelador. Rahul não havia acordado. Ela sabia que Roger tinha razão, sabia que, caso se tratasse de um irmão ou irmã dele, ela teria dito e feito a mesma coisa. Pensou nos pais, que achavam que os filhos estivessem destinados ao sucesso, e que haviam perdido o prumo ao ver um deles fracassar. Depois de tudo por que Rahul os fizera passar, eles nunca haviam renunciado a ele, nunca o haviam banido de seu convívio. Eram incapazes de excluí-lo. Mas Roger era capaz disso, e Sudha percebeu, no decorrer daquela noite em claro, que ela também era.

Cochilou quando o dia estava raiando e acordou uma hora depois ao ouvir a água do chuveiro correndo. A água correu durante muito tempo. Ela foi ficando nervosa e pensou em bater na porta, mas então a ouviu se abrir e, alguns minutos depois, escutou passos descendo a escada.

"Eu queria ter limpado o cadeirão", disse Rahul quando a irmã se juntou a ele na cozinha. Estava usando um dos roupões de banho de Roger e tinha os olhos apertados, como se o espaço subterrâneo estivesse banhado de luz. Sua voz estava pastosa, e os efeitos do álcool eram claros na forma delicada, porém desajeitada que tinha de se movimentar. Ele havia enchido a chaleira com água, acendido o fogão, colocado pó dentro do bule de vidro. "Desculpe."

"Pensei que você estivesse melhor."

Ele olhou para ela de relance, apenas por um segundo. Pareceu-lhe um imbecil, retardado e lento.

"Que porcaria aconteceu, Rahul?"

Ele não respondeu.

"O problema sou eu?", perguntou ela. Pois ela havia feito essa pergunta a si mesma durante as longas horas que passara acordada: imaginara se o fato de vê-la o teria feito se lembrar do passado, daquelas noites em que, juntos, haviam desafiado os pais, servindo cerveja quente em copos com gelo e criando um vínculo só deles.

A água começou a ferver, e a chaleira emitiu um assobio fino. Ela apagou o fogo, despejou a água no bule. "Você tem que ir para o aeroporto", falou.

"Meu voo só sai à noite."

"Agora, Rahul. Tem que se vestir e ir embora agora. Você deixou Neel na banheira." Sua voz tremia e ao mesmo tempo ia ficando mais alta, submergindo-a outra vez naquela imagem nauseante.

"Deixei?"

"Deixou, Rahul", disse ela, e novas lágrimas começaram a escorrer por seu rosto. "Você apagou e deixou nosso bebê sozinho dentro de uma banheira. Poderia tê-lo matado, entende isso?"

Ele se virou de costas para ela. Pressionou a cabeça em um dos armários, virando-a de leve de um lado para o outro, praguejando consigo mesmo entre os dentes. Então, ainda sem encará-la, falou: "Mas ele está bem, não está, Didi? Eu espiei dentro do quarto dele mais cedo e ele estava dormindo no berço direitinho".

"Você tem que ir embora agora." Suas palavras saíam quase em um sussurro. Tinha consciência de que parecia um disco arranhado. Passara a noite inteira dominada pela fúria; aquela nuvem de tempestade havia despejado sua chuva, e ela agora estava simplesmente cansada.

"Eu passei meses sem beber", disse ele. "Não sei o que aconteceu. Tomei só um golinho..."

"Pare", disse ela, e ele parou. "Não quero ouvir a sua explicação. Está me entendendo? Não quero ouvir."

Ele não tentou falar de novo. Subiu para se vestir e pegar a mala, e depois ficou em pé na sala enquanto ela chamava um táxi para Heathrow. Ela lhe deu cinquenta libras para pagar o táxi, e ele aceitou. Então foi embora, saindo para a rua antes de o táxi chegar. Quando o carro encostou em frente à casa, ela foi até a janela, afastou a cortina de renda, e viu-o subir no banco de trás. Então o táxi se afastou, e deixou-a fitando a luz cinza da manhã, do lado de fora. Não sabia quando havia parado de chorar. De repente, sentiu-se muito desperta. Ouviu Neel no andar de cima, acordando no berço. Dali a um minuto ele iria começar a chorar, querendo a mãe, esperando o café da manhã; era jovem o suficiente para que Sudha ainda representasse para ele só bondade, nada mais. Ela voltou à cozinha, abriu um dos armários, pegou uma caixa de cereal, aqueceu leite em uma panela. Alguma coisa roçou em seus tornozelos, e ela viu que o balão preso ao encosto do cadeirão de Neel não estava mais suspenso pela fita. Havia desabado no chão, uma coisa murcha, incapaz de estourar. Ela cortou a fita com uma tesoura e jogou tudo aquilo no lixo, surpresa ao ver como coube com facilidade lá dentro, pensando no marido que não confiava mais nela, no filho cujo grito nesse instante a interrompeu, na família recém-nascida que acabara de romper a casca naquela manhã, tão típica e aterrorizante quanto qualquer outra.

Da conta de ninguém

Periodicamente, algum homem ligava para falar com Sang querendo se casar com ela. Sang em geral não conhecia esses homens. Algumas vezes nunca tinha ouvido falar neles. Mas eles tinham escutado dizer que ela era bonita, inteligente, bengalesa, que tinha trinta anos e ainda estava solteira; então esses homens, a maioria dos quais por acaso também era bengalesa, conseguiam o telefone dela com algum conhecido de um conhecido de seus pais que, segundo Sang, queriam desesperadamente que ela se casasse. Segundo Sang, esses homens sempre confundiam detalhes quando conversavam com ela, dizendo ter ficado sabendo que ela estudava física, quando na verdade era filosofia, ou que havia se formado em Columbia, quando na verdade fora na NYU, ou então chamando-a de Sangeeta quando o nome que ela usava na verdade era Sang. Ficavam impressionados com o fato de ela estar fazendo doutorado em Harvard, quando na verdade ela desistira de Harvard depois de um semestre e trabalhava meio período em uma livraria da praça.

Os colegas que moravam com Sang, Paul e Heather, sempre

conseguiam detectar quando a pessoa ao telefone era um noivo em potencial. "Ah, oi", dizia Sang, sentando-se à mesa da cozinha feita em imitação de carvalho e revirando os olhos, olhos cor de bronze que às vezes ficavam verdes. Ela afundava na cadeira, parecendo irritada mas resignada, como se o trem no qual estivesse viajando houvesse parado entre duas estações. Para leve decepção de Paul, Sang nunca era grosseira com esses homens. Ouvia-os explicar o laço complicado e improvável que os ligava, vínculos que Paul invejava um pouco apesar do fato de compartilhar com Sang uma casa, uma cozinha e uma assinatura do *Globe*. Os pretendentes ligavam de lugares distantes como Los Angeles, ou próximos como Watertown. Certa vez, ela chegou a aceitar se encontrar com um deles, que a levara de carro em direção ao norte pela interestadual I-93, indicando-lhe da estrada a empresa na qual trabalhava. Então levara-a à lanchonete Dunkin' Donuts onde, diante de rosquinhas e café, pedira-a em casamento.

Às vezes, durante essas conversas, Sang tomava notas no bloquinho que ficava ao lado do telefone. Escrevia o nome do pretendente ou as palavras "estuda em Carnegie Mellon", ou "gosta de romances de mistério" antes de a caneta começar a traçar arabescos, estrelas e jogos da velha. Para ser educada, fazia algumas perguntas também, indagando se o homem gostava de seu trabalho de economista, dentista ou engenheiro metalúrgico. Sua desculpa para esses homens, seu motivo para recusar as ofertas de levá-la para jantar, era sempre a mesma mentira inofensiva: no momento estava ocupada demais com as aulas, pois afinal de contas estudava em Harvard. Algumas vezes, se Paul por acaso estivesse sentado à mesa, ela lhe escrevia um bilhete no meio da conversa: "Ele tem a voz de um menino de doze anos", ou "nerd completo", ou "esse cara uma vez vomitou na piscina dos meus pais", acenando com o bloquinho para Paul poder ler enquanto prendia o telefone junto à orelha com o ombro.

Era somente depois de desligar que Sang reclamava. Como aqueles homens se atreviam a ligar para ela? Como se atreviam a caçá-la? Era uma violação da sua privacidade, um insulto à sua condição de adulta. Era lamentável. Se ao menos Paul e Heather pudessem escutá-los falando de si. Nessa hora, Heather às vezes dizia: "Meu Deus, Sang, eu não acredito que você está reclamando. Dezenas de homens, homens bem-sucedidos, talvez até bonitos, querem se casar com você de olhos fechados. E você espera que fiquemos com pena?". Aluna de direito em Boston College, Heather estava solteira e amargurada havia cinco anos. Dizia a Sang que aqueles pedidos eram românticos, mas Sang balançava a cabeça. "Isso não é amor." Na concepção de Sang, aquilo era praticamente um casamento arranjado. Aqueles homens não estavam interessados nela de verdade. Estavam interessados em uma criatura mítica gerada por uma intrincada corrente de fofocas, uma rede de opiniões e expectativas da comunidade indiana segundo as quais ela era uma menina-modelo já meio envelhecida e negligenciada que havia feito anos de aulas de dança indiana e tirado notas perfeitas na escola. Se tivessem alguma ideia de quem ela era realmente e de como ganhava a vida, apesar das boas notas, a saber operando uma caixa registradora e montando pirâmides de livros, não iriam querer nada com ela. "Além do mais", ela sempre lembrava a Paul e Heather, "eu tenho namorado."

"Você parece uma Penélope", opinou Paul certa noite. Ultimamente, ele vinha lendo Homero na tradução de Lattimore como preparação para as provas orais de literatura inglesa na primavera seguinte.

"Penélope?" Ela estava em pé em frente ao micro-ondas, esquentando um pouco de arroz. Paul a viu retirar o prato lá de dentro e misturar ao arroz fumegante uma colherada da conserva de limão escura e picante que morava na porta da geladeira ao lado de seu vidro de manteiga de amendoim.

"Da *Odisseia*, sabe?", retrucou Paul com a voz mansa, uma pergunta em resposta à pergunta dela. Ele era alto sem ser desengonçado, com dedos e panturrilhas sólidos e finos cabelos cor de palha. Sua particularidade mais notável eram os óculos caros de designer, com uma armação bordô perfeitamente redonda, que uma vendedora bonita em uma ótica de Beacon Street o havia convencido a comprar. Paul não tinha gostado dos óculos nem mesmo quando os estava experimentando, e não passara a gostar deles com o tempo.

"Ah, sim, da *Odisseia*", disse Sang, sentando-se à mesa. "Penélope. Só que eu não sei tricotar."

"Tecer", disse ele, corrigindo-a. "Era um sudário que Penélope tecia e desfazia para desencorajar os pretendentes."

Sang levou à boca uma garfada do arroz, soprando-o para fazê-lo esfriar. "Então quem é a mulher que tricota?", perguntou ela. Olhou para Paul. "Você deve saber."

Paul fez uma pausa, querendo impressioná-la, mas teve um branco. Sabia que era alguma personagem de Dickens, tinha as edições de bolso em seu quarto no andar de cima. "Já volto", disse ele. Então parou, aliviado. "*História de duas cidades*", disse a ela. "Madame Defarge."

Fora Paul quem havia atendido ao primeiro telefonema de Sang, às nove horas da manhã de um sábado de julho, em resposta ao anúncio à procura de alguém para dividir a casa que ele e Heather haviam colocado no *Phoenix*. O telefonema o havia tirado da cama, e ele ficara pensando, em pé e atordoado, vestido com seu roupão, que tipo de nome seria Sang, quase esperando uma japonesa. Foi só quando ela preencheu o cheque-caução ao final da visita que ele viu que seu nome oficial era Sangeeta Biswas. Era esse o nome que ele veria na sua correspondência, nas etiquetas das revistas *Vogue* grossas e perfumadas que ela recebia a cada mês, e na conta de eletricidade que ela concordou em pagar. Heather estava debaixo do chuveiro quando Sang chegou e apertou a campainha que fez soar duas notas solenes, então Paul a recebeu sozinho. Ela estava com os cabelos compridos soltos, penteado que Paul descobriria que raramente usava, e enquanto caminhava atrás dela ele havia gostado da forma como os fios se grudavam de maneira protetora ao seu corpo, por cima das protuberâncias das omoplatas. Assim como quase todo mundo, ela havia admirado a espetacular escadaria central, pousando a mão sobre o corrimão. A escada tinha seis curvas em ângulos retos, a cada seis degraus, e sua madeira escura e reluzente tinha o mesmo brilho do conhaque. Era a única coisa de beleza permanente na casa, uma falsa promessa do que havia lá em cima: feios armários marrons na cozinha, banheiros mofados com falhas nos azulejos, um carpete bege onipresente para proteger os ouvidos dos proprietários, que moravam no andar de baixo.

Ela havia observado como o espaço era amplo, percorrendo o patamar da escada antes de acompanhar Paul até o quarto vago. No canto, havia um misto de armário e estante embutido na parede, com colunas dóricas e portas envidraçadas que Sang abriu e fechou. Paul lhe disse que o quarto costumava ser a sala de jantar, e o armário servia para guardar louça. Do outro lado do corredor havia um banheiro; Paul e Heather dividiam o outro maior, no andar de cima. "Tenho a sensação de que estou dentro de uma geladeira vazia", comentou ela, referindo-se ao fato de as paredes, antes azuis, terem sido pintadas com uma única demão de tinta branca; sob a luz forte do teto, o efeito era duro e frio. Ela correu a mão por uma das paredes e retirou cuidadosamente um pedaço de fita adesiva. Antigamente havia um arco ligando aquele cômodo à cozinha, que já não existia mais, mas Sang percebeu que o arco ainda era visível, como uma cicatriz no gesso.

Enquanto ela estava ali, o telefone tocou: era outra pessoa respondendo ao anúncio, mas a essa altura ela já havia feito o depósito. Já havia encontrado Heather, e os três tinham ficado conversando na sala de estar, com sua *bay window* descascada, seu sofá macio e imundo e sua cadeira de vime em forma de concha com almofada amarela. Eles lhe falaram sobre o sistema que tinham para dividir as tarefas domésticas, e contaram-lhe sobre os senhorios, um casal de médicos que trabalhava no hospital Brigham and Women's. Disseram-lhe que a casa só tinha uma tomada de telefone, na cozinha. O telefone tinha um fio tão comprido que todos os três podiam arrastá-lo até seus quartos, embora às vezes o preço a pagar por arrastar demais o fio fosse um chiado persistente.

"Pensamos em mandar instalar uma outra linha, mas é bem caro", disse Heather.

"Não tem problema", disse Sang.

E Paul, que raramente falava com quem quer que fosse ao telefone, não disse nada.

Ela não tinha praticamente nada com que contribuir na casa, nenhuma panela ou eletrodoméstico, nada para a cozinha exceto uma planta pendente meio depauperada que soltava folhas amarelas em forma de coração. Um amigo ajudou-a a fazer a mudança em um domingo, um amigo que, no entender de Paul, não era seu namorado (pois ela havia mencionado um namorado na primeira visita, dizendo-lhes que ele estava passando o verão no Cairo para encontrar os pais, que era egípcio, e que lecionava história do Oriente Médio em Harvard). O nome do amigo era Charles. Ele calçava tênis de cano alto, usava uma camisa de boliche laranja berrante e tinha os cabelos presos em um rabo de cavalo curto. Estava contando a Sang sobre um encontro que tivera na noite anterior, enquanto descarregavam um futon, duas malas grandes e surradas, vários sacos plásticos e algumas caixas da caçamba de uma picape. Paul havia se oferecido para ajudar, gritando da sacada onde tentava ler *Os contos de Canterbury*, mas Sang tinha dito que não, que não era nada. A conversa dos dois o distraía, mas mesmo assim ele ficou ali, olhando Sang através da balaustrada. Charles a provocava, proibindo-a de comprar coisas demais para que a próxima mudança fosse igualmente fácil. Sang antes estava rindo dele, mas nessa hora parou, fazendo cara de pensativa. Ergueu os olhos para a casa, segurando nos braços um edredom enrolado. "Não sei, Charles. Não sei quanto tempo vou ficar aqui."

"Ele continua sem querer morar com você até se casarem?"

Ela balançou a cabeça.

"O que ele diz?"

"Que não quer estragar as coisas."

Charles transferiu o peso da caixa que estava segurando. "Mas ele reconhece o fato de que vocês vão se casar."

Ela se virou de volta para a picape. "Ele diz coisas do tipo: 'Quando tivermos filhos, vamos comprar uma casa grande na Lexington'."

"Vocês estão juntos há três anos", disse Charles. "E daí que ele seja um pouco antiquado? Essa é uma das coisas de que você gosta nele, certo?"

Nas noites seguintes, Sang dormiu no sofá da sala, com seus pertences amontoados temporariamente em um canto, para poder pintar o quarto. Tanto Paul quanto Heather ficaram surpresos com isso; nenhum dos dois havia se esforçado muito para melhorar o quarto ao se mudar. Para as paredes, Sang havia escolhido um verde-sálvia tranquilizador; para os detalhes, um lilás bem clarinho, cor que a empresa de tintas chamava de "toupeira". Não era de forma alguma a cor que imaginava para uma toupeira, disse ela a Paul, mexendo a tinta com vigor dentro da lata sobre a mesa da cozinha. "Que nome você teria dado?", perguntou-lhe ela de repente. Ele não conseguiu pensar em nada. Foi somente no andar de cima, sentado sozinho em frente à grande escrivaninha de compensado coberta por pilhas de livros cheios de páginas de papel-bíblia, que ele pensou no sorvete que a mãe sempre pedia no restaurante Newport Creamery, onde sua família ia comer hambúrgueres no domingo à noite. Sua mãe tinha morrido havia muitos anos, o pai logo depois. Haviam adotado Paul já tarde, aos cinquenta e poucos anos, de modo que as pessoas muitas vezes os confundiam com seus avós. Nessa noite, na cozinha, quando Sang entrou, Paul disse: "Amora preta".

"O quê?"

"A tinta."

O rosto dela exibia um pequeno sorriso levemente preocupado, um sorriso que poderia ser o de uma criança que não está entendendo alguma coisa. "Que engraçado."

"O nome?"

"Não. É só meio engraçado como você retomou uma conversa que tivemos, tipo, seis horas atrás, esperando que eu soubesse do que estava falando."

Assim que Paul abriu a porta do quarto na manhã seguinte, detectou o cheiro fresco, porém forte, de tinta e ouviu o barulho do rolo subindo e descendo pela parede. Depois de Heather sair de casa, Sang começou a ouvir música: um CD da Billie Holiday depois do outro. Estavam no meio de uma sequência de dias grudentos, escaldantes, e Paul estudava no relativo frescor da sala de estar, a poucos passos de Sang do outro lado do corredor.

"Ai, meu Deus", exclamou ela, reparando nele a caminho do banheiro. "Essa música deve estar deixando você maluco." Estava usando uma calça jeans cortada e uma camiseta sem manga com alças parecendo as de um sutiã. Estava descalça e tinha as panturrilhas e as coxas salpicadas de tinta.

Ele mentiu e lhe disse que muitas vezes estudava ouvindo música. Como percebeu que era à cozinha que ela ia com mais frequência, enxaguar os pincéis ou comer um pouco de iogurte de um pote grande, transferiu-se para lá no segundo dia, onde preparou um bule de chá e, para grande diversão dela, ligou o despertador do relógio de pulso para saber quando tirar as folhas da água. À tarde, a irmã de Sang ligou de Londres, com uma voz idêntica à dela. Por um instante, Paul de fato pensou que fosse a própria Sang, telefonando-lhe misteriosamente do quarto. "Não posso falar agora, estou pintando meu quarto de sálvia e toupeira", disse ela animadamente à irmã, e ao desligar deixou algumas de suas digitais cor de toupeira impressas no fone marrom-escuro.

Ele gostava de estudar na companhia evanescente de Sang. Ela ficou impressionada com o quanto ele estava adiantado no doutorado — contou-lhe que, depois de desistir de Harvard um ano antes, sua mãe passara uma semana trancada no quarto, e seu pai se recusara a lhe dirigir a palavra. Estava farta do meio acadêmico, detestava o fato de ser tão competitivo e de obrigar a pessoa a levar uma vida de monge. Era isso que seu namorado fazia, sempre reservando períodos de seu dia para trabalhar em casa com o telefone desligado, preparando textos para a palestra seguinte. "Você vai ser bom nisso", garantiu ela a Paul. "Estou vendo que é dedicado." Quando lhe perguntou em que consistia a prova, ele lhe disse que duraria três horas, que haveria três examinadores e que a matéria cobria três séculos de literatura inglesa e europeia.

"E eles podem perguntar qualquer coisa?", ela quis saber.

"Dentro dos limites do razoável."

"Uau."

Ele não lhe disse a verdade: que já havia prestado o exame no ano anterior e sido reprovado. Só quem sabia eram o seu comitê e alguns poucos alunos, e era para evitá-los que Paul agora preferia ficar em casa. Fora reprovado não por não estar preparado, mas porque sua mente o havia traído naquela ensolarada manhã de maio, emperrando inexplicavelmente como um músculo teimoso que fazia seu pé se arquear durante o sono. Durante cinco minutos cruciantes, enquanto os professores o encaravam com seus blocos cheios de perguntas, enquanto os trens iam e vinham pela Commonwealth Avenue, ele não havia conseguido responder à primeira pergunta sobre a vileza cômica em *Ricardo III*. Tinha lido a peça tantas vezes que era capaz de imaginar cada cena, não como poderia ser representada no palco, mas sim nas claras colunas impressas de seu exemplar da coleção de Shakespeare da Pelican. Sentiu-se corar; aquele era o pesadelo que vinha tendo durante meses antes da prova. Seus examinadores foram pacientes, tentaram outra pergunta que ele respondeu gaguejando lamentavelmente, depois parando no meio de um raciocínio sem conseguir continuar, até que, por fim, um dos professores, cujos poucos cabelos brancos pareciam uma coroa de neve ao redor de uma cabeça calva, estendeu uma das mãos como um policial poderia ter feito para deter o tráfego e disse: "O candidato simplesmente não está pronto". Paul voltara para casa, com a gravata comprada para a ocasião guardada no bolso, e passara uma semana inteira sem sair na rua. Quando reapareceu no campus, tinha emagrecido quase cinco quilos, e a secretária do departamento lhe perguntou se ele havia se apaixonado.

Sang estava morando com eles havia uma semana quando um pretendente ligou. A essa altura, a pintura estava terminada, e o quarto desenxabido havia se metamorfoseado. Ela estava retirando a fita-crepe dos cantos das vidraças da janela quando Paul lhe disse que alguém chamado Asim Bhattacharya estava ligando de Genebra. "Diga a ele que eu não estou", ela falou sem hesitar. Ele anotou o nome cuidadosamente soletrado pelo homem, que antes de desligar disse: "Apenas diga a ela que Pinkoo ligou".

Outros homens ligaram. Um deles, desolado, perguntou a Paul se ele era namorado de Sang. Essa simples possibilidade, articulada por um desconhecido, fez um choque percorrer seu corpo. Isso já havia acontecido na casa uma vez, no primeiro ano que Paul havia morado ali: dois colegas haviam se apaixonado e ido embora para se casar. "Não", respondeu ele ao interlocutor. "Eu só divido a casa com ela." Mesmo assim, passou o resto do dia oprimido pela pergunta, com medo de ter praticado alguma forma de transgressão pelo simples fato de atender ao telefone. Alguns dias mais tarde, contou para Sang. Ela riu. "Ele provavelmente está horrorizado agora que sabe que eu moro com um homem", disse. "Da próxima vez", aconselhou, "responda que sim."

Uma semana depois, estavam os três na cozinha, Heather enchendo uma garrafa térmica com chá de equinácea porque havia pego um resfriado e tinha de passar o dia inteiro em aula, e Sang curvada sobre o jornal e o café. Na noite anterior ela havia se trancado no banheiro, e agora seus cabelos exibiam reflexos ruivos. Quando o telefone tocou e Paul atendeu, imaginou que fosse mais um pretendente ligando pois, como muitos dos pretendentes de Sang, o homem do outro lado da linha tinha um leve sotaque estrangeiro, embora dessa vez o sotaque fosse mais refinado do que canhestro. A única diferença foi que, em vez de pedir para falar com Sangeeta, ele pediu para falar com Sang.

Quando Paul perguntou quem era, respondeu, de um jeito levemente impaciente: "O namorado dela". As palavras aterrissaram no peito de Paul como as batidinhas secas porém doloridas de um instrumento médico. Ele viu que Sang o fitava com uma expressão ansiosa, com a cadeira já meio afastada da mesa.

"É para mim?"

Ele aquiesceu, e Sang levou o telefone para o quarto.

"O namorado", informou Paul a Heather.

"Qual é o nome dele?"

Paul deu de ombros. "Ele não disse."

"Bom, ela deve estar felicíssima", comentou Heather com alguma aspereza, atarraxando a tampa da garrafa térmica.

Paul sentiu pena de Heather, com seu nariz vermelho e irritado e seu corpo de cintura grossa, mas acima de tudo sentiu um impulso protetor em relação a Sang. "Como assim?"

"Porque o amante dela voltou, e agora ela pode mandar todos esses outros caras se foderem."

O namorado estava em pé na calçada ao lado de Sang, com os olhos erguidos para a casa, quando Paul voltou de bicicleta depois de ter passado um dia inteiro xerocando livros na biblioteca. Um BMW verde-garrafa estava estacionado junto ao meio-fio. O casal se portava com uma intimidade natural, as cabeças de cabelos escuros inclinadas, uma em direção à outra.

"Fique longe da janela quando estiver trocando de roupa", Paul escutou-o dizer. "Estou conseguindo ver através da cortina. Você não poderia ter ficado com um quarto nos fundos?" Paul desceu da bicicleta um pouco longe dos dois e ajustou as alças da mochila. Estava desconfortavelmente consciente de suas roupas mal-ajambradas: um short, sandálias Birkenstock nos pés, uma velha camiseta de Dartmouth, as pernas pálidas cobertas de pelos louros emaranhados. O namorado usava um jeans desbotado de caimento perfeito, uma camisa branca, um blazer azul-marinho e sapatos de couro marrom. Seus traços bem marcados suscitavam admiração sem denotar imponência. Os cabelos, por sua vez, eram mais para compridos, emoldurando-lhe o rosto em um estilo extravagante, inesperado. Ele aparentava ser vários anos mais velho do que Sang, concluiu Paul, mas sob certos aspectos parecia-se muito com ela, pois ambos tinham a mesma altura, a mesma compleição dourada, a mesma coleção de pintinhas acima e abaixo da boca. Enquanto se aproximava deles, Paul reparou que o namorado de Sang continuava a inspecionar a casa, vasculhando a fachada vitoriana amarela e ocre como se estivesse em busca de defeitos, até de repente olhar para o outro lado, distraído pelo ladrar de um cão.

"Seus colegas de casa têm cachorro?", perguntou o namorado. Deu um passo esquisito para a esquerda, parecendo um bailarino, e posicionou-se parcialmente atrás de Sang.

"Não, seu bobo", disse ela, provocando-o, afagando-lhe a parte de trás da cabeça com a mão. "Nem cachorros, nem fumantes. Foram as minhas únicas exigências, por causa de você." Os latidos cessaram, e o silêncio que se seguiu pareceu pontuar suas palavras. Ela usava um colar ao redor do pescoço, contas de lazulita que nesse momento manuseou de uma forma que fez Paul pensar que eram um presente. "Paul, este é Farouk. Farouk tem medo de cachorros." Ela beijou Farouk no rosto.

"Freddy", disse Farouk, mais meneando a cabeça do que estendendo a mão, dirigindo as palavras mais a Sang do que a Paul. Ela sacudiu a cabeça.

"Pela milionésima vez, eu não vou chamar você de Freddy."

Farouk olhou para ela sem humor. "Por que não? Você espera que as pessoas a chamem de Sang."

Ela não se abalou. "É diferente. Isso na verdade é uma parte do meu nome."

"Bom, eu sou Paul e é mais ou menos só assim que vocês podem me chamar", disse Paul. Ninguém riu.

De repente, ela começou a nunca estar em casa. Quando estava, ficava no quarto, muitas vezes ao telefone, com a porta fechada. Na hora do jantar, em geral já havia saído. As coisas que ocupavam sua prateleira na geladeira, grandes potes de iogurte, biscoitos salgados, tabule, permaneciam intactas. O iogurte acabou desenvolvendo uma camada de mofo verde, provocando gritinhos de nojo quando Sang finalmente abriu a tampa. Era natural que os dois quisessem ficar sozinhos juntos, disse Paul a si mesmo. Ficou surpreso quando esbarrou com ela certo dia no mercadinho gourmet do bairro, com a cesta cheia de comida que nunca levava para a casa, redes roxas de chalotas, queijo de cabra no azeite, carne envolta em papel de açougueiro. Como estava chovendo, Paul, que estava de carro, ofereceu-lhe uma carona. Ela lhe agradeceu e seguiu na direção do ponto de táxi, com um boné de beisebol de Harvard na cabeça, abraçando a sacola de compras junto ao peito. Ele não fazia ideia de onde Farouk morava; imaginou uma linda casa em Brattle Street, com portas duplas e belas sancas no teto.

Era sempre um certo choque encontrar Farouk na casa. Suas visitas não eram frequentes, e ele parecia surgir e desaparecer sem deixar vestígio. A menos que Paul olhasse pela janela e visse o BMW, sempre estacionado com precisão à sombra de uma bétula, era impossível saber se ele estava lá. Nunca dizia oi nem tchau; pelo contrário, comportava-se como se Sang fosse a única moradora da casa. Os dois nunca se sentavam na sala nem na cozinha. Somente uma vez, ao voltar de um passeio de bicicleta, foi que Paul os viu almoçando na sacada. Estavam sentados um ao lado do outro, de pernas cruzadas, e Sang estendia um garfo na direção da boca de Farouk, com a outra mão em concha por baixo da primeira. Quando Paul entrou na casa, os dois já haviam se refugiado no quarto.

Quando ela não estava com Farouk, fazia coisas para ele. Lia as provas de algum artigo que ele houvesse escrito, corrigindo os erros de ortografia. Marcava suas consultas médicas. Certa vez, passou a manhã inteira com a lista telefônica, cotando preços de azulejos; Farouk estava pensando em reformar sua cozinha.

No final de setembro, Paul já havia identificado uma rotina: nas segundas-feiras, folga de Sang na livraria, Farouk ia almoçar na casa. Os dois comiam no quarto dela; algumas vezes ele ouvia o barulho da conversa deles enquanto comiam, ou das colheres batendo em tigelas de sopa, ou dos noturnos de Chopin. Eram amantes silenciosos — o que era uma bênção em comparação com os outros casais que ele já havia escutado na casa ao longo dos anos —, mas a sua presença logo passou a fazê-lo ir à biblioteca nas segundas-feiras, pois mesmo assim ele ficava afetado, encabulado com a vez em que a porta estava entreaberta e ele vira Farouk fechando o zíper da calça jeans. Três anos haviam se passado desde Theresa, sua única namorada. Ele não saíra com ninguém desde então. Por causa de Theresa, decidira fazer pós-graduação em Boston. Passara alguns meses morando com ela em seu apartamento de St. Botolph Street. No dia de Ação de Graças, acompanhara-a à casa dos pais em Deerfield. Fora lá que tudo terminara. "Desculpe, Paul, não posso fazer nada. Eu simplesmente não gosto do jeito que você me beija", dissera-lhe ela depois de irem se deitar. Ele se lembrava de ficar sentado, nu, em uma das pontas do colchão, em um quarto que de repente se deu conta de que nunca mais tornaria a ver. Não havia discutido; depois dessa vergonha, ele estranhamente se tornara eficiente e agradável, com ela, com todos.

Certa noite, já tarde, Paul estava na cama quando ouviu um carro parar em frente à casa. O relógio à sua cabeceira marcava duas e vinte. Ele apagou a luz do abajur e levantou-se para olhar pela janela. Era novembro. Uma lua cheia iluminava a rua larga e deserta, margeada de sacos de lixo e contêineres de reciclagem. Em frente à casa, havia um táxi com o motor ainda ligado. Sang desceu dele sozinha. Durante quase um minuto, ficou ali parada na calçada. Ele esperou junto à janela até ela subir os degraus da entrada, depois escutou-a subir a escada e fechar a porta do quarto. Farouk tinha ido buscá-la naquela tarde; Paul a vira entrar no carro dele. Pensou que talvez houvessem brigado, mas no dia seguinte não detectou nenhum sinal de discórdia. Ouviu-a falando com Farouk ao telefone de bom humor, decidindo que vídeo alugar. Mas nessa noite, por volta do mesmo horário, a mesma coisa aconteceu. Na terceira noite, ele ficou acordado de propósito, para ter certeza de que ela havia entrado.

Na manhã seguinte, um domingo, Paul, Heather e Sang comeram panquecas juntos na cozinha. Sang havia posto Louis Armstrong para tocar no CD-player do quarto, enquanto Paul fritava as panquecas em duas frigideiras.

"Kevin vai dormir aqui hoje à noite", disse Heather. Ela o havia conhecido recentemente. Ele era físico no MIT. "Espero que não tenha problema."

"Claro que não", disse Paul. Gostava de Kevin. Ele tinha aparecido para jantar algumas vezes, trazido cervejas e ajudado a lavar a louça depois, conversando com Paul tanto quanto conversava com Heather.

"Desculpe estar me desencontrando dele. Ele parece ser bem legal", disse Sang.

"Vamos ver", disse Heather. "Na semana que vem nós fazemos um mês."

Sang sorriu, como se essa modesta comemoração na verdade fosse algo de importância muito maior. "Parabéns."

Heather cruzou os dedos. "Imagino que o próximo estágio seja quando você acha natural passar os finais de semana juntos."

Paul olhou de relance para Sang, que não disse nada. Ela se levantou e depois de cinco minutos voltou do porão com uma cesta cheia de roupa lavada.

"Legais essas cuecas", comentou Heather, reparando em várias dobradas no alto da pilha.

"São de Farouk", disse Sang.

"Ele não tem máquina de lavar?", quis saber Heather.

"Tem, sim", respondeu Sang, sem ligar para o olhar de reprovacão de Heather. "Mas ela só funciona com moedas."

As discussões começaram na época do dia de Ação de Graças. Paul ouvia Sang chorando ao telefone dentro do quarto, com o fio de plástico cinza esticado pelo hall e desaparecendo debaixo da porta dela. Uma das brigas teve algo a ver com uma festa para a qual Sang fora convidada e à qual Farouk não queria comparecer. Outra foi por causa do aniversário de Farouk. Sang havia passado a véspera preparando um bolo. A casa recendia a laranjas e amêndoas, e Paul ouviu a batedeira funcionando tarde da noite. Na tarde seguinte, porém, viu o bolo no lixo.

Certa vez, ao voltar da universidade, descobriu que Farouk estava lá, viu o BMW estacionado na rua. Era dezembro e fazia um frio cortante; nesse dia, de manhã cedo, os primeiros flocos de neve do inverno haviam caído. Ao passar pelo quarto de Sang, Paul ouviu sua voz alterada. Ela estava acusando: Por que ele nunca queria encontrar seus amigos? Por que não a convidava para o dia de Ação de Graças na casa da prima? Por que não gostava que passassem a noite juntos? Por que, pelo menos, não a levava de carro até em casa?

"Eu pago os táxis", disse Farouk em voz baixa. "Que diferença faz?"

"Detesto isso, Farouk. É anormal."

"Você sabe que eu não durmo bem com você em casa."

"Como é que vamos nos casar assim?", indagou ela. "Vamos ficar morando para sempre em casas separadas?"

"Sang, por favor", pediu Farouk. "Tente se acalmar. Os seus colegas de casa vão ouvir."

"Pare com essa história de meus colegas de casa", gritou Sang.

"Você está histérica", disse ele.

Ela começou a chorar.

"Eu avisei você, Sang", falou. Ele soava desesperado. "Não vou passar a vida com uma mulher que dá chiliques."

"Vá se foder."

Alguma coisa, um prato ou um copo, bateu na parede e se quebrou. Então o quarto ficou em silêncio. Depois de muito pensar, Paul bateu de leve na porta. Ninguém respondeu. Algumas horas mais tarde, Paul quase trombou com Sang quando ela saía do banheiro enrolada em uma grande toalha cor-de-rosa. Seus cabelos molhados estavam despenteados e embaraçados, e um nó parecia um pequeno ninho em uma das laterais de sua cabeça. Ele havia passado semanas desejando vê-la desse jeito, mas mesmo assim sentiu-se totalmente despreparado para a visão de suas pernas e braços nus, de seu rosto e ombros úmidos.

"Oi", disse, esgueirando-se por ela depressa.

"Paul?", chamou ela depois de alguns instantes, como se só então houvesse registrado a sua presença. Ele se virou para olhar para ela; embora passasse pouco das quatro, o sol já estava se pondo na janela da sala de estar, lançando um facho de luz dourada sobre um dos lados de seu corpo no corredor.

"O que houve?", perguntou ele.

Ela cruzou os braços na frente do corpo, com uma das mãos escondendo cada ombro. Sua testa estava manchada com um pedacinho do que parecia ser pasta de dente. “Desculpe por aquilo mais cedo.”

“Não tem problema.”

“Tem, sim. Você precisa estudar para uma prova.”

Os olhos dela brilhavam muito, e ela estava com um sorriso gozado congelado no rosto, de lábios entreabertos. Ele começou a sorrir de volta quando viu que ela estava prestes a chorar. Aquiesceu. “Não faz mal.”

Farouk passou uma semana sem ligar, embora quando o telefone tocasse Sang saísse correndo para atender. Ela jantou em casa todas as noites. Teve longas conversas com a irmã em Londres. “Diga-me se você acha isso normal”, Paul ouviu-a dizer enquanto andava até a cozinha. “Uma vez, no carro a caminho de casa, ele me disse que eu estava com um cheiro ruim. De suor. Disse-me para lavar debaixo do braço. Dizia que aquilo não era uma crítica, que duas pessoas apaixonadas deveriam poder dizer esse tipo de coisa uma à outra.” Certo dia, Charles levou Sang para sair, e à noite ela voltou com sacolas de compras das lojas de outlet em Kittery. Em outra noite, ela aceitou um convite para assistir a um filme no Coolidge com Paul, Heather e Kevin, mas quando chegaram à bilheteria disse que estava com dor de cabeça e voltou a pé para casa. “Aposto que eles terminaram”, disse Heather depois de os três se acomodarem em seus lugares.

Mas na semana seguinte Farouk telefonou quando Sang estava no trabalho. Embora não tenha feito nenhum esforço para se apresentar, Paul ligou para a livraria e deixou o recado para ela.

O relacionamento retomou seu curso, mas Paul percebeu que Farouk não punha mais os pés na casa. Nem sequer tocava a campainha. Parava junto ao meio-fio, com o motor do carro ainda ligado, dava três buzinadas para avisar que a estava esperando, e ela desaparecia.

No feriado de Natal, ela viajou para Londres. Recentemente, sua irmã dera à luz um menino. Sang mostrou a Paul as coisas que havia comprado para o bebê: macaquinhos com fechos de pressão, um polvo de pelúcia, uma camisa de marinheiro francês em miniatura, um móbile de estrelas e planetas que brilhava no escuro. "Eu vou ser chamada de Sang Mashi", contou-lhe animada, explicando que *mashi* significava "tia" em bengali. A palavra soava estranha em sua boca. Ela quase nunca falava bengali — nunca com a irmã, nunca com os pretendentes, apenas uma palavra ou outra com os pais, em Michigan, com quem conversava nos fins de semana.

"Como é que se diz *bon voyage*?", perguntou Paul.

Ela respondeu que não sabia ao certo.

Sem ela em casa, ficou mais fácil para Paul estudar e ele sentiu a mente espaçosa e limpa. Faltavam menos de seis meses para sua prova. A data e a hora já haviam sido marcadas: primeira terça-feira de maio, dez horas da manhã, assinalada com um "X" no calendário sobre sua escrivaninha. Desde o verão, ele havia percorrido mais uma vez a lista de poemas, textos críticos e peças de teatro, digitando seus resumos no computador. Havia imprimido esses resumos, feito três furos, arrumado em uma série de fichários. Fez resumos dos resumos em fichas que relia antes de dormir, arquivadas dentro de caixas de sapato. No Natal, como sempre acontecia, foi convidado para ir à casa de uma tia em Buffalo. Nesse ano, usando a prova como desculpa, recusou o convite e mandou presentes pelo correio. Heather também estava viajando; ela e Kevin tinham ido esquiar em Vermont.

Para marcar o novo ano, Paul criou uma nova rotina, espalhando-se pela casa. Pela manhã, estudava poesia na mesa da cozinha. Depois do almoço, crítica na sala. Uma peça de Shakespeare antes de dormir. Começou a deixar suas coisas, seus fichários, caixas de sapato e livros sobre a mesa da cozinha, em determinados degraus da escada, sobre a mesa de centro da sala de estar. Em um dia de neve, à tarde, estava afundado na cadeira de vime lendo suas anotações sobre a *Poética* de Aristóteles quando a campainha tocou.

Era um entregador do correio com um pacote para Sang, alguma coisa da loja J. Crew. Paul assinou o recibo de entrega e levou-o até o andar de cima. Colocou-o apoiado na porta do quarto dela, o que fez a porta se entreabrir. Ele a fechou com firmeza, e por alguns instantes continuou ali, com a mão na maçaneta. Muito embora ela estivesse em Londres, bateu antes de entrar. O futon estava arrumado com esmero, coberto por uma colcha vermelha de batique. Não havia nada enfeitando as paredes verdes, exceto duas miniaturas indianas exibindo cenas de palácio: homens fumando narguilé reclinados em almofadas, mulheres de barriga de fora dançando em círculo. Não havia nada da bagunça que ele, por algum motivo, imaginava sempre que passava por seu quarto; somente do lado de fora, para lá das janelas, é que se via o caos silencioso da tempestade. A neve caía formando arabescos desordenados e no entanto cobria o pórtico da entrada mais embaixo com perfeição, como se fosse um acabamento pintado. Uma fina cortina de linho branco de um pano só estava amarrada frouxamente com um lenço de seda cor de pêssego que Sang às vezes usava em volta do pescoço, fazendo o tecido da cortina assumir a forma de uma esguia ampulheta. Paul desamarrou o lenço, deixando a cortina cobrir a vidraça. Sem tocar o rosto com o lenço, aspirou o perfume que ele deixou no ar. Foi até o futon e sentou-se, com as pernas esticadas sobre o carpete bege. Tirou os sapatos e meias. Sobre um caixote de vinho ao lado do futon havia um copo d'água que juntara algumas bolhas e um potinho de vaselina. Ele desafivelou o cinto, mas de repente o desejo o abandonou, ausente de seu corpo assim como ela estava ausente do quarto. Tornou a afivelar o cinto e então ergueu a colcha devagar. Os lençóis eram de flanela, azuis e brancos, com uma estampa de flor-de-lis.

Havia caído no sono quando ouviu o telefone tocar. Saiu cambaleando do quarto de Sang, descalço, e entrou na cozinha, onde o piso de linóleo estava gelado.

"Alô?"

Ninguém respondeu do outro lado, e ele estava prestes a desligar quando ouviu um cachorro latir.

"Alô?", repetiu. Ocorreu-lhe que talvez fosse Sang, em uma ligação ruim de Londres. "Sang, é você?"

A pessoa desligou.

Nessa mesma noite, depois do jantar, o telefone tornou a tocar. Quando ele atendeu, ouviu o mesmo cachorro de antes.

"Quieto, Balthazar!", falou uma mulher assim que Paul disse alô. Sua voz soava hesitante. "Sang está?", quis saber.

"Ela não está. Quer deixar recado?"

A mulher deixou seu nome, Deirdre Frain, e um número de telefone. Paul anotou-o no bloco de recados, abaixo de Partha Mazoomdar, um pretendente que havia ligado de Cleveland naquela manhã.

No dia seguinte, Deirdre tornou a ligar. Novamente Paul lhe disse que Sang não estava, acrescentando que ela só voltaria no fim de semana.

"Onde ela está?", perguntou Deirdre.

"Está fora do país."

"No Cairo?"

Isso o pegou de surpresa. "Não, em Londres."

"Em Londres", repetiu a mulher. "Londres. Está bem. Obrigada."

O quarto telefonema foi bem tarde da noite, quando Paul já estava na cama. Ele desceu a escada e tateou no escuro em busca do telefone.

"É Deidre." A mulher soava levemente ofegante, como se fosse ela, e não ele, quem tivesse corrido até o telefone.

Paul acionou o interruptor, esfregando os olhos por trás dos óculos. "Ahn, como eu disse, Sang ainda não voltou."

"Eu não quero falar com Sang." Suas palavras saíam arrastadas, e ela exagerou a pronúncia do nome de Sang de uma forma um pouco cruel.

Paul escutou música, o toque suave de um trombone. "Não?"

"Não", respondeu ela. "Na verdade, eu tenho uma pergunta."

"Uma pergunta?"

"É." Houve uma pausa, o estalo de uma pedra de gelo caindo dentro de um copo. Seu tom havia se tornado provocante. "Qual é o seu nome mesmo?"

Ele tirou os óculos, deixando a vista do cômodo ficar embaçada. Não conseguia se lembrar da última vez que uma mulher havia falado assim com ele. "Paul."

"Paul", repetiu ela. "Posso fazer outra pergunta a você, Paul?"

"Qual?"

"É sobre Sang."

Ele se retesou. Mais uma vez, ela disse o nome sem gentileza. "O que tem Sang?"

Deirdre fez uma pausa. "Você divide a casa com ela, não é?"

"Isso."

"Bom, eu estava me perguntado, então, se você saberia se... eles são primos?"

"Quem?"

"Sang e Freddy."

Ele tornou a pôr os óculos, colocando as coisas em foco. Estava incomodado com a curiosidade daquela mulher. Não era da conta dela, queria lhe dizer. Porém, antes de conseguir fazer isso, Deirdre começou a chorar baixinho.

Ele olhou para o relógio do fogão; eram quase três da manhã. A culpa era sua. Não deveria ter atendido o telefone tão tarde. Desejou não ter dito seu nome à mulher.

"Deirdre", disse ele depois de algum tempo, cansado de escutá-la. "Ainda está na linha?"

Ela parou de chorar. Sua respiração estava irregular e penetrava no ouvido dele.

"Eu não sei quem você é", disse Paul. "Não entendo por que está me ligando."

"Eu o amo."

Ele desligou com o coração aos pinotes. Teve o impulso de ir tomar uma chuveirada. Quis apagar o nome dela do bloco de anotações. Ficou encarando o fone, que ainda guardava aqui e ali resquícios das impressões digitais cor de toupeira de Sang. Pela primeira vez desde o início do feriado de Natal, sentiu-se sozinho na casa. O telefonema tinha de ser engano. A mulher estava se referindo a alguma outra Sang. Talvez aquilo fosse alguma armação a mando de um de seus pretendentes indianos, para semear suspeita, para tirá-la de Farouk. Antes de Sang viajar para Londres, as brigas haviam cessado, e as coisas entre eles, até onde Paul sabia, continuavam iguais a antes. Na sala, ela havia embrulhado uma pasta de couro marrom, um par de luvas de motorista masculinas. Na véspera da viagem, fez uma reserva para os dois irem jantar no Biba. Farouk a levara de carro até o aeroporto.

O toque do telefone acordou Paul na manhã seguinte. Ele continuou na cama, escutando, olhando para os galhos descorados da árvore pela janela. Contou doze toques antes de o barulho parar. O telefone tocou meia hora mais tarde, e novamente ele o ignorou. Na terceira vez, ele estava na cozinha. Quando o aparelho parou de tocar, ele tirou o fio da tomada.

Embora tenha passado o resto do dia estudando em silêncio, sentia-se inquieto. Nessa noite, sentado na cozinha com um exemplar de Spenser grosso como um tijolo, foi incapaz de se concentrar nas linhas, ficou irritado com as notas de rodapé, com o quanto ainda tinha para aprender. Perguntou-se quantas vezes Deirdre haveria tentado ligar desde que tirara o telefone da tomada. Será que ela desistira? Aqueles telefonemas lhe pareciam obsessivos. Imaginou se ela seria do tipo capaz de fazer alguma coisa. Tomar um frasco inteiro de remédios.

Depois do jantar, tornou a ligar o telefone na tomada. Não houve mais ligações. No entanto, sua mente continuou a divagar. Alguma coisa lhe dizia que ela tornaria a tentar. Ele havia cometido o erro de lhe dizer quando Sang estaria de volta. Talvez Deirdre estivesse esperando para falar diretamente com ela. Talvez Deirdre fosse dizer a Sang a mesma coisa que dissera a ele, que amava Farouk. Antes de ir para a cama, ele se serviu um copo de uísque Dewar's, presente enviado pela tia de Buffalo. Em seguida discou o número que Deirdre havia lhe dado. Ela atendeu imediatamente, com um "alô" melodioso.

"Deirdre, é Paul."

"Paul", repetiu ela devagar.

"Você me ligou ontem à noite. Eu divido a casa com Sang."

"Claro. Paul. Você desligou na minha cara, Paul." Ela parecia estar bêbada de novo, mas com uma disposição mais alegre.

"Escute, eu sinto muito por ter feito isso. Só queria ter certeza de que você estava bem."

Deirdre suspirou. "Muito gentil da sua parte, Paul."

"E pedir para por favor parar de ligar para mim", disse ele depois de uma pausa significativa.

"Por quê?" Havia pânico na voz dela.

"Porque eu não conheço você", respondeu ele.

"Você gostaria de me conhecer, Paul?", perguntou ela. "Eu sou uma pessoa muito simpática."

"Preciso desligar", disse ele, firme, torcendo para não provocá-la. "Mas quem sabe você pode conversar com alguma outra pessoa? Algum amigo?"

"Freddy é meu amigo."

A menção de Farouk, o uso do apelido, desconcertou Paul da mesma forma que havia acontecido na noite anterior. Na véspera, ele imaginara que Deirdre talvez fosse aluna de Farouk em Harvard, praticamente uma adolescente, apaixonada por um homem mais velho. Imaginou-a sentada no fundo de uma sala de aula, visitando-o em seu escritório, interpretando mal a situação. Então uma pergunta simples e sensata, que era ao mesmo tempo uma pergunta envenenada, formou-se na mente de Paul.

"Mas de onde exatamente você conhece Farouk?", perguntou Paul, casual, como se estivessem conversando em uma festa.

Não achou que ela fosse lhe contar, pensou que pudesse até desligar na sua cara como ele próprio havia feito, mas começaram naturalmente a conversar. Foi Deirdre quem falou mais. Contou a Paul que era de Vancouver e que havia se mudado para Boston aos vinte e poucos anos para estudar design de interiores. Conhecera Farouk em uma tarde de domingo, já fazia um ano e meio, quando estava saindo de um café no lado sul da cidade. Ele a havia seguido por metade do quarteirão, dado um tapinha em seu ombro, olhado-a de cima a baixo com um desejo visível. "Você não pode imaginar", disse Deirdre, relembrando.

"Não pode imaginar a sensação que uma coisa assim provoca." No entanto, ele havia se comportado como um cavalheiro. Em seu primeiro encontro, tinham ido ao lago de Walden Pond. Depois compraram milho e tomates e grelharam salmão no quintal da casa dela. Farouk adorava a casa dela, uma velha fazenda de dois hectares. Pediu-lhe para desenhar o projeto da reforma da cozinha. No Dia do Trabalho, os dois haviam escalado juntos o monte Sunapee. Ela disse outras coisas que Paul escutou, sem saber ao certo em quanto devia acreditar. Pois das duas, uma: ou aquelas coisas eram verdadeiras, e Farouk e Deirdre estavam tendo um caso de fato, ou então Deirdre estava simplesmente inventando tudo aquilo, da forma como as pessoas solitárias e bêbadas às vezes inventam coisas. Em determinado momento, ele foi até o corredor e abriu a porta do quarto de Sang, certificando-se de que a cortina estava amarrada do jeito que se lembrava.

"E você?", perguntou Deirdre de repente.

"O que tem eu?"

"Bom, eu aqui falando sem parar e você não disse nada. Como você é, Paul? Você é feliz?"

Ele havia sacrificado uma hora àquela mulher. A borda de sua orelha doía de tanto ficar pressionada no fone. "A questão aqui não sou eu." Ele engoliu em seco, fechando a porta do quarto de Sang. "É Sang."

"Eles são primos, não são?", perguntou Deirdre. Ele mal conseguia escutá-la. "Não são?"

O desespero com o qual ela lhe fez essa pergunta trouxe consigo uma certeza avassaladora. Ele percebeu que tudo que ela havia lhe dito era verdade, e a consciência de algo que saíra terrivelmente errado deixou-o arrasado da mesma forma que sua prova o tinha deixado arrasado. Da mesma forma que as palavras de Theresa o tinham deixado arrasado.

"Sang e Farouk não são primos", disse ele. Ao falar, sentiu um poder estranho, interno, consciente de que aquela informação iria devastá-la.

Ela permaneceu calada.

"Eles são namorados, Deirdre", disse ele. "Namoram firme."

"Ah, é?" Seu tom era desafiador. "Firme como?"

Ele pensou por alguns instantes. "Eles se encontram quatro ou cinco vezes por semana."

"É mesmo?" Para satisfação de Paul, Deirdre pareceu magoada com essa informação.

"Sim", respondeu ele. "Eles estão juntos há mais de três anos", acrescentou.

"Três?" A palavra foi sumindo debilmente, de uma forma que fez Paul pensar se ela iria recomeçar a chorar. Mas quando ela tornou a falar sua voz estava firme. "Bom, nós também namoramos firme. Eu fui buscá-lo no aeroporto ontem quando ele chegou do Cairo. Encontrei-o hoje à noite. Ele veio jantar aqui, aqui na minha casa. Fez amor comigo na minha escada, Paul. Uma hora atrás, eu ainda o sentia escorrer pelas minhas coxas."

Sang voltou de Londres com presentes para a casa: chocolates KitKat embrulhados em papel vermelho, chá da Harrods, geleias, biscoitos cobertos de chocolate. Uma fotografia de seu sobrinho apareceu pregada na geladeira, com o rostinho sorridente colado ao de Sang. Do quarto, Paul viu que foi Farouk quem veio deixá-la em casa. Depois de algum tempo, Paul havia descido até o andar de baixo, descido a magnífica escadaria, que agora era incapaz de descer sem ver passar por sua mente a imagem de Farouk nu em cima de outra mulher que não Sang. Na cozinha, abriu seu armário e pegou a garrafa de Dewar's.

"Nossa. As coisas mudaram mesmo por aqui", comentou Sang com um sorriso ao vê-lo servir a bebida, arqueando as sobrancelhas como quem acha graça.

"Como assim?"

"Você bebendo uísque. Se eu soubesse, teria comprado um puro malte para você no free shop, em vez do KitKat."

A ideia de ela lhe comprar um presente deixou-o deprimido. Eram cordiais um com o outro, mas não eram amigos. Ele lhe ofereceu um copo do uísque, que ela aceitou. Sentaram-se juntos à mesa. Ela brindou com o copo no dele.

Sang começou a separar a correspondência que Paul havia juntado para ela. Estava com os cabelos alguns centímetros mais curtos; exalava um perfume forte, de especiarias.

"Não conheço nenhuma Deirdre", disse ela ao ler as mensagens do bloco de anotações. "Ela disse por que estava ligando?"

Ele havia esvaziado o copo e já se sentia tranquilizado pela bebida. Sacudiu a cabeça fazendo que não.

"O que será que eu faço?"

"Em relação a quê?"

"Bom, será que eu ligo de volta?"

Ele se levantou e abriu o congelador para pegar cubos de gelo e tomar uma segunda dose. Quando voltou à mesa, ela estava riscando o nome com um lápis. "Melhor esquecer. Ela provavelmente trabalha para alguma empresa de telemarketing."

Evitar Sang foi fácil. A biblioteca da universidade, que Paul em geral achava tão desprovida de charme, com seu piso de cimento, suas prateleiras de metal cinza e seus cubículos de estudo cheios de mensagens filosóficas escritas com caneta esferográfica, foi onde começou a passar os dias. Em casa, descobriu que era igualmente fácil levar um sanduíche para o quarto. O inverno deu lugar a uma primavera úmida, relutante, cheia de vento e chuva enviesada que castigava a janela junto à cama de Paul. Sempre que o telefone tocava, ele não atendia. Nos primeiros dias depois da volta de Sang, todas as vezes teve certeza de que era Deirdre querendo falar com ela. Mas Deirdre nunca ligou. Ele ficou esperando sua voz e as coisas que ela havia lhe dito apagarem-se de sua memória. Mas as conversas haviam se alojado com firmeza na mente dele, junto com as peças de teatro, poemas, ensaios. Ele via duas pessoas nadando em Walden Pond, com a cabeça acima da superfície da água. Mas havia também Sang, que desaparecia dia após dia para jantar na casa de Farouk. Ali estava ela, sentada à mesa da cozinha, reservando as passagens de Farouk para passar o verão no Cairo, com seu número de cartão de crédito anotado em uma folha de papel. Dois meses depois, Deirdre ainda não havia ligado, e Paul finalmente parou de ter medo de que ela o fizesse.

Paul aproveitou os feriados de primavera para tirar uma folga dos estudos. "Pare de se forçar demais. Provavelmente foi isso que aconteceu da primeira vez. Vá para o Caribe", sugeriu seu orientador. Em vez disso, ele ficou em casa, mas declarou-se oficialmente de férias. Foi assistir a filmes no Brattle, passou dois dias preparando um cassoulet. Certo dia, foi de carro até Wellfleet, forçando-se a não levar um livro. Decidiu ir até Concord de bicicleta para visitar a casa de Emerson; no sábado de manhã, descobriu que a corrente precisava de conserto, e levou a bicicleta até a sacada. Quando ergueu os olhos, Sang estava ali em pé, com o telefone na mão, o fio esticado ao máximo.

"Uma coisa estranha acabou de acontecer", disse ela.

"O quê?"

"Era aquela tal de Deirdre. Aquela de quem você anotou o recado quando eu estava viajando."

Paul abaixou-se, fingindo procurar alguma coisa dentro da caixa de ferramentas. "Ela estava procurando Farouk", continuou

Sang. "Diz que é uma amiga dele, de fora da cidade, que está aqui visitando."

"Ah. Então deve ter sido por isso que ela ligou", comentou ele, aliviado ao ouvir que fora só isso que Deirdre tinha dito.

"Ele nunca mencionou nenhuma Deirdre."

"Ah."

Sang sentou-se em uma cadeira de praia, com o telefone no colo, o corpo inclinado na direção do aparelho. Endireitou-se, olhando fixamente para o telefone, apertando números aleatórios sem tirar o fone do gancho. "Farouk não tem nenhum amigo", disse ela. "Desde que eu o conheço, ele nunca me apresentou a um único amigo. Na verdade, eu sou sua única amiga." Ela olhou com atenção para Paul, e por um segundo ele teve medo de que estivesse prestes a traçar algum tipo de paralelo, a assinalar que Paul tampouco tinha nenhum amigo. Em vez disso, ela falou: "Mas como será que ela arrumou meu telefone?".

Ela o havia pego no caderno de telefones de Farouk; Deirdre confessara isso a Paul. Farouk havia tornado tudo fácil para ela, anotando o número sob o "S" de Sang, nome da prima que havia mencionado de uma forma que a deixara desconfiada. Paul sacudiu a cabeça e se levantou, pressionando o freio do guidom da bicicleta. "Não sei. Eu perguntaria para Farouk, acho."

"Certo. Perguntar para Farouk." Ela se levantou e tornou a entrar na casa.

Nessa noite, ao voltar de Concord, Paul encontrou Sang sentada à mesa da cozinha. Ela não disse nada quando ele foi até a geladeira tirar lá de dentro os restos do cassoulet.

"Farouk não está", disse ela, como se estivesse respondendo a alguma pergunta de Paul. "Ele passou o dia inteiro fora."

Ele tirou a tampa da vasilha e salpicou algumas gotas de água por cima do cassoulet. "Quer um pouco?"

"Não, obrigada." Ela estava com o cenho franzido.

Paul pôs o cassoulet no forno e serviu-se de um uísque. Sentia uma dor gostosa nos músculos dos braços e das coxas. Queria tomar uma chuveirada antes de comer.

"Mas quando foi exatamente que essa tal de Deirdre telefonou?", perguntou Sang, detendo-o quando ele ia saindo da cozinha.

Ele se virou para encará-la, girando nos calcanhares. "Não me lembro. Foi quando você estava viajando."

"E ela disse alguma coisa para você?"

"Como assim?"

"O que ela disse para você exatamente?"

"Nada. Eu não conversei com ela", respondeu Paul com a pulsação acelerada; sentiu-se grato por já estar coberto de suor. "Ela só pediu para você ligar de volta."

"Bom, eu não posso ligar de volta para ela. Ela nem deixou o telefone. Que estranho. Você achou que ela parecia ser uma pessoa estranha?"

Ele se lembrou das lágrimas de Deirdre. "Eu o amo", dissera ela a Paul, um total desconhecido. Olhou para Sang e obrigou o rosto a assumir um ar de incompreensão. "Não entendo muito bem o que você está querendo dizer."

Ela deu um suspiro de impaciência. "Pode me passar isso daí?", pediu, apontando para o bloco de anotações.

Paul viu Sang começar a folhear as páginas que já haviam sido viradas, correndo o dedo por cada linha.

"O que você está procurando?", perguntou ele depois de um instante.

"O telefone dela."

"Por quê?"

"Quero ligar para ela."

"Por quê?"

Ela olhou para ele irritada. "Porque sim, Paul. Você tem algum problema com isso?"

Ele subiu para tomar sua chuveirada. Aquilo não era da conta dele, disse a si mesmo enquanto a água quente lavava seu corpo, e mais tarde enquanto se secava, depois penteava os cabelos para trás, envolto em vapor. Quando tornou a descer, encontrou-a de quatro no chão, revirando a cesta de papel para reciclagem, com jornais e revistas empilhados ao seu lado.

"Droga", disse ela.

"O que está procurando agora?"

"O telefone. Lembro-me de ter arrancado a página do bloco por algum motivo. Acho que joguei fora." Ela começou a pôr os jornais e revistas de volta na cesta. "Droga", repetiu. Levantou-se e deu um leve chute na cesta. "Não me lembro nem do sobrenome dela. Você se lembra?"

Ele inspirou, como para isolar a informação dentro de si, mas em seguida balançou a cabeça, aliviado pela oportunidade de finalmente ser honesto com ela. Ele também havia esquecido o sobrenome de Deirdre. Era um sobrenome de uma sílaba só mas, afora esse detalhe, havia desaparecido de sua mente.

"Ei, Paul", disse Sang pouco depois. "Desculpe eu ter sido ríspida agora há pouco."

Ele atravessou a cozinha e abriu o forno. "Não se preocupe com isso."

A barriga dela roncou, alto o suficiente para Paul escutar. "Meu Deus, acabei de perceber que não comi nada hoje. Acho que no final das contas vou aceitar um pouco desse cassoulet. Quer que eu faça uma salada?" Esse seria o primeiro jantar deles sozinhos, sem Heather. Ele costumava ansiar por uma ocasião assim. Costumava se sentir desajeitado e encabulado para falar quando Sang estava presente. Agora sentia medo.

"Acho que ela era um pouco estranha, sim", disse ele devagar fitando a nuca de Sang, que estava curvada por cima da pia onde picava uma alface. Ela se virou.

"Como? Como ela pareceu estranha para você?"

Ele estava tão nervoso que, por um terrível instante, temeu que fosse rir bem alto. Sang o observava com um olhar firme. A torneira continuava aberta. Ela estendeu a mão para trás para fechá-la, e então a cozinha ficou em silêncio.

"Ela chorou", disse ele.

"Chorou?"

"Ahn... é."

"Chorou como?"

"Chorou... só isso. Como se estivesse chateada com alguma coisa."

Sang abriu a boca como se fosse falar, mas durante alguns instantes simplesmente permaneceu com a boca aberta. "Então deixe eu entender isso direito. Essa tal de Deirdre ligou e pediu para falar comigo."

Paul aquiesceu. "Isso."

"E você disse que eu não estava."

"Isso."

"Então ela pediu para você me dizer para ligar de volta."

"Isso."

"E depois começou a chorar?"

"É."

"E depois, o que aconteceu?"

"Só isso. Depois ela desligou."

Por um instante, Sang pareceu satisfeita com a informação, meneando a cabeça devagar. Então sacudiu a cabeça abruptamente, como se quisesse enxotá-la. "Por que não me contou isso?"

Ele se arrependeu de ter lhe oferecido o cassoulet. Arrependeu-se de ter atendido o telefone naquele dia. Arrependeu-se de ter sido Sang e não outra pessoa a se instalar naquele quarto, naquela casa, em sua vida. "Eu contei", disse, calmo, traçando uma linha na própria mente para separá-los. "Eu disse a você que ela ligou."

"Mas não me contou isso."

"Não."

Ela arregalou bem os olhos, incrédula. "Não ocorreu a você que eu talvez fosse querer saber?"

Ele franziu os lábios um de encontro ao outro, desviando os olhos.

"Então?", insistiu ela, agora gritando com ele. "Não ocorreu?"

Quando ele continuou sem responder, ela caminhou até ele pisando firme, com os punhos cerrados, e ele se preparou para um golpe, virando o rosto de lado. Mas ela não lhe bateu. Em vez disso, segurou as laterais da própria cabeça, como para se acalmar. "Meu Deus, Paul." Sua voz estava muito aguda e quase inaudível. "Qual é o problema com você?"

Então foi ela quem começou a evitá-lo. Passou algumas noites sem aparecer em casa. Paul a viu entrar na picape de Charles com uma bolsa para passar o de fim de semana fora. Como Heather a essa altura havia se mudado quase oficialmente para a casa de Kevin, Paul se viu novamente sozinho em casa. Uma semana se passou antes de ele tornar a ver Sang. Pensando estar sozinho, não se dera ao trabalho de fechar a porta. Ela entrou no quarto dele, usando um vestido bonito que ele nunca tinha visto, de algodão branco, mangas curtas e cintura marcada. O decote era quadrado, valorizando as clavículas.

"Oi", disse ela.

"Oi." Ele não havia sentido nem um pouco a sua falta.

"Olhe. Eu só queria dizer que é tudo uma grande confusão. Na verdade Deirdre é só uma amiga de Farouk de muito tempo atrás. Da faculdade."

"Você não precisa me explicar isso", disse Paul.

"Ela mora no Canadá", continuou Sang. "Em Vancouver."

"Sei."

"Eles se falam uma vez por ano, algo assim. Farouk mencionou meu nome para ela anos atrás, quando começamos a namorar e ele ainda morava em outro apartamento, e então ela se lembrou. Estava tentando falar com ele porque vai se casar e queria mandar um convite para Farouk. Ela não tinha o endereço novo de Farouk, nem o telefone, e ele não está na lista. Foi por isso que ela ligou para cá."

Ela parecia estranhamente animada com aquela elaborada explicação. Suas faces haviam recuperado um pouco de cor.

"Tem só uma coisa, Paul."

Ele ergueu os olhos. "O quê?"

"Farouk ligou para Deirdre para perguntar sobre o que você disse."

"O que foi que eu disse?"

"Sobre ela ter chorado." Sang ergueu os ombros, deixou-os cair em um gesto casual. "Ele me disse que ela não sabe do que você está falando." Sua voz parecia comprimida, as palavras se desenrolando com rapidez.

"Está dizendo que eu inventei?"

Ela ficou calada.

Ele havia lhe contado sobre o choro para seu próprio bem. Naquela noite, na cozinha, vendo-a preparar a salada, sentira as paredes desabarem em volta dela. Quis alertá-la de alguma forma. Agora queria empurrá-la do vão da porta onde ela estava em pé.

"Por que eu iria querer inventar uma história dessas?" Ele pôde sentir um nervo latejar na lateral da cabeça.

Em vez de discutir com ele, ela lançou-lhe um olhar compreensivo, deixando a cabeça descansar contra o batente da porta. “Sei lá, Paul.” Ocorreu-lhe que aquela era a primeira vez que ela o visitava em seu quarto. Por um instante, ela pareceu estar procurando um lugar para se sentar. Endireitou a cabeça.

“Você achou mesmo que isso fosse me levar a deixá-lo?”

“Não achei que isso fosse levar você a fazer nada”, disse Paul. Estava cerrando os dentes agora. Sentia o corpo pesado, anestesiado com a acusação dela. “Eu não inventei nada disso.”

“Quero dizer, uma coisa é você gostar de mim, Paul”, prosseguiu ela. “Uma coisa é você ter uma paixonite. Mas inventar uma história dessas...” Ela se calou, e sua boca então se franziu em algo que não era um sorriso. “É patético, mesmo. Patético!” E ela saiu do quarto.

Quando tornaram a se cruzar, ela não pediu desculpas pela acusação. Não parecia zangada, apenas diferente. Ele reparou que um exemplar do *Phoenix*, que ela havia deixado em cima do micro-ondas, estava dobrado na seção dos classificados imobiliários, e que alguns dos anúncios estavam marcados. Ela ia e vinha da casa de Farouk. Quando via Paul, lançava-lhe um olhar breve e dava-lhe um sorrisinho mecânico, então olhava para o outro lado, como se ele fosse invisível.

No dia em que Sang foi trabalhar na livraria, Paul ficou no quarto até ouvi-la sair de casa. Quando ela se foi, desceu até a cozinha e esvaziou a cesta de papel para reciclagem, que passara o inverno inteiro sem ser limpa. Folheou cada revista, desdobrou cada jornal à procura da folha de papel com o telefone de Deirdre. Seria a cara de Sang, pensou, procurar e não encontrar. Mas Paul tampouco conseguiu achar o papel. Sacou a lista telefônica e saiu procurando a esmo uma Deirdre, sem ligar para como estava sendo ridículo. Foi então que se lembrou. O sobrenome dela. A palavra surgiu de volta em sua mente sem esforço, acompanhada pelo som da voz de Deirdre quando ela havia se apresentado a ele, meses antes, naquela noite ao telefone. Foi até a letra "F" e viu o nome ali, D. Frain, ao lado de um endereço em Belmont. Arrastou a unha do indicador debaixo do nome, deixando uma leve marca no papel.

Ele telefonou no dia seguinte. Deixou um recado na secretária eletrônica pedindo a ela para retornar sua ligação. Sentiu uma leve embriaguez depois de fazer isso. De certa forma, foi o seu medo de Deirdre não ligar de volta, a consciência de que ela agora também estava mantendo distância, que lhe deu coragem para continuar ligando, para continuar deixando recados. "Deirdre, aqui é Paul. Por favor, me ligue", dizia ele a cada vez.

Então, um dia, ela atendeu.

"Preciso falar com você", disse Paul.

Ela reconheceu sua voz. "Eu sei. Escute, Paul..."

Ele a interrompeu. "Isso não está certo", falou. Estava sentado junto a um telefone no saguão da biblioteca, vendo os alunos mostrarem seus crachás para o segurança. Pôs a mão no bolso para pescar mais algumas moedas. "Eu ouvi você. Fui gentil. Não precisava nem ter falado com você."

"Eu sei. Eu sinto muito. Foi errado da minha parte." Ela não parecia mais estar bêbada, nem flertando com ele, nem desesperada ou chateada de forma alguma. Soava perfeitamente normal, educada, mas distante.

"Eu nem contei a ela aquelas outras coisas que você me disse." Ele viu um aluno em pé do lado de fora da cabine, esperando ele terminar. Paul abaixou a voz. Sentia-se levemente histérico. "Está lembrada daquilo tudo?"

"Olhe, por favor, eu já pedi desculpas. Pode esperar um instante?" Paul ouviu uma campainha tocar. Dali a um minuto, ela voltou ao fone. "Preciso desligar agora. Eu ligo de volta."

"Quando?", quis saber Paul, com medo de ela estar mentindo para ele, de aquilo ser um estratagema para se livrar dele. Em janeiro, quando Paul quisera encerrar o telefonema com Deirdre, ela havia implorado para ele ficar na linha.

"Mais tarde. Hoje à noite", disse ela.

"Quero saber quando."

Ela lhe disse que ligaria às dez.

A ideia lhe ocorreu imediatamente depois de desligar, enquanto ainda estava segurando o fone. Ele saiu da biblioteca e foi até a RadioShack mais próxima. "Queria um telefone", disse ao vendedor da loja de eletrônicos. "E um adaptador com duas entradas."

Era noite de plantão de Sang na livraria; como sempre, ela chegou em casa lá pelas nove. Não disse nada a Paul quando entrou na cozinha para pegar a correspondência.

"Eu liguei para Deirdre", disse Paul.

"Por que você não para de se envolver desse jeito?", perguntou Sang com a voz calma, folheando um catálogo.

"Ela vai ligar às dez", disse Paul. "Se quiser, pode ficar escutando sem ela saber. Comprei outro telefone e conectei à nossa linha."

Ela largou o catálogo, reparando no segundo telefone. "Meu Deus, Paul", sibilou. "Porra, não dá para acreditar nisso."

Ela entrou no quarto; às cinco para as dez, saiu e sentou-se ao lado de Paul. Ele havia posicionado os telefones lado a lado sobre a mesa. Exatamente um minuto depois das dez, os dois telefones tocaram. Paul atendeu um deles. "Alô?"

"Sou eu", disse Deirdre.

Ele aquiesceu, meneando a cabeça para Sang, e Sang pegou o outro fone devagar, com cuidado, sem deixar que encostasse na sua orelha. Segurou-o sem naturalidade, com a parte inferior do fone afastada da boca, apontada para o ombro.

"Como eu disse, Paul, desculpe ter lhe telefonado. Eu não deveria ter feito isso", disse Deirdre.

Ela soava relaxada, disposta a falar, sem pressa aparente. Paul também relaxou um pouco. "Mas telefonou."

"Sim."

"E chorou por causa de Farouk."

"Sim."

"E depois me fez passar por mentiroso."

Ela ficou calada.

"Você negou tudo."

"Foi ideia de Freddy."

"E você concordou", disse Paul. Estava olhando para Sang. Ela mordia o lábio inferior com os dentes de um modo que parecia doloroso.

"O que eu podia fazer, Paul?", disse Deirdre. "Ele ficou furioso quando descobriu que eu tinha telefonado para você. Não quis se encontrar comigo. Desligou o telefone. Não quis atender à porta."

Sang levou a palma de uma das mãos à borda da mesa, como para afastá-la, mas acabou empurrando a própria cadeira para trás, arranhando o linóleo do piso. Paul levou um dedo aos lábios, mas então percebeu que, para Deirdre, fora ele quem fizera aquele barulho. Ela seguiu falando.

"Escute, Paul, eu sinto muito por você estar no meio dessa situação. Realmente sinto muito por ter telefonado. Mas Freddy não parava de me dizer que Sang era sua prima, e quando eu pedi para ele nos apresentar ele se recusou. No início não liguei. Achava mesmo que não fosse a única mulher da vida dele. Mas depois me apaixonei." Ela queria acreditar em Farouk, explicou. Era uma mulher de trinta e cinco anos, já casada e divorciada. Não tinha tempo para aquele tipo de coisa.

"Mas eu terminei tudo", dissse ela, casual. "Sabe, chegou uma hora em que acreditei mesmo que ele não pudesse viver sem mim. É isso que ele faz com as mulheres. Fica dependente delas. Pede a elas para fazerem uma centena de coisas, dando a entender que sua vida sem elas vai deixar de funcionar. Era ele quem estava chegando hoje à tarde quando você ligou, ainda querendo me encontrar, ainda querendo me manter ao lado dele. Ele não tem amigos, sabe. Só amantes. Acho que precisa delas como os outros precisam de parentes ou amigos." Ela agora parecia sensata e ponderada, como se estivesse descrevendo um caso de amor que tivera anos antes. Os olhos de Sang estavam fechados e ela balançava a cabeça suavemente de um lado para o outro. O cachorro latiu.

"É o meu cachorro", disse Deirdre. "Ele sempre detestou Freddy. É do tamanho de uma bola de futebol, mas Freddy sempre me pede para pôr uma grade na escada toda vez que vem aqui."

Sang sorveu o ar com um arquejo. Pôs o fone sobre a mesa sem fazer barulho, depois tornou a pegá-lo.

"É melhor eu desligar", disse Paul.

"Eu também", concordou Deirdre. "Acho que você precisa contar para ela agora."

Ele ficou espantado, com medo de Deirdre ter descoberto seu truque, de que ela soubesse que Sang estava escutando a conversa. "Contar o que para ela?"

"Sobre Farouk e eu. Ela merece saber. Parece que você é bastante amigo dela."

Deirdre desligou, e durante um bom tempo Paul e Sang ficaram ali sentados, escutando o silêncio. Ele havia limpado o próprio nome ao lado de Sang, e no entanto não experimentava nenhum alívio ou sentimento de vingança. Dali a um tanto, Sang desligou o telefone e levantou-se devagar, mas não fez mais nenhum movimento. Parecia isolada das coisas, portando-se como se ainda precisasse ser totalmente discreta, como se o mais leve som ou gesto fosse trair a presença dela.

"Eu sinto muito", disse Paul por fim.

Ela assentiu e foi para o quarto, fechando a porta. Depois de algum tempo, ele foi atrás e postou-se do lado de fora. "Sang? Está precisando de alguma coisa?"

Ele continuou ali, esperando uma resposta. Ouviu-a se movimentar dentro do quarto. Quando a porta se abriu, viu que ela havia mudado de roupa e vestido uma blusa preta de mangas compridas e justas. Trazia sua capa de chuva cor-de-rosa pendurada no braço e a bolsa a tiracolo. "Preciso de uma carona."

No carro, ela lhe indicou o caminho, dizendo o que fazer e onde virar no último minuto possível. Passaram por Allston e desceram a Storrow Drive. "Ali", disse ela apontando. Era um arranha-céu feio, desprovido de charme, mas mesmo assim claramente elegante, do mesmo lado do rio onde ficava Cambridge. Ela desceu do carro e começou a andar.

Paul foi atrás. "O que você está fazendo?"

Ela apertou o passo. "Preciso falar com ele." Seu tom de voz era monocórdico.

"Não sei, Sang."

Ela apressou ainda mais o passo, fazendo os sapatos estalarem na calçada.

O saguão era cheio de sofás bege e árvores plantadas em vasos. Um porteiro africano sentado atrás de uma mesa sorriu para eles, reconhecendo Sang. Escutava um rádio sintonizado no noticiário em francês.

"Boa tarde, senhorita."

"Olá, Raymond."

"O tempo está esfriando de novo, senhorita. Talvez chova mais tarde."

"Talvez."

Ela manteve o dedo pressionando o botão do elevador até este chegar, ao mesmo tempo em que ajeitava os cabelos no espelho à sua frente. No décimo andar, eles desceram e foram até o final do corredor. As portas eram marrom-escuras, cobertas por uma grossa camada de verniz. Ela bateu com a aldraba, que parecia uma pequena moldura de retrato de latão presa à superfície por uma dobradiça. Lá dentro ouvia-se o barulho de uma televisão. Depois, silêncio.

"Sou eu", disse ela.

Tornou a bater. Cinco batidas consecutivas. Dez. Pressionou o alto da cabeça na porta. "Eu a ouvi falando, Farouk. Deirdre. Ela ligou para Paul e eu escutei." A voz de Sang tremia.

"Por favor, abra a porta." Ela tentou a maçaneta, uma sólida maçaneta de metal que não saiu do lugar.

Ouviram-se passos, uma corrente sendo solta. Farouk abriu a porta, com o rosto coberto de barba por fazer. Vestia um suéter largo de lã grossa mesclada, uma calça de veludo, e calçava alpargatas pretas sem meia. Não tinha de forma alguma a aparência de um homem promíscuo, parecia apenas estudioso e magro. "Eu não chamei você para vir aqui", disse ele, ácido, ao ver Paul.

Apesar de tudo que sabia, Paul ficou magoado com aquelas palavras e foi incapaz de dizer qualquer coisa para se defender.

"Vá embora, por favor", disse Farouk. "Por favor, por uma vez na vida, tente respeitar a nossa privacidade."

"Ela me pediu para vir", disse Paul.

Farouk precipitou-se para a frente com os braços rígidos e estendidos diante do corpo e empurrou Paul como se fosse um móvel grande. Paul deu um passo para trás, depois resistiu, agarrando os pulsos de Farouk. Os dois homens caíram no chão do corredor, e os óculos de Paul voaram para o carpete. Foi fácil para Paul imobilizar Farouk no chão, cravar os dedos em seus ombros. Paul apertou os dedos com força através da lã grossa do suéter, sentindo os tendões cederem, consciente de que Farouk não estava mais resistindo. Paul passou alguns instantes completamente deitado em cima do outro homem, subjugando-o como um amante. Ergueu os olhos à procura de Sang, mas não a viu em lugar nenhum. Tornou a olhar para o homem debaixo de si, um homem que ele mal conhecia, um homem que odiava. "Ela só quer que você confesse", disse Paul. "Acho que deve isso a ela."

Farouk cuspiu no rosto de Paul, uma cusparada fria que fez Paul recuar. Farouk empurrou-o para longe, entrou no apartamento e bateu a porta. Outras portas começaram a se abrir no corredor. Paul pôde ouvir Farouk prendendo a corrente. Encontrou seus óculos e se levantou, pressionou o ouvido na porta envernizada. Ouviu alguém chorando, depois uma série de objetos caindo no chão. Em determinado momento, pôde ouvir Farouk dizer: "Pare com isso, por favor, por favor, não é tão ruim quanto você está pensando". E depois Sang dizendo: "Quantas vezes? Quantas vezes vocês transaram? Transaram aqui na cama?".

Um minuto depois, o elevador se abriu e um homem caminhou na direção do apartamento de Farouk. Era um homem magro, de cabelos grisalhos e com um grande molho de chaves na mão. "Sou o zelador deste prédio. Quem é o senhor?", perguntou a Paul.

"Eu moro com a mulher que está lá dentro", respondeu Paul, apontando para a porta de Farouk.

"O senhor é o marido dela?"

"Não."

O zelador bateu na porta, dizendo que os vizinhos haviam reclamado. Continuou a bater, arranhando a madeira com os nós dos dedos até a porta se abrir.

Do lado de dentro havia um corredor iluminado por spots em trilho. Paul viu de relance uma cozinha branca e clara, sem janelas, com uma pilha de livros de culinária sobre a bancada. À direita havia uma sala de jantar, pintada com o mesmo verde-sálvia do quarto de Sang. Paul seguiu o zelador até a sala. Lá havia um sofá marfim, uma mesa de centro e uma porta de correr de vidro que se abria para uma varanda. Ao longe via-se o letreiro da Citgo, esvaziando-se e enchendo-se de cores. A estante que cobria uma das paredes havia sido posta abaixo, e os livros estavam todos esparramados. O fone de um aparelho sobre uma mesinha lateral, pendurado pelo fio, emitia sem parar um som fraco de ocupado. Apesar dessas coisas, o cômodo transmitia uma sensação de aridez, como se alguém estivesse em plena mudança dali.

Sang estava ajoelhada sobre um tapete oriental, catando os pedaços do que parecia ter sido um vaso de vidro transparente. Ela tremia. Seus cabelos despenteados pendiam na direção do chão, escondendo-lhe parte do rosto. Havia água por toda parte, e os destroços de um buquê de flores, íris, lírios e narcisos. Ela tomava cuidado ao recolher o vidro, fazendo uma pilha de cacos sobre a mesa de centro. Tinha pétalas nos cabelos, presas ao rosto e ao pescoço e coladas à pele exposta acima da blusa preta de decote profundo, como se as houvesse passado em si tal qual um creme. Arranhões iam surgindo acima do decote, vermelhos e irritados.

Os homens ficaram ali em pé, olhando para ela, e nenhum deles disse nada. Um policial chegou, e suas botas pretas, a arma e o rádio encheram o cômodo, substituindo o silêncio pelo chiado da estática. Alguém do prédio havia ligado para a delegacia e reclamado, disse ele. Perguntou a Sang, que ainda estava no chão, se Farouk tinha batido nela. Sang sacudiu a cabeça para responder que não.

"A senhora mora aqui?", perguntou ele.

"Eu pintei as paredes", disse Sang, como se isso fosse esclarecer tudo. Paul lembrou-se dela pintando o próprio quarto, descalça, escutando Billie Holiday.

O policial inclinou-se para a frente para inspecionar o vidro quebrado e os destroços de flores sobre o carpete e reparou nos arranhões na pele dela. "O que houve?"

"Fui eu quem as comprei", disse ela, com lágrimas escorrendo depressa pelas faces. Tinha a voz embargada, com vergonha. "Eu fiz isso comigo mesma."

Depois disso, tudo ocorreu de forma organizada, cada um se movendo em direções diferentes sem reagir a mais ninguém. O policial preencheu um formulário, em seguida amparou Sang e conduziu-a até o banheiro. O zelador foi embora depois de dizer alguma coisa a Farouk sobre uma multa. Farouk foi até a cozinha, voltou trazendo um rolo de toalhas de papel e um saco de lixo, e ajoelhou-se ao lado do tapete para limpar a sujeira que Sang havia deixado. O policial olhou para Paul como se o estivesse avaliando pela primeira vez. Perguntou se Paul tinha alguma coisa a ver com aquilo.

"Eu moro com ela", respondeu Paul. "Só vim lhe dar uma carona."

Na manhã seguinte, Paul foi acordado pelo barulho da porta de um carro se fechando. Foi até a janela e viu o porta-malas de um táxi sendo fechado pelas mãos do motorista. Sang havia deixado um recado sobre a mesa da cozinha: estava indo visitar a irmã em Londres. "Paul, obrigada por ontem", dizia. Ao lado do recado havia um cheque assinado para cobrir a sua parte do aluguel.

Alguns dias se passaram sem nada acontecer. Ele recolheu a correspondência dela. A livraria ligou para saber onde ela estava. Paul disse que ela estava gripada. Duas semanas mais tarde, a livraria tornou a ligar. Dessa vez foi para despedi-la. Na terceira semana, Farouk começou a ligar querendo falar com ela. Não se apresentava, nem pressionava Paul quando ele dizia, noite após noite: "Sang não está". Era educado com Paul de um jeito que nunca tinha sido antes, agradecendo e dizendo que tentaria mais tarde. Paul adorava esses telefonemas. Gostava de privar Farouk da informação sobre onde Sang estava. Mas então, em uma das vezes em que ele ligou, Heather, que estava enfurnada em casa naquela semana para estudar para uma prova, por acaso atendeu e disse: "Ela saiu do país", pondo um fim aos telefonemas de Farouk.

No final do mês, o aluguel venceu. Paul e Heather não tinham dinheiro suficiente para pagar. Em vez de entrar em contato com os pais de Sang, ele procurou o telefone da irmã dela em Londres em uma antiga conta telefônica. Uma mulher atendeu com a voz igualzinha à dela.

"Sang?"

O telefone trocou de mãos, e um homem entrou na linha. "Quem está falando?"

"Aqui é o colega de casa dela nos Estados Unidos, em Brookline. Paul. Estou tentando falar com Sang."

Houve uma longa pausa. Dali a alguns minutos, ele pensou se deveria desligar e tentar novamente. Mas então o homem tornou a entrar na linha. Não se desculpou pela demora. "Ela está indisposta no momento. Tenho certeza de que vai ficar grata pelo seu telefonema."

Charles apareceu nesse fim de semana para empacotar as coisas de Sang. Enfiou suas roupas dentro de sacos de lixo, tirou os lençóis do futon e pediu a Paul que o ajudasse a deixá-lo na calçada. Depois de embalar as miniaturas indianas com jornal sobre a mesa da cozinha, disse a Paul que havia falado com Sang ao telefone, que ela iria passar o verão inteiro morando com a irmã em Londres. "Eu vivia dizendo a ela para largá-lo, sabe. Você acredita que nunca cheguei a conhecer o sujeito?"

Charles carregou até a traseira da picape tudo que pertencia a Sang, exceto a tinta sálvia e toupeira nas paredes do quarto, e a planta pendurada acima do escorredor de louça. "Acho que é só", disse Charles.

A picape desapareceu, mas Paul ainda passou algum tempo em pé, do lado de fora, olhando para as casas que margeavam a rua. Embora Charles fosse seu amigo, ela não tinha lhe contado. Não tinha contado a Charles que Paul sabia sobre Deirdre havia muitos meses. Naquela noite no apartamento de Farouk, depois de se limpar no banheiro, Sang pusera-se de quatro no chão e engatinhara para dentro do closet de Farouk, chorando descontroladamente e, em determinado momento, golpeando a si mesma com um sapato. Recusara-se a sair de dentro do closet até o policial erguê-la pelas axilas e arrastá-la à força do apartamento, mandando Paul levá-la para casa. Ainda havia pequenos pedaços de pétalas e folhas presos aos seus cabelos. Ela havia segurado a mão de Paul dentro do elevador, e durante todo o trajeto até em casa. No carro, havia chorado sem parar, com a cabeça entre os joelhos, sem soltar a mão de Paul, apertando-a até mesmo enquanto ele trocava as marchas. Fora ele quem lhe colocara o cinto de segurança; seu corpo estava rígido, petrificado. Ela pareceu perceber, sem erguer os olhos, o momento em que entraram na rua da casa. A essa altura, já havia parado de chorar. Seu nariz escorria. Ela o limpou com as costas da mão. Uma chuva fina havia começado a cair, e em poucos segundos as janelas e o para-brisa pareceram cobertos de riscos semelhantes aos que ela se autoinfligira, com as gotas a se acumular em pequenas linhas diagonais.

* * *

No dia em que Paul passou na prova, dois de seus professores levaram-no para tomar um drinque no bar do hotel Four Seasons. Ele tomou muitos drinques nessa tarde, martínis geladíssimos em um dia de calor atípico de primavera. Bebeu depressa, de estômago vazio e, tendo dormido pouco na noite anterior, de repente ficou bêbado. Havia respondido a todas as perguntas e sido aprovado com menção honrosa no calvário de três horas. "Vamos fingir que aquilo nunca aconteceu", disse-lhe o júri em alusão a seu constrangimento anterior. Quando o deixaram sozinho, depois de um último aperto de mão e tapinhas nas costas de lambuja, ele foi ao toalete masculino e passou água no rosto. Pressionou uma toalha de plush branco nas têmporas, borrifou-se com um pouco de água-de-colônia de uma garrafinha forrada de couro ao lado da pia. Quando voltou ao saguão do hotel, o balcão da recepção, os imensos buquês de flores, os hóspedes bem-vestidos, os carrinhos de metal que transportavam pilhas de bagagens caras, tudo havia girado ao seu redor como um carrossel, depois atravessado seu campo de visão em sequência formando um arco. Ele passou algum tempo vendo essas imagens aparecerem e desaparecerem como fogos de artifício, sem querer que terminassem. De repente, desejou ter dinheiro, dinheiro suficiente para marchar até a recepção e pedir um quarto, uma grande cama branca, silêncio.

Do lado de fora, dobrou uma esquina, atravessou uma rua. Foi andando em direção à Commonwealth Avenue, muito diferente naquela altura de como era perto da universidade. A avenida ali era um bulevar elegante, margeado de árvores, ocupado por casas espetaculares e bancos onde se podia sentar para admirar a arquitetura. As ruas perpendiculares se sucediam em ordem alfabética — Berkeley, Clarendon, Dartmouth. Ele caminhava devagar, ainda embriagado, procurando um táxi para levá-lo para casa. Em Exeter Street, reparou em um casal sentado em um banco. Era Farouk e uma mulher, graciosa mas muito magra. Seu nariz ossudo era um pouco grande demais para o rosto. As pernas esguias estavam cruzadas. Os olhos, de um límpido turquesa, estavam realçados por cílios cobertos de rímel, e ela piscava depressa, como se estivesse incomodada por um grão de areia.

Havia um banco vazio na frente deles. Paul foi até lá e se sentou. Depois de afrouxar a gravata, encarou Farouk. Por aquele homem, Deirdre havia ligado para um total desconhecido e feito papel de boba. Por aquele homem, Sang saía correndo de casa, recusava todos os pretendentes. Como os pretendentes não a conheciam, não tinham a menor chance. "Isso não é amor", ela costumava dizer. Eles ainda ligavam de vez em quando à procura dela, com a voz ansiosa, as intenções claras. "O senhor sabe o telefone dela em Londres?", perguntavam alguns, mas Paul havia jogado o número fora. Inclinando a cabeça para lá e para cá, estudou Farouk com atenção. Paul havia se deitado em cima daquele homem. Havia sentido aquelas pernas e aquele peito debaixo do seu, sentido o cheiro da pele, dos cabelos, do hálito. Era um conhecimento que compartilhava com Sang e Deirdre, um conhecimento que cada uma delas acreditava ser só delas. Farouk e a mulher se entreolharam. Que olhem, pensou Paul, sorrindo, deixando escapar um risinho de ironia. Não havia nada que Farouk pudesse fazer para detê-lo; não com aquela outra mulher ao lado dele. Paul afundou-se no banco, apoiando a cabeça no encosto de madeira, deixando o sol da tarde aquecer-lhe o corpo, o rosto. Sentiu-se tentado a se espreguiçar. Fechou os olhos.

Sentiu alguém cutucá-lo na lateral do braço. Era Farouk, em pé na sua frente.

"Você deveria me agradecer por não ter aberto um processo", disse Farouk. Falava de forma precisa, sem rancor, como se estivesse entabulando uma conversa casual.

Paul esfregou os olhos por baixo dos óculos, tirando-os do lugar. "O quê?"

"Você machucou meu ombro. Tive de fazer uma ressonância magnética. Talvez precise operar."

A mulher, agora em pé a alguns metros atrás de Farouk, disse alguma coisa que Paul não conseguiu escutar.

"Ele precisa saber", disse Farouk para a mulher, alterando a voz de forma desagradável. Então deu de ombros, e os dois saíram andando juntos. Havia algo estranho na forma como caminhavam, lado a lado, porém com um espaço entre eles. Foi só então que Paul reparou em um cachorrinho amarelo preso a uma guia muito comprida e bem esticada na mão da mulher, puxando-a pelo caminho.

PARTE II
HEMA E KAUSHIK

Uma vez na vida

Eu já tinha visto você antes, tantas vezes que nem é possível contar, mas na festa de despedida que minha família organizou para a sua, na nossa casa de Inman Square, é quando começo a recordar sua presença na minha vida. Seus pais tinham decidido ir embora de Cambridge, não para Atlanta nem para o Arizona, como haviam feito outros bengaleses, mas de volta para a Índia, abandonando a luta em que meus pais e seus amigos haviam embarcado. Era 1974. Eu tinha seis anos. Você, nove. Aquilo de que me lembro com mais clareza são as horas antes da festa, que minha mãe passou nos preparativos para a chegada dos convidados: os móveis haviam sido encerados, os pratos de papelão e guardanapos de papel arrumados sobre a mesa, os cômodos recendiam a curry de cordeiro, a *pullao* e ao perfume L'Air du Temps que minha mãe usava em ocasiões especiais, borrifando primeiro a si mesma, depois a mim, um esguicho firme que escurecia temporariamente qualquer roupa que eu estivesse usando. Nessa noite, eu estava usando um traje que minha avó havia mandado de Calcutá: uma calça branca larga, afunilada nas pernas e com a cintura ampla o suficiente para comportar duas de mim, um *kurta* azul-turquesa e um colete de veludo preto bordado com pérolas de plástico. As três peças haviam sido dispostas sobre a cama dos meus pais enquanto eu estava no banho, e eu fiquei em pé tremendo, com as pontas dos dedos enrugadas e brancas, enquanto minha mãe usava um alfinete de fralda para passar um barbante grosso pela cintura gigante da calça, drapeando o tecido rígido aos poucos e em seguida amarrando o barbante junto a minha barriga com um nó apertado. O gancho da calça era estampado com letras roxas dentro de um círculo, símbolo da tecelagem. Lembro-me de reclamar disso, de querer vestir outra roupa, mas minha mãe me garantiu que o símbolo sairia na lavagem, acrescentando que, por causa do comprimento do *kurta*, ninguém iria reparar mesmo.

Minha mãe tinha preocupações mais urgentes. Além da qualidade e quantidade da comida, estava preocupada com o tempo: a previsão era de neve para aquela noite, e essa era uma época em que meus pais e seus amigos ainda não tinham carro. A maioria dos convidados, inclusive você, morava a menos de quinze minutos a pé da nossa casa, nos bairros entre Harvard e o MIT, ou então logo do outro lado da ponte da Massachusetts Avenue. Outros, porém, moravam mais longe e tinham de pegar um ônibus ou metrô de Malden, Medford ou Waltham. "O doutor Choudhuri deveria poder levar as pessoas em casa", disse ela sobre o seu pai enquanto desembaraçava meus cabelos. Os seus pais eram um pouco mais velhos — imigrantes experientes, algo que os meus não eram. Tinham saído da Índia em 1962, antes da mudança das leis norte-americanas para receber estudantes estrangeiros. Enquanto meu pai e os outros homens ainda estavam fazendo provas, o seu já tinha doutorado e dirigia um carro, um Saab prata com assentos individuais anatômicos, para ir trabalhar em uma empresa de engenharia em Andover. Eu já tinha sido levada para casa naquele carro muitas vezes, depois de festas que terminavam tarde e nas quais eu acabara dormindo em alguma cama desconhecida.

Nossas mães se conheceram quando a minha estava grávida. Ela ainda não sabia; sentiu-se tonta e sentou-se em um banco de um pequeno parque. A sua mãe estava encarapitada em um balanço, oscilando suavemente para a frente e para trás enquanto você voava acima dela, quando reparou em uma jovem bengalesa usando um sári e uma risca de vermelhão nos cabelos. "A senhora está se sentindo bem?", perguntou sua mãe, usando o tratamento formal. Mandou você descer do balanço, e então vocês dois acompanharam minha mãe até em casa. Foi durante essa caminhada que a sua mãe sugeriu que talvez a minha estivesse esperando um bebê. Ficaram amigas na mesma hora e passavam os dias juntas enquanto nossos pais estavam no trabalho. Conversavam sobre a vida que tinham deixado para trás em Calcutá; a linda casa da sua mãe em Jodhpur Park, cheia de hibiscos e roseiras florindo no telhado, e o modesto apartamento da minha em Maniktala, acima de um restaraunte punjabi seboso, onde sete pessoas viviam entulhadas em três cômodos pequenos. Em Calcutá, provavelmente teriam tido poucas oportunidades de se encontrar. A sua mãe frequentava uma escola de freiras e era filha de um dos advogados mais famosos da cidade, um anglófilo que fumava cachimbo e era sócio do Saturday Club. O pai da minha mãe era funcionário da agência central dos correios, e antes de vir para os Estados Unidos ela nunca havia comido à mesa nem usado uma cômoda. Em Cambridge, essas diferenças eram irrelevantes, pois ambas estavam igualmente sozinhas. Aqui, elas iam juntas ao mercado, reclamavam dos maridos, preparavam comida no nosso fogão ou no seu, e dividiam os pratos depois de prontos entre nossas respectivas famílias. Tricotavam juntas, trocando os trabalhos quando uma delas ficava entediada. Quando eu nasci, os seus pais foram os únicos amigos a irem nos visitar no hospital. Meus pais me deram de comer no seu antigo cadeirão e levaram-me para passear na rua no seu antigo carrinho.

Durante a festa, conforme previsto, começou a nevar, e os retardatários chegavam com casacos molhados e cobertos de branco que precisávamos pendurar no suporte da cortina do banheiro. Minha mãe passou anos contando como, quando a festa terminou, seu pai fez incontáveis idas e vindas para levar as pessoas para casa, chegando a levar um casal até Braintree, dizendo que não era nada, que aquela era sua última oportunidade de dirigir o carro. Nos dias antes da sua partida, seus pais tornaram a nos visitar, trazendo panelas e frigideiras, pequenos aparelhos elétricos, cobertores e lençóis, sacos de farinha e açúcar pela metade, frascos de xampu. Continuamos a nos referir a essas coisas como se ainda pertencessem à sua mãe. "Pegue a frigideira de Parul para mim", dizia minha mãe. Ou então: "Acho que precisamos ajustar a torradeira de Parul para o pão sair menos tostado". Sua mãe também trouxe sacolas de compras cheias de roupas que achava que eu poderia usar, roupas que haviam sido suas. Minha mãe guardou as sacolas e levou-as conosco quando nos mudamos, alguns anos depois, de Inman Square para uma casa em Sharon, incorporando-as ao meu guarda-roupa à medida que iam ficando do meu tamanho. Eram em sua maioria roupas de inverno, coisas de que você não iria mais precisar na Índia. Havia grossas camisetas e suéteres de gola rulê, azul-marinho e marrons. Eu achava essas roupas feias e tentava evitá-las, mas minha mãe se recusava a comprar outras. Assim, fui forçada a usar os seus suéteres, as suas galochas nos dias de chuva. Houve um inverno em que tive de usar o seu casacão, peça que eu detestava tanto que acabou me fazendo detestar você também. Era um casaco azul e preto, com detalhes em laranja e um áspero debrum marrom-acinzentado na borda do capuz. Nunca me acostumei a ter de prender o zíper do lado direito, a ser tão diferente das outras meninas da minha sala, com seus casacos fofinhos cor-de-rosa e roxos. Quando pedi a meus pais para ganhar um casaco novo, eles disseram não. Um casaco era um casaco, disseram. Eu queria desesperadamente me livrar daquilo. Queria perdê-lo. Queria que um dos meninos da minha turma, muitos dos quais tinham casacos idênticos, pegasse-o por engano no cubículo estreito aonde íamos correndo vestir nossos casacos ao final do dia. Mas minha mãe tivera a pachorra de pregar uma etiqueta com meu nome do lado de dentro, daquele tipo que se colava com o ferro de passar, ideia sugerida pela revista de prendas domésticas *Good Housekeeping*, que ela assinava.

Certa vez, deixei o casaco no ônibus escolar. Era um dia brando de final de inverno, as janelas do ônibus estavam abertas, e os casacos mais grossos de todos os alunos abandonados sobre os assentos. Aquele era um ônibus diferente do que eu costumava pegar, e me deixava no bairro onde morava minha professora de piano, a sra. Hennessey. Quando o ônibus se aproximou da minha parada, levantei-me, e quando cheguei lá na frente a motorista me lembrou de tomar cuidado para atravessar a rua. Puxou a alavanca que abria a porta, fazendo um ar perfumado entrar no ônibus. Eu estava prestes a saltar, sem casaco, mas então alguém gritou: "Ei, Hema, você esqueceu isto aqui!". Fiquei espantada por alguém naquele ônibus saber meu nome; havia me esquecido da etiqueta.

No ano seguinte, o casaco já não cabia mais em mim e para meu grande alívio foi doado para uma instituição de caridade. Os outros objetos que seus pais nos legaram, a torradeira, as tigelas de cerâmica e as panelas e frigideiras de teflon, também foram sendo substituídos aos poucos, até não restar mais nenhum vestígio físico de vocês em nossa casa. Durante anos, nossas famílias perderam o contato. A amizade não merecia a mesma energia que meus pais dedicavam aos parentes, para quem compravam pilhas de aerogramas no correio que despachavam religiosamente a cada semana, pedindo-me para escrever as mesmas três frases para cada casal de avós no pé do texto. Meus pais raramente falavam em vocês, e imagino que achassem improvável nossos caminhos tornarem a se cruzar. Vocês haviam se mudado para Bombaim, cidade distante de Calcutá, que meus pais e eu nunca visitávamos. Assim, não vimos nem tivemos notícias de vocês até o primeiro dia do ano de 1981, quando seu pai nos ligou de manhã bem cedo para nos desejar feliz Ano-Novo e dizer que a sua família estava voltando para Massachusetts, onde ele havia arrumado um novo emprego. Perguntou se, até encontrarem uma casa, vocês poderiam ficar hospedados conosco.

Durante dias depois desse telefonema, meus pais não falavam em outro assunto. Ficavam imaginando o que teria dado errado: será que o emprego de seu pai na Larsen & Toubro, irrecusável na época, não tinha dado certo? Será que sua mãe não conseguia mais suportar a confusão e o calor da Índia? Será que haviam decidido que as escolas de lá não eram boas o suficiente para você? Nessa época, os telefonemas internacionais eram sucintos. É claro que a sua família era bem-vinda, disseram meus pais, e assinalaram a data da chegada de vocês no calendário de nossa cozinha. Qualquer que fosse o motivo da volta, eu compreendi, ouvindo a conversa dos meus pais, que ela era considerada uma falha, uma fraqueza. "Eles deveriam ter sabido que é impossível voltar", diziam aos amigos, condenando seus pais por terem fracassado nas duas frentes. Nós havíamos aguentado firme como imigrantes, enquanto vocês haviam fugido; caso fôssemos nós quem tivéssemos voltado para a Índia, pareciam sugerir meus pais, também teríamos aguentado firme lá.

Até a sua volta, eu ainda pensava em você como um menino de oito ou nove anos, congelado no tempo, do tamanho das roupas que eu havia herdado. Mas você agora tinha o dobro dessa idade, dezesseis, e meus pais acharam melhor que ocupasse o meu quarto enquanto eu dormia em uma cama de armar no quarto deles. Os seus pais ficariam no quarto de hóspedes, no final do corredor. Meus pais muitas vezes hospedavam amigos de Nova Jersey ou de New Hampshire que vinham passar o fim de semana para fazer lautos jantares e conversar até tarde sobre política indiana. No domingo à tarde, porém, esses hóspedes sempre já tinham ido embora. Eu estava acostumada a ter crianças dormindo no chão ao lado da minha cama, em sacos de dormir. Como filha única, gostava dessa companhia ocasional. Mas ninguém nunca havia me pedido para abrir mão do meu quarto por completo. Perguntei à minha mãe por que eles não davam a cama de armar para você, em vez de para mim.

"Onde é que iríamos colocá-la?", indagou ela. "Só temos três quartos."

"No andar de baixo", sugeri. "Na sala."

"Não ficaria bem", disse minha mãe. "Kaushik agora já deve estar quase um homem. Ele precisa de privacidade."

"E o porão?", perguntei, pensando no pequeno escritório que meu pai havia montado lá, cercado de estantes de metal.

"Isso não é jeito de se tratar visitas, Hema. Especialmente visitas como essas. O doutor Choudhuri e Parul Di foram uma bênção para nós quando você nasceu. Eles nos deram carona do hospital até em casa, passaram semanas nos levando comida. Agora é a nossa vez de ajudar."

"Que tipo de médico ele é?", perguntei. Embora minha saúde sempre tivesse sido boa, eu na época tinha um medo irracional de médicos, e a ideia de um deles morando na minha casa me deixava nervosa. Como se a sua simples presença pudesse fazer algum de nós adoecer.

"Ele não se chama doutor por ser médico, e sim porque tem doutorado."

"Baba tem doutorado e ninguém o chama de doutor", assinalei.

"Quando nos conhecemos, o doutor Choudhuri era o único a ter doutorado. Essa foi a nossa forma de prestar homenagem."

Perguntei quanto tempo eles iriam ficar conosco: uma semana? Duas? Minha mãe não soube responder; tudo dependia do quanto a sua família demorasse para se acomodar e encontrar um lugar para morar. A ideia de ter de abrir mão do meu quarto me enfurecia. Meus sentimentos eram complicados pelo fato de que, até muito recentemente, para minha grande vergonha, eu costumava dormir com meus pais na cama de armar do quarto deles, e não no quarto onde guardava minhas roupas e pertences. Minha mãe considerava a ideia de uma criança dormir sozinha um hábito norte-americano cruel e portanto não o incentivava, mesmo que tivéssemos espaço. Ela me disse que havia dormido na mesma cama dos pais até o dia de se casar, e que isso era perfeitamente normal. Mas eu sabia que não era normal, que não era o que meus amigos da escola faziam, e que eles gozariam da minha cara se soubessem. No verão antes de eu entrar para o ginásio, insisti para dormir sozinha. No início, minha mãe aparecia várias vezes durante a noite para ver como eu estava, como se eu ainda fosse um bebê que pudesse parar de respirar de repente; perguntava se eu estava com medo e me lembrava de que ela estava bem pertinho, do outro lado da parede. Na verdade, senti medo na primeira noite; o completo silêncio do meu quarto me deixou aterrorizada. Mas recusei-me a reconhecer isso, pois o que eu mais temia era fracassar em algo que deveria ter aprendido a fazer aos três ou quatro anos de idade. No fim das contas, foi fácil; de tão nervosa achando que não fosse conseguir dormir, acabei caindo no sono, e pela manhã acordei sozinha, apertando os olhos por causa do sol da manhã que não batia no quarto dos meus pais.

A casa foi preparada para a sua chegada. Novas almofadas foram compradas para o sofá da sala, um laranja vivo para contrastar com o estofado de tweed marrom. As plantas e bibelôs foram rearrumados, meu retrato da escola emoldurado e pendurado acima da lareira. Os cartões de Natal foram retirados da moldura da porta da frente, onde minha mãe e eu os havíamos pregado um a um conforme iam chegando pelo correio. Meus pais, ao se lembrarem do hábito do seu pai de se vestir bem, compraram robes para usar pela manhã, minha mãe um de veludo, meu pai um que tinha o mesmo corte de um paletó de smoking. Certo dia, cheguei em casa da escola e vi que a colcha rosa e branca da minha cama fora substituída por outra bordô. Havia toalhas novas no banheiro para você e para os seus pais, mais felpudas do que as que usávamos, e com um tom de azul mais bonito. O meu armário tinha sido esvaziado, e cabides vazios pendiam do cabideiro. Disseram-me para liberar uma ou duas gavetas, e retirei coisas suficientes para não precisar entrar no quarto enquanto você estivesse em casa. Separei meu pijama, algumas roupas para ir à escola e os tênis de que precisava para fazer ginástica. Peguei o livro da biblioteca que estava lendo, assim como os outros empilhados sobre minha mesinha de cabeceira. Queria que você visse o mínimo possível das minhas coisas, então retirei minha caixa de joias cheia de correntinhas baratas emaranhadas e meus frascos de perfume da Avon. Tirei o diário trancado à chave da gaveta da escrivaninha, embora só tivesse escrito nele duas vezes desde que o recebera de presente de Natal. Peguei o livro de classe da sexta série no qual minha foto aparecia, com as folhas de guarda repletas de recados bobos dos meus colegas. Era como decidir quais dos meus pertences queria levar comigo em uma longa viagem à Índia, só que dessa vez eu não iria a lugar nenhum. Mesmo assim, pus minhas coisas dentro de uma mala coberta de etiquetas e adesivos já meio descascados, que tinha feito muitas vezes o trajeto de ida e volta até o outro lado do mundo, e arrastei-a para o quarto dos meus pais.

Estudei retratos dos seus pais; tínhamos alguns colados em um álbum, tirados no dia da festa de despedida. Ali estava meu pai, cujos cabelos muito pretos e com gomalina já eram uma surpresa para mim nessa época. Ele usava um colete de lã, tinha as mangas da camisa arregaçadas, e apontava com urgência para alguma coisa fora do quadro. O seu pai estava de terno e gravata, como sempre, com o rosto atraente, de óculos, inclinado na direção de alguém com quem conversava, os olhos esverdeados diferentes dos de todo mundo. O repartido no meio dos cabelos da sua mãe realçava seu rosto curto; a ponta de seu sári de seda crua rodeava-lhe os ombros como um xale. Minha mãe estava ao lado dela, vinte centímetros mais baixa e menos arrumada, com fios soltos de cabelo pendendo ao lado das orelhas. Ambas pareciam coradas, com as bochechas muito vermelhas como se tivessem tomado vinho, muito embora tudo que bebessem naquela época fosse água da torneira ou chá, e o laço que as unia era evidente. Não havia sinal de você, a pessoa em relação à qual eu mais estava curiosa. Quem poderia saber onde você fora se esconder no meio daquela multidão? Imagino-o sentado diante da escrivaninha no canto do quarto dos meus pais, lendo um livro que trouxera consigo, esperando a festa terminar.

Certa noite meu pai foi receber vocês no aeroporto. Era uma noite de aula para mim. A mesa do jantar estava posta desde a tarde. Era assim que minha mãe fazia quando dava festas, embora nunca houvesse preparado uma refeição tão refinada no meio da semana. Uma hora antes do horário em que vocês deveriam chegar, ela acendeu o forno. Havia aquecido uma frigideira de óleo, e começou a fritar grossas fatias de berinjela para servir com o *dal*, enchendo a cozinha com uma nuvem de fumaça, quando meu pai ligou para avisar que, embora o avião de vocês houvesse pousado, uma das suas malas não tinha chegado. A essa altura eu já estava com fome, mas parecia errado pedir à minha mãe para abrir a porta do forno e tirar todos os pratos só para mim. Minha mãe apagou o fogo debaixo do óleo e fui me sentar ao lado dela no sofá para assistir a um filme na TV, alguma coisa sobre a Segunda Guerra Mundial, na qual um grupo de homens cansados percorria um campo escuro. Os filmes de uma determinada época eram a única coisa que minha mãe amava genuinamente em relação ao Ocidente. Ela própria nunca usava saias — que considerava indecentes —, mas era capaz de se lembrar, cena por cena, das roupas de Audrey Hepburn em todos os filmes dela.

Adormeci ao lado dela e quando percebi estava esparramada sozinha no sofá, com a televisão desligada, e vozes enchendo outra parte da casa. Levantei-me com o rosto quente, os membros dormentes e pesados. Vocês estavam todos na sala de jantar, comendo. Travessas de comida coalhavam a mesa, e além da jarra d'água havia também uma garrafa de Johnnie Walker que só seus pais estavam bebendo, plantada entre seus dois pratos. Ali estava sua mãe, com os cabelos escuros escorridos até os ombros, usando uma calça e uma túnica, com um lenço de seda amarrado em volta do pescoço, vagamente parecida com a mulher que eu vira nas fotos. Com seu batom vivo e cílios postiços, parecia menos exausta do que a minha mãe. Continuava magra, as clavículas glamorosamente salientes, sem carregar o peso da meia-idade que agora revestia os traços da minha mãe. Seu pai estava mais ou menos igual, ainda bonito, ainda de terno e gravata, e a armação diferente dos óculos era sua única concessão à nova década. Você era pálido como seu pai, com uma franja comprida toda penteada para um dos lados do rosto, olhar distraído, mas sem deixar escapar nada. Eu não esperava que você estivesse bonito. Não esperava achar você nem um pouco atraente.

"Vejam só, Hema, você já está uma moça. Não se lembra de nós, não é?", disse a sua mãe. Falou comigo em inglês, com uma cadência agradável, sem pressa, e uma voz de quem estava achando graça de alguma coisa. "Venha cá, pobrezinha, fizemos você esperar. A sua mãe disse que você passou fome por nossa causa."

Sentei-me, envergonhada por vocês terem me visto dormindo no sofá. Embora houvessem todos acabado de atravessar meio mundo dentro de um avião, quem estava cansada era eu, apesar do cochilo. Minha mãe me serviu um prato de comida, mas a atenção dela estava concentrada em você e no fato de estar recusando um segundo prato.

"Nós jantamos antes de aterrissar", você respondeu, falando inglês com um leve sotaque, mas não o forte sotaque que nossos pais tinham. Sua voz estava mais grave, não era mais a de uma criança.

"É incrível a quantidade de comida que servem na primeira classe", disse sua mãe. "Champanhe, chocolate, até caviar. Mas eu guardei espaço. Ainda me lembrava da sua comida, Shibani", acrescentou.

"Primeira classe!", exclamou minha mãe com um arquejo. "Como vocês foram parar lá?"

"Foi meu presente de quarenta anos", explicou. Ela olhou para o seu pai com um sorriso. "Uma vez na vida, certo?"

"Quem sabe?", disse ele, evidentemente orgulhoso da própria extravagância. "Pode ser que isso vire um hábito terrível."

Nossos pais conversaram sobre a velha turma de Cambridge, e os meus contaram aos seus sobre as mudanças e feitos de cada um, os solteiros que haviam se casado, as crianças que haviam nascido. Falaram sobre Reagan ter vencido a eleição, sobre todas as formas como Carter havia fracassado. Os seus pais falaram de Roma, onde vocês haviam feito uma parada de dois dias para visitar a cidade. Sua mãe descreveu os chafarizes e o teto da Capela Sistina, que vocês haviam esperado três horas na fila para ver. "Tantas lindas igrejas", disse ela. "Cada uma parece um museu. Fiquei com vontade de ser católica para poder rezar nelas."

"Não morram antes de terem visto o Panteão", disse seu pai, e os meus aquiesceram, sem saber o que era o Panteão. Eu sabia; na verdade, estava justamente aprendendo sobre Roma Antiga na minha aula de latim, e escrevendo um longo trabalho sobre arte e arquitetura romanas, tudo baseado nas enciclopédias e outros livros da biblioteca da escola. Seus pais falaram sobre Bombaim e o apartamento que haviam deixado para trás, no décimo andar, com uma varanda que dava para palmeiras e o mar da Arábia. "É uma pena vocês não terem ido nos visitar lá", disse sua mãe. Mais tarde, na privacidade do quarto, minha mãe comentou com meu pai que nunca tínhamos sido convidados.

Depois do jantar, pediram-me para mostrar a você a casa e o quarto onde iria dormir. Em geral, eu adorava fazer isso para as visitas e sentia um prazer de proprietária ao explicar que aqui ficava o armário de vassouras, ali o banheirinho de baixo. Mas dessa vez não me demorei em nenhum detalhe, pois podia sentir o seu tédio. Também estava nervosa por terem me mandado ficar sozinha com você, perturbada pela imediata atração de colegial que sentia. A essa altura, eu já estava acostumada a admirar os meninos, meninos da minha turma que eram e continuariam a ser alheios à minha existência. Mas nunca alguém da sua idade, nunca alguém que pertencesse ao mundo dos meus pais. Foi você quem me conduziu, subindo a escada depressa, abrindo portas, esticando a cabeça para dentro dos cômodos sem se deixar impressionar com nada.

"Este aqui é o meu quarto. Seu quarto", disse eu, corrigindo-me.

Depois de todo aquele tempo resistindo, eu agora sentia uma animação secreta com o fato de você dormir ali. Você iria absorver a minha presença, pensei. Sem que eu precisasse fazer nada, passaria a me conhecer e a gostar de mim. Você atravessou o quarto até a janela, abriu-a e se debruçou na direção da escuridão, deixando o ar frio entrar no quarto.

"Você já subiu no telhado?", perguntou para mim. Não esperou minha resposta, e quando percebi você já havia erguido a tela e saído. Corri até a janela, e quando me debrucei para fora não consegui ver você. Imaginei-o escorregando nas telhas, caindo sobre os arbustos, e eu levando a culpa pelo acidente, por ter ficado parada feito uma idiota enquanto você fazia algo tão ousado. "Você está bem?", falei lá para fora. O mais lógico teria sido dizer seu nome, mas fiquei encabulada e não o fiz. Depois de algum tempo, você reapareceu e sentou-se na parte inclinada acima da garagem, de onde ficou olhando a grama lá embaixo.

"O que tem atrás da casa?"

"Mato. Mas eu não posso ir lá."

"Quem disse?"

"Todo mundo. Meus pais e todos os professores da escola."

"Por que não?"

"Um menino se perdeu lá no ano passado. Está sumido até hoje." O nome do menino era Kevin McGrath, e ele estava dois anos atrás de mim na escola. Tínhamos passado uma semana escutando helicópteros, cães latindo à procura de algum sinal dele.

Você não reagiu a essa informação. Em vez disso, perguntou: "Por que as pessoas têm fitas amarelas amarradas nas caixas de correio?".

"Por causa dos reféns no Irã."

“Aposto que a maioria dos americanos nunca tinha ouvido falar no Irã antes dessa história”, disse você, fazendo eu me sentir responsável tanto pelo patriotismo quanto pela ignorância dos meus vizinhos.

“O que é aquilo ali à direita?”

“Um balanço.”

Você deve ter achado a palavra divertida. Virou-se para mim e sorriu, mas não foi um sorriso gentil, como se eu tivesse inventado a palavra.

“Senti saudade do frio”, disse você. “Deste frio.” O comentário me lembrou que nada daquilo era novidade para você. “E da neve. Quando é que vai nevar de novo?”

“Não sei. Não teve muita neve no Natal deste ano.”

Você tornou a entrar no quarto, decepcionado, temia eu, pela minha falta de informação. Olhou-se de relance no meu espelho de moldura branca, com o alto da cabeça quase cortado. “Onde fica o banheiro?”, perguntou, já quase saindo pela porta.

Nessa noite, deitada na cama de armar no quarto dos meus pais, totalmente acordada embora já passasse da meia-noite, ouvi minha mãe e meu pai conversando no escuro. Fiquei com medo de talvez você escutá-los também. A cama onde dormia ficava bem do outro lado da parede, e, se eu tivesse conseguido estender a mão através dela, poderia tê-lo tocado. Meus pais se mostravam ao mesmo tempo críticos e admirados em relação aos seus, perplexos com o quanto eles haviam mudado. Bombaim os havia tornado mais americanos do que Cambridge, disse minha mãe, algo que ela não previra e que não entendia. Houve comentários sobre os cabelos curtos da sua mãe, sobre a calça comprida dela, sobre o Johnnie Walker que ela e seu pai continuaram a beber uma vez terminada a refeição, levando-o consigo da sala de jantar para a de estar. Foi principalmente minha mãe quem falou, enquanto meu pai escutava e concordava de vez em quando com um murmúrio cansado. Meus pais, que nunca haviam pisado em uma loja de bebidas, estavam pensando se deveriam comprar outra garrafa — no ritmo que seus pais bebiam, aquela já estaria seca no dia seguinte, disse minha mãe. Ela comentou que a sua mãe havia se tornado "estilosa", o que no seu vocabulário era um termo pejorativo, sugerindo um cuidado excessivo consigo mesma que ela reprovava. "Doze pessoas poderiam ter viajado pelo preço de uma passagem de primeira classe", disse. Os aniversários da minha mãe chegavam e passavam sem que meu pai tomasse conhecimento. Era eu quem escrevia um cartão e mandava-o assinar comigo no primeiro dia de cada mês de junho. De repente, minha mãe sentou-se na cama, farejando o ar. "Estou sentindo cheiro de fumaça", falou. Meu pai perguntou se ela havia se lembrado de desligar o forno. Minha mãe disse ter certeza de que sim, mas pediu a ele que se levantasse e fosse olhar.

"O cheiro que você está sentindo é de cigarro", disse ele ao voltar para a cama. "Alguém fumou no banheiro."

"Eu não sabia que o doutor Choudhuri fumava", disse minha mãe. "Será que deveríamos ter oferecido um cinzeiro?"

Pela manhã, todos vocês dormiram até tarde, vítimas da diferença de fuso horário, lembrando-nos que, apesar da presença de vocês, das malas atravancando os corredores, das escovas de dentes amontoadas ao lado da pia, o lugar ao qual pertenciam era outro. À tarde, quando voltei da escola, vocês continuavam dormindo, e durante o jantar — café da manhã para vocês —, todos recusaram o curry que estávamos comendo, pedindo torradas e chá. Foi assim durante os primeiros dias: vocês ficavam acordados enquanto nós dormíamos, e dormiam enquanto estávamos acordados; vivíamos vidas opostas sob o mesmo teto. Consequentemente, apesar do fato de eu não estar dormindo no meu quarto, pouca coisa mudara. Eu tomava meu suco de laranja, comia meus cereais e saía para o ponto de ônibus como de hábito. Não contei a ninguém sobre a sua chegada; quase nunca revelava detalhes da minha vida doméstica para meus amigos americanos. Quando era criança, sempre detestava meus aniversários, quando uma dúzia de meninas aparecia em casa para ver como vivíamos. Não sei como teria me referido a você. "Um amigo da família", imagino.

Então, certo dia, cheguei em casa da escola e encontrei seus pais acordados, de tornozelos cruzados sobre a mesa de centro, ocupando o sofá onde eu normalmente me sentava para assistir a *A família Sol-Lá-Si-Dó* e *A ilha dos birutas*. Estavam conversando com minha mãe, sentada na *chaise* com uma tigela no colo, descascando batatas. Sua mãe usava um sári de náilon da minha, roxo com bolinhas vermelhas de vários tamanhos. Tinham recebido más notícias sobre a mala extraviada da sua mãe: a bagagem fora localizada em Roma, mas despachada em um voo para Joanesburgo. Lembro-me de pensar que o sári ficava melhor na sua mãe do que na minha; o tom forte de roxo combinava melhor com a pele dela. Disseram-me que você estava lá fora no quintal. Não saí para procurá-lo. Em vez disso fui estudar piano. Já estava quase escuro quando você entrou e aceitou o chá que eu ainda não tinha idade para tomar. Seus pais também beberam chá, mas às seis da tarde a garrafa de Johnnie Walker já estava sobre a mesa de centro, como iria estar em todas as noites que vocês passaram conosco. Você havia saído só de suéter, com a câmera fotográfica cara do seu pai pendurada no pescoço. Seu rosto exibia os sinais do frio: os olhos irritados, os lóbulos das orelhas muito vermelhos, a pele reluzindo do interior.

"Tem um riacho lá atrás", disse você, "naquela mata."

Minha mãe então ficou nervosa, alertando você para não ir lá como tantas vezes havia alertado a mim, como eu havia alertado você na noite da sua chegada, mas os seus pais não compartilharam a preocupação dela. Em vez disso, perguntaram o que você havia fotografado.

"Nada", respondeu você, e eu levei para o lado pessoal o fato de nada tê-lo inspirado. O subúrbio era uma novidade para você e para seus pais. Todas as lembranças que vocês tinham dos Estados Unidos eram de Cambridge, lugar do qual eu só conseguia me recordar vagamente.

Você pegou seu chá e sumiu dentro do meu quarto como se fosse o seu, aparecendo apenas quando foi chamado para jantar. Comeu depressa, sem dizer nada, depois tornou a subir. Foram seus pais quem me cortejaram, fazendo perguntas e elogiando minhas boas maneiras, meu talento ao piano, todas as coisas que eu ajudava minha mãe a fazer dentro de casa. "Olhe só, Kaushik, como Hema prepara o próprio lanche", dizia sua mãe enquanto eu preparava um sanduíche de presunto ou de peru depois do jantar e punha-o em um saco de papel para levar para a escola no dia seguinte. Eu ainda era bem criança, ao passo que você, apenas três anos mais velho, já havia fugido ao controle dos seus pais. Não discutia, mas tampouco parecia conversar muito com eles. Quando você estava lá fora, eu os ouvira dizer à minha mãe como estava infeliz por ter voltado. "Ele ficou furioso quando fomos embora, e agora está furioso por estarmos aqui de novo", disse seu pai. "Até em Bombaim nós demos um jeito de criar um típico adolescente americano."

Como não podia usar a escrivaninha do meu quarto, eu fazia os deveres sobre a mesa de jantar. Preparei meu trabalho sobre Roma Antiga, algo que havia me interessado até a sua chegada. Agora parecia uma bobagem, uma vez que vocês tinham estado lá. Eu ansiava por fazer o trabalho sozinha, mas seu pai falou-me demoradamente sobre os aspectos estruturais do Coliseu. Suas explicações de engenheiro civil eram demais para mim, irrelevantes para as minhas necessidades, mas, para ser educada, eu escutei. Fiquei com medo de ele querer verificar se eu havia absorvido as coisas que dissera, mas ele nunca me incomodou com isso. Vasculhou as malas para me mostrar os postais que havia comprado e, embora isso não tivesse nada a ver com o meu trabalho, deu-me uma moeda de dez liras.

Depois de passada a pior parte do *jet lag* de vocês, fomos ao shopping na van dos meus pais. Sua mãe precisava comprar sutiãs, peças que não podia pegar emprestadas da minha voluptuosa mãe. No shopping, nossos pais foram se sentar em uma área afastada cheias de bancos e vasos de plantas para nos esperar, e você recebeu algum dinheiro e autorização para passear enquanto eu acompanhava nossas mães à seção de lingerie da Jordan Marsh. Foi sua mãe quem nos levou até lá, com o cartão de crédito que seu pai lhe dera antes de nos separarmos. Nós em geral íamos à Sears. A caminho da seção de sutiãs, ela comprou luvas de couro preto e um par de botas com zíperes até os joelhos, sem nem sequer olhar os preços antes de tirar alguma coisa da prateleira. Na seção de lingerie, foi de mim que a vendedora se aproximou. "Temos lindos modelos para adolescentes que acabaram de chegar", disse ela à sua mãe, pensando que eu fosse sua filha.

"Ah, não, ela é novinha demais", disse minha mãe.

"Mas olhe só que graça", disse a sua, alisando o modelo que a vendedora lhe mostrava em um cabide, de renda branca com um botão de rosa no centro. Eu ainda não havia ficado menstruada e, ao contrário de muitas meninas da escola, ainda usava camisetinhas floridas como roupa de baixo. Fui conduzida até o provador, e sua mãe ficou assistindo com um ar de aprovação enquanto eu tirava o casaco e o suéter e experimentava o sutiã. Ajustou as alças e prendeu o fecho nas costas. Também experimentou coisas, tirando a blusa ao meu lado sem a menor vergonha, embora eu tenha ficado encabulada ao ver seus mamilos grandes, cor de ameixa, seus seios surpreendentemente pesados, os escuros emaranhados de pelos das axilas que exalavam um cheiro levemente acre, embora não de todo desagradável. "Perfeito", disse sua mãe, correndo o dedo sob o elástico junto à minha pele e acrescentando: "Espero que você saiba que vai ser muito bonita um dia". Apesar dos protestos da minha mãe, a sua me comprou meus três primeiros sutiãs, insistindo que eram um presente. Na saída, no balcão de maquiagem, comprou um batom, um vidro de perfume e uma coleção de cremes caros que prometiam firmar o pescoço e dar brilho aos olhos; nem ligou para os produtos da Avon que minha mãe usava. O brinde pelas compras que ela fizera no balcão de maquiagem foi uma grande bolsa vermelha estilo cesta. Ela me deu a bolsa de presente, achando que seria útil para os meus livros, e no dia seguinte eu a levei para a escola.

Uma semana depois, seu pai começou o trabalho novo, em uma empresa de engenharia a sessenta e cinco quilômetros da nossa casa. No início, meu pai acordava cedo para levá-lo antes de voltar para dar suas aulas de economia na Northeastern. Então seu pai comprou um Audi com câmbio manual. Você ficava em casa com nossas mães — seus pais queriam esperar até terem comprado uma casa antes de ver em que escola iria estudar. Isso me deixou espantada e com inveja — meio ano sem ir à escola! Para aumentar minha infelicidade, ninguém esperava que você ajudasse em nada dentro de casa, nem que levasse seu prato ou copo para a pia, nem que arrumasse a minha cama, que eu via de vez em quando pela porta entreaberta do meu quarto em situação caótica, o cobertor no chão, suas roupas empilhadas em cima da minha escrivaninha branca. Você comia imensas quantidades de frutas, cachos inteiros de uvas, maçãs até o miolo, hábito que me deixava fascinada. Nessa época, eu não comia frutas frescas; as texturas e a intensidade de sabores me davam ânsia de vômito. Você reclamava do gosto, ou da falta de gosto, mas mesmo assim dizimava tudo que meus pais traziam do Star Market. Quando eu chegava em casa à tarde, encontrava você sempre na mesma ponta do sofá, com os dedos dos pés magros e descalços segurando a borda da mesa de centro, lendo livros de Isaac Asimov que havia pegado nas estantes do meu pai no porão. Eu detestava *Doctor Who*, o único programa de que você gostava na TV.

Eu não sabia como classificá-lo. Como você havia morado na Índia, associava-o mais a meus pais do que a mim. No entanto, você não se parecia com meus primos de Calcutá, com aquele ar tão inocente e obediente que tinham quando eu os visitava, que faziam perguntas sobre cada detalhe da minha vida, espantados, como se os Estados Unidos fosse a Lua. Você não demonstrava a menor curiosidade a meu respeito. Certo dia, uma amiga da escola me convidou para ir assistir a *O império contra-ataca* em um sábado à tarde. Minha mãe disse que eu podia ir, mas só se você também fosse convidado. Protestei, dizendo a ela que minha amiga não conhecia você. Apesar da minha paixonite, não queria ter de explicar à minha amiga quem você era e por que estava morando na minha casa.

"Mas você o conhece", disse minha mãe.

"Mas ele nem gosta de mim", reclamei.

"É claro que ele gosta de você", disse minha mãe, sem entender totalmente o significado do que eu havia acabado de dizer. "Ele está se adaptando, Hema. Você nunca teve de passar por isso."

A conversa terminou por aí. No fim das contas, você não se interessou pelo filme, uma vez que, para começo de conversa, nem sequer havia assistido a *Guerra nas estrelas*.

* * *

Certo dia, encontrei você sentado em frente ao meu piano, batendo aleatoriamente nas teclas com o indicador. Quando me viu, levantou-se e mudou-se para o sofá.

"Você detesta estar aqui?", perguntei.

"Eu gostava de morar na Índia", respondeu você. Eu não confessei minha opinião: de que achava as viagens à Índia chatas, não gostava das lagartixas pregadas nas paredes à noite, entrando e saindo das luminárias de lâmpadas fluorescentes, nem das gigantescas baratas que de vez em quando ficavam me olhando tomar banho. Não gostava dos comentários que meus parentes faziam abertamente na minha frente — que eu não havia herdado as mãos graciosas da minha mãe, que minha pele tinha escurecido desde que eu era criança.

"Bombaim é muito diferente de Calcutá", acrescentou você como se estivesse lendo meus pensamentos.

"Fica perto do Taj Mahal?"

"Não." Você olhou para mim com atenção, como se estivesse tomando conhecimento de verdade da minha presença pela primeira vez. "Você nunca olhou em um mapa?"

Em nossa ida ao shopping, você havia comprado um disco, alguma coisa dos Stones. A capa era branca, com o desenho do que parecia ser um bolo. Você não tinha interesse nos poucos discos da minha coleção — Abba, Shaun Cassidy, uma compilação de música disco que eu havia encomendado de um comercial de TV com o dinheiro da minha mesada. Tampouco estava disposto a pôr o seu LP para tocar na vitrola de plástico do meu quarto. Abriu o armário onde meu pai guardava o toca-discos e o amplificador. Meu pai era muito meticuloso em relação a seu sistema de som. Os aparelhos eram uma zona proibida para mim e até mesmo para minha mãe. Aquela aparelhagem fora a única compra extravagante da vida dele. Ele limpava tudo pessoalmente, passando um pano especial em cada peça todo sábado de manhã antes de escutar sua coleção de vocalistas indianos.

"Você não pode mexer nisso", falei.

Você se virou. A tampa do toca-discos já estava levantada, o disco girava. Você estava segurando o braço da agulha, sustentando o peso com o dedo. "Eu sei pôr um disco para tocar", falou, sem fazer mais nenhum esforço para esconder a irritação que sentia. Então deixou a agulha cair.

Como você deve ter ficado entediado no meu quarto cheio de coisas de menina. Deve ter enlouquecido por ficar trancafiado com nossas mães o dia inteiro enquanto elas cozinhavam e assistiam à novela. Na verdade, quem cozinhava agora era a minha mãe. Embora a sua lhe fizesse companhia, descascando ou picando alguma coisa de vez em quando, não tinha mais interesse por cozinhar como na época de Cambridge. Segundo ela, havia sido mal-acostumada por Zareen, a incrível cozinheira pársi que vocês tinham em Bombaim. De vez em quando, prometia nos preparar um doce inglês, um *trifle*, a única coisa que, segundo ela, sempre insistia para preparar pessoalmente, mas isso nunca aconteceu. Ela continuou a pegar emprestados os sáris da minha mãe e foi ao shopping comprar mais suéteres e calças. Sua mala extraviada nunca apareceu, e ela aceitou isso com calma, dizendo que lhe dava uma desculpa para comprar coisas novas, mas seu pai brigou em nome dela, dando uma série de telefonemas irados para a companhia aérea antes de finalmente desistirem do assunto.

Você passava a menor quantidade de tempo possível em casa, e saía para caminhar no frio pela mata e por ruas onde era o único pedestre. Certa vez, quando estava no ônibus escolar voltando para casa, vi você e fiquei chocada ao constatar como tinha ido longe. "Você vai adoecer, Kaushik, sempre andando na rua desse jeito", disse minha mãe. Ela ainda falava com você em bengali, apesar de suas respostas serem sempre em inglês. Mas foi sua mãe quem pegou um resfriado, usando isso como desculpa para passar muitos dias na cama. Recusava a comida que minha mãe preparava para o resto de nós, pedindo apenas canja de galinha enlatada. Você ia a pé até o mercadinho a quase dois quilômetros da nossa casa, de onde trazia a canja e edições da *Vogue* e da *Harper's Bazaar*. "Vá perguntar se Parul Mashi quer um chá", disse minha mãe certo dia, e eu subi a escada até o quarto de hóspedes. No meio do caminho, fiquei com vontade de ir ao banheiro. Lá encontrei sua mãe, enrolada em um roupão, equilibrada com um ar cansado na borda da banheira, de pernas cruzadas, fumando um cigarro.

"Ah, Hema!", exclamou ela quase caindo dentro da banheira, tão espantada que apagou o cigarro na louça em vez de no pequeno cinzeiro de aço inox que segurava na outra mão, e que devia ter trazido de Bombaim.

"Desculpe", falei, virando-me para sair.

"Não, não, por favor, eu já estava saindo", disse ela. Fiquei olhando enquanto ela dava descarga no cigarro, bochechava com água da pia e passava uma nova camada de batom, tirando o excesso com um lenço de papel que em seguida jogou na cesta de lixo. Com exceção do *bindi*, minha mãe não se maquiava, e eu observei com atenção o ritual da sua, mais impressionada ainda por vê-la se dar àquele trabalho todo mesmo estando indisposta e passando a maior parte do dia na cama. Ela fitava o espelho com um olhar firme, sem se esquivar do que via. Aquela breve aplicação de batom pareceu fazê-la recuperar a compostura que minha súbita aparição a tinha feito perder. Ela me pegou olhando para o seu reflexo e sorriu. "Um cigarro por dia não vai me matar, não é mesmo?", disse, com a voz jovial. Abriu a janela, tirou um frasco de perfume da *nécessaire* e deu uma borrifada no ar. "Esse vai ser o nosso segredinho, não é, Hema?", disse ela, menos em tom de pergunta do que de ordem, e foi embora fechando a porta atrás de si.

Nos finais de tarde, nós às vezes íamos procurar casas com vocês. Íamos de van; não cabíamos todos no lindo carro que seu pai havia comprado. Inseguro ao volante, meu pai dirigia até bairros desconhecidos onde todos os gramados eram um pouco maiores do que o nosso, as casas um pouco mais espaçadas entre si. Seus pais primeiro procuraram em Lexington e Concord, onde ficavam as melhores escolas. Algumas das casas que vimos estavam vazias, outras ocupadas pelos moradores e seus pertences. Nenhuma delas, segundo as conversas que eu entreouvia à noite enquanto tentava pegar no sono, era do tipo que meus pais tinham condições de comprar. Eles saíam do recinto quando seus pais se punham a conversar com os agentes imobiliários para perguntar sobre preços. Mas o empecilho não era financeiro. O problema eram as casas em si, a pouca luz, o pé-direito baixo, os cômodos mal distribuídos, como sempre concluíam seus pais no caminho de volta à nossa casa. Ao contrário dos meus pais, os seus tinham opiniões sobre design e preferiam coisas contemporâneas, animando-se sempre que passavam por alguma estrutura branca parecendo uma caixa escondida por um bosque de árvores altas. Estavam procurando um terreno com piscina, ou com espaço para construir uma; a sua mãe sentia falta de nadar no clube que frequentava em Bombaim. "Vista para a água, é isso que deveríamos procurar", disse ela certa tarde, debruçada sobre a seção de classificados do *Globe*, e isso limitou ainda mais a procura. Fomos de carro até Swanpscott e

Duxbury visitar propriedades com vista para o mar, e até casas no meio da floresta que davam para lagos particulares. Os seus pais fizeram uma oferta para uma casa em Beverly, mas depois de uma segunda visita retiraram-na, pois sua mãe disse que a planta não era generosa.

Meus pais se sentiam ofendidos pelas ambições extravagantes dos seus, envergonhados da modesta casa que possuíam. "Como vocês devem estar desconfortáveis aqui", diziam, mas os seus pais nunca reclamavam como os meus faziam todas as noites antes de dormir. "Eu não imaginava que fosse demorar tanto", disse minha mãe, observando que já havia transcorrido quase um mês. Enquanto vocês estivessem hospedados conosco, não havia lugar para mais ninguém. "Os Dasgupta queriam vir nos visitar no fim de semana que vem, e tive de dizer não", falou minha mãe. Eu os ouvia dizer e repetir o quanto os seus pais haviam mudado, como havíamos, sem perceber, aberto nossa casa para desconhecidos. Havia reclamações pelo fato de a sua mãe nunca ajudar a tirar a mesa depois do jantar, de ir se deitar quando bem entendia e de dormir quase até a hora do almoço. Minha mãe dizia que seu pai era indulgente demais, zeloso demais com ela, sempre perguntando se ela precisava de mais alguma bebida, levando-lhe um casaco caso estivesse com frio.

"É por causa dela que eles ainda estão aqui", disse minha mãe. "Ela não aceita nada que não seja um palácio."

"Não é uma tarefa fácil", disse meu pai, diplomático, "começar tudo outra vez com um novo emprego, um novo modo de vida. Imagino que ela não quisesse vir, e ele está tentando se redimir por isso."

"Você não me aguentaria se eu me comportasse assim."

"Esqueça isso", disse meu pai, virando as costas para ela e ajeitando as cobertas debaixo do queixo. "Não é para sempre. Logo logo eles irão embora e nossa vida voltará ao normal."

* * *

Em algum lugar daquela casa superlotada, uma linha surgiu separando nossas duas famílias. De um lado ficava a vida que sempre havíamos tido, na qual meus pais me levavam para fazer compras no Star Market toda quinta-feira à noite e depois me convidavam para comer no McDonald's. Todo domingo eu estudava para meu teste semanal de ortografia, e meu pai me fazia uma arguição depois de assistir ao programa *60 Minutes* na TV. A sua família também começou a fazer coisas de forma independente. Algumas vezes, seu pai chegava em casa cedo do trabalho e levava sua mãe para sair, para visitar casas ou então fazer compras no shopping, onde lenta e metodicamente ela começou a comprar todas as coisas de que precisaria para montar sua própria casa: lençóis, cobertores, pratos e copos, pequenos eletrodomésticos. Chegavam em casa com sacolas e mais sacolas, juntando-as no porão da nossa casa, de vez em quando mostrando para minha mãe as coisas que haviam comprado, outras vezes sem se dar ao trabalho. Às sextas-feiras, seus pais muitas vezes nos levavam para jantar fora em um dos restaurantes medíocres e excessivamente caros da cidade. Gostavam dessa mudança de hábitos, e de forma misteriosa haviam desenvolvido um gosto por comidas como bifes e batatas assadas, enquanto com meus pais isso não acontecera. A intenção dessas saídas era dar um descanso para minha mãe na cozinha, mas elas também a incomodavam.

Eu era a única a não me importar com o fato de vocês estarem hospedados na nossa casa. À minha maneira discreta e complicada, eu continuava gostando de você e ficava feliz pelo simples fato de observá-lo dia após dia. E gostava dos seus pais, principalmente da sua mãe; a atenção que recebia dela quase compensava a que não recebia de você. Certo dia, seu pai revelou as fotos da estadia de vocês em Roma. Gostei de ver essas fotos, segurando-as com cuidado pelas beiradas. Eram quase todas de você com a sua mãe, posando em *piazzas* ou sentados na borda de chafarizes. Havia duas imagens praticamente idênticas da Coluna de Trajano. "Pegue uma para o seu trabalho", disse seu pai estendendo uma delas para mim. "Isso deve deixar a sua professora impressionada."

"Mas eu não estive lá."

"Não importa. Diga que o seu tio foi a Roma e tirou uma foto para você."

Você estava na foto, em pé ao lado da coluna. Estava olhando para baixo, com o rosto escondido por uma viseira. Poderia ter sido qualquer um, um dos muitos turistas visíveis no quadro, mas o fato de você estar ali me incomodava, pois a sua presença ameaçava revelar a atração secreta que eu sentia e ainda torcia para um dia ser reconhecida de alguma forma. Você conseguira me fazer esquecer de todas as outras paixões que eu nutria na escola, de modo que eu só pensava em ficar em casa, e em quando, ao longo da tarde e da noite, os nossos caminhos poderiam se cruzar, e se você iria ou não se dignar a olhar para mim durante o jantar. Deitada na cama de armar do quarto dos meus pais, eu dedicava longas horas a imaginar você me beijando. Era jovem demais, inexperiente demais para contemplar qualquer coisa além disso. Aceitei a foto e colei-a no meu trabalho, mas não sem antes cortar fora a parte onde você aparecia. Essa parte eu guardei, escondida entre as páginas em branco do meu diário, trancada por anos a fio.

O seu desejo de neve não havia sido atendido desde a sua chegada. De vez em quando caíam alguns flocos, mas nada que se prendesse ao chão. Então certo dia começou a nevar, primeiro de forma quase imperceptível, depois com mais força à medida que a tarde avançava, e quando cheguei em casa no ônibus escolar, mais de dois centímetros de neve cobriam as ruas. Não foi uma nevasca perigosa, mas foi forte o suficiente para romper a monotonia do inverno. Minha mãe, que nessa noite estava de bom humor, decidiu preparar uma panelada de *khichuri*, prato que geralmente fazia quando chovia, e espantosamente a sua mãe se ofereceu para ajudar e foi para a cozinha fritar pedaços de batata e couve-flor, e derreter tabletes de manteiga em uma frigideira para fazer *ghee*. Ela também decidiu que queria enfim preparar o tão prometido *trifle*, e quando minha mãe lhe disse que não havia ovos suficientes em casa, seu pai saiu para comprar mais, além de outros ingredientes de que ela precisava. "Só vai ficar pronto à meia-noite", disse ela enquanto batia leite quente e ovos na boca do fogão, deixando-me assumir a tarefa quando ficou cansada. "O doce precisa descansar por pelo menos quatro horas."

"Então podemos comer no café da manhã", disse você, partindo um pedaço do bolo simples que ela havia fatiado e enfiando-o na boca. Você raramente punha os pés na cozinha, mas nessa noite ficou por lá, animado pela promessa do doce que eu imaginava ser um dos seus preferidos e que eu própria nunca havia provado.

Depois do jantar, fomos todos nos amontoar na sala de estar para assistir ao noticiário enquanto a neve continuava a cair, animados ao saber que no dia seguinte a minha escola ficaria fechada e as aulas do meu pai seriam canceladas. "Tire o dia de folga também", disse sua mãe ao seu pai, e para surpresa de todos ele concordou.

"Isso me lembra o inverno em que saímos de Cambridge", disse seu pai. Ele e sua mãe estavam bebendo o Johnnie Walker deles, e nessa noite, embora minha mãe tenha continuado a recusar, meu pai aceitou acompanhá-los e tomar um pouquinho do uísque. "Aquela festa que vocês deram para nós", continuou seu pai, virando-se para os meus. "Estão lembrados?"

"Sete anos atrás", disse minha mãe. "Naquela época a vida era outra." Eles falaram sobre como você e eu éramos jovens, como todos eles eram tão mais jovens.

"Que noite linda", recordou sua mãe, com a voz traindo uma tristeza que todos eles pareciam compartilhar. "Como as coisas eram diferentes."

Pela manhã, pingentes de gelo pendiam das janelas e trinta centímetros de neve cobriam o chão. O *trifle*, que tínhamos ficado cansados demais para esperar na noite anterior, surgiu para o café da manhã junto com torradas e chá. Não era o que eu esperava da mistura quente que havia ajudado a bater sobre o fogão, agora fria e escorregadia; mas você devorou uma tigela atrás da outra; sua mãe acabou guardando o doce com medo de você ter dor de barriga. Depois do café, nossos pais se revezaram com as pás para limpar a frente da casa. Quando o vento diminuiu, deixaram-me sair de casa. Eu geralmente fazia bonecos de neve sozinha, magros e tortos, e quando pedia uma cenoura, meus pais diziam que era desperdício de comida. Mas dessa vez você foi se juntar a mim, tocando a neve com as mãos nuas, estudando-a, parecendo feliz pela primeira vez desde que havia chegado. Formou uma bola e atirou na minha direção. Esquivei-me, depois atirei outra em você, acertando-o na perna, consciente da câmera pendurada em volta do seu pescoço.

"Eu me rendo", disse você, erguendo os braços. "Que coisa mais linda", acrescentou, passeando os olhos por nosso gramado que a neve havia transfigurado. Senti-me lisonjeada, embora eu nada tivesse a ver com o clima. Você começou a andar na direção da mata, e eu hesitei. Você disse que havia uma coisa para me mostrar lá dentro. Coberta de neve naquele dia claro de céu azul, com os galhos nus das árvores escondendo tão pouco, a mata parecia segura. Não pensei no menino perdido lá dentro e jamais encontrado. De vez em quando você parava, focalizando a câmera em alguma coisa, sem nunca me pedir para posar. Andamos bastante, até eu não conseguir mais ouvir o barulho da neve sendo retirada com as pás, e não conseguir mais ver a nossa casa. No início, não percebi o que você estava fazendo quando se ajoelhou e começou a afastar a neve. Debaixo dela havia algum tipo de pedra. Então vi que era uma lápide. Você fez surgir toda uma fileira delas, dispostas rente ao chão. Comecei a ajudá-lo, desenterrando o que estava enterrado, usando primeiro as mãos cobertas de luvas, depois o braço inteiro. As lápides pertenciam a pessoas chamadas Simonds, uma família de seis. "Estão todos aqui juntos", disse você. "A mãe, o pai, os quatro filhos."

"Nunca soube que isso existia aqui."

"Duvido que alguém saiba. Na primeira vez em que as encontrei, elas estavam cobertas de folhas. A última, Emma, morreu em 1923."

Assenti com a cabeça, perturbada com a semelhança daquele nome com o meu, perguntando-me se você teria também pensado nisso.

"Isso me faz desejar que não fôssemos hindus, para minha mãe poder ser enterrada em algum lugar. Mas ela nos fez prometer jogar suas cinzas no Atlântico."

Olhei para você, sem entender, então você seguiu falando e explicou que havia um câncer no seio dela, que ele estava se espalhando pelo resto do corpo. Que fora por isso que vocês haviam saído da Índia. Nem tanto por causa do tratamento, mas para que os deixassem em paz. Na Índia, as pessoas sabiam que ela estava desenganada, e caso vocês houvessem ficado lá, os amigos e a família teriam inevitavelmente se reunido à cabeceira dela em seu lindo apartamento à beira-mar, tentando protegê-la de algo do qual era impossível escapar. Sem querer ser sufocada por tanta atenção, sem querer que os pais fossem testemunhas do seu declínio, sua mãe havia pedido ao seu pai para levar todos vocês de volta para os Estados Unidos. "Ela está se consultando com um médico novo no Mass General. É para lá que meu pai muitas vezes a leva quando eles dizem que vão visitar casas. Ela vai ser operada na primavera, mas é só para ganhar um pouco mais de tempo. Ela não quer que ninguém aqui saiba. Só no fim."

Essa informação caiu ali entre nós dois, tão chocante quanto se você tivesse me batido no rosto, e eu comecei a chorar. No início, as lágrimas caíram em silêncio, deslizando por meu rosto quase congelado, mas então comecei a soluçar, ficando toda feia na sua frente, com o nariz escorrendo por causa do frio, os olhos cada vez mais vermelhos. Fiquei ali em pé, com as mãos sob as maçãs do rosto para colher as lágrimas, arrasada por você estar testemunhando uma cena tão lamentável. Embora você nunca tivesse tirado uma foto minha na vida, tive medo de que fosse erguer a câmera e me fotografar daquele jeito. É claro que você não fez nada, não disse nada; já tinha dito o bastante. Continuou onde estava, olhando para a lápide de Emma Simonds e depois de algum tempo, quando eu me acalmei, começou a andar de volta em direção ao nosso quintal. Segui-o pela trilha que você havia descoberto, e então nos separamos sem que nenhum dos dois conseguisse reconfortar o outro; você para remover a neve com uma pá, eu para dentro de casa tomar uma chuveirada quente, meu rosto vermelho e inchado interpretado por nossas mães como consequência do frio. Talvez você tenha pensado que eu estivesse chorando por sua causa, ou por causa da sua mãe, mas não. Eu era jovem demais nesse dia para sentir tristeza ou empatia. Tudo que senti foi o medo enorme de ter uma mulher desenganada morando na nossa casa. Lembrei-me de ficar ao lado da sua mãe, nós duas sem blusa dentro do provador onde experimentei meu primeiro sutiã, e senti-me perturbada por ter chegado tão perto da doença dela. Fiquei furiosa por você ter me contado, e também por não ter me contado, sentindo-me traída e ao mesmo tempo soterrada pela informação, e detestando você do mesmo jeito que havia detestado antes.

Duas semanas depois, você foi embora. Seus pais compraram uma casa em North Shore, projetada por um conhecido arquiteto de Massachusetts. A casa tinha um telhado totalmente plano e paredes inteiras feitas de vidro. Os quartos do andar de cima davam todos para uma sacada interna, e o pé-direito da sala tinha sete metros de altura. Não havia nenhuma vista para a água, mas a casa tinha uma piscina onde sua mãe podia nadar como queria. Na primeira noite que vocês passaram lá, minha mãe levou comida para sua mãe não ter de cozinhar, sem se dar conta do favor que isso representava. Nós admiramos a casa e o terreno, os cômodos vazios e cheios de ecos que logo seriam ocupados por doença e tristeza. Um dos quartos tinha uma claraboia; sua mãe nos disse que pretendia pôr a cama bem ali embaixo. Tudo aquilo iria lhe proporcionar dois anos de prazer. Quando meus pais finalmente ficaram sabendo da notícia e foram ao hospital onde a sua mãe estava morrendo, eu nada revelei sobre o que você havia me contado. Nesse sentido, permaneci fiel. Os nossos pais a essa altura eram meros conhecidos, seguiram caminhos diferentes depois das semanas de intimidade forçada. Sua mãe havia prometido nos convidar para nadar na piscina no verão mas, à medida que a saúde dela foi se deteriorando, mais depressa do que os médicos haviam previsto, os seus pais se isolaram, ainda sem revelar nada sobre a doença dela, raramente recebendo convidados. Durante algum tempo, minha mãe e meu pai continuaram a reclamar, sentindo-se rejeitados. "Depois de tudo que fizemos por eles", diziam antes de adormecer. Mas a essa altura eu já havia voltado para o meu próprio quarto, do outro lado da parede, na cama onde você dormira, e não conseguia mais ouvi-los.

Fim de ano

Eu não compareci ao casamento do meu pai. Nem sequer sabia que tinha havido um casamento até meu pai me ligar em um domingo de manhã cedo durante meu último ano em Swarthmore. Fui acordado por um punho socando a porta do meu quarto, seguido pela voz de um de meus colegas de alojamento me chamando pelo sobrenome. Mesmo antes de atender já sabia que era meu pai; ninguém mais teria me ligado antes das nove. Meu pai sempre fora um madrugador para quem o horário entre as cinco e as sete da manhã era a parte mais proveitosa do dia. Ele usava esse tempo para ler o jornal e depois sair para uma caminhada pela Marine Drive quando morávamos em Bombaim e pelas estradinhas tranquilas da nossa cidade em North Shore, e por mais que insistisse para minha mãe e eu o acompanharmos eu sabia que preferia estar sozinho. As coisas agora eram diferentes, é claro; essas horas solitárias que ele outrora apreciava haviam se transformado em uma prisão para ele, um lugar-comum. Eu sabia que meu pai já não se dava ao trabalho de fazer caminhadas, e que desde a morte da minha mãe ele mal dormia. Fazia várias semanas que não nos falávamos. Ele estivera em Calcutá visitando meus avós, todos os quatro ainda vivos, e quando peguei o fone que haviam deixado pendurado pelo fio a minha espera, imaginei que fosse dizer apenas que havia feito boa viagem de volta a Massachusetts, e não que eu agora tinha uma madrasta e duas irmãs postiças.

"Preciso lhe contar uma coisa que vai deixar você chateado", começou ele, e perguntei-me se talvez um dos meus avós houvesse adoecido, se os pais da minha mãe não estavam mais conseguindo suportar a perda da filha única aos quarenta e dois anos de idade. Fora isso o mais difícil naqueles primeiros meses depois de ela morrer: ter de ir a Calcutá com meu pai e entrar na casa onde minha mãe tinha sido criança, ter de encontrar o homem e a mulher que a haviam criado, conhecido e amado muito antes do meu pai e de mim. Meus avós já viviam em um estado de luto brando desde 1962, ano do casamento dos meus pais. De vez em quando, minha mãe voltava para visitá-los, primeiro de Boston e depois de Bombaim, tal a mítica Perséfone, preenchendo e iluminando temporariamente os cômodos, espalhando seus cremes e pós pela penteadeira, tomando chá em xícaras que conhecia desde criança, dormindo no quarto onde fora menina. Depois que ligamos para meus avós de Massachusetts para dizer que minha mãe havia morrido, eles tinham permanecido aferrados à esperança de que era tudo apenas uma questão de tempo, de que ela tornaria a embarcar em um avião e a passar mais uma vez pela porta. Mesmo depois de meu pai e eu entrarmos na casa deles, minha avó perguntou se minha mãe ainda estava no táxi que já tinha ido embora, mesmo que na parede de sua sala estivesse pendurado um gigantesco retrato da minha mãe enfeitado por uma coroa de angélicas. "Ela não está conosco, Didun", falei, e foi só então que meus avós se renderam à tristeza, chorando outra vez a perda da minha mãe de um jeito que nem meu pai nem eu havíamos feito. Ter ficado ao lado dela durante a doença, dia após dia, havia nos roubado esse privilégio.

Mas os meus avós estavam bem, disse meu pai ao telefone. Estavam com saudades de mim e mandavam lembranças, disse ele, e então contou-me sobre Chitra. Ela havia perdido o marido dois anos antes, não de câncer, mas de encefalite. Chitra era professora primária e, aos trinta e cinco, quase vinte anos mais nova do que meu pai. As filhas dela tinham sete e dez anos. Ele forneceu esses detalhes como se respondesse diligentemente a perguntas que eu não estava fazendo. "Não estou pedindo para você sentir carinho por ela, nem mesmo para gostar dela", disse meu pai. "Você é um homem adulto, não precisa dela em sua vida como eu preciso. Só estou pedindo para você algum dia entender a minha decisão." Ficou claro para mim que ele havia se preparado para a minha indignação — palavras duras, acusações, o telefone batendo. Mas nenhuma emoção turbulenta me atravessou enquanto ele falava, apenas uma versão diluída da sensação nauseante que havia tomado conta de mim naquele dia em Bombaim em que eu ficara sabendo que minha mãe estava desenganada, uma sensação que havia se ancorado em mim sem nunca ir embora por completo.

"Ela está aí ao seu lado?", perguntei. "Você gostaria que eu falasse alguma coisa?" Disse isso mais como um desafio do que por educação, sem acreditar nele de todo. Desde a morte da minha mãe, eu muitas vezes duvidava das coisas que meu pai me dizia durante nossas conversas ao telefone: por exemplo, que ele havia jantado em alguma noite no restaurante italiano aonde costumava me levar quando eu ia visitá-lo, e não simplesmente esvaziado mais uma latinha de amêndoas e algumas doses de Johnnie Walker em frente à televisão.

"Elas vão chegar daqui a duas semanas. Você vai encontrá-las quando vier passar o Natal em casa", disse meu pai. "O inglês dela não é muito bom", arrematou.

"Pior do que o meu bengali?"

"Talvez. Ela vai aprender, claro."

Eu não disse as palavras que me vieram à boca, que minha mãe havia aprendido inglês ainda menina, que não tivera necessidade de aprender nos Estados Unidos.

"As meninas falam melhor", continuou meu pai. "Estudaram em escolas elementares inglesas. Eu as matriculei nas respectivas séries para começarem aqui em janeiro."

Fazia apenas algumas semanas que ele conhecia Chitra, e só havia se encontrado com ela duas vezes antes de se casar. Um casamento no cartório, seguido por um pequeno jantar em um hotel. "Foi tudo organizado por parentes", explicou ele de uma forma que sugeria que a culpa não era sua. Esse comentário me incomodou mais do que qualquer outra coisa que meu pai houvesse dito até então. Meu pai não era um homem maleável, e eu sabia que ninguém teria se atrevido a lhe arrumar outra esposa a menos que ele tivesse pedido.

"Eu estava cansado, Kaushik", disse ele. "Cansado de voltar para uma casa vazia todas as noites."

Eu não sabia o que era pior: a ideia de meu pai se casar de novo por amor, ou o fato de ele ter procurado deliberadamente uma desconhecida para lhe fazer companhia. Meus pais tinham feito um casamento arranjado, mas houvera também uma pitada de romantismo, pois meu pai tinha visto minha mãe pela primeira vez em um casamento e ficado tão atraído por ela que na semana seguinte havia pedido a sua mão. Eles sempre tinham sido carinhosos um com o outro, mas foi só depois da doença que ele pareceu se apaixonar por ela de verdade, entregar-se, de modo que fui testemunha de galanteios que deveriam ter se atenuado antes de eu nascer. Na época, ele se desdobrava por ela, chegava em nosso apartamento de Bombaim trazendo flores, demorava-se com ela na cama pela manhã e se atrasava para o trabalho, querendo estar a sós com ela a ponto de eu, um adolescente, sentir que estava atrapalhando.

"Eu pensei", continuou ele, "em colocar as meninas juntas no seu quarto, já que ele tem um tamanho bom. Você acharia muito ruim ficar no quarto de hóspedes quando viesse me visitar, Kaushik? A maioria das suas coisas já está com você mesmo. É só uma questão de onde dormir. Mas por favor me diga se achar ruim." Ele parecia mais preocupado com a minha reação a um novo quarto do que com o fato de eu ter acabado de ganhar uma nova família.

"Não tem problema."

"Está sendo sincero?"

"Já disse que não tem problema."

Voltei para meu quarto no alojamento. Havia uma garota na minha cama nessa manhã; ela continuara dormindo enquanto eu me vestia e cambaleava descalço até o corredor para atender o telefone. Agora estava deitada de bruços, com uma caneta na mão, terminando umas palavras cruzadas que eu havia começado. Chamava-se Jessica, e eu a havia conhecido na aula de espanhol.

"Quem era?", perguntou ela, virando-se para olhar para mim. O sol batia forte pela janela atrás dela, oblíquo, escurecendo-a a ponto de seus traços ficarem indiscerníveis.

"Meu pai", respondi tornando a me enfiar na cama ao lado dela. Ela ainda passou algum tempo tentando completar as palavras cruzadas enquanto eu ficava aninhado ao seu lado, ainda arrebatado pelo cheiro desconhecido que emanava dela. Ela não sabia nada sobre a minha família, sobre a visita recente do meu pai a Calcutá, nem sobre a morte da minha mãe no verão anterior à minha entrada para a faculdade. Durante as poucas semanas que tínhamos passado juntos, eu não havia contado a Jessica nenhuma dessas coisas. Nessa manhã, depois de chorar por alguns instantes encostado nela, contei.

* * *

Depois das provas, fui de carro até Massachusetts, parando no caminho para deixar Jessica na fazenda dos pais em Connecticut. Quando eu havia decidido estudar em Swarthmore, meu pai me dera de presente o Audi que comprara depois de voltar de Bombaim. Disse que assim seria mais fácil fazer o trajeto da Pensilvânia até nossa casa durante os fins de semana e feriados, mas eu sabia que na verdade era apenas uma desculpa para se livrar de mais uma coisa que minha mãe havia tocado, conhecido, ou ocupado de alguma outra forma. No dia em que voltamos do hospital pela última vez, ele recolheu todas as fotografias dela, em porta-retratos e álbuns, e guardou-as dentro de uma caixa de sapato. "Escolha algumas, sei que fotografias são importantes para você", disse a mim, e em seguida fechou a caixa com fita adesiva e colocou-a dentro de algum armário. Não havia perdido tempo para doar as roupas dela, suas bolsas, estojos de cosméticos e águas-de-colônia. Dessa época, esta é provavelmente a última lembrança que tenho sua: você e sua mãe indo nos visitar em casa certo dia e passando a tarde inteira a revirar as gavetas da minha mãe como tantas outras pessoas já haviam feito, tocando suas coisas, erguendo os suéteres e xales até junto do peito para ver se cairiam bem, experimentando para ver se o Chanel nº 5 reagiria de maneira tão favorável sobre a sua pele quanto sobre a dela. As coisas que não tiveram serventia para você, para sua mãe ou para as outras bengalesas foram doadas a instituições de caridade na Índia, uma vez que não havia na Nova Inglaterra nenhum lugar para o qual doar todos aqueles sáris com blusas e anáguas combinando. Isso estava de acordo com as instruções da minha mãe. "Não quero todos esses lindos tecidos virando cortinas", disse-nos ela em sua cama de hospital. Suas cinzas foram jogadas perto do litoral de Gloucester, desde um barco que um colega de trabalho do meu pai, Jim Skillings, havia arrumado; mas as suas joias de ouro voltaram para Calcutá e foram distribuídas entre as mulheres pobres que haviam trabalhado para os parentes e amigos próximos como babás, cozinheiras ou empregadas.

A mim pouco importava que as coisas dela houvessem desaparecido. Depois de Bombaim, ela tivera poucas oportunidades de usar joias ou sáris, uma vez que recusava a maioria dos convites para festas que ela e meu pai recebiam. Já perto do fim, quando eu chegava em casa do colégio, encontrava-a sentada enrolada em um cobertor, olhando para a piscina onde já não tinha forças para nadar. Algumas vezes eu a levava para passear e respirar um pouco de ar puro, caminhando com cuidado entre as bétulas e pinheiros atrás da casa e sentando-me ao seu lado sobre uma mureta de pedra. De vez em quando, sentindo-se ousada, ela me pedia para levá-la de carro até o mar. "Não se esqueça de guardar minha gargantilha de rubi e o conjunto de pérolas e esmeraldas para a pessoa com quem você se casar", pediu durante um desses passeios. "Não tenho planos de me casar tão cedo", disse-lhe eu, e ela falou que gostaria de poder dizer a mesma coisa sobre a morte. No final das contas, eu a desobedeci. Depois que ela se foi, não consegui abrir e examinar o conteúdo de todas aquelas caixas finas e vermelhas que ela guardava escondidas dentro de uma mala na prateleira do closet, quem dirá separar alguma coisa pensando na minha futura felicidade.

Já no final da tarde, subi a estrada que ia dar na nossa garagem. Nossa casa era a única fonte de luz por muitos quilômetros, em meio a trechos isolados de neve endurecida. Não era um lugar fácil nem tipicamente convidativo. Degraus de pedra haviam sido embutidos no solo irregular, margeados até a porta da frente por rododendros que não eram podados havia tempos. Pelo outro carro estacionado em frente à garagem, vi que meu pai estava em casa, em pé do outro lado da porta reforçada, esperando eu entrar com minhas coisas.

"Estávamos esperando você mais cedo", disse ele. "Você disse que chegaria na hora do almoço."

Eu soube então que era verdade, que havia outra pessoa dentro da casa, uma pessoa que tornava possível para o meu pai, sem hesitação, dizer "nós" em vez de "eu". Não disse nada sobre a minha parada na casa de Jessica e as duas horas que havia passado lá. Em vez disso, falei que o trânsito estava ruim. Perguntei-me se meu pai teria saído mais cedo do trabalho por minha causa, ou talvez tirado uma folga naquele dia. Pela sua aparência, não pude descobrir. Ele havia deixado de usar ternos e estava vestido com as mesmas roupas que usava no fim de semana: uma calça azul-escura e um suéter creme. Havia mais cabelos grisalhos em sua cabeça do que eu me lembrava e, embora ele ainda tivesse uma beleza vigorosa, a idade ia se imiscuindo em seus traços, deixando a pele flácida nas laterais do nariz, os olhos verde-claros — característica que fazia minha mãe insistir que havia sangue irlandês do lado dele da família — menos curiosos do que antigamente. Tentei imaginá-lo poucas semanas antes usando um *kurta* de seda, com um *topor* matrimonial sobre a cabeça. Perguntei-me quem haveria fotografado o casamento, se meu pai me mostraria as fotos.

Ao entrar na casa, estranhei o forte cheiro de comida que pairava no ar. Com exceção disso, tudo parecia igual: as fotografias em preto e branco que eu havia tirado dos bosques da vizinhança, e que minha mãe havia insistido em enquadrar, continuavam penduradas em uma das paredes do hall. A casa sempre tivera um ar impessoal, cheia de armários embutidos para esconder os vestígios de nossas vidas cotidianas. Agora que eu não morava mais ali, fiquei impressionado com o enorme tamanho dela, o altíssimo pé-direito duplo da sala e as grandes paredes de vidro com vista para as árvores, mais típicas de uma instituição do que de uma residência particular. Um banco margeava todo o comprimento da parede de vidro, espaço suficiente para vinte pessoas se sentarem lado a lado, como havia acontecido durante o funeral da minha mãe.

Assim que tirei o casaco, meu pai o pendurou dentro de um armário, e então conduziu-me até a mesa de jantar. Minha mãe havia insistido para mobiliar a casa com peças que fizessem jus à sua arquitetura modernista: um sofá modulável de couro preto disposto em forma de U, uma luminária de chão cromada formando um grande arco, uma mesa de centro em forma de feijão com tampo de vidro, e uma mesa de jantar de fibra de vidro branca cercada por cadeiras do mesmo material. Ela nunca havia permitido que nenhuma toalha cobrisse a mesa, mas nesse dia ela estava coberta por um pano de estampa indiana que poderia muito bem ter sido uma colcha de cama e não alcançava nenhuma das duas pontas. No centro, em vez do generoso arranjo de frutas frescas ou flores que minha mãe teria colocado, havia uma bandeja de aço inox contendo um saleiro comum e dois vidros de conserva, chutney de manga apimentado e geleia de limão doce, ambos destampados, com os rótulos manchados e colheres espetadas dentro. Um único lugar fora posto para mim em uma das pontas da mesa, com *luchis* translúcidos empilhados sobre um prato, e várias tigelinhas contendo *dal* e legumes dispostas em semicírculo.

"Sente-se", disse meu pai. "Você deve estar com fome." Ele estava nervoso, assim como eu. Não havia nenhum drinque na sua mão, nenhuma garrafa de Johnnie Walker visível sobre a mesa de bebidas como geralmente acontecia a essa hora do dia.

Continuei em pé, sem interesse pela comida, olhando para a mesa. Não estava mais acostumado com a culinária indiana. Na faculdade, comia na cantina, e durante o tempo que passei em casa depois de minha mãe morrer, meu pai e eu comíamos fora, ou então comprávamos pizzas, de modo que o vistoso fogão a gás que havia deixado minha mãe tão animada quando nos mudamos, com o grill acoplado no qual ela disse que poderíamos preparar kebabs, era usado para ferver água para o chá. Olhei para um dos cantos do teto acima da mesa e vi que estava descorado por um vazamento.

"Quando foi que isso aconteceu?", perguntei.

"Já faz algum tempo."

"Você não vai consertar?" Meu pai, interessado em como as construções eram feitas, sempre havia sido meticuloso em relação a esse tipo de coisa.

"É uma obra grande", disse ele. "Existe um motivo para os telhados serem inclinados nesta parte do mundo."

Não ouvi vozes nem passos, nenhum barulho de comida sendo preparada ou de água correndo na cozinha. Era como se Chitra e as filhas estivessem discretamente escondidas dentro de um dos muitos armários da casa, engolidas como as tantas outras coisas. "Onde elas estão?", perguntei, por fim.

Foi então que ela apareceu, surgindo pelas portas de vaivém que davam para a cozinha. Era mais próxima da minha idade do que da do meu pai. Eu já sabia disso, mas a visão me causou um choque. Tinha os cabelos compridos e escuros, e um nariz largo em um rosto afora isso agradável, embora demasiado redondo para eu considerá-lo bonito. Era mais alta do que eu esperava que fosse, um pouco mais alta do que minha mãe. Tinha a risca dos cabelos tingida de vermelhão, costume tradicional que minha mãe renegava, e a mancha do pó vermelho era o elemento mais marcante de sua aparência.

"Gostaria que você me chamasse de Mamoni", disse ela em bengali. Tinha a voz mais grave do que a da minha mãe, com uma leve rouquidão estranhamente apaziguadora. "Você tem alguma objeção a isso?" Fez essa pergunta de forma gentil, com um sorriso, prestando atenção na minha reação, e eu fiz que não com a cabeça sem sorrir de volta.

"Por favor", disse ela, dessa vez em inglês, acenando na direção da cadeira.

Virei-me para meu pai e perguntei: "Não vamos todos comer?".

"Nós já comemos", respondeu Chitra, tornando a falar bengali. "Você dirigiu tanto. Tem mais comida."

Ela voltou para a cozinha abruptamente, e eu me sentei. Apesar da minha relutância em comer, fiquei com água na boca e de repente senti gratidão pela grande quantidade de comida à minha frente. A última coisa que havia comido fora uma fatia do bolo de frutas preparado pela mãe de Jessica, que eu conhecera ao deixá-la em casa. O bolo estava delicioso, e a mãe de Jessica cortou mais algumas fatias para mim, embrulhando-as em papel-alumínio para a viagem, mas eu as havia esquecido sobre a mesa de centro da sala, desatento depois de Jessica ter me beijado na cama de baldaquino de seu quarto de menina.

"Comece, Kaushik", disse meu pai, sentando-se em uma cadeira ao meu lado. "Está esfriando."

A disposição das tigelas, pequenas tigelas de vidro nas quais habitualmente comíamos sorvete, pareceu-me demasiado formal. Aqueles eram os modos antiquados, cerimoniosos, que eu me lembrava de ver meus avós usarem para comer em Calcutá, sendo tratados como reis todos os dias depois do banho matutino. Perguntei-me qual seria a melhor forma de me portar: servir-me de uma colher de cada tigela à medida que comia ou pôr tudo no prato de uma vez só. Enquanto isso, comi os *luchis* sozinhos, ainda mornos e de uma leveza impressionante. Lembrei-me das manhãs de domingo em Bombaim, quando comia *luchis* preparados por nossa cozinheira pársi, Zareen. Pude ouvir minha mãe reclamando na cozinha, bem-humorada, dizendo a Zareen que tentasse outra vez, que os estava fritando antes de o óleo ficar suficientemente quente.

Quando Chitra voltou, veio seguida pelas filhas, duas meninas à primeira vista indistinguíveis uma da outra, exceto por uma diferença de poucos centímetros na altura. Estavam agasalhadas demais em nossa casa confortavelmente aquecida, com suéteres grossos e meias, roupas indianas esquisitas que logo seriam repudiadas, eu sabia, e trocadas por outras compradas no shopping. Os suéteres das duas eram feitos da mesma lã cor-de-rosa em um tom enjoativo de tão berrante. As meninas não se pareciam muito com Chitra. Tinham a pele mais escura e um ar mais doce, com o rosto em forma de coração e duas marias-chiquinhas pretas de cada lado da cabeça, enfeitadas com fitas vermelhas.

"Querem um pouco disto aqui?", ofereci, apontando para os *luchis* que sobravam no meu prato, e para minha surpresa elas se adiantaram e ambas estenderam uma das mãos, tapando as bocas risonhas com a outra. Vi que uma das meninas, a menor, tinha um dente da frente faltando.

"Deixem Dada comer em paz", falou Chitra. Ela havia sido cautelosa em relação a como eu iria chamá-la, mas dessa vez se referiu a mim sem hesitar como irmão mais velho das meninas.

"Podem me chamar de Kaushik", falei para as meninas, e isso as fez tornar a pôr a mão na frente da boca e rir mais ainda.

"Que tal KD?", sugeriu meu pai.

Viramo-nos todos intrigados para ele, para aquele homem por quem estávamos agora todos reunidos.

"Versão curta de Kaushik Dada", explicou ele. Perguntei-me se isso era algo que acabara de lhe ocorrer ou se ele havia pensado bastante no assunto de antemão. Meu pai sempre tivera uma veia criativa para as palavras, escrevendo poemas em bengali durante os fins de semana e lendo-os em voz alta para minha mãe. Com base nos comentários dela, parecia que os poemas eram espirituosos. Aquilo era um dos nossos segredos de família, o fato de meu pai, engenheiro civil, ser também poeta. Embora eu nunca tenha lhe perguntado, imaginava que ele houvesse parado de escrever depois da morte da minha mãe, assim como havia parado de fazer tantas outras coisas.

"Muito esperto", disse Chitra, dirigindo-se diretamente ao meu pai pela primeira vez desde a minha chegada. Falou com aprovação, com o tom de alguém acostumado a reconhecer pequenos feitos, e foi então que me lembrei de que ela costumava trabalhar como professora. "Sim, KD é melhor."

Achei o apelido bobo, mas meu pai pareceu orgulhoso, e era melhor do que a alternativa de Chitra. "E eu, como vou chamar vocês?", perguntei a minhas irmãs postiças.

"Eu sou Rupa", disse a mais alta, com uma voz rouca como a da mãe.

"E eu sou Piu", disse a sem dente.

"Estamos muito felizes por estar no seu quarto", acrescentou Rupa. Ela falava de forma rígida, um pouco distante, como quem recita alguma coisa que foi obrigado a memorizar. "Estamos gostando muito."

Elas falavam comigo em inglês, e seus sotaques e entonações soavam tão severos quanto os meus devem ter soado para o seu ouvido inteiramente americano quando chegamos como refugiados à casa da sua família. Eu sabia que os sotaques logo iriam diminuir e depois desaparecer, junto com os suéteres fora de moda e os penteados bobos.

"Rupa e Piu estão ansiosas para visitar o aquário e o museu de ciências", disse meu pai. "Quem sabe você pode levá-las um dia, Kaushik."

Não respondi à sugestão. "Muito gostoso", falei em vez disso, em bengali, referindo-me à comida, algo que minha mãe me ensinara a dizer depois de comer na casa dos outros. Levantei-me para levar meu prato até a cozinha.

"Você não comeu", disse Chitra, interceptando-me. Tentou tirar o prato da minha mão, mas eu o segurei e fui até a cozinha servir-me de um pouco do Johnnie Walker que meu pai guardava no armário acima do lava-louças.

"Do que precisa? Eu pego para você", disse Chitra, seguindo-me. De repente, senti-me nauseado com a sua presença, com a visão dela ali dentro da nossa cozinha. Não tinha lembranças de minha mãe cozinhando ali, mas o espaço ainda conservava sua presença mais do que qualquer outra parte da casa. Os pés de crássula e clorófito que ela havia regado ainda cresciam no peitoril da janela, e o relógio laranja e branco em forma de sol cujo desenho ela tanto adorava, com seu trêmulo ponteiro dos segundos, ainda marcava as horas na parede. Embora ela raramente lavasse a louça, embora naquela época quem na verdade lavasse a louça na maioria das vezes fosse eu, eu imaginava suas mãos nas torneiras da pia, seu corpo esguio encostado na bancada. Ignorando Chitra, abri um dos armários para pegar um copo e outro para pegar o uísque, mas tudo que encontrei ali agora foram caixas de cereais e pacotes de *chanachur* trazidos de Calcutá.

Meu pai também entrou na cozinha. "Onde está o uísque?", perguntei a ele.

Ele olhou de relance para Chitra e, depois de algum tipo de comunicação silenciosa entre os dois, ela saiu do recinto. "Eu guardei", disse-me ele quando ficamos sozinhos.

"Por quê?"

"Parei de tomar. Descobri que assim durmo melhor à noite."

"Desde quando?"

"Já faz algum tempo. Além disso, eu não queria deixar Chitra assustada."

"Assustada?"

"Ela é um pouco antiquada." Ele pegou o banquinho dobrável que ficava guardado em um vão ao lado da geladeira e desdobrou-o. Subiu até o último degrau e abriu um armário acima da nossa geladeira que, mesmo com o banquinho, era difícil de alcançar, e tirou de lá de dentro uma garrafa pela metade.

Senti vontade de perguntar ao meu pai que bicho o havia mordido para fazê-lo se casar com uma moça antiquada com metade da sua idade. Em vez disso, tirando a garrafa da mão dele, falei: "Espero que não tenha problema se eu assustá-la".

"Só seja discreto, principalmente perto das meninas."

Meus pais nunca tinham sido discretos em relação ao seu fraco por Johnnie Walker, nem comigo nem com ninguém. Depois da morte da minha mãe, logo depois de eu completar dezoito anos, fui eu quem tomei o lugar dela, empunhando uma dose diluída com água e depois outra à noite, para fazer companhia ao meu pai antes de ambos conseguirmos arrumar alguma desculpa para ir dormir. Na faculdade, eu quase nunca bebia uísque e preferia cerveja, mas sempre que voltava para casa ansiava pelo gosto da bebida, sem conseguir evitar pensar na minha mãe todas as vezes que via um anúncio de uísque em algum outdoor ou revista.

"Pensei que amanhã, quando eu estiver no trabalho, você pudesse ir comprar uma árvore", disse meu pai. "Tem um lugar na 128 que não fica muito longe. Quem sabe as meninas não querem ir com você? Elas estão muito animadas com a ideia."

Olhei para ele sem entender. Até então, eu não havia registrado por completo o fato de que meu pai passaria os dias no trabalho, de que eu ficaria sozinho com Chitra e suas filhas.

"Uma árvore de Natal, você quer dizer?" Nos últimos três anos, desde a morte da minha mãe, não havíamos comemorado o Natal em nossa casa. Em vez disso, passáramos a aceitar convites para ir à casa de amigos e aparecíamos pela manhã vestidos dos pés à cabeça enquanto a outra família ainda estava de pijama. Eu recebia uma única caixa contendo um suéter ou uma camisa social e ficava vendo os filhos da família abrirem dezenas de presentes. Em Bombaim, minha mãe sempre dava uma festa no dia de Natal, pendurando luzinhas por nosso apartamento e colocando presentes debaixo de um hibisco plantado em um vaso. Era uma época do ano em que ela falava com saudade de Cambridge, de nossa família e das outras que havíamos deixado para trás, dizendo que o feriado não era a mesma coisa sem o clima frio, as lojas decoradas, os cartões que chegavam pelo correio.

"Acho que vamos ter de comprar alguns presentes", acrescentou meu pai. "Ainda temos alguns dias. Não precisa ser nada extravagante."

Eu sabia que Chitra e as meninas estavam provavelmente amontoadas na sala de jantar escutando cada palavra trocada entre mim e meu pai, mas isso não me impediu de dizer: "Essas meninas não têm sequer metade da minha idade. Você espera que eu brinque com elas?".

"Não espero que você faça nada", respondeu meu pai com a voz neutra. Não se abalou com o meu comentário, talvez tenha até ficado aliviado pelo fato de agora estarmos oficialmente em conflito, de não haver mais motivo para fingir. Era como se já houvesse imaginado essa cena várias vezes em sua cabeça e estivesse cansado dela. "Só estou perguntando se você se importa de ir comprar uma árvore."

Eu ainda não havia servido a bebida. Estava ali em pé, de costas para a bancada da cozinha, segurando um copo em uma das mãos e na outra a garrafa que meu pai havia tirado do esconderijo. Então servi a bebida, que tomava do mesmo jeito que minha mãe, com um cubo de gelo e sem água. Bebi o que havia servido, e em seguida servi outra dose.

"Calma", disse meu pai.

Olhei de relance na sua direção. Depois da morte da minha mãe, ele havia adquirido uma expressão que deixara seus traços permanentemente congelados de uma forma diferente. Era menos uma expressão de tristeza do que de resignação irritada, a cara que ele costumava fazer quando um copo escorregava da minha mão e caía quando eu era pequeno, ou quando o dia por acaso amanhecia nublado e tínhamos planos de fazer um piquenique. Era a expressão que havia tomado conta de seu rosto na manhã em que visitamos minha mãe no quarto de hospital pela última vez; e que, depois da morte dela, me recebia sempre que eu chegava em casa vindo da faculdade, que ainda parecia dirigida à minha mãe por tê-lo decepcionado. "Calma, não", falei, sacudindo a cabeça para meu próprio reflexo suspenso diante do fundo negro da noite. "Não é nada calmo para mim."

Quando acordei na manhã seguinte, meu pai já havia saído para o trabalho. Continuei na cama por algum tempo, sem saber que horas eram, inicialmente sem entender por que estava no quarto de hóspedes e por que podia escutar o som de risinhos de menina abafados descendo do teto. O quarto de hóspedes ficava no primeiro pavimento da casa, em uma ala separada, depois de um corredor atrás da cozinha. Eu estava deitado em uma cama de casal, um colchão montado sobre uma plataforma a pouca distância do chão. Na parede oposta havia uma porta corrediça de vidro que dava para o quintal dos fundos e para a piscina coberta por um oleado preto. Quando havíamos nos mudado para aquela casa, minha mãe dedicara uma atenção desproporcional à arrumação do quarto de hóspedes, indo às compras para encontrar a colcha de retalhos verde-vivo que cobria a cama, cortinas para a porta de vidro, um despertador para a mesa de cabeceira, uma saboneteira para o banheiro anexo, pedindo-me para pendurar um quadro cor-de-rosa e roxo de Madhubani acima da cômoda. Eu não sabia quem ela esperava que viesse ficar hospedado conosco, mas a essa altura nós já concordávamos com ela em relação a qualquer passatempo que a deixasse animada. Eu agora me sentia grato por isso, grato por não estar no andar de cima, no meu antigo quarto, que tinha uma parede contígua ao quarto dos meus pais. Já fora suficientemente desagradável escutar a respiração arfante de minha mãe à noite, seus gemidos. Dessa vez seriam Chitra e meu pai que eu teria ouvido conversar antes de dormir, seus corpos que eu teria de imaginar lado a lado sob as cobertas.

Até onde eu sabia, a única pessoa que havia ocupado nosso quarto de hóspedes fora uma enfermeira chamada sra. Gharibian, que viera cuidar da minha mãe quando meu pai e eu já não conseguíamos dar conta das necessidades dela, e antes de minha mãe decidir que queria morrer no hospital e não em casa. A sra. Gharibian era uma mulher de meia-idade, de cabelos castanhos curtos e leve sotaque sulista. Casara-se com um armênio e aprendera com a sogra a preparar todo tipo de lanche. Costumava trazer tupperwares cheios de pastéis de cordeiro e folhas de uva recheadas, comidas que hoje me lembram minha mãe morrendo, e guardava-as na geladeira para meu pai e eu comermos, abastecendo também a casa de leite e pão sem que ninguém precisasse pedir. Ela em geral ia embora à noitinha, mas durante duas semanas passou madrugadas conosco, aplicando injeções de morfina e esvaziando as comadres, fazendo anotações em um caderninho forrado com tecido que parecia feito para escrever receitas. Alguma coisa em seu jeito discreto e otimista me fazia acreditar que a sra. Gharibian tinha o poder de amparar minha mãe, não de curá-la, mas de mantê-la viva indefinidamente. "Essa é a pior parte", disse-me ela certa vez. "Vocês estão ansiosos, achando que o pior ainda está por vir, na verdade esta é a pior parte, para vocês e para ela." Na época, suas palavras não me tranquilizaram; eu não conseguia imaginar nada pior do que o momento em que minha mãe não fosse mais inspirar e expirar o ar com seus pulmões, nem pudesse mais nos ver com os olhos cansados. Não podia imaginar nada pior do que não poder olhar para o seu rosto todos os dias, com sua beleza horrivelmente distorcida mas ainda presente. No entanto, nos dias que se seguiram à sua morte, percebi que a sra. Gharibian tinha razão, que não havia nada pior do que a espera, que o vazio que vinha depois era mais fácil de suportar do que o tremendo peso daqueles dias.

Vesti um suéter, abri uma fresta na porta de correr e acendi um cigarro. As folhas caídas não haviam sido varridas e espalhavam-se por toda parte sopradas pela brisa. A piscina havia tornado as minhas férias de verão da faculdade toleráveis, mas no último verão, que eu havia passado cuidando da casa de um amigo no Brooklyn enquanto os pais dele estavam na Europa, meu pai não se dera ao trabalho de enchê-la de água, e durante o jantar da noite anterior ele havia mencionado que o filtro precisava ser trocado. No primeiro verão que passamos na casa, minha mãe usava a piscina religiosamente, nadando quarenta trajetos de ida e volta antes do café da manhã. No verão seguinte, porém, enfraquecida pela quimioterapia, só fazia se molhar ou mergulhar as pernas dentro d'água nos dias quentes, e no final desse verão ela morreu.

Do lado de dentro da casa, pude ouvir uma televisão ligada — assim que eu saísse do quarto de hóspedes teria de vê-las. Vesti a calça jeans, irritado por não poder simplesmente passear pela casa de cueca. No banheiro, escovei os dentes e demorei-me fazendo a barba. Ansiava por um café, mas não estava com fome. O jantar tinha sido outro exagero. Chitra passara o tempo todo servindo meu pai, eu e as meninas, e comera sozinha depois de terminarmos, do mesmo jeito que nossas empregadas faziam em

Bombaim. Imaginei outro prato cheio à minha espera sobre a mesa de jantar, mas nenhum café da manhã havia sido preparado, e nada me foi oferecido quando me aproximei de Chitra e de suas filhas na sala de estar. Elas estavam sentadas com os pés no sofá, assistindo a um episódio de *Family Feud*. O pé-direito altíssimo, iluminado pelo sol da manhã que batia na sala, fazia com que parecessem anãs. As meninas estavam vestidas, mas Chitra usava um roupão fechado com zíper feito de uma chita desgraciosa estampada de vermelho e amarelo. Sem maquiagem nem joias, parecia ainda mais jovem. Tomava uma xícara de chá, e a lata de biscoitos de minha mãe estava aberta ao seu lado.

"Bom dia", falei.

"Bom dia", entoaram Piu e Rupa em resposta, logo tornando a olhar para a televisão.

"Vou pegar seu chá", disse Chitra, pousando a xícara sobre a mesa lateral e preparando-se para se levantar. "Não preparei nada para você. Seu pai me disse que você gosta de dormir até tarde quando vem para casa visitar."

"Está tudo bem", disse-lhe. "Não se levante. Não preciso de chá."

Ela falou comigo em bengali, e eu falei com ela em inglês, como havia acontecido na noite anterior. Pensei que ela não fosse decifrar minha pronúncia americanizada descuidada, mas ela pareceu entender o que eu estava dizendo.

Chitra franziu o cenho, sem compreender. "Você não toma chá de manhã?" As meninas também desviaram os olhos da TV, esperando minha resposta.

"Preciso de um café. É o que eu tomo na faculdade. Agora já me acostumei."

"Mas não tem café na cozinha. Não que eu tenha visto."

"Não se preocupe. Vou buscar um na Dunkin' Donuts." Antes de ela ter a oportunidade de perguntar, segui falando. "É um lugar que vende rosquinhas. Rosquinhas são uma espécie de bolo com um furo no meio."

"Essa loja fica longe?"

"Só alguns minutos."

"Mas você precisa ir de carro?"

Aquiesci, e ela pareceu decepcionada. "Sem carro não se pode ir a lugar nenhum?"

"Não muito. Você sabe dirigir?"

Ela balançou a cabeça, fazendo que não.

"Não é difícil. Tenho certeza de que poderia tirar carteira."

"Ah, não", disse ela, não como se fosse incapaz, mas como se dirigir estivesse aquém da sua dignidade. "Eu não gostaria de aprender."

"Volto daqui a pouco", falei. Percebi que as meninas estavam com os olhos erguidos para mim e hesitei. "Querem vir também?"

"Sim, por favor", disseram Rupa e Piu ao mesmo tempo. Olharam para Chitra, que aquiesceu com a cabeça.

Voltei ao quarto de hóspedes para pegar minha carteira e as chaves e quando voltei as meninas já estavam de casaco, duas parcas vermelhas idênticas que meu pai devia ter comprado para elas depois de chegarem. Os grossos zíperes e o náilon brilhante dos casacos transformavam sua aparência, dando-lhes de repente um aspecto americano legítimo. Sentaram-se juntas no banco de trás do meu carro, em meio aos jornais, garrafas de refrigerante vazias, livros didáticos e fitas cassete. "Desculpem a bagunça", falei, tirando tudo do banco e jogando no chão. Elas puseram com cuidado o cinto de segurança, retirando uma das fivelas do encaixe, Rupa ajudando Piu. Chitra, de roupão, observava através da porta. Estava confiando em mim para levar suas filhas a um lugar do qual nunca tinha ouvido falar, e que seria incapaz de encontrar. Mesmo assim, acenou e forçou um leve sorriso. Pisei na embreagem, prestes a dar marcha a ré, quando Chitra abriu a porta e pôs a cabeça para fora. "E eu vou ficar bem?"

"Como assim?"

"Eu vou ficar bem aqui sozinha nesta casa?"

"Claro que vai", respondi, quase rindo, espantado pelo fato de aquela ser a primeira vez que ela ficava sozinha em casa. "Aproveite."

"Ela não deixa a gente sair", disse Piu. "Não sem ela junto."

"Tem medo porque não consegue ver nenhum vizinho", acrescentou Rupa.

"E tem medo de que a gente caia na piscina."

Eu não sabia o que responder a nenhum desses comentários, então não disse nada enquanto saía de ré pela longa entrada da nossa garagem e tomava a direção da cidade. A Dunkin' Donuts mais próxima ficava a menos de quinze minutos, e quando cheguei perto tive a sensação de que ainda estava cedo demais. Quis continuar dirigindo, então segui em frente, tomando a direção da cidade seguinte, onde havia uma praia a que minha mãe gostava de ir para mudar de ares de vez em quando. Para isso tive de passar pela autopista, e achei agradável acelerar um pouco pela estrada vazia e impessoal. As meninas não fizeram perguntas sobre para onde estávamos indo, e ambas continuaram a olhar pelas janelas traseiras, a viagem ainda curta o suficiente para nossa falta de conversa não parecer estranha. Entrei na cidade seguinte e peguei uma estrada de onde se via a linha cinza do oceano. Mostrei isso para Rupa e Piu, mas elas não disseram nada. "Podemos passar pelo *drive-through* ou entrar", falei quando chegamos à loja de donuts. "Vocês têm alguma preferência?"

"O que é melhor?", perguntou Rupa.

"No *drive-through* eu compro meu café e vou bebendo no caminho de volta para casa. Do outro jeito, nós vamos nos sentar dentro da loja."

Rupa votou pelo *drive-through* e Piu escolheu ir se sentar dentro da loja. "Vamos fazer o seguinte", falei. "Vamos entrar, e antes de voltar para casa eu compro um refil no *drive-through*."

Elas pareceram contentes por não precisarem abrir mão de nenhuma das alternativas e desceram do carro dando-se as mãos enquanto atravessavam o estacionamento. A Dunkin' Donuts fazia parte de um pequeno shopping com uma loja de bebidas, uma Bed and Bath, e uma loja que vendia material de festa. O lugar estava lotado com os carros de quem havia deixado as compras de Natal para a última hora, mas a Dunkin' Donuts estava deserta. Os alto-falantes tocavam canções natalinas cujas melodias batidas Rupa e Piu não conheciam. Pedi meu café e perguntei às meninas o que elas queriam. Elas se puseram a examinar o cardápio impresso na parede, Piu na pontinha dos pés, Rupa com a boca ligeiramente aberta e a língua aparecendo pelo canto. A coisa mais correta a fazer era levantar Piu para ela poder ver melhor, e quando me ofereci para fazer isso ela ergueu as mãos e subiu no meu colo. Era mais pesada do que eu esperava, e a pus sentada em cima do balcão, de onde ela continuou a examinar o cardápio.

"Qual é o seu preferido, KD?"

"Boston Cream."

"Então eu quero esse."

"Eu também", disse Rupa.

"Três", pedi ao caixa.

Fomos nos sentar em uma mesa, eu de um lado, minhas irmãs postiças do outro. Elas começaram a comer com vontade e só pararam depois de terminar, trocando olhares e um comentário entre irmãs que eu não entendi. Também comi minha rosquinha, surpreso ao ver como suas bocas eram menores, como levaram mais tempo do que eu para terminar. Sentia-me distante delas sob todos os aspectos, mas ao mesmo tempo não tinha como negar as coisas que nos uniam. Assim como elas, eu também tinha feito a viagem da Índia até Massachusetts, crescido demais para deixar de vivenciar um choque, jovem demais para ter qualquer opinião sobre o assunto. Elas se lembrariam de tudo aquilo, talvez não com tanta nitidez quanto eu me lembro daqueles primeiros meses na casa dos seus pais, mas mesmo assim se lembrariam. Assim como elas, eu havia perdido um dos meus pais, e agora estavam me pedindo para aceitar um substituto. Perguntei-me o quanto se lembrariam do pai; Piu devia ter apenas cinco anos na época. Até mesmo as lembranças da minha mãe haviam começado a se desfazer nos três anos e meio desde a sua morte, nos mais de mil dias que eu havia passado com ela reduzida a um punhado de cenas estereotipadas. Em comparação com Rupa e Piu, eu tinha sorte de ter tido minha mãe comigo pelo tempo que tivera. A consciência da morte parecia presente nas duas — alguma coisa na postura, algo que havia se quebrado cedo demais sem se consertar, marcando-as apesar da leveza de espírito delas.

"Gostaram?", perguntei.

As duas meninas assentiram, e Piu falou: "Estou com outro dente mole". Abriu a boca e empurrou com a língua um dente inferior pequenino sujo de chocolate.

O café estava quente demais para beber, então retirei a tampa e pousei-o sobre o balcão. Piu olhava pela janela os carros que entravam e saíam do estacionamento. Rupa observava as rosquinhas da vitrine, as máquinas de café, os recipientes de ponche vermelho borbulhante.

"Quer outra?"

Ela fez que não com a cabeça, evitando olhar para mim. Era mais reservada do que Piu e às vezes não parecia nada impressionada com seu novo ambiente. "Queria levar uma para Ma."

"Aquela colorida por cima", disse Piu, ajoelhando-se no assento e apontando. "É a mais bonita."

Rupa discordou. "Eu gosto daquela coberta de neve."

"Tomem um dólar", falei, levantando-me e pegando a carteira. "Querem comprar mais algumas?"

"Não temos permissão para tocar em dinheiro", disse Rupa.

"É só um dólar. Mesmo se vocês perdessem a nota entre aqui e ali", falei, apontando com a cabeça para a caixa registradora, "não teria nada de mais."

"Nada de mais?", indagou Piu, franzindo as sobrancelhas escuras.

"Não teria importância."

Elas deslizaram para fora da mesa e andaram até o caixa, cada qual segurando uma ponta da nota de um dólar como se fosse um estandarte em miniatura em algum desfile. Eu estava de costas para o balcão, então me virei ligeiramente para assistir à cena. Vi Rupa apontando, uma vez e depois outra, depois vi as duas deslizando a nota de um dólar para o atendente do caixa. Este dobrou a boca do saco e moveu-o de um lado para o outro, sem saber para qual das meninas entregá-lo, e por fim deixou-o sobre o balcão para Rupa.

"Por que vocês não disseram nada?", perguntei quando elas voltaram.

Rupa entregou-me o troco, com ar defensivo. "Fizemos alguma coisa errada?"

"Não. Mas podiam ter dito que tipo de rosquinha queriam, em vez de apontar, e poderiam ter agradecido ao caixa quando ele as serviu. E sempre devem começar dizendo olá."

Rupa baixou os olhos para a mesa. "Desculpe."

"Não precisa pedir desculpas. Só estou dizendo que vocês não precisam ser tímidas. Quanto mais usarem o seu inglês nessas situações, melhor ele vai ficar. Ele já é bom."

"Não como o seu", disse Rupa. "Os outros vão rir da gente na escola."

"Estou com medo de ir para a escola", disse Piu, balançando a cabeça e cobrindo os olhos com as mãos.

Eu não tinha a intenção de tranquilizá-las, mas parecia cruel não fazê-lo. "Olhem, eu sei como vocês estão se sentindo. Algumas crianças talvez riam no começo, mas não faz mal. Também riram de mim. Eu cheguei aqui de Bombaim quando tinha dezesseis anos, e tive de aprender tudo de novo. Eu nasci aqui, mas mesmo assim foi difícil ir embora e depois voltar."

"Foi antes da sua mãe morrer?", perguntou Piu. Ela perguntou isso de um jeito respeitoso, um pouco triste, como se de fato tivesse conhecido a minha mãe, ou talvez porque aquilo lhe lembrasse o seu pai, eu não saberia dizer.

Aquiesci.

"Como ela era?"

"Ela era... era minha mãe", respondi, pego desprevenido pela pergunta. Senti-me subitamente vulnerável diante de duas menininhas que conhecia havia menos de um dia, mas que mesmo assim, sob muitos aspectos, me compreendiam melhor do que amigos que me conheciam havia anos. Quatro anos antes, quem estaria sentada na minha frente teria sido minha mãe, tomando seu chá e reclamando como ele era sem gosto depois de uma de nossas caminhadas ventosas pela praia.

"Você tem alguma foto dela?", perguntou Rupa. Por um instante, seu olhar se prendeu ao meu.

"Não", menti, sem querer lhes mostrar a que carregava escondida na carteira atrás dos documentos de identidade. Fora tirada durante uma festa em nosso apartamento de Bombaim, muito antes da doença dela, de uma distância tão grande que pouco se podia distinguir seu rosto. Eu havia cortado a foto do tamanho necessário e guardado-a dentro da carteira depois de ela morrer, mas desde então não a havia tirado de lá para olhar.

"Por que não tem nenhuma foto dela na casa?", perguntou Rupa.

"Meu pai não queria."

"Ma procurou", disse Piu. "Ela procurou em todos os quartos. Mas não encontrou nenhuma."

Quando voltamos, Chitra estava sentada no banco junto à janela, esperando meu carro aparecer. A ansiedade em seu rosto era evidente, mas ela não perguntou por que havíamos demorado tanto. Piu e Rupa nem sequer lhe deram oportunidade, correndo ao seu encontro como se não a vissem havia dias, entregando-lhe as rosquinhas e contando-lhe como o passeio tinha sido divertido, como eu fora generoso; e Piu relatando como elas próprias haviam pagado pelas rosquinhas. Era óbvio que as meninas gostavam de mim e que, por causa da aprovação das filhas, Chitra também estava disposta a gostar de mim. Mas eu precisava ficar sozinho. O vão aberto da casa significava que era impossível assistir à televisão ou ouvir música sem interagir com elas. Em vez disso, fui me sentar na cama do quarto de hóspedes para olhar o quintal e folhear o *Globe*. Depois fui dar uma corrida, oito quilômetros frios pelas estradas cheias de vento. Quando voltei, as três estavam fazendo um pesado almoço bengalês, curvadas por cima de pratos de arroz, *dal* e os restos da noite anterior. Recusei o convite de Chitra de me juntar a elas e em vez disso, depois de uma chuveirada, arrastei o telefone até o quarto de hóspedes e liguei para Jessica.

"Por que você não vem para cá e pronto?", sugeriu ela. Desejei poder fazer isso, desejei poder simplesmente entrar no carro e dirigir até a casa dos pais dela. Mas eu não era capaz de ir embora, não ainda. Quando fui devolver o telefone no lugar no corredor, percebi que elas estavam todas no andar de cima fazendo uma sesta, do mesmo jeito que meus parentes faziam na Índia. Pela primeira vez desde a minha chegada, estiquei-me no sofá modulável para ver televisão e sem querer adormeci também. Quando acordei, elas haviam descido e estavam a menos de um metro de distância de mim, e comportavam-se como se eu não estivesse presente. Já escurecia lá fora, e a luminária em arco espalhava sua luz por cima da mesa de bebidas. O canal fora trocado para um talk show. Chitra estava penteando e tornando a prender os cabelos das meninas, e em seguida começou a pentear a si própria. Pôs-se a desembaraçar os cabelos com os dedos, uma abundante cabeleira até então contida em uma trança, cujos fios lisos cascateavam quase até sua cintura. Aquela visão me causou repulsa; não pude evitar pensar nos cabelos que haviam caído aos punhados da cabeça da minha mãe, na horrível peruca que ela havia usado até mesmo no hospital, até o dia de sua morte, uma parte artificial sua com aspecto mais saudável do que todas as outras.

Rupa foi se sentar atrás de Chitra, massageando o couro cabeludo da mãe e arrancando uns poucos cabelos brancos enquanto Chitra se reclinava para trás e fechava os olhos. Concluí que aquilo era um hábito regular, algo que ocorria sem necessidade de instruções ou comentário. Sentei-me e fiquei assistindo, imaginando o resto dos cabelos de Chitra embranquecendo, imaginando-a envelhecendo ao lado do meu pai como minha mãe deveria ter envelhecido. Esse pensamento me tornou formalmente consciente do ódio que sentia por ela. Como se percebesse o que eu estava pensando, Chitra abriu os olhos e olhou para mim, encabulada, recolhendo os cabelos depressa com as mãos. Levantou-se e foi até a cozinha, voltando alguns minutos depois com um bule de chá e xícaras de Ovomaltine sobre uma bandeja. Havia tigelas de cereais contendo dois tipos de *chanachur* e, sobre um pratinho, uma rosquinha cortada em quatro.

"Agora aceita um chá?", perguntou para mim.

Aceitei, pegando na bandeja a xícara que ela já havia preparado, com leite quente e açúcar demais.

"É da marca Haldiram", disse ela, passando-me uma das tigelas. "A melhor de Calcutá."

"Não, obrigado."

"Faz frio nesta sala", continuou ela. "O vento passa direto pelo vidro. Por que não tem cortinas?"

"Iria estragar a vista", falei.

"Os degraus também escorregam." Ela apontou para a escadaria suspensa que conduzia ao primeiro andar. "E a escada não tem corrimão. Tenho medo de Rupa e Piu caírem."

Virei-me para olhar para as grossas tábuas de madeira dispostas como prateleiras vazias escalando as paredes brancas. Mesmo em sua fase mais fraca, minha mãe as havia subido e descido sem reclamar.

"Por que a escada não tem corrimão?", repetiu Chitra.

"Porque nós preferíamos assim", respondi, consciente de que soava pedante. "Porque é isso que torna a escada bonita."

Não tínhamos mais nada a dizer um ao outro. Ficamos sentados assistindo a um programa e depois a outro enquanto Chitra executava um trabalho com uma agulha de crochê, e perguntei-me como iria sobreviver a quatro semanas na companhia dela. Estávamos todos esperando meu pai, esperando ele voltar e explicar, por sua simples presença, por que estávamos ali juntos sentados tomando chá. Quando ele apareceu, pediu-me para ajudá-lo lá fora; em cima do teto do seu carro estava amarrada uma árvore de Natal. "Eu poderia ter ido amanhã", falei, ajudando-o a desamarrar a corda que a prendia no lugar. Estava sem luvas, fato que, no ar gelado de fim de tarde, tornou a tarefa ao mesmo tempo fácil e dolorosa. Arrastamos a árvore para dentro de casa e a pusemos em pé em um dos cantos da sala, ao lado da alta lareira de pedra. Chitra e as meninas se juntaram ao redor.

"Mas é igualzinha a todas as outras árvores lá fora", disse Chitra, apontando para o outro lado da parede de vidro.

"Na verdade é diferente", falei. "No terreno nós temos pinheiros. Isto aqui é um abeto."

Em algum lugar do porão, disse meu pai, havia uma caixa onde estavam guardados o suporte para a árvore, as luzes e os enfeites a serem pendurados nos galhos. Eles datavam de nosso primeiro inverno na casa, o último Natal comemorado por minha mãe, e fiquei surpreso por meu pai não tê-los jogado fora. Ele me pediu para descer e procurar a caixa. Faltava ao nosso porão o sedimento de tralhas que a maioria dos porões tem, já que só havíamos passado poucos anos morando naquela casa e, durante a maior parte desse tempo, minha mãe já estava morta e eu morando na faculdade. Não houvera nenhum período de acumulação desordenada, somente acontecimentos que tinham feito coisas serem levadas embora. Ainda assim, havia algumas caixas empilhadas junto às paredes, caixas vazias que tinham servido para transportar a televisão e os alto-falantes, e outras ainda fechadas com fita adesiva, cheias de objetos de uso secundário que meus pais haviam despachado de Bombaim sem nunca se dar ao trabalho de abrir.

Rasguei a fita adesiva com minha chave do carro e levantei as abas de algumas das caixas. Uma delas continha os velhos livros de engenharia do meu pai. Outra um serviço de jantar embalado em páginas do *The Times of India*, pratos nos quais eu havia comido durante anos, mas dos quais até então não me lembrava mais, com um desenho de diamantezinhos cor de laranja na borda. Achei meu ampliador de fotografias, pinças, um jogo de bandejas e velhos frascos de fixador para o laboratório que havia montado durante o último ano do colegial. Às vezes minha mãe descia para me fazer companhia e ficava sentada quietinha no escuro enquanto eu me esforçava para encaixar o filme na bobina de revelação. Juntos respirávamos os cheiros químicos, a corrosividade da qual minhas mãos eram protegidas por luvas de borracha, e que não era nada comparada à que estava acontecendo dentro do corpo dela. Ela marcava o tempo para mim com seu relógio de pulso, e familiarizou-se o suficiente com o processo para ser capaz de me avisar quando era a hora de encher e esvaziar a bandeja de revelação com a sequência de líquidos, ambos sabendo que eu algum dia teria de comprar um cronômetro. "Deve ser alguma coisa mais ou menos assim", disse ela certa vez dentro daquele espaço inteiramente escuro, silencioso e lacrado, e eu entendi sem ela precisar dizer nada que estava imaginando como seria estar morta. "É assim que eu quero pensar nela."

A caixa que eu estava procurando tinha uma etiqueta que dizia "Natal" escrita na caligrafia da minha mãe, não na lateral de modo a facilitar sua identificação, mas em um dos cantos superiores. Eu não tinha qualquer vínculo sentimental com os objetos que ela continha, mas mesmo assim não quis vê-los. Pensar em ver Chitra mexendo naquela caixa, revirando tudo lá dentro, incomodava-me da mesma forma que havia me incomodado, ao longo do dia, vê-la manusear os talheres, a chaleira, e em determinado momento pegar o telefone e falar com meu pai para ser informada de que ele já estava a caminho. Quando meu pai havia tentado eliminar os vestígios da minha mãe de dentro de casa, eu o acusara de estar sendo excessivo, mas agora culpava-o por não ter feito o suficiente.

"Não estou encontrando", falei depois de subir. Meu pai não insistiu nem fez questão de descer para procurar pessoalmente. Seu comportamento mudava quando estava perto de Chitra, ele aceitava melhor as pequenas derrotas da vida. Ofereci-me para ir a uma loja e comprar tudo de que precisávamos, contente por mais esse motivo para sair de casa. Quando voltei, meu pai e eu aparamos a árvore juntos enquanto Chitra e as meninas nos observavam do sofá. Encaixamos a árvore no suporte, apertamos os parafusos e cobrimos os galhos de luzinhas. Não havia nada de pessoal ou específico para pôr na árvore, somente uma caixa de bolas azul-safira, de modo que não ficou muito parecida com uma árvore montada na casa de alguém, mas sim no canto de algum banco ou hall de escritório. Mas Rupa e Piu ficaram encantadas e exclamaram que nunca tinham visto nada mais lindo. Meu pai subiu e voltou com uma sacola de compras cheia de presentes. Haviam todos sido embrulhados na loja onde ele os comprara, com o mesmo papel de presente verde e dourado colado e amarrado pelas mãos de algum profissional. Ele os distribuiu debaixo da árvore, oito caixas ao todo. "Dois para cada um", disse sem se dirigir a ninguém em especial. Rupa e Piu então se levantaram e foram examinar os presentes, empolgadas ao verem seus nomes escritos nas etiquetas.

"Podemos abrir?", perguntou Piu a Chitra, que não sabia a resposta.

"Só na manhã de Natal", falei. "Até lá vocês só podem olhar. E talvez sacudir um pouco as caixas."

"Que bonito", disse Chitra, impressionada agora que a árvore havia sido podada.

"Que tal uma foto, Kaushik?", sugeriu meu pai.

Sacudi a cabeça, fazendo que não. Tinha deixado a câmera na faculdade, a velha Yashica do meu pai.

"Mas você está sempre com a câmera." Aquela expressão de desapontamento irritado, a mesma que surgira no dia em que minha mãe morreu e que não estava mais presente agora que ele havia se casado com Chitra, atravessou o semblante do meu pai por um breve instante.

"Esqueci", falei. Era verdade. Eu estava sempre com a câmera. Trazia-a mesmo nos fins de semana tranquilos em que vinha para casa, e meu pai e eu não encontrávamos ninguém, e levava-a comigo quando ia fazer caminhadas. Dessa vez não a levara, sabendo que não iria querer documentar nada.

"Não entendo", disse meu pai.

"Nem eu", retruquei. "Há anos que você não quer tirar foto de nada."

"Isso não é verdade."

"É, sim."

Estávamos ao mesmo tempo afirmando fatos e discutindo, uma discussão cujas implicações profundas somente eu e ele éramos capazes de entender por completo. Fui até a cozinha me servir um drinque que levei comigo para a mesa quando Chitra anunciou, alguns minutos depois, que o jantar estava servido. Ninguém disse nada durante a refeição. Quando terminamos de comer, Chitra tirou todos os pratos e levou-os para a cozinha, exatamente como havia feito na véspera, permitindo que meu pai e eu relaxássemos depois do jantar de uma forma que nunca puderamos fazer durante os últimos anos de vida da minha mãe. Não precisávamos mais assumir a responsabilidade de retirar os restos de comida dos pratos e colocá-los no lava-louça para minha mãe poder descansar. Fiquei sentado terminando meu drinque, e Rupa e Piu escorregaram de suas cadeiras e voltaram para o sofá para continuar vendo televisão. Meu pai se levantou e as seguiu, acomodando-se em sua chaise com o jornal. Abriu-o em um grande anúncio de máquinas fotográficas da Lechmere e pôs-se a circular as ofertas com uma caneta esferográfica.

Dois dias depois era véspera de Natal, e meu pai não foi trabalhar, sugerindo que fôssemos todos os cinco até Boston para mostrar a cidade para Chitra e as meninas. Eu não tinha desculpa nenhuma para dar, então fui também, sentado no banco de trás do carro do meu pai entre Rupa e Piu. Embora fosse apenas um passeio curto, aquela viagem parecia estranhamente importante.

Durante os dois últimos anos de vida da minha mãe, quando ela não parava de entrar e sair do hospital, não tínhamos ido a lugar nenhum, nem feito nenhuma viagem de lazer com exceção das caminhadas ocasionais pela praia. A última coisa na minha vida sequer parecida com férias tinha sido a parada em Roma com meus pais na volta de Bombaim. Tudo que eu havia conhecido na Nova Inglaterra era a região imediatamente adjacente à nossa casa e o caminho até o hospital Mass General, para onde tinha feito o trajeto de ida e volta até não ser mais necessário.

Meu pai levou-nos primeiro até Cambridge para ver Harvard e o MIT, e Chitra me perguntou por que eu havia escolhido uma faculdade tão distante quando poderia ter estudado naquelas instituições. Ignorei sua pergunta, assim como ignorava a maioria das coisas que ela me dizia. "Ele queria sair de Massachusetts", explicou meu pai.

Pensei que fôssemos sair do carro em vários momentos e dar uma volta, mas Chitra disse que estava frio demais, e meu pai concordou. Depois de rodear Kendall Square, ele atravessou a ponte da Mass Avenue e entrou na Commonwealth Avenue, toda decorada com luzes e guirlandas, depois deu a volta no passeio público e no Common. Apontou para o domo dourado da sede do governo de Massachusetts e para as lindas casas que margeavam as ruas íngremes de Beacon Hill. Atrás dessas casas ficava o Mass General, aonde meu pai e eu tínhamos ido juntos tantas vezes. Certa manhã, um telefonema nos havia acordado de madrugada, e pegáramos o carro até Boston na mesma hora em que a primeira luz do dia invadia o céu com fortes riscos alaranjados. Ela parecia igualzinha à noite anterior, deitada na cama de olhos fechados, só que agora todas as máquinas estavam desligadas, deixando ainda mais silencioso o quarto onde havíamos passado tantas horas sem dizer nada. Quando a toquei, sua pele estava fria, como se ela houvesse acabado de voltar de um rápido passeio durante o inverno. Do carro, ergui os olhos para as janelas do hospital, mas meu pai se virou para Chitra. "Aqui é onde moram os brâmanes dos Estados Unidos", disse, rindo da própria piada, e no banco da frente Chitra sorriu de uma forma que me fez perceber que ela estava se apaixonando.

Meu pai me deu um suéter e uma camisa de presente de Natal, mas depois entregou-me um envelope contendo dez notas de cem dólares. "Você vai precisar do dinheiro para várias coisas", disse ele quando falei que era demais. Meu pai também havia organizado uma viagem de cinco dias à Disney World; além dos brinquedos debaixo da árvore, era esse o seu presente para as meninas. "Você é bem-vindo se quiser vir também", disse meu pai ao dar essa notícia na manhã de Natal, mas eu recusei, inventando alguma coisa sobre um curso de inverno em Swarthmore. Meu pai não insistiu para que eu os acompanhasse. Mas Rupa e Piu ficaram arrasadas. "Por que você não quer ir?", elas não paravam de perguntar, mais incrédulas ainda quando ficaram sabendo que eu nunca tinha ido à Disney World. Senti que, assim como eu precisava delas, elas precisavam de mim para protegê-las do fato cada vez mais patente e irrefutável de que Chitra e meu pai agora formavam um casal. A minha presença era prova de que minha mãe um dia existira, assim como elas representavam o legado físico de seu falecido pai. "Você não vai se sentir solitário ficando aqui sozinho?", perguntou-me Chitra mais de uma vez. Ao mesmo tempo, entendi que ela, assim como meu pai, estava aliviada ao ouvir meus planos. É claro que eu não tinha outro plano que não fosse ficar sozinho em casa.

Depois que eu soube que elas iriam viajar, senti-me mais generoso em relação às meninas, e em um esforço para compensar o fato de não ir à Disney World levei-as um dia ao museu da ciência, e em outro dia ao aquário. Elas se comportaram de maneira impecável durante essas saídas, sem nunca reclamar nem exigir nada, radiantes quando comprei para cada uma delas uma lagosta de borracha barata. Estavam comigo, tomando sorvete na Herrell's de Harvard Square, onde eu tinha ido comprar um disco, quando o dente solto de Piu caiu com uma mordida que ela deu na casquinha, e eu usei guardanapos para enxugar o sangue da boca dela e guardei o dente todo grudento no bolso, contando-lhes sobre a fada do dente no caminho para casa. Embora tivesse apenas vinte e um anos, lembro-me de imaginar, nessa hora, como seria ter um filho. Não senti raiva delas por terem começado a chamar meu pai de papai. Elas nunca falavam no pai de verdade, mas certa noite acordei com o barulho de Piu aos gritos, sem conseguir acordar de um pesadelo, chamando seu Baba sem parar.

Alguns dias antes do Ano-Novo, meu pai e Chitra foram convidados para uma festa na casa de amigos dos meus pais. Foi muito estranho ver Chitra descer com cuidado os degraus suspensos, vestida com um sári verde-escuro e um colar de granada, e depois meu pai atrás dela, e em seguida ao lado dela, agora sempre ao lado dela, com os cabelos bem penteados, usando um paletó esporte de tweed que eu não via desde a morte da minha mãe. Ninguém esperava que eu fosse à festa, mas Rupa e Piu estavam indo, e haviam posto vestidos idênticos com a saia quadriculada de preto e vermelho e faixas de veludo preto nos cabelos. Na última hora, quando meu pai estava tirando os casacos de um armário, Rupa virou-se para Chitra e perguntou: "Podemos ficar em casa?".

"É claro que não", respondeu Chitra. "Seria falta de educação."

"Mas KD não vai."

"Na verdade, talvez seja um pouco chato para as meninas", disse meu pai. "Acho que não vai ter nenhuma criança com idade próxima da delas."

"Eu não preparei nada para elas jantarem", disse Chitra. "Elas não comeram."

"Posso ir buscar uma pizza", ofereci, erguendo os olhos do sofá. Pisquei o olho para Rupa e Piu. "Podemos fazer nossa própria festa."

As meninas bateram palmas, e Piu sorriu fazendo aparecer o vão recém-aberto entre seus dentes. Chitra me disse para pô-las na cama às nove, e então ela e meu pai abotoaram os casacos e saíram para a festa. Era a primeira vez que os dois saíam sozinhos, e ocorreu-me, depois de irem, que eu lhes havia feito um favor, assim como à Rupa e Piu. As meninas tiraram os sapatos, mas continuaram de meia-calça e vestido de festa, e foram se sentar ao meu lado para ver televisão. Passamos um saco de batatas fritas de mão em mão e, quando ele ficou vazio, eu dei um telefonema para encomendar pizzas. Vesti o casaco para ir até o restaurante. Rupa e Piu me encararam.

"Aonde você vai?", perguntou Piu.

"Buscar nosso jantar."

"Vai nos deixar sozinhas?"

"São só dez minutos. Vou estar de volta antes mesmo de vocês perceberem."

Elas não disseram nada, mas pareciam realmente assustadas. Fiquei irritado por Chitra ter lhes transmitido tamanho medo. "Bom, podem vir se quiserem."

Fomos de carro até o restaurante e acabamos comendo a pizza lá mesmo. Eu tomei uma cerveja e fumei alguns cigarros durante a refeição, e Rupa e Piu beberam coca-cola em copos altos de papel. Perguntaram-me de novo se eu iria com elas à Disney World. Eu respondi que iria pensar, e a mentira bastou para lhes dar uma nova esperança. Quando voltamos para casa, o telefone estava tocando. Era Jessica, então me servi um drinque e levei o telefone para o quarto de hóspedes. Quando lhe contei que meu pai ia levar Chitra e as meninas à Disney World, Jessica sugeriu ir me visitar quando eles estivessem viajando. Eu estava com saudades dela, pensava nela e a desejava à noite deitado na cama, mas mesmo assim não queria vê-la na casa dos meus pais. Não disse isso a ela, mas ela sentiu minha relutância e começamos a nos desentender pela primeira vez. Foi uma conversa estranha, cheia de pausas compridas, exaustiva, embora não tenha chegado a se transformar em uma discussão de verdade. Eu me senti culpado por evitá-la, assim como me sentia culpado por dizer não à Disney World, mas sabia que, caso concordasse com qualquer uma dessas coisas, iria me sentir ainda pior. Contei a Jessica a mesma mentira que havia contado às meninas, que iria pensar no assunto, e desliguei.

Quando abri a porta para me servir outro drinque, vi que Rupa e Piu não estavam mais assistindo à TV, coisa que eu imaginara que tivessem passado aquele tempo todo fazendo. Chamei-as, fui olhar na cozinha e no banheiro, depois subi a escada até meu antigo quarto. Não as ouvi conversando e, ao ver no relógio que já eram dez da noite, achei que talvez estivessem dormindo. Abri a porta e espiei para dentro do quarto pela primeira vez desde que voltara para casa. As luzes estavam acesas, e vi minha antiga cama e outra cama de armar montada ao lado, sem espaço nenhum entre as duas. As coisas que eu tinha pregadas nas paredes, o pôster de Jimi Hendrix e uma cópia da fotografia de Paul Strand intitulada "Mulher cega" arrancada de uma revista, não tinham sido retiradas. A porta do armário estava aberta, e havia uma cadeira em frente a ela, posicionada como para tirar algo da prateleira. Achei que o quarto fosse estar transformado pelas coisas de Rupa e Piu, mas não vi nenhum sinal delas a não ser a segunda cama e a pequena pilha de brinquedos que ganharam de Natal amontoada em um canto. Junto a essa pilha estavam sentadas Rupa e Piu com seus vestidos de festa. Estavam de costas para mim, curvadas sobre alguma coisa no carpete que eu não conseguia ver. "Nesta aqui ela parece triste", ouvi Piu sussurrar em bengali, e depois ouvi Rupa dizer: "Ela e KD sorriem do mesmo jeito".

"O que vocês estão fazendo?", perguntei.

Elas se afastaram uma da outra com um pulo, assustadas ao perceber que eu estava ali. Espalhadas sobre o carpete cinza, dispostas como em um jogo de paciência, estavam mais ou menos uma dúzia de fotografias da minha mãe tiradas da caixa que meu pai fechara e escondera depois da morte dela. Mesmo de longe, essas imagens proibidas me agrediram: minha mãe de roupa de banho à beira da piscina em nosso velho clube de Bombaim. Minha mãe sentada comigo no colo nos degraus marrons de madeira de nossa casa em Cambridge. Minha mãe e meu pai antes de eu nascer, em pé diante de uma cerca viva coberta de neve.

"Que porcaria vocês acham que estão fazendo?", perguntei então.

Rupa olhou para mim, com os olhos escuros chispando, e Piu começou a chorar. Entrei no quarto e recolhi as fotos, colocando-as de cabeça para baixo em cima da minha antiga penteadeira. Então levantei Rupa pelos ombros de onde ela estava agachada no chão, sacudindo-a com força. Seu corpo havia ficado flácido, e as pernas finas chacoalhavam dentro da meia-calça preta canelada. Minha vontade era jogá-la contra a parede, mas em vez disso consegui guiá-la na direção da cama de armar e forçá-la a se sentar, sabendo que estava apertando com força demais. "Me diga onde vocês acharam essas fotos", ordenei, a poucos centímetros de seu rosto.

Rupa então começou a chorar também, mas apontou para o armário. Andei até lá, mas Piu, ainda aos soluços no carpete e sacudindo a cabeça, disse: "Não está mais aí". Ela engatinhou até a cama de armar onde a irmã estava sentada e pegou uma caixa de sapato preta de bordas brancas, já sem a fita-crepe que a mantivera fechada. Dessa vez foi Piu que agarrei, arrastando-a para longe da caixa de sapatos como se a sua proximidade fosse contaminá-la, e empurrando-a para o lado.

"Vocês não têm o direito de ver essas fotos", falei para elas. "Não são suas, entenderam?"

Elas assentiram, Rupa tremendo como se estivesse com frio, Piu com os lábios unidos e muito contraídos. Lágrimas escorriam por suas faces, mas as palavras continuaram a jorrar da minha boca, palavras que não deveriam ter sido ditas, que não deveriam ter sido ouvidas. "Bom, agora vocês viram com seus próprios olhos como a minha mãe era linda. Como era mais bonita e mais sofisticada do que a de vocês. Ela não é nada em comparação com a minha mãe. É só uma empregada para lavar as roupas do meu pai e preparar sua comida. É só por esse motivo que ela está aqui, só por esse motivo que vocês duas estão aqui."

Agora as meninas já não estavam mais chorando, e encaravam o carpete com as cabeças pretas reluzentes abaixadas, sem se mexer, sem responder nada. Peguei a caixa de sapatos e o resto das fotografias da minha mãe e saí do quarto. Queria tirar as fotos da casa, levá-las o mais longe possível. Voltei para o quarto de hóspedes, fiz minhas malas às pressas e em seguida entrei no carro, dizendo a mim mesmo que meu pai e Chitra logo chegariam da festa. Tive a sensação de que minhas ações eram espontâneas, quase involuntárias, movidas pela adrenalina de um estado de emergência, mas hoje percebo que, de certa forma, eu vinha pensando em fugir havia muitos dias. Rupa e Piu sequer saíram do quarto, nem chegaram a abrir a porta para ver ou questionar o que eu estava fazendo, e quando dei a partida no carro elas não saíram correndo da casa para me implorar que ficasse.

Eu não fazia ideia de para onde ir, mas entrei na autoestrada e tomei a direção do norte. Logo saí de Massachusetts, passei por um pedacinho de New Hampshire e atravessei a ponte para o Maine. Quando me aproximei de Portland, entrei em uma estrada menor, de duas pistas, que de vez em quando margeava o oceano. Percorri trechos escuros, vazios, pontuados aqui e ali por amontoados de igrejas, restaurantes e casas. Não conseguia ver o mar, mas podia detectar seu cheiro salgado e o barulho espasmódico do vento, um barulho parecido com o de um fogo ardendo, penetrando as portas e janelas fechadas do meu carro. No início pensei que fosse passar a noite inteira dirigindo, mas depois de algum tempo comecei a ficar cansado e procurei um lugar para dormir. A maioria dos hotéis das cidadezinhas e da beira da estrada estava fechada durante o inverno, e os que pareciam em funcionamento estavam fechados por causa da hora. Eu estava cogitando parar no acostamento para tirar um cochilo quando vi um hotel de beira de estrada com um letreiro de vinte e quatro horas piscando no estacionamento.

No dia seguinte, fui acordado pelos gritos das aves marinhas. Sentei-me em uma cama de metal afundada no meio e vi o mar pela primeira vez, do outro lado da janela. Lembro-me de que a janela era desproporcionalmente pequena para o quarto, como se o próprio hotel fosse um barco. A água estava agitada, um ou dois tons de cinza mais escura do que o céu, e durante o sono eu não tivera noção de sua proximidade ou atividade. O quarto era úmido e pegajoso, forrado com um papel de parede de fundo branco estampado com pequenas âncoras azuis, e o armário de remédios vazio no banheiro estava enferrujado nos cantos. O recepcionista me disse que havia um restaurante alguns quilômetros mais adiante na estrada, e que eu estava em algum ponto de Penobscot Bay.

Depois do café da manhã, dei uma volta pela cidade e pelo porto, passando por lojas e casas fechadas de pessoas que viriam ocupá-las no verão. Mas passei a maior parte do dia no hotel, fitando o mar da poltrona do quarto ou então do bar no andar de baixo, bebendo, completamente arrasado com o que havia acontecido na véspera, assustado e envergonhado comigo mesmo. Não conseguia parar de ver Rupa e Piu de cabeça baixa, com os corpos preparados para serem novamente sacudidos, absorvendo todas as coisas que eu tinha medo demais para dizer a meu pai ou a Chitra. E pensava nelas dentro de casa depois de tê-las deixado lá, sabendo como tinham medo de ficar sozinhas. Perguntei-me o que teria acontecido quando meu pai e Chitra voltaram da festa, o que Rupa e Piu teriam lhes contado. Imaginei que houvessem contado tudo, que tivessem feito o trabalho sujo de expressar aquilo que eu não conseguia. Tinha consciência de que, ao desaparecer, estava causando preocupação a meu pai, embora me sentisse pior em relação à maneira como havia tratado as meninas. Era para Rupa e Piu que eu devia as maiores desculpas, mas ao mesmo tempo sabia que o que estava feito estava feito, que nada do que eu dissesse agora jamais consertaria as coisas.

À tarde, fui a um telefone público e liguei para meu pai no trabalho. "Sei que você não está feliz, que a situação é difícil para você", disse-me ele, como se o meu sumiço fosse algo para o qual estivesse preparado. "Mas você poderia ter feito a coisa certa e esperado até de manhã. Poderia ter se despedido."

Eu não dei nenhuma explicação. Não tinha nenhuma. Em vez disso, perguntei como estavam as meninas quando meu pai e Chitra voltaram.

"Elas estavam dormindo", disse meu pai. "Mesmo assim, você não deveria tê-las abandonado em casa, Kaushik, não àquela hora da noite. Qualquer coisa poderia ter acontecido. Chitra ficou bastante abalada. Ela está preocupada de você ter ido embora por culpa dela, preocupada de ter dito ou feito alguma coisa que o deixou chateado. Ela está fazendo o melhor que pode, sabe?"

Então percebi: as meninas não tinham dito nada. Chitra não fazia ideia de que eu havia explodido com suas filhas, de que as havia machucado e aterrorizado.

"Nós vamos para a Flórida depois de amanhã", disse meu pai. "Você planeja voltar antes disso?"

"Acho que não."

"Vai chegar na faculdade a tempo?"

"Vou."

"Então nos falamos daqui a algumas semanas."

Ele desligou. Sequer se dera ao trabalho de perguntar para onde eu tinha ido.

Na manhã seguinte, tornei a pegar o carro, e passei dias fazendo a mesma coisa: subindo o litoral, comendo em restaurantes quando sentia fome, pagando com o dinheiro que meu pai me dera de Natal. Não me preocupei em arrumar um mapa. Um frentista de um posto de gasolina me disse que eu acabaria chegando no Canadá. De vez em quando eu via o mar: pequenas ilhas, faróis listrados, finos pontais de terra. O frio era brutal demais para sair do carro, mas de vez em quando eu saía, para olhar o oceano ou explorar um pedaço de trilha. Aquilo não se parecia com nenhum outro lugar que eu já houvesse visitado, era muito diferente da costa norte de Massachusetts. O céu era outro, descorado, teso e inclemente. Mas a água era o elemento mais inclemente de todos, às vezes quase negra, fria o suficiente para me matar, eu sabia, violenta o suficiente para me partir em pedaços. As ondas eram imensas e castigavam praias rochosas sem areia. Quanto mais eu subia, mais deserta ficava a paisagem, mais do que qualquer outro lugar que eu já tivesse visto, mas exatamente por esse motivo ela me atraía, me chamava para junto de si como havia muito tempo nada me chamava.

A maioria das aldeias de pescadores estava fechada, os barcos de pescar lagosta fora d'água para passar o inverno, as gaiolas de madeira empilhadas e vazias. De vez em quando, eu sentia vontade de ter levado minha máquina fotográfica, mas nada desses dias foi documentado. A comida em geral era intragável, mas quando penso nela ainda consigo sentir o sabor do café de restaurante barato ao mesmo tempo amargo e insípido, dos waffles afogados no melado, do ensopado de peixe grudento e dos ovos gordurosos, como se nenhuma outra comida tivesse me alimentado até então. Os bares eram o único sinal constante de vida, lugarezinhos estranhos que mais pareciam a sala da casa de alguém, com cinzeiros feitos de conchas e redes presas às paredes. Eu não tinha nada a dizer aos pescadores nem às outras pessoas que bebiam ali e haviam passado a vida inteira morando naquelas aldeias, de rostos escondidos pelas barbas manchadas de fumo, mãos vermelhas e esfoladas, sotaques incompreensíveis. Não eram simpáticas nem antipáticas, e eu me mantinha discreto, consciente de ser diferente, assistindo ao que estivesse passando na televisão, observando a partida de sinuca que estivesse sendo jogada. Não ansiava pela companhia de ninguém. Nunca tinha viajado sozinho antes, e descobri que gostava disso. Ninguém no mundo sabia onde eu estava, ninguém era capaz de me contactar. Era como estar morto: aquela minha fuga me permitia experimentar o tremendo poder que minha mãe possuía para sempre.

Levei cinco dias para chegar à fronteira do Canadá, e outros quatro para voltar, usando o dinheiro do meu pai quase até o último centavo. Em algum momento durante esse período o ano terminou; só me dei conta disso graças a uma dose de uísque que recebi de graça certa noite em um bar. Tive certeza de que, se minha mãe houvesse vivido o suficiente para visitar aquela parte do mundo, teria convencido meu pai a comprar para ela uma das centenas de casas pelas quais passei, com vista para o mar aberto, muitas das quais ocupavam sozinhas ilhas inteiras. Os bares e restaurantes baratos sempre tinham pilhas de folhetos anunciando a venda de propriedades à beira-mar de todo tipo, de simples casas para compartilhar até mansões enfeitadas com pequenas torres, e algumas vezes, por falta de outra coisa para ler, eu os examinava. Isso me lembrou a época em que nossos pais estavam procurando nossa casa depois de chegarem de Bombaim. E foi então, subindo sozinho a costa do Maine naquele inverno, que pensei em você, e nas semanas que tínhamos passado na sua casa em outro inverno, cinco anos antes.

Você a essa altura já deveria ter entrado na faculdade, e estaria de férias como eu, por causa do Natal. Mas eu me lembrava de você não muito mais velha do que Rupa, e lembrava-me de um dia depois de uma nevasca em que alguma coisa que eu dissera tinha feito você chorar como Rupa e Piu haviam chorado. Eu havia detestado cada dia passado sob o teto dos seus pais, mas agora pensava nessa época com nostalgia. Embora ali não fosse o nosso lugar, fora o último que se parecera com um lar. Como fingíamos que minha mãe não estava doente e convivíamos com pessoas que não sabiam, uma pequena parte de mim tinha conseguido acreditar que era verdade, que ela iria seguir vivendo como a sua mãe seguira. A segunda casa foi diferente. Lá telefonávamos livremente para os médicos, havia vidros de remédio espalhados por toda parte, e a parafernália da doença da minha mãe ocupava cada canto de cada cômodo. Apesar de todo o esforço e dinheiro que ela gastou com aquela casa, nunca conseguimos habitá-la de verdade, e por causa do que estava acontecendo com minha mãe, nunca nos sentimos felizes. Foi ali que minha mãe se preparou para partir rumo a um lugar inteiramente diverso, um lugar onde não poderíamos nos juntar a ela, e do qual ela nunca mais voltaria.

Certo dia, perto da fronteira com o Canadá, caminhando por falésias que davam para a baía de Fundy, encontrei um ponto particularmente impressionante. Uma placa me informou que aquilo era o parque estadual mais ao leste dos Estados Unidos. A trilha não era fácil, e descia por florestas de pinheiros de cheiro forte. As copas das árvores eram alongadas, seus galhos mais baixos estavam salpicados de neve. O vento rasgava e triturava tudo em volta, e a água ficava bem lá embaixo depois de um declive escarpado. Não cruzei com ninguém. Passei muito tempo olhando as ondas irem e virem, a grossa espuma de suas cristas se espatifar nos rochedos, e aquele movimento eterno e incessante teve sobre mim um efeito contrário e calmante. No dia seguinte, voltei ao mesmo lugar, dessa vez levando comigo a caixa de sapatos contendo as fotografias da minha mãe. Sentei-me no chão, abri a caixa e comecei a olhar as fotos uma por uma, como se fossem correspondências nas quais estivesse passando os olhos rapidamente para ler mais tarde, mas havia fotos demais, e depois de umas poucas eu, assim como meu pai, não aguentei mais olhar para elas. Uma pressão ligeiramente menor das pontas dos meus dedos teria feito as que eu estava segurando saírem voando rumo àquele mar revolto, espalhando-se pelo mesmo lugar onde já residiam as cinzas da minha mãe. Mas eu tampouco podia suportar isso, então tornei a guardá-las na caixa e comecei a cavar o chão endurecido. Só tinha um graveto e uma pedra afiada para fazer isso, e o buraco não ficou grande coisa, mas era fundo o bastante para esconder a caixa. Cobri-a com terra e pedras. Quando terminei, os primeiros raios de luar já brilhavam, e fiz o caminho de volta até meu carro iluminado por esse mesmo facho de luz.

Algumas semanas antes da minha formatura na faculdade, meu pai telefonou para dizer que iria vender a nossa casa, que ele, Chitra e as meninas estavam de mudança para uma casa mais tradicional em um subúrbio menos isolado de Boston. Outros bengaleses moravam perto e a cidade tinha um armazém indiano, coisas que, para Chitra, eram mais importantes do que a proximidade do oceano e a arquitetura modernista tinham sido para minha mãe. Eu não acompanharia meu pai até a casa nova; tinha feito planos de viajar pela América do Sul depois de me formar. Os fatos ocorridos durante o Natal nunca haviam sido discutidos, nunca admitidos. Ao lado de meu pai, Chitra, Rupa e Piu assistiram à minha colação de grau sentadas em cadeiras dobráveis no gramado, batendo palmas quando chegou a minha vez de subir ao palanque, posando para fotografias comigo usando beca e chapéu. As meninas foram educadas, respeitando o fato de aquele ser o meu dia, mas ao mesmo tempo era como se nunca houvéssemos nos encontrado. Eu sabia que elas nunca tinham revelado a Chitra nem a meu pai nenhuma das coisas que eu tinha dito ou feito naquela noite, que isso permaneceria entre nós três, que com o silêncio elas continuavam ao mesmo tempo a me proteger e a me punir. A lembrança daquela noite agora constituía o único vínculo entre nós, ofuscando todo o resto. À sua maneira inteiramente polida, elas deixaram isso claro. Só conversaram entre si, e embora seus sotaques tivessem se tornado americanos, minhas irmãs postiças, a coisa mais próxima que eu jamais teria de um irmão ou irmã de sangue, pareciam-me agora mais incompreensíveis do que logo depois de chegarem. "Mais perto, todo mundo", instruiu meu pai por trás de sua nova máquina fotográfica, e Rupa e Piu tensionaram os ombros enquanto eu passava um braço ao redor de cada uma. "Nós dois estamos seguindo em frente, Kaushik", disse meu pai para mim depois da cerimônia. "Novos caminhos a explorar." E, sem precisarmos dizer nada, eu entendi que estávamos ambos gratos a Chitra por ter se sentido incomodada com o que quer que restasse do espírito da minha mãe no último lugar que ela chamara de lar, e por nos forçar a fechar suas portas.

Em terra

Mais uma vez ela tinha mentido sobre o que a trouxera a Roma. Naquele outono, uma bolsa de estudos a havia dispensado de lecionar na Wellesley. Mas Hema não estava na Itália por nenhum motivo oficial, apenas para aproveitar o apartamento vazio de uma colega no Guetto. Tinha inventado algo que soava impressionante: palestras como professora visitante em um instituto de estudos clássicos, e nem Navin nem os pais a haviam questionado. Sua vida acadêmica era um mistério para eles, algo ao mesmo tempo impressionante e irrelevante. O importante era que lhe valera um doutorado e um emprego com potencial de titularidade. A colega, Giovanna, havia tomado providências para Hema poder usar a biblioteca da Academia Americana e dado-lhe os telefones de algumas pessoas para quem ligar em Roma; e em outubro Hema empacotara o laptop e algumas roupas e atravessara o oceano de avião para uma licença sabática improvisada. Um pouco antes do Natal, iria para Calcutá, para onde seus pais haviam retornado depois de uma vida inteira em Massachusetts e onde, em janeiro, se casaria com Navin.

Agora era novembro e faltava uma semana para o dia de Ação de Graças. Quando Hema pensava na vida da qual havia escapado naquele semestre, via as árvores do campus da Wellesley despidas de folhas, trechos do Lago Waban já congelados, a escuridão se derramando pelas janelas da sala de aula enquanto seus alunos labutavam com as frases do manual de latim de Wheelock: *id factum esse tum non negavit*. Em Roma, as folhas também estavam caindo, pilhas cor de cobre deixadas sem catar nas duas margens do Tibre. Mas os dias eram langorosos, quentes o suficiente para se poder andar na rua de cardigã, e as mesas ao ar livre do restaurante onde Hema ia almoçar diariamente continuavam cheias.

O restaurante, a cinco minutos do apartamento de Giovanna, ficava perto do Portico di Ottavia. É claro que havia centenas de outros restaurantes que ela poderia ter experimentado, centenas de versões de *cacio e pepe*, *carbonara* e alcachofras fritas que poderia ter comido. Porém, nas poucas vezes em que havia se aventurado a lugares diferentes, ficara decepcionada com a comida ou então aflita com seu italiano claudicante, portanto permaneceu fiel àquele que conhecia e onde não era mais questionada. Nesse restaurante, os garçons sabiam que deveriam lhe servir uma garrafa de *acqua gassata*, meio litro de *vino bianco*, e tirar rapidamente os pratos e talheres do segundo lugar da mesa. Deixavam-na sozinha com o livro que trazia, embora ela na maioria das vezes ficasse sentada admirando os restos do pórtico, suas colunas desgastadas rodeadas de andaimes, o imenso frontão com grandes partes faltando. Romanos bem-vestidos passavam conversando sem sequer desviar os olhos, enquanto turistas paravam para examinar as escavações antes de prosseguir em direção ao Teatro de Marcellus. Em frente ao pórtico havia uma pequena *piazza* de onde, segundo a placa que Hema conseguira traduzir, mais de mil judeus tinham sido deportados em outubro de 1943.

Ela não podia assumir o crédito de ter descoberto o restaurante sozinha. Fizera uma refeição ali, muitos anos atrás, com Julian, da outra vez em que estivera em Roma sob um falso pretexto. E, embora não tivesse a intenção de comer ali novamente, encontrara-o durante seu primeiro passeio pelo bairro de Giovanna em busca de comida, ainda desnorteada com a diferença de fuso horário. Havia acompanhado Julian em segredo, ainda confiante, naquela época, de que o divórcio dele era uma questão de tempo. Era maio e a cidade estava abarrotada de gente, já quente demais para as roupas que ela havia levado. Ela e Julian ficaram hospedados no mesmo quarto de um hotel atrás do Coliseu, e ele apresentou um trabalho em uma conferência, um capítulo reciclado de seu estudo sobre Petrônio. Em circunstâncias normais, Hema poderia ter apresentado seu próprio trabalho. Era isso que dissera aos pais que estaria fazendo, e eles não a haviam questionado. Mas ela acabara de defender sua dissertação e estava determinada a tirar alguns meses de folga.

Antes disso, Hema só estivera em Roma uma vez, viajando com uma amiga depois de se formar em Bryn Mawr. Essa primeira visita, quando ela e a amiga, ambas recém-formadas em estudos clássicos, haviam percorrido ansiosamente cada marco histórico, traduzindo inscrições e vivendo à base de *panini* e *gelato*, tinha deixado em Hema uma impressão duradoura. Mas a viagem com Julian havia sido um monte de entulho sem significado nenhum. Ela se lembrava de cafés da manhã com ele na laje do hotel, sentada entre passarinhos marrons que saltitavam a seus pés, comendo ricota fresca, mortadela e salame debaixo de um céu azul de brilho ofuscante. Ficara desconcertada com esses embutidos salgados e suculentos tão cedo pela manhã, mas fora incapaz de resistir a eles. Lembrava-se do quarto de hotel, do papel de parede cor-de-rosa adamascado, da cama ampla. De tantos em tantos dias, Julian falava com a mulher e as filhas, perguntando-lhes como estavam as coisas em Vermont, no Lago Dunmore, onde Julian e a família costumavam passar os verões. Uma parte grande de seu caso havia transcorrido em quartos de hotéis na cidade ou na beira da estrada, lugarezinhos que Julian procurava ao longo da costa atlântica; ele preferia isso aos apartamentos que Hema dividia com outras alunas ao longo do curso de pós-graduação na CUNY. Encontrar-se na casa de Julian em Amherst nunca era possível. Até mesmo o seu primeiro encontro havia acontecido em um hotel, quando Julian a havia chamado para ir tomar um drinque no The Mark depois de o departamento dela tê-lo convidado para jantar após uma palestra.

Navin não iria a Roma; isso estava fora de cogitação. Antes de ficarem noivos, eles haviam passado apenas três fins de semana juntos, espaçados em um número equivalente de meses, quando Navin vinha de Michigan para visitar Hema. Faziam passeios castos por Boston, iam a museus, ao cinema, a concertos e jantares, e então, a partir da segunda semana, ele dava um beijo de boa-noite em Hema na porta de sua casa e ia dormir na casa de um amigo. Admitiu para ela que já tinha tido amantes no passado, mas era antiquado quando se tratava de uma futura esposa. E ser tratada como uma adolescente aos trinta e sete anos a sensibilizou. Ela tivera seu primeiro namorado já na pós-graduação, e a essa altura já era velha demais para os avanços masculinos serem tão pausados.

Em Roma, comunicava-se com Navin por e-mail e falava com ele ao telefone de vez em quando, conversas carregadas com o peso de coisas futuras, mas às quais faltavam os alicerces de qualquer história vivida entre os dois. Conversavam sobre sua lua de mel em Goa, viagem que Navin estava planejando, e decidiam juntos seus resorts preferidos. Ela não sentia saudades dele, mas estava ansiosa para chegar a Calcutá, casar-se com ele e voltar ao seu lado no avião para retomar as aulas que dava na Wellesley. Navin era o que seus pais chamavam de "não-bengali", ou seja, uma pessoa vinda de qualquer outra província indiana que não fosse da Bengala Ocidental. Seus pais eram punjabis hinduístas que moravam em Calcutá, e Navin tinha ido para os Estados Unidos cursar o doutorado. Navin também era professor, de física, na Michigan State. Mas o MIT havia lhe prometido um emprego no outono, e portanto ele estava de mudança para Massachusetts para ficar com Hema.

Ela se recusava a pensar naquilo como um casamento arranjado, mas no fundo de seu coração sabia que era disso que se tratava. Embora houvesse conhecido Navin antes dos pais, eram eles quem o haviam encontrado para ela. Perguntaram a Hema se ele poderia lhe telefonar, e por fim, depois de anos recusando pedidos semelhantes, depois de anos acreditando que Julian iria deixar a mulher, ela concordou. Seus pais imaginavam que ela fosse solteira porque era tímida, dedicada demais aos estudos para se preocupar com homens. No trigésimo quinto aniversário de Hema, sua mãe chegou a perguntar se ela preferia mulheres. Durante todos esses anos, eles não faziam ideia de que ela estivesse envolvida com alguém, muito menos com um homem casado. Mesmo enquanto procurava a casa que seus pais haviam-na ajudado a comprar em Newton, mesmo quando estava sentada assinando a escritura final no escritório do advogado, pondo a sua solitária assinatura onde sempre havia espaço para mais uma, ela acreditara que algum dia teria de acrescentar o nome de Julian. No final das contas, fora sua incapacidade de adentrar a meia-idade sem um marido, sem filhos, com os pais agora morando do outro lado do mundo, e apesar de ter casa própria, limpar a fachada com uma pá quando nevava, pagar a conta da hipoteca quando a recebia — muito embora houvesse provado para si mesma, para os pais, para todo mundo que era capaz de fazer todas essas coisas —, fora sua recusa em suportar essa vida que indefinidamente a havia conduzido a Navin.

Desde o início, ficou subentendido que, contanto que ela e Navin se sentissem atraídos um pelo outro, contanto que se dessem bem, iriam se casar. Depois de anos de incerteza com Julian, Hema considerava essa simples certeza, atitude em relação ao amor que ela desdenhara no passado, uma libertação, com o poder de seduzi-la igual ao que Julian um dia tivera. Isso lhe permitiu achar Navin fisicamente atraente, gostar de seus plácidos olhos castanhos, de seu rosto comprido e moreno, da linha preta do bigode em sua base. Depois de Navin, não houvera mais visitas-surpresa de Julian, nem campainhas tocando no meio da tarde e destruindo o resto de seu dia. Nada mais de torcer para a situação mudar. Depois de quase uma década, uma única conversa ao telefone pusera fim a tudo aquilo. "Estou noiva e vou me casar", disse ela a Julian na última vez em que ele quis combinar uma viagem de fim de semana, e ele a acusou de tê-lo enganado, chamou-a de cruel e depois não telefonou mais.

Agora ela estava livre dos dois, livre de seu passado e livre de seu futuro em um lugar onde tantas épocas diferentes conviviam lado a lado como convidados em uma festa cheia. Estava sozinha com seu trabalho, sozinha no exterior pela primeira vez na vida, consciente de que sua existência solitária estava perto do fim. Em Roma, saboreou o próprio isolamento, e mergulhou sem esforço na rotina silenciosa de seus dias. À noite, depois de um banho de banheira, dormia um sono profundo na cama de Giovanna, em um quarto de área diminuta mas com um pé-direito estonteante, e imensas janelas com persianas que a protegiam do sol mas deixavam entrar todos os barulhos: as scooters e carros da via Arenula, as grades das lojas sendo erguidas no início do expediente, a perpétua cantilena das sirenes de ambulância que ela considerava estranhamente tranquilizadora. Determinados elementos de Roma faziam-na pensar em Calcutá: os enormes prédios castigados pelo tempo, as palmeiras, a impossibilidade de atravessar as ruas principais. Assim como Calcutá, que ela visitara muitas vezes em criança, Roma era uma cidade que ela conhecia intimamente na palma de uma das mãos e nem um pouco na da outra — um lugar que a absorvia por completo ao mesmo tempo que a mantinha afastada. Ela conhecia a língua antiga de Roma, conhecia seus governantes e escritores, sua história da fundação à ruína. Na Itália cotidiana, porém, era uma turista, e, com exceção de Giovanna, que estava passando um período sabático em Berlim, não tinha um único amigo romano.

De manhã, ela preparava um expresso, aquecia leite e passava geleia em quadrados de torradas de pacote, e às oito já estava sentada à escrivaninha de Giovanna, agora colonizada com a profusão de livros de Hema, seus cadernos, seu laptop, sua gramática e dicionário de latim. Apesar das centenas de coisas que poderia estar fazendo ou vendo na cidade, mantinha essa rotina diariamente até a uma da tarde. Essa era sua âncora, tinha sido sua âncora durante anos. Ela agora era professora, e sua dissertação sobre Lucrécio era um volume encadernado, publicado, alvo de elogios discretos. No entanto, era o aspecto de seu trabalho que lhe exigia passar horas sentada sozinha diante de uma escrivaninha que ainda a deixava mais realizada do que todo o resto. Desde a sétima série, ler latim era um vício, cada linha um quebra-cabeça cujo significado precisava ser extraído. O conhecimento acumulado lentamente, as palavras, declinações e sintaxes antigas que moravam dentro de seu cérebro pareciam sagradas, permitindo-lhe dar vida a um mundo morto.

Seu foco agora eram os etruscos. Alguns meses antes, havia assistido a uma palestra em Boston sobre referências etruscas em Virgílio, e isso a fizera mergulhar de cabeça nessa misteriosa civilização anterior a Roma, um povo que possivelmente havia chegado à Itália central vindo da Ásia Menor e prosperado durante quatro séculos, que havia governado Roma durante cem anos antes de ser suplantado. Sua literatura era inexistente, sua língua incompreensível. Seu principal legado eram os túmulos e as coisas guardadas lá dentro: joias, cerâmicas, armas que acompanhavam os mortos. Ela estava estudando os *haruspices*, videntes que interpretavam a vontade dos deuses usando entranhas de animais, relâmpagos, sonhos de mulheres grávidas, voos de pássaros. Quando voltasse a Wellesley, queria organizar um seminário sobre a influência etrusca na Antiguidade romana, e quem sabe, com base em suas pesquisas, propor um segundo livro. Tinha ido ao Vaticano ver a coleção etrusca do Museu Gregoriano, e também à Villa Giulia. Estava passando o pente fino em Cícero e Sêneca, Lívio e Plínio, lendo fragmentos do senador ocultista Nigidius Figulus, fazendo anotações em seu laptop, marcando os muitos livros que lia.

Assim, Hema ainda não havia telefonado para ninguém, nem entrado em contato com nenhum dos amigos de Giovanna para que pudessem encontrá-la para um café ou levá-la para um passeio em Tivoli ou Ostia, como Giovanna garantira que fariam. Estava satisfeita passando os dias sozinha, trabalhando, lendo, depois indo almoçar perto do Portico. Passava as tardes entrando e saindo de igrejas, passeando por ruas estreitas e escuras que se abriam para imensas praças cheias de luz. Ia a pé a toda parte, sem quase nunca recorrer ao ônibus nem ao metrô. À noite, ficava em casa e preparava um jantar, refeições simples que fazia assistindo à televisão italiana. Parecia errado estar na rua sozinha à noite, e mais estranho ficar sentada sozinha no jantar do que no almoço. Durante seus anos com Julian, mesmo quando ela estava sozinha, os homens sentiam que seu coração tinha dono, que ela não iria parar para prestar atenção neles, como se ela fosse um táxi passando com a luz acesa para indicar que não estava a serviço. Mas agora, mesmo noiva, tinha consciência dos romanos que olhavam para ela, ocasionalmente dizendo alguma coisa. E, embora se sentisse lisonjeada com a atenção deles, isto lhe lembrava que seu coração não pertencia a Navin da mesma forma.

Nas manhãs de sábado, em vez de trabalhar, ela ia ao Campo de' Fiori e ficava observando as elegantes mamães de salto alto, joias e casacos de matelassê empurrando carrinhos e comprando legumes por quilo. Essas mulheres, com seus cachos de cabelos fartos e soltos, seus óculos escuros que não escondiam nenhuma ruga, eram mais jovens do que Hema, mas ela se sentia inexperiente perto delas, inocente das responsabilidades de criar filhos, cuidar de uma casa e pechinchar sedutoramente com os verdureiros. Ao longo dos anos com Julian, havia se acostumado com essa sensação — o fato de ser a outra, que parecera tão sofisticado no início do caso, era na verdade um cercado que a impedia de crescer. Ela havia negado a si mesma o prazer de compartilhar a vida abertamente com a pessoa que amava, negado até mesmo a possibilidade de pensar em filhos. Mas Navin tinha mudado isso também. Ambos estavam conscientes da idade de Hema, e Navin lhe disse que, assim que se casassem, estava ansioso para começar uma família.

Certo dia, depois do almoço, sentindo-se disposta, ela foi a pé até a Piazza del Popolo, e em seguida foi fazer outra visita à Villa Giulia. No museu, ficou comovida novamente com as antigas xícaras e colheres, ainda intactas, que um dia haviam tocado os lábios das pessoas; os alfinetes que haviam prendido suas roupas, as finas hastes com as quais passavam perfume na pele. Dessa vez, porém, ao olhar para o sarcófago gigante dos noivos, fechado dentro de uma caixa de vidro, pegou-se chorando. Não pôde evitar pensar em Navin. Assim como no jovem casal sorridente sentado afetuosamente em cima do mesmo caixão, havia algo morto no casamento que ela estava prestes a fazer. E, embora soubesse que ele tinha todas as chances de ganhar vida ao longo dos anos, a caminho de casa, sob a luz amarela da tarde, tinha consciência apenas de sua mortalidade. Tinha feito compras para o jantar em um *alimentari* da via dei Giubbonari, e agora carregava uma sacola contendo alface e uma embalagem de espaguete, além de cogumelos e creme de leite para fazer um molho. Atravessou a porta de madeira cravejada de metal do prédio de Giovanna, passou por uma janela que parecia uma cabine de ingressos de onde um dos dois porteiros a cumprimentava diariamente sempre que ela saía e voltava. No pátio, um leão de pedra não parava de jorrar água pela boca. Então subiu a escada feita de pedra, sem iluminação, dura sob seus pés cansados, três lances generosos que pareciam dez.

No comprido corredor do apartamento de Giovanna, viu a secretária eletrônica piscando. Rebobinou a fita. Não era a voz de Navin, mas sim de um amigo de Giovanna. Normalmente esses amigos deixavam recados em italiano que Giovanna escutava de Berlim. Mas esse recado, em inglês, era para Hema. Era alguém chamado Edo, nome que ela reconheceu da lista de pessoas para quem ligar que Giovanna lhe deixara. No recado, Edo dizia que estava esperando Hema entrar em contato havia muitas semanas. Estava tudo bem? Ele parecia gentil, e genuinamente preocupado o suficiente para Hema ligar de volta. Ela garantiu a Edo que estava tudo bem e, como não tinha outra desculpa, aceitou seu convite para almoçar com ele e a mulher no domingo seguinte.

A mulher de Edo, Paola, era editora de fotografia no *L'Espresso*, mas Kaushik a conhecera em Netanya, um balneário do litoral israelense, onde ambos tinham ido cobrir o atentado ao salão de festas de um hotel onde as vítimas estavam prestes a começar sua refeição de Pessach. Ele raramente trabalhava na Itália, somente o raro ensaio fotográfico sobre imigrantes senegaleses em Brescia, ou fotos dos dezenove caixões dos soldados do Iraque sendo carregados em frente ao Coliseu. Durante a maior parte dos cinco anos anteriores, Roma fora apenas um lugar de chegada e de partida, e caso tornasse a folhear seus calendários de bolso, cada qual com suas trezentas e sessenta e cinco páginas azul-celeste, e contasse os dias, poderia ter confirmado que a maioria desses dias fora passada tirando fotos em Gaza e na Cisjordânia.

Sua vida de fotojornalista havia começado quase vinte anos antes. Ele estava viajando pela América Latina em 1987, vivendo do dinheiro que o pai lhe dera depois da formatura na faculdade. Tinha viajado com um amigo, Douglas, e haviam começado em Tijuana e planejado descer até a Patagônia. Passaram alguns meses no México e foram rumando para o sul, cruzando a Guatemala e entrando em El Salvador. E fora ali que Douglas decidira que estava farto da América Central, farto de ser importunado por sua aparência tão obviamente americana, e comprara uma passagem para Madri. Assim como os mexicanos e guatemaltecos, os salvadorenhos nunca sabiam o que pensar de Kaushik, nem os soldados que patrulhavam as ruas com armas do tamanho de seus corpos, nem as crianças que posavam animadas para fotografias quando o viam com a câmera. Ele começou a explorar o país sozinho, um país, segundo leu no guia que tinha, menor do que o estado de Massachusetts. Tirou fotos do vulcão que podia ser visto a oeste da capital, de prédios furados por balas e partidos ao meio pelo terremoto ocorrido no início daquele ano.

Nunca havia estado em um lugar tão evidentemente em guerra consigo mesmo. Na Guatemala, compreendera que as guerrilhas estavam ativas, e soubera pelos outros mochileiros que partes do país devia evitar. Um ônibus noturno que ele e Douglas pegaram para Tikal foi interceptado, e eles e o resto dos passageiros tiveram de sair e mostrar os passaportes, com lanternas apontadas para seus rostos por um grupo de guardas bêbados do posto de controle. Um dos guardas pediu para ver a carteira de Douglas, pegou o dinheiro, e depois jogou a carteira na cara dele. Na Guatemala, isso tinha sido o pior de tudo. Mas em El Salvador as coisas eram mais violentas, mais bárbaras, os turistas mais escassos. Em Santa Ana, Kaushik fez amizade com um jornalista holandês chamado Espen e começou a percorrer o país, fascinado pela história do conflito, pelas histórias que Espen lhe contou sobre os esquadrões da morte, corpos decapitados jogados em estradas, adolescentes pendurados em árvores sem unhas nos dedos e com os polegares amarrados nas costas. Com Espen, viu aviões da força aérea bombardeando território da FMLN à noite, visitou um campo de refugiados do outro lado da fronteira com Honduras. Absorveu o medo do lugar e de sua gente, acostumou-se com o barulho de tiros de metralhadora, aceitou como todo mundo o fato de poder a qualquer instante, em qualquer lugar, atravessando uma rua ou à noite enquanto dormia, ser morto. Nessa época, porém, nunca sentia medo por si mesmo.

Certo dia, à tarde, enquanto almoçava com Espen em uma aldeia perto de Morazán, a mesa começou a tremer, o guisado escuro a se derramar das tigelas. A essa altura, ele já havia se acostumado a tremores ocasionais, à violência da Terra que exigia um instante de pausa. Pegaram as colheres e continuaram a comer, mas então as pessoas começaram a gritar e atravessar correndo a pequena praça diante deles. Ele e Espen se levantaram com um pulo e seguiram a multidão, pensando que um prédio talvez houvesse desabado, mas o alvoroço não tinha nada a ver com os tremores. Dobraram uma esquina e viram um rapaz caído na rua. Tinha levado um tiro na cabeça, e o sangue escorria de seu crânio como um rio que aos poucos ia ficando cada vez maior, mas, Kaushik ainda se lembrava, nenhum vestígio de sangue ou mesmo de sujeira maculava sua camisa ou sua calça bordô. Ele estava encolhido na calçada, de olhos fechados como se tirasse um cochilo, com um som muito débil escapando da garganta, e um relógio dourado vagabundo informando as horas no pulso.

Um grupo de pessoas se reuniu em volta do corpo e começou a chamar um médico enquanto uma moça de blusa cor-de-rosa sem mangas, esposa ou namorada, ficava sentada no chão aos prantos, mordendo o punho fechado. Kaushik estava com a câmera pendurada no pescoço, como sempre, e Espen lhe disse para tirar uma foto. Ele estava sem a teleobjetiva e precisou chegar bem perto, esperando a cada passo que alguém do grupo fosse impedi-lo, xingá-lo, enxotá-lo dali. Mas ninguém prestou atenção, então ele continuou avançando e ergueu a câmera até a frente do rosto. Quando pensava nessa tarde, lembrava-se de que suas mãos tremiam, mas que, fora isso, ele se sentia alheio àquela situação, indiferente uma vez atrás da câmera, fotografando até o filme terminar. Quando acabou de fotografar, os gritos por um médico haviam cessado; o homem estava morto.

Kaushik foi o único a documentar o que havia acontecido. E, embora não tivesse salvado a vida do homem, sentira-se útil, consciente de ter feito algo para mitigar o crime. Ainda assim, não acreditava que as fotos fossem ser publicadas até Espen mandá-las para as pessoas certas. Uma semana depois, uma delas saiu em um jornal católico publicado em Amsterdam. Ele recebeu um pequeno cheque, e depois, quando a foto foi selecionada por uma revista de notícias europeia, outro cheque maior. Começou então a tirar fotos para ganhar a vida. No início, simplesmente acordava e acompanhava o noticiário, seguindo Espen de perto, permanecendo em El Salvador durante as eleições, a greve de transportes, o assassinato de seis padres jesuítas e seus empregados. Fotografou corpos com rostos esmagados, gargantas cortadas, pênis arrancados da virilha, e entregou as imagens a uma agência de direitos humanos para que os parentes pudessem tentar identificar os desaparecidos. Graças a um contato de Espen, foi contratado como freelancer pela AP, então continuou na América Latina, primeiro no México, depois em Buenos Aires, trabalhando para agências de notícias e jornais de língua inglesa. Quando fez trinta anos, foi contratado pelo *The New York Times*, e mandaram-no para a África e depois para o Oriente Médio. Não conseguia mais se lembrar de todos os cadáveres que havia fotografado, rostos inchados, bocas cheias de terra, olhos vazios refletindo as nuvens que passavam acima de suas cabeças.

As exigências do trabalho permitiam-lhe evitar os Estados Unidos de forma permanente. Idas ocasionais a Nova York para encontrar algum editor ou buscar equipamento — era essa a extensão de seu tempo por lá, e houvera vezes em que não se dera sequer ao trabalho de avisar ao pai que estava no país, em que evitara a sofrida viagem de um dia inteiro até Massachusetts para ver a nova vida do pai, embora a essa altura essa vida já houvesse superado em anos a antiga. Seu pai agora estava com setenta e poucos anos, vivia de uma gorda aposentadoria e dedicava a maior parte de seu tempo ao golfe. Por e-mails esporádicos, Kaushik ficou sabendo que Rupa, a mais velha das meninas, havia se casado com um americano chamado Peter e lecionava arte para alunos do ensino fundamental no Colorado. Ele recebera um convite para o casamento mas, graças ao trabalho, sua desculpa para tantas coisas, não comparecera. A mais nova, Piu, estudava medicina em Tufts. Mesmo assim, também graças a seu trabalho, Kaushik continuava a aparecer na porta da casa do pai na forma do crédito fotográfico em uma das revistas de notícias que o pai lia, anunciando que estava vivo, indicando onde estivera e o que vira.

Ele mantinha um pouso fixo em Trastevere, um minúsculo apartamento perto da Piazza di San Cosimato com um generoso terraço onde, entre um trabalho e outro, ele se recuperava. Fora uma mulher que havia levado Kaushik à Itália. Até conhecer Franca, ele preferia a América Latina à Europa, e até hoje o espanhol aprendido tantos anos antes ainda atrapalhava seu italiano utilitário. Franca convencera-o a segui-la de volta até Milão. Ela vinha de uma família de pequena nobreza, e seu rosto em formato de coração e seus olhos cinza bem espaçados denunciavam um refinamento que ela não conseguia esconder quando ele a conhecera trabalhando para uma agência humanitária em Camarões. Ele havia passado muitos anos correndo o mundo sem criar vínculos importantes, e de repente viu-se dividindo um apartamento com Franca, indo a Bergamo aos domingos comer polenta e coelho assado na casa da *nonna* dela, consciente de que a avó, que havia passado anos costurando e bordando à mão um enxoval de camisolas e casaquinhos para Franca, o aprovava. A história tivera um fim amargo; embora na época ele nunca conseguisse pensar em um motivo para não fazê-lo, foi incapaz de pedi-la em casamento. Ela não o havia arrebatado; hoje ele podia ver que o problema fora esse. Então deixou as lágrimas e a fúria em Milão e desceu de trem até Roma. No início, pensou que fosse ficar uma semana, para ver um pouco a cidade, e depois voltar para Buenos Aires. Mas a Segunda Intifada o levou de volta ao Oriente Médio, e ele continuou na Europa, sem nunca dizer a Franca que estava morando no seu país, sem nunca esbarrar com ela.

Lembrava-se de Roma, é claro, da única outra vez em que estivera na cidade, no caminho de volta de Bombaim para Massachusetts com os pais. Sua mãe estava morrendo, mas na época, exceto pela sua magreza, não havia nenhum sinal disso. Ela acabara de completar quarenta anos, idade que Kaushik faria no próximo aniversário. Lembrava-se do aspecto do hotel onde haviam se hospedado, os degraus de mármore que subiam para chegar à sala onde era servido o café da manhã. O intenso facho de luz que caía atravessando o domo do Panteão, e os olhares admirativos que os garçons não conseguiam esconder enquanto sua mãe examinava um cardápio. Lembrava-se de passear pelo Janículo e ver bandos de andorinhas cortando o céu como impressões digitais gigantes. E tinha voltado a esses lugares como um peregrino, depois de se lembrar que o hotel ficava perto da escadaria da Piazza di Spagna e dar um jeito de encontrá-lo.

No ano anterior, seu pai e Chitra tinham ido visitá-lo em Roma, onde passaram quatro dias antes de seguir para Calcutá. Ele havia se mostrado solícito, reservando-lhes um quarto no Hotel d'Inghilterra e levando-os a todos os lugares. Ficou na fila com eles para visitar o Coliseu e passeou com eles pelo Fórum. Tirou fotos de sua estadia, entregando os rolos de filme ao pai antes de irem embora como se tivesse sido outro trabalho qualquer. Pedia chá com leite para Chitra em todos os restaurantes, em todos os cafés, porque ela não gostava do sabor do café italiano. Mas eles não haviam deixado marca nenhuma naquele lugar, e ele nunca pensava na presença deles nas ruas de Roma como continuava a pensar, de vez em quando, na da mãe.

Fora durante esses dias com o pai e Chitra que um pontinho cinza-claro, menor do que a cabeça de um alfinete, havia começado a boiar na superfície de seu olho esquerdo. A primeira vez em que o percebeu foi na tarde em que visitaram Testaccio, pois seu pai queria ver o túmulo de Keats. Nos luxuriantes jardins do Cemitério Protestante, Kaushik pensou que um inseto estivesse voando ao redor de sua cabeça, e não parava de enxotá-lo, esticando os dedos para tentar afastá-lo. Mas o pontinho continuou a acompanhá-lo onde quer que ele fosse, atormentando-o sem alarde, e ele percebeu que aquilo estava dentro dele, que não era possível removê-lo ou fazê-lo parar. Um optometrista explicou-lhe que a causa era o corpo vítreo que se acumulava e se afastava da superfície do olho, um sintoma inócuo da idade. Disseram-lhe que ele iria se acostumar, e de fato ultimamente aquilo o deixava mais ou menos indiferente, a menos que estivesse em um cômodo claro com paredes brancas, ou ao ar livre sem óculos escuros. Não afetava sua direção nem suas fotografias. Mesmo assim, parecia uma invasão da parte de seu corpo, de seu sentido mais precioso: algo que o traía e que ao mesmo tempo se recusava a abandoná-lo.

No domingo, ele saiu com seu Fiat rumo à casa de Edo e Paola, em um subúrbio ao sul da cidade. A ideia de sair de Roma, das ruas que agora percorria com desenvoltura, deixava-o melancólico. Pois ele estava de partida; no Ano-Novo já não estaria mais ali. Surgira uma vaga de editor de fotografia em uma revista internacional de notícias em Hong Kong, e ele a aceitara. Com exceção de umas poucas visitas a Tóquio, conhecia pouco o Extremo Oriente. Seria a primeira vez em sua vida que um emprego significaria acordar e ir para o mesmo lugar todos os dias, a primeira vez em que teria uma sala, uma mesa, um assistente para agendar seus compromissos e atender suas ligações. A primeira vez em que não acordaria despreparado para o que o dia iria trazer até estar correndo em seu encalço. Nesse sentido, sentiria o gosto de uma versão da vida profissional que seu pai tivera durante décadas. Imaginava que fosse detestar. Paola lhe disse que ele estava cometendo um erro, alertando-o que aquilo era a morte para um fotógrafo, que desde que tinha virado editora ela não havia tirado nenhuma foto decente. O salário seria melhor, mas não era isso que atraía Kaushik. O que o estava fazendo ir para a Ásia era a sua necessidade de uma vida diferente. A promessa, ao menos durante os próximos anos, de ficar no mesmo lugar.

A revista estava bancando sua mudança mas, com exceção do Fiat, que já havia combinado de vender para um amigo, ele tinha poucos pertences. Era inteiramente diferente das vezes em que havia se mudado com os pais, daquelas duas reviravoltas colossais que vivenciara quando menino, primeiro quando saíram dos Estados Unidos, depois quando voltaram sete anos depois, seguidos lentamente de um cargueiro, nas duas ocasiões, pelos móveis, quadros e serviços de chá sem os quais a mãe achava que não poderia viver. Sua mãe tinha montado muitas casas ao longo da vida. Pouco importava em que parte do mundo se encontrasse, ou se estivesse ou não desenganada; sempre fizera tudo para tornar sua casa bonita, sempre tirara força de suas coisas, de suas paredes. Mas Kaushik nunca confiara por completo nos lugares onde havia morado, nunca recorrera a eles como um refúgio. Percebia agora que, desde a infância, sentia-se sempre mais feliz ao ar livre, longe dos detritos privados da vida. Essa fora a primeira coisa que amara na fotografia — ela o havia tirado de casa. Suas primeiras lembranças, de Cambridge, Massachusetts, onde nascera, eram todas ao ar livre. Uma cerca metálica entremeada de arbustos de *forsythia*. O desenho de espinha de peixe dos tijolos em uma calçada. A voz de sua mãe chamando seu nome enquanto ele corria pelo Common.

Sempre que visitava outro campo de refugiados, sempre que via uma família revirando entulho em busca de seus pertences, lembrava-se das mudanças da própria família. No fim das contas, era isso a vida: alguns pratos, um pente preferido, um par de chinelos, o colar de contas de uma criança. Queria acreditar que era diferente, que em dez minutos podia estar a caminho de qualquer lugar do mundo. Mas sabia que era impossível não estabelecer laços onde quer que aterrissasse. Sentiria falta dos pequenos e coloridos copos de vinho de seus armários em Trastevere, do trapézio de luz que batia em sua cama e ia encolhendo durante a tarde. E sabia que, ao seu modo, com sua câmera, era dependente do mundo material, roubava coisas dele, coletava coisas nele, recusando-se a soltá-lo. A mudança para a Ásia agora era oficial. O proprietário de seu apartamento, dono da *gelateria* da esquina, já havia encontrado outro inquilino. E na véspera mesmo, ele já havia reservado a passagem e organizado uma parada na Tailândia, onde planejava passar a última semana de dezembro antes de seguir para Hong Kong.

Edo gostava de cozinhar, e era especialista na culinária de sua cidade natal, Cremona. Kaushik imaginava uma reunião como todas as outras que Edo e Paola gostavam de organizar, um grupo internacional de jornalistas, fotógrafos e acadêmicos, sempre três ou quatro línguas faladas à mesa. Nesse dia, havia comentado Paola, haveria um escritor americano com saudades de comemorar o dia de Ação de Graças em casa e que levaria uma torta de maçã. Haveria também uma indiana, disse Paola — uma acadêmica, amiga de uma amiga de Edo. Ele imaginou alguém de meia-idade, de óculos e sári, uma arqueóloga como Edo. Tinha muito pouca relação com a Índia. Não voltava ao país desde o ano da morte da mãe, nunca tinha ido lá a trabalho. Como fotógrafo, suas origens eram irrelevantes. No entanto, em Roma, em toda a Europa, todos sempre pensavam nele primeiro como indiano.

A alguns quarteirões da casa de Edo e Paola, ele estacionou o carro e desceu. O bairro era espetacular de um jeito todo dele: largas avenidas margeadas de ciprestes, prédios de concreto do pós-guerra com portarias de vidro e varandas empilhadas umas em cima das outras. Ele se deu conta de que provavelmente não voltaria ali antes de ir embora da Itália, quis tirar uma foto, mas havia deixado a câmera em casa. Paola e Edo moravam em um andar alto, em um apartamento arejado com vista para um parque. Ao dobrar na sua rua, Kaushik reparou em uma mulher parada na calçada, com os cabelos compridos a esconder-lhe o rosto, examinando um mapa. "*Signorina, dove deve andare?*", perguntou.

A mulher ergueu o rosto, sem entender, e ele percebeu que, apesar dos cabelos escuros e do casaco de couro justo, ela não era italiana. Que na verdade ela era indiana. Que ele não precisava ter usado o tratamento formal para se dirigir a ela, que seu rosto era um rosto que já conhecia.

Desde o instante em que eles chegaram juntos à casa de Paola e Edo, todos os outros convidados presumiram que fossem velhos amigos. Um dos convidados chegara inclusive a supor que fossem amantes, e perguntara-lhes quanto tempo fazia que estavam juntos, como haviam se conhecido. "Nossos pais", respondera Kaushik, casual, mas Hema se lembrou daquela época e aquelas duas palavras simples lhe causaram tristeza. Percebeu que ele não havia corrigido a pressuposição do convidado. Percebeu, também, o jeito como ficou olhando para ela do outro lado da mesa durante o almoço, surpreso com sua beleza tardia. Aos olhos dela, ele parecia igual, era isso o mais espantoso. O menino de traços bem marcados que havia chegado relutante à casa de seus pais. Somente os olhos pareciam cansados, a pele à sua volta agora escura, levemente arroxeada. Ele estava vestido à italiana, com uma calça jeans e um fino suéter preto, e tênis marrom e branco com fecho de velcro. Ela ainda se lembrava da primeira impressão que tivera dele: um adolescente calado, de paletó e gravata, recusando a comida da mãe dela. Lembrou-se da ridícula atração que havia sentido nessa noite, aos treze anos de idade, e que havia acalentado em segredo durante as semanas em que viveram juntos. Era como se o tempo não houvesse passado.

Depois do almoço, ele lhe deu carona e convidou-a a ir ao seu apartamento, em um bairro tranquilo onde a roupa pendia de varais entre casas cor de damasco e velhos descansavam na rua sentados em cadeiras de dobrar. Os homens observaram em silêncio enquanto Kaushik abria os cadeados e Hema aguardava ao seu lado. Estava subentendido que não iriam se separar agora, subentendido que, apesar de terem passado décadas sem se ver ou pensar um no outro, e sem tentar entrar em contato, haviam esbarrado em algo precioso, uma conexão recém-estabelecida que não podia ser ignorada, que exigia cada parcela do cuidado deles. O prédio não se parecia em nada com o de Giovanna: era fácil ver a porta da rua, e uma escadaria fechada conduzia diretamente ao pequeno mundo dele. O apartamento tinha um quarto, um banheiro e um fogão de duas bocas. Ele levou-a até o terraço para ver os telhados vizinhos, o campanário romanesco da igreja na *piazza*. "Você está naquela direção", disse, pousando as mãos de leve sobre os ombros dela, orientando-a. Contou-lhe que tinha voltado recentemente para Roma, que uma semana antes estava em Ramallah cobrindo o funeral de Arafat. Ele disse que vinte mil pessoas haviam aparecido, escalando muros e arrancando arame farpado para poder ver um pedacinho do caixão.

Ficaram no terraço conversando até a noite cair. Ela lhe contou sobre a universidade e a pós-graduação, e ficou sabendo que durante seu primeiro ano em Bryn Mawr ele estivera bem perto, em Swarthmore. Contou-lhe sobre os anos do doutorado passados em Nova York, sobre o emprego na Wellesley. E, embora não tenha feito nenhuma referência a Julian — aquele longo envolvimento, suficiente para às vezes fazê-la se sentir uma mulher divorciada, tornara-se insignificante na crônica de seu passado —, acabou lhe contando que estava de casamento marcado com Navin.

Kaushik inclinou-se na direção dela por cima da pequena mesa de metal diante da qual estavam sentados. Fazia muito tempo que já haviam digerido os *tortelli* de abóbora e o *bollito misto* com mostarda de Edo, e suas mentes estavam novamente alertas depois de muitos copos de vinho, mas não havia comida na geladeira de Kaushik, apenas uma caixa de *biscotti* salgados que ele pôs na mesa entre os dois junto com dois copos e uma garrafa de água mineral. Ele fumou alguns cigarros. Ela estava com as mãos espalmadas sobre a mesa, como para captar o calor da superfície, e ele envolveu com um dos dedos, de leve, mas de forma possessiva, o bracelete de ouro em seu pulso, fazendo a mão dela se mover ligeiramente na direção dele.

"Você usava isto aqui quando era criança."

Era um presente de sua avó, algo que tinha desde os dez anos. Era a única joia que ela nunca se dava ao trabalho de tirar. Sempre havia gostado do desenho, florezinhas de quatro pétalas entrelaçadas a uma videira, e quando seu pulso ficara grosso demais ela mandara cortar o bracelete e aumentá-lo. "Você se lembra."

"Mas não está usando aliança de noivado."

"Não tenho aliança."

Ele estudou o bracelete, girando-o devagar. "Que tipo de homem pede uma mulher em casamento sem aliança?"

Ela então explicou que não houvera pedido de casamento, que mal conhecia Navin. Estava olhando para o outro lado, para uma planta seca no terraço, mas sentia os olhos de Kaushik cravados nela, intrigados, destemidos.

"Então por que vai se casar com ele?"

Ela lhe disse a verdade, uma verdade que nunca tinha dito a ninguém. "Pensei que pudesse resolver as coisas."

Ele não lhe fez mais perguntas. Ao contrário de suas amigas nos Estados Unidos, segundo as quais ela estava cometendo uma incrível burrice ou então fazendo algo incrivelmente corajoso, Kaushik não a julgou nem a elogiou, e a apresentação formal dos fatos, a declaração de que ela estava comprometida, abriu a porta. Somente os beijos dele, beijos fortes, agressivos, que não se pareciam em nada com o comportamento de colegial de Navin à sua porta, fizeram Hema se sentir culpada. Mas o resto do que fizeram nessa noite pareceu revigorante, novo, porque ela e Navin nunca tinham feito aquilo antes, e não havia nada com que comparar. Navin nunca tinha visto seu corpo nu, nunca a havia explorado com as mãos, nunca tinha lhe dito que ela era bonita. Hema se lembrou de que a mãe de Kaushik fora a primeira a lhe fazer esse elogio, em um provador experimentando sutiãs, e contou isso a Kaushik. Era a primeira menção da mãe dele entre os dois, mas mesmo assim não lhes causou estranheza. Pelo contrário, tornou-os ainda mais próximos, e Hema soube, sem precisar que ele lhe dissesse, que era a primeira pessoa com quem ele ia para a cama a ter conhecido sua mãe, capaz de se lembrar dela como ele se lembrava. Depois, deitados lado a lado, ela sentiu os pés descalços dele quentes, contra a sola dos pés, surpreendentemente macios. Ele dormia de costas, e em determinado momento acordou sobressaltado com um pesadelo, projetando-se para a frente e precipitando-se pela beirada da cama antes de tornar a adormecer. Foi Hema quem ficou acordada ouvindo-o respirar, ansiando novamente por seu toque à medida que a luz enchia o céu. Pela manhã, ao se olhar no pequeno espelho acima da pia do banheiro de Kaushik, viu que a área ao redor de seus lábios, nas laterais da boca, estava coberta de pontinhos vermelhos. E ficou feliz com esse vestígio inestético, feliz pelo fato de ele já a ter marcado.

No início, Hema tentou se ater à rotina matinal na escrivaninha de Giovanna. Mas às onze da manhã o telefone tocava e vinte minutos depois ela já estava atravessando a Ponte Garibaldi para ir encontrá-lo, ou então ele parava o Fiat em frente ao prédio de Giovanna para levá-la para passar o dia fora. Ela então guardou os livros e abaixou a tela do laptop, sabendo que não tornaria a tocar neles até voltar para Wellesley. À noite, ele a levava a restaurantes e bares distantes, a chafarizes em praças abandonadas onde ficavam sentados se beijando como um casal de adolescentes. Saíram dos muros da cidade e foram a lugares onde ela nunca tinha estado e que ele queria ver pela última vez. Foi Kaushik quem a levou a Ostia e Tivoli, a Cerveteri para visitar as colinas cheias de tumbas da necrópole etrusca.

Hema contou-lhe a história desses lugares, quem os havia construído e por quê. Disse-lhe que estava estudando os etruscos, que foram eles quem ensinaram os romanos a construir estradas e irrigar plantações. Falou-lhe do amor dos etruscos pelo mundo natural, da crença deles em sinais e premonições, da obsessão deles pela jornada além da vida. Não conversaram sobre seu próprio futuro, sobre aonde aqueles dias juntos iriam conduzir. Tampouco conversaram sobre o passado, sobre os meses que ele passara morando na casa dela, sobre a amizade entre seus pais que, naquela época, já estava morrendo junto com a mãe dele. Seus pais só haviam se gostado por causa de suas origens, em nome de um tempo e de um lugar aos quais haviam perdido acesso. Hema nunca se sentira atraída por alguém devido a esse motivo, até agora.

Quase sempre, a pequena televisão do apartamento de Kaushik ficava ligada sem som em um canal internacional de notícias. O seu trabalho dependia inteiramente do presente e de coisas ainda por vir. Não consistia na ressurreição repetida de textos que já haviam sido redigidos, de uma época e de um povo que não mais existiam, e isso fez Hema se dar conta do aspecto protegido não apenas da vida que levava, mas de sua mente. Certo dia, depois de ela lhe pedir, ele lhe mostrou seu site na internet. Deixou-a sozinha navegando e saiu para comprar comida para o jantar. Ela ficou sentada na cama dele, enrolada em um lençol, com o laptop zumbindo em cima das pernas.

Havia inúmeras imagens, coisas terríveis sobre as quais ela havia lido nos jornais e nas quais nunca mais tivera de pensar. Ônibus estraçalhados por bombas, corpos sobre macas, meninos jogando pedras. Ele havia testemunhado aquelas coisas sem ser visto e sem se envolver, mas mesmo assim com um imediatismo que ela jamais sentira. Como ele agora era seu amante, as imagens deixaram-na perturbada. Kaushik havia lhe contado sobre colegas fotógrafos mortos em serviço, sobre a vez em que um policial israelense batera com a câmera na sua cara. E ela se sentiu intimamente grata, como a mãe dele teria se sentido, pelo fato de que o seu trabalho logo seria diferente, de que ele estaria atrás de uma mesa em Hong Kong comandando reuniões. De que não estaria constantemente exposto ao perigo.

Havia também imagens de ruas e aldeias poeirentas, mercados, casas, vitrines de lojas, paisagens áridas, inférteis, retratos de pessoas. Um velho sentado descascando uma laranja debaixo de uma árvore, com um cão pulguento cochilando aos seus pés. Um grupo de mulheres de lenço nos cabelos jogando a cabeça para trás, rindo. Uma menina espichando a cabeça por trás de um portão de metal reforçado, exibindo um sorriso com um buraco nos dentes. Enquanto olhava as fotos, ela começou a admirar a capacidade dele, talvez necessidade, de criar um vínculo com desconhecidos daquela forma, e a disposição dos desconhecidos para criar um vínculo com ele. Começou a entender sua disposição — e pensou que talvez isso fosse também uma necessidade — de desaparecer a qualquer momento. Ele vivia em um quarto alugado com móveis alugados, lençóis e toalhas alugados. No canto, as bolsas de suas câmeras e seus tripés estavam sempre a postos, o passaporte sempre no bolso. Com exceção de um mapa detalhado da Cisjordânia, nada enfeitava suas paredes. Ela desconfiava que, mesmo que fosse possível fazer o tempo retroceder, nunca ter conhecido Navin e esperar para esbarrar em Kaushik em Roma, não teria feito diferença. Pressentiu que ele tivera relacionamentos casuais com muitas mulheres, que ela não deveria se considerar diferente. E recusou-se a passar por aquela situação lamentável pela qual Julian a obrigara a passar tantas vezes: a de esperar por alguma coisa que era imutável.

A chave girou na fechadura, e então Kaushik apareceu novamente ao seu lado. Pousou as sacolas de comida sobre uma mesinha quadrada arrumada com duas cadeiras, o único móvel do apartamento fora a cama. Pela primeira vez, pareceu hesitante na presença dela, e não a beijou imediatamente. Pendurou o casaco em um gancho, afrouxou o fino cachecol de lã vermelha no pescoço.

"São incríveis", disse ela.

"Nem todas pagam as contas."

"Isso afeta você, ver essas coisas?"

Ele deu de ombros, abriu o armário, pegou dois copos de vinho. "Não adianta nada para ninguém se eu me afetar."

Ficaram em casa nessa noite, onde jantaram o pão e o queijo que ele trouxera, os frios e o vinho. Kaushik passou algum tempo carregando as imagens de sua câmera no site, escrevendo legendas. Ela o ajudou a embalar pilhas de contatos em caixas para o pessoal da mudança, a recolher velhas revistas de fotografia para jogar fora. Ele lhe mostrou uma coleção de fotografias que esperava algum dia poder virar um livro. Pela primeira vez, foram dormir sem sexo, não por falta de desejo, mas porque uma familiaridade começava a se criar. Mas então ela o sentiu pressionar o corpo contra o seu, sentiu seu hálito e seus lábios na nuca, e virou-se para ele, entregou-lhe a boca. Ele podia ser desligado na cama como podia sê-lo na vida em geral, concentrando-se em alguma parte do corpo dela a ponto de parecer esquecê-la. Mas essa distância não a ameaçava mais. Era somente na cama que ele dizia o seu nome, fazendo a palavra quente encher seu ouvido. Era sábado à noite, e as últimas vozes na *piazza* davam lugar ao silêncio e ao ocasional ladrar de cães.

"Afeta, sim", disse ele depois, quando estavam deitados no escuro, acordados.

"O quê?"

"Tirar fotos. Nem sempre, mas de vez em quando. Às vezes de maneiras que eu não gosto." Ele acendeu um cigarro e então contou-lhe sobre um dia do verão anterior, quando estava voltando de Fregene e passou por um acidente: dois carros haviam colidido em um cruzamento. Uma multidão estava reunida, mas a polícia ainda não havia chegado. Dentro de um dos carros, uma criança chorava. No fim das contas, os passageiros não estavam gravemente feridos. Kaushik havia encostado, descido do carro correndo, mas a primeira coisa que havia feito fora tirar uma foto. "A primeira coisa", disse ele a Hema. "Antes mesmo de perguntar se eles estavam bem."

Três semanas haviam passado. Em uma noite de dezembro, quando estavam voltando para o apartamento de Giovanna, Navin ligou. O telefone tocou, e então Navin deixou um recado na secretária eletrônica, dizendo que estava ligando para dizer oi, enquanto Kaushik pressionava Hema contra a porta e começava a desabotoar sua jaqueta, o alto de sua blusa, expondo seus seios e fazendo as chaves caírem-lhe das mãos sobre o piso de terracota. Desde o início, ela estava de olhos abertos, consciente de que em semanas tudo iria terminar. Dali a mais duas semanas tudo iria desaparecer: os dois estariam em países diferentes, as chaves tanto do apartamento de Kaushik quanto do de Giovanna estariam nas mãos de outras pessoas. E essa consciência lhe permitiu despir mais uma vez a calça jeans enquanto a voz de Navin enchia o aposento. Até mesmo o fato de Kaushik ter de usar camisinha ajudava-a a mantê-lo em seu lugar, lembrando-lhe, sempre que ele parava para rasgar o pacotinho, que apesar do que estavam prestes a fazer os dois permaneceriam separados. Sabia que esse pensamento era uma consequência de Julian. Imaginava que todos aqueles anos amando uma pessoa desonesta houvessem lhe ensinado alguma coisa.

Ela disse a Navin que iria passar sua última semana na Itália viajando; mais uma mentira para evitar que ele tornasse a ligar, e isso deu a Hema e Kaushik a ideia de fazer uma viagem juntos. Decidiram ir para o norte até Volterra, cidade fundada pelos etruscos, e foi nesse lugar austero, intimidador, solitário, que passaram seus últimos dias juntos. Foram no carro de Kaushik, subindo o litoral até a Toscana, depois atravessando a costa azul e brumosa de Maremma e as colinas brancas como giz do Vale de Cecina, subindo e descendo uma estradinha estreita. Volterra apareceu ao longe, encarapitada em uma colina bem acima do campo aberto como uma ilha cercada de terra. A arquitetura sem ornamentos, contida, os brasões e as duras paredes escuras, tudo isso era novidade para Hema. As construções medievais eram mais recentes do que o Fórum, e no entanto Volterra parecia mais distante, imune aos turistas e ao tempo. Roma os havia escondido, tornado aquilo possível, feito do caso deles mais um entre milhares, mas ali ela se sentia destacada, exposta. Sentia também uma certa indiferença; eles faziam parte de um pequeno grupo de pessoas que parecia não pertencer a Volterra, e ela sentia que os moradores do local estavam esperando, com educação mas com firmeza, que eles fossem embora.

Era um lugar quase silencioso, com exceção do barulho distinto de seus passos, das duas notas insistentes dos sinos, do uivo do vento. Naquela grande altura o vento era constante, fustigando seu rosto e agitando seus cabelos. Faltava uma semana para o Natal, e a cidade estava discretamente decorada, as mesas de *antipasti* dos restaurantes decoradas com guirlandas de azinheira. Visitaram oficinas onde se cortava e polia o alabastro, a pedra translúcida que se extraía de Volterra havia milhares de anos.

Fazia mais frio do que em Roma, um frio que emanava da pedra, e em vez da jaqueta de couro Hema agora usava um casaco curto de lã grossa de Kaushik, grata por sentir seu peso sobre os ombros, lembrando-se daquele outro casaco de Kaushik que tanto detestava usar quando era menina, na época em que não significavam quase nada um para o outro, embora já houvesse alguma coisa entre eles.

Hospedaram-se em um hotel que antes havia sido um convento, e dormiram nos antigos aposentos das freiras. A comida era mais frugal: tigelas de *ribollita*, pão sem sal, chocolate quente amargo à tarde. Enquanto faziam as refeições e descansavam os pés das caminhadas, também se sentiam fortificados, tranquilos, mais ou menos como a cidade. Kaushik tirou algumas fotos, não muitas, nenhuma de Hema, menos da cidade em si do que das vistas espetaculares que esta proporcionava, as montanhas de Carrara ao norte e o Mar da Ligúria cintilando ao longe, em uma tarde sem nuvens, quase cinquenta quilômetros mais a oeste. Visitaram as ruínas de um anfiteatro romano, e olharam por cima dos muros para o Balze, um precipício onde a terra havia desabado, levando certa vez consigo uma igreja, sempre ameaçando levar outras partes da cidade. Abaixo da Porta all'Arco, o portão etrusco da cidade, três cabeças enegrecidas e sem traços, tal qual sentinelas, olhavam lá de cima para eles e para o mundo que haviam deixado para trás.

Na maior parte do tempo, como fazia muito frio, eles buscavam refúgio em igrejas e museus. Guardaram o Museu Etrusco Guarnaci para o final, e ali viram, enfileiradas em prateleiras, centenas de urnas onde o antigo povo de Volterra havia armazenado as cinzas de seus mortos. Eram chamadas de urnas, mas na verdade mais pareciam pequenos caixões, feitos de alabastro ou terracota, com as tampas decoradas por figuras de cabeça grande e corpos desproporcionalmente pequenos, grotescas mas indiscutivelmente vivas. As mulheres usavam véus e seguravam leques ou romãs. As laterais eram cobertas por relevos que retratavam muitas migrações por terra e partidas em carroças cobertas rumo ao outro mundo, muitos animais fantásticos e deuses marinhos com rabo de peixe. Nesse dia, Hema e Kaushik eram os únicos visitantes no museu, e estavam sozinhos exceto pelo calor que emanava chiando dos radiadores e pelos seguranças pacientemente sentados em suas cadeiras dobráveis. Nesse museu havia outro sarcófago de marido e mulher. Mas os dois não se pareciam em nada com o casal lânguido e amoroso que Hema tinha visto em Roma. Ali eram mais velhos, mais toscos, ainda empertigados depois de anos de matrimônio, pouco à vontade.

Depois do museu, foram almoçar em um restaurante na Piazza dei Priori que já haviam experimentado e do qual tinham gostado. Depois de comer, pegariam o carro de volta a Roma, e no dia seguinte Hema embarcaria para a Índia. Haviam saído do hotel naquela manhã, e suas malas já estavam no carro. O *padrone* os acomodou na mesa do canto onde haviam se sentado da outra vez. Pediram uma *bruschetta* com repolho roxo, delicados *pappardelle* salpicados de carne de javali selvagem. Hema examinou os postais que havia comprado no museu, enfileirando-os sobre a mesa enquanto bebiam o primeiro copo de vinho. Uma das coisas que tinham visto não se parecia com nenhuma outra: uma escultura de bronze de um corpo de menino extraordinariamente alongado, mais esqueleto do que carne, em pé com os braços estendidos ao longo do corpo. No meio do restaurante, em torno de uma mesa comprida e bagunçada, um grupo levemente ruidoso estava reunido, composto em sua maioria por homens de trinta e poucos anos vestidos de terno.

"Uma festa de fim de ano do escritório", explicou Kaushik depois de passar algum tempo escutando a conversa. "Eles trabalham no banco." Escutou mais um pouco, depois tornou a falar. "Eles moraram aqui, na companhia um do outro, a vida inteira. Vão morrer aqui."

"Invejo isso neles", disse Hema.

"É mesmo?"

"Eu nunca pertenci a lugar nenhum dessa forma."

Kaushik riu. "Está reclamando com a pessoa errada."

"E se você detestar Hong Kong? Para onde vai?"

"Não sei."

"Vai voltar para a Itália?"

"Não."

"Por que não?"

Ele serviu mais vinho no copo dela, depois no dele. Inclinou-se de leve para a frente, olhando para ela, depois pareceu mudar de ideia em relação ao que queria dizer. "A Itália já deu o que tinha de dar, só isso."

O almoço terminou sem conversa, com *vin santo* e uma fatia de bolo de castanhas. Saíram do restaurante quando o sol começava a cair e foram dar uma última volta pela cidade. Era hora da *passeggiata*, o passeio dos mais velhos de braços dados pelas ruas. Os homens ficavam com os homens, as mulheres com as mulheres, segregados da mesma forma que os pais de Kaushik costumavam ficar nas festas. Havia algo de uniforme na aparência deles, em seus rostos e roupas, nas boinas de lã chatas sobre as cabeças dos homens, nas saias retas e sapatos de salto baixo pretos e azul-marinho das mulheres. Junto com eles, e ao lado deles, havia filhos e netos, as gerações misturadas de forma casual e afetuosa.

“Venha comigo”, disse Kaushik.

“Para onde?”

“Para Hong Kong.” E então ele disse: “Não se case com ele, Hema”.

Ela parou de andar. Estavam descendo uma rua feita de degraus, margeada por ciprestes. As pessoas que estavam atrás deles na procissão coletiva murmuraram *permesso* e passaram à frente. Ela sentiu uma onda de vertigem. O menino que não havia lhe dado atenção; o homem que havia embarcado em um caso sabendo que ela nunca poderia ser sua; no último minuto, ele estava pedindo mais. Parte dela sentiu-se arrebatada. Mas ela também ficou chocada com o egoísmo dele, com o fato de ele estar lhe dizendo o que fazer. Ao contrário de Navin, não estava se oferecendo para ir até ela.

“Não responda agora”, disse ele, puxando-a em sua direção, fazendo-a descer mais alguns degraus com o braço em volta da cintura dela. “Primeiro vá para a Índia e resolva tudo. Eu posso esperar.”

Ela se afastou, pela primeira vez incomodada com o toque dele. “É tarde demais, Kaushik.”

Ele estendeu um dedo para tocar seu maxilar, virou-lhe o rosto delicadamente fazendo-a olhar para ele, para aqueles olhos cansados que ela havia aprendido a amar. Seu rosto reluzia de carinho por ela, de esperança, e ela percebeu então que suas palavras não eram apenas efeito do vinho, que ele estava falando sério. “Daqui a algumas semanas sim, vai ser tarde demais. Agora ainda não.”

Ele tornou a segurar a mão dela, e os dois seguiram andando. Entraram em uma pequena *piazza* onde Hema teve consciência da presença de crianças por toda parte, meninos e meninas de cinco e sete anos, oito e dez, correndo em ondas à sua volta como se uma escola houvesse acabado de abrir as portas. Ela havia conhecido Kaushik nessa idade, havia usado seu casaco, cedido-lhe sua cama, sonhado que ele a beijava, e esses fatos do passado a assombravam ao mesmo tempo em que lhe davam prumo. As crianças italianas, animadas com a chegada do Natal, gritando *Buon Natale* ao se cumprimentarem, abraçavam-se em meio ao ar frio, a empolgação infantil era contagiosa e pura, tanto que o coração de Hema se alegrou junto com o delas. Dali a dez anos, imaginou, aqueles meninos e meninas começariam a se apaixonar uns pelos outros; dali a mais cinco, seus próprios filhos estariam aos pés deles.

No caminho de volta a Roma, enquanto a paisagem ia sumindo e eles começavam a viajar à noite, ela respondeu. Explicou seus motivos, motivos que nada tinham a ver com Navin. Disse a Kaushik que não podia abrir mão de sua vida, que não podia acompanhá-lo daquela forma. E que não esperava isso dele. Disse que não queria tentar fazê-lo mudar, que não queria ser acusada, um dia, de ter cortado suas asas.

"Isso não quer dizer que não podemos continuar a nos encontrar", disse ela, com medo de fazer a sugestão, com mais medo ainda de não fazê-la.

"Não estou interessado em nenhum tipo de combinação", disse ele, usando o tom frio que ela não escutava desde que os dois eram adolescentes. Foi a única coisa que ele disse durante o trajeto, até encostar em frente ao apartamento de Giovanna no meio da noite. Então disse: "Você é covarde". Ela começou a chorar, incapaz de se conter, consciente de que ele jamais iria perdoá-la por ter lhe dito não, de que mesmo se mudasse de ideia ele já havia retirado o convite. Ele lhe dissera para não se casar com Navin, mas não lhe pedira para se casar com ele, e Hema sabia que não era uma troca justa. Enquanto ela chorava, ele ficou sentado ali, sem se comover, como devia ficar quando tirava suas fotos, como havia ficado naquela manhã em que ela era uma menina de treze anos e ele havia desenterrado túmulos da neve. Ela percebeu que ele não tinha mais nada a dizer, que estava apenas esperando ela descer do carro. Passaram a noite separados, e ela não esperava tornar a vê-lo. Mas na manhã seguinte ele telefonou para ter certeza de que ela havia feito as malas, e disse-lhe que passaria para pegá-la dali a uma hora.

Levou-a de carro a Fiumicino e acompanhou-a até o balcão do check-in, falando italiano por ela. Andou com ela até o raio X, deu-lhe um leve beijo na boca. E então foi embora, deixando-a sozinha para enxugar as próprias lágrimas, tirar os sapatos e esvaziar os bolsos das moedas bonitas que logo não iriam poder lhe comprar mais nada. Ela percorreu o caminho até o portão de embarque, ao qual se chegava depois de pegar um trem. Sentou-se junto a uma janela de onde se viam os jatos da Alitalia ziguezagueando lentamente pela pista, e ficou observando os passageiros, em sua maioria indianos, irem ocupando os assentos. Ficou sentada sozinha, folheando uma revista de moda italiana, até o voo ser chamado.

Foi só quando estava no *finger* que conduzia à aeronave que percebeu o que havia deixado para trás. Seu bracelete, o que ela nunca tirava, o que Kaushik havia segurado com o dedo naquela primeira noite, puxando-a para junto de si. Visualizou-o então em sua mente, dentro da bandeja de plástico onde o havia colocado antes de passar pelo raio X. Virou-se e começou a andar na direção contrária, de volta à mulher que havia recolhido seu cartão de embarque.

"Todos os passageiros estão se acomodando", disse a mulher em inglês. "O avião está prestes a decolar."

"Eu esqueci uma coisa", disse Hema. "Uma joia."

A mulher olhou para ela, levemente interessada. "Que tipo de joia?"

"Um bracelete", respondeu ela. Levou a mão ao pulso nu.

"Gostaria que verificássemos o lugar onde estava sentada?"

"Não." Lembrou-se do trajeto que fizera no trem do aeroporto, de todas as lojas no caminho. "Está no raio X. Passei por lá hoje mais cedo."

A mulher sacudiu a cabeça, fazendo que não. Durante esse tempo todo, continuou fazendo seu trabalho, recolhendo os cartões de embarque dos outros passageiros. "Não há como voltar para o raio X agora. Se quiser, podemos mandar um recado."

Ela tornou a descer o *finger*, entrou no avião e achou sua poltrona. Afivelou o cinto de segurança como se o braço direito não lhe pertencesse, sentindo falta do barulho que o bracelete teria feito ao bater na fivela de metal. Ganharia dez vezes mais braceletes durante o casamento. Mesmo assim, sentia que havia deixado para trás um pedaço do próprio corpo. Crescera ouvindo a mãe dizer que perder ouro dava má sorte e, quando a aeronave começou a subir, nos instantes em que ainda podia perceber seu movimento, um pensamento sombrio atravessou sua mente, de que o avião iria cair ou explodir durante o voo. Então o medo se anestesiou. Na tela do meio da cabine já havia surgido um mapa com uma linha branca que saía de Roma e avançava em direção à Índia. E esse simples desenho lhe permitiu se recompor, deixando claro o único caminho agora disponível.

Ele estava em um lugar onde não conhecia ninguém. Estava hospedado em um pequeno resort um pouco ao norte de Khao Lak, em um bangalô sobre palafitas com telhado de palha. Era seu terceiro dia na praia, e ele já se sentia dopado pela rotina: sair da cama, comer frutas e brioches gordurosos de café da manhã, ir se deitar de calção de banho na areia quente. Folheava edições antigas da revista na qual iria trabalhar. Mas sobretudo cochilava. Havia parado de se barbear, e uma barba irregular começava a lhe cobrir o rosto. A comida lembrava-lhe um pouco a sua infância: arroz fumegante, densos ensopados de curry marrons e amarelos, com pimentas inteiras flutuando no molho, vermelhas e verdes. Em geral, não sentia nostalgia nenhuma em relação aos elementos específicos de sua criação e ao longo da vida adulta havia se adaptado a muitas culinárias diferentes. Mas aquela comida o fez sentir uma estranha melancolia. Seu olho o distraía, o pontinho móvel visível sempre que ele tirava os óculos escuros e encarava a luminosidade direta do dia.

A praia era virada para o oeste, e todo final de tarde ele pedia uma cerveja e ficava vendo o sol se pôr sobre a água. O mar era calmo e raso, mas ele preferia nadar na piscina. Houvera uma vez, muitos anos antes, no litoral da Venezuela, em que a correnteza o obrigara a travar uma verdadeira luta, e a água salgada o fizera engasgar a ponto de ele ter medo de não conseguir voltar. Um banhista que nadava por perto o havia ajudado, mas desde então ele nunca mais nadara no mar, já não confiava mais nele, e sabia que a mãe, que adorava tanto a água que teria sido capaz de nadar em uma piscina repleta de algas, teria zombado dele. Atrás da praia, um denso seringal se erguia nas colinas. Em algum lugar do outro lado daquela água, além do mar de Andaman, ficavam a baía de Bengala e Calcutá, onde Hema estava.

No avião saindo da Itália sua raiva tinha desaparecido, e agora, na Tailândia, tudo que ele sentia em relação a ela era saudade. Imaginou se deveria ter falado no assunto mais cedo, se teria soado indeciso. Arrependeu-se de seu mau humor quando ela havia recusado. Ela era a única pessoa que ele conhecera em sua vida adulta a ter qualquer compreensão sobre o seu passado, a única mulher a quem desejava continuar ligado. Não queria deixar a cargo do acaso a oportunidade de encontrá-la novamente, não queria dividi-la com outro homem. Naquele último dia em Volterra, tentara encontrar uma forma de lhe dizer essas coisas. Ela não o havia acusado, como fizera Franca, de sua própria covardia, de sua incapacidade de formar vínculos. Mas a recusa de Hema em acusá-lo o fazia se sentir ainda pior, e sem ela ele estava perdido.

No bangalô ao lado estava hospedada uma família sueca, com um menino e uma menina que tomavam sol e nadavam de roupa de baixo, como se houvessem esquecido de trazer as roupas de banho. As crianças eram altas para a idade delas; ele ficou surpreso ao descobrir, ouvindo a mãe conversar com uma das mulheres que servia bebidas no resort, que tinham apenas cinco e sete anos. A mãe era atraente, com um rosto magro e sardento e cabelos bem curtos, e parecia trocar de maiô a cada poucas horas. Pela manhã, ficava sentada diante da mesinha redonda em frente ao bangalô, descascando frutas, oferecendo às crianças pedaços de coco e mamão, usando um roupão fino cor de polpa de melão. Enquanto as crianças brincavam e perseguiam uma à outra na areia, ela ficava sentada em uma cadeira lendo, enxotando-as afetuosamente com uma revista sempre que elas tentavam fazê-la participar de suas brincadeiras. A mulher e seu marido formavam um casal incongruente. O marido era um homem grande, de pele queimada, cabelos louros cor de palha na altura dos ombros, mais compridos do que os da mulher, e um rosto que parecia um presunto. Passava a maior parte dos dias dormindo em uma rede pendurada entre duas árvores, retesando os nós que o sustentavam. Pelo que Kaushik podia ver, os únicos hóspedes eram ele e a família sueca; o terceiro bangalô daquela ponta do resort, à qual se chegava por um caminho que vinha do prédio principal do hotel, estava vazio.

Havia pensado em passear um pouco, ir a Phuket depois do Natal, mas por ora não tinha inspiração para ir a nenhum outro lugar. Havia tirado algumas fotos: a vista de seu bangalô, barcos compridos na água, as crianças suecas brincando na areia. Não sentia inclinação para ir caminhar pela colina e fotografar os santuários, nem para pegar um barco até as ilhas Similan. Em três dias, só havia saído do resort uma vez, para ir até um amontoado de lojas de suvenir e de mergulho que o deixara entediado. Encontrou um cyber café, cogitou entrar para ver se Hema havia lhe escrito. Então se lembrou de que não havia lhe dado seu endereço de e-mail. Em vez disso, postou novas fotografias em seu website: de Volterra, onde Hema estivera em pé bem ao seu lado, com os cabelos esvoaçando por causa do vento, alguns fios às vezes se intrometendo na frente da lente, e algumas fotos do mar de Andaman.

Passou o Natal na praia como se fosse um dia normal. O restaurante do resort havia montado uma pequena árvore artificial. Jantou no terraço enquanto uma lua cheia lançava sua luz tremeluzente sobre a água. A família sueca estava sentada na mesa ao lado, conversando, rindo, comendo. As pernas e braços compridos das crianças estavam morenos de sol. A família havia pedido inúmeros pratos, e comia desajeitadamente um curry de peixe. Kaushik pensou em Hema, e a raiva varou seu corpo quando a imaginou prestes a adentrar o mundo do matrimônio, dos filhos, de viajar e dormir pelo resto da vida com alguém que não amava.

A mulher se levantou quando terminaram de comer, beijou o marido na testa e levou as crianças embora. "Quer tomar um drinque comigo?", perguntou o homem a Kaushik depois que eles se foram.

Entraram no bar refrigerado e pediram uísque. Uma banda se preparava para tocar. O sueco, Henrik, trabalhava como editor de imagens em um canal de televisão de Estocolmo. Falaram sobre a imprensa na Suécia e na Itália, sobre a guerra no Iraque. “Nossos empregos são parecidos”, disse Henrik. “Nossos nomes também.”

Kaushik aquiesceu.

Henrik disse que era o quarto Natal que a família passava naquele resort. “No primeiro ano, Lars era só um bebê.”

“As suas famílias não se importam?”

“Com o quê?”

“Com o fato de vocês passarem o Natal na Tailândia?”

“Os pais da minha mulher reclamam. Mas nós viajamos mesmo assim. Eles moram em Estocolmo, do outro lado da rua. Meus pais são divorciados, os dois casados pela segunda vez.” Henrik balançou a cabeça grande. “Gente demais para visitar. E você, onde está sua família?”

“Minha mãe já morreu. Meu pai mora nos Estados Unidos.”

“Mas você é indiano, não é?”

“Sou.”

“E mora na Índia?”

“No momento não moro em lugar nenhum. Estou de mudança para Hong Kong.”

“Casado?”, perguntou Henrik.

Kaushik sacudiu a cabeça fazendo que não.

“Mas está pensando em alguém. Minha mulher falou. Está com saudades.”

Não lhe ocorrera que estivesse sendo óbvio, que a família estivesse prestando atenção nele. Pensou em negar. “De vez em quando.”

“Vai vê-la em breve?”

“Não.”

Henrik deu de ombros. “Sozinho também é bom.” Esvaziou o copo de uísque.

O humor de Kaushik tornou-se sombrio. Por mais que quisesse Hema com ele ali agora, sabia que seria mais fácil começar a vida em Hong Kong sozinho. Sabia que não havia nada para ela fazer lá, que a mudança a teria privado de seu trabalho, de seu mundo. A banda começou a tocar um *cover* batido e estridente. Ele sentiu vontade de estar sozinho, de se deitar e pensar. "Vou para a cama", falou.

"Boa noite", disse-lhe Henrik. Ele pediu mais um uísque. "Um último para mim."

Novamente o dia amanheceu perfeito. Kaushik acordou, foi até o restaurante tomar café da manhã. Henrik estava sentado no bar onde Kaushik o havia deixado na noite anterior, mas estava de banho tomado, vestido com o calção de banho e uma camisa havaiana, bebendo café e partindo os brioches. "Sentiu sua cama tremer hoje de manhã?"

Kaushik fez que não com a cabeça.

"Disseram lá no hotel que houve um pequeno terremoto", falou Henrik. "Já acabou agora."

O que quer que tivesse acontecido, Kaushik continuara dormindo. Recordou o dia em El Salvador em que havia tirado sua primeira foto de verdade, e o tremor de terra que acontecera um pouco antes: o guisado se derramando das tigelas, o rapaz de calça bordô impecavelmente limpa deitado na rua no meio de uma poça de sangue.

"Tem um recife de coral raso não muito longe daqui. Quer vir? Minha mulher e as crianças querem fazer compras na cidade."

Kaushik olhou para a água. "Não sei nadar muito bem."

Henrik riu. "Alguém vai nadar por nós." Ele apontou para um barco de pesca ancorado na praia. "Combinei um preço bom. Quando chegarmos lá, você pode relaxar enquanto eu mergulho um pouco."

Depois do café, foram até o barco. O dono, um adolescente tai sem camisa vestido com uma bermuda vermelha comprida, retirava de dentro do barco folhas e pétalas murchas de plumé-ria. Duas pererecas verde-limão pularam lá de dentro para a areia. Henrik pegou uma em cada mão enorme e levou-as até os filhos, que começaram a perseguir as pererecas em círculos, com as cabeças inclinadas na direção do chão. O menino tai começou a puxar o barco para dentro d'água, e Kaushik foi atrás, com uma espuma branca parecendo restos de sabonete chiando em volta de seus tornozelos. Trazia uma de suas câmeras pendurada em volta do pescoço. Henrik levava um equipamento de snorkel sobressalente, para o caso de Kaushik mudar de ideia.

Subiram no barco, e o menino assumiu seu posto na proa. Na praia, a mulher de Henrik ergueu um braço magro de onde estava sentada e deu um aceno preguiçoso. Os meninos ergueram o olhar por um instante enquanto Henrik e Kaushik se acomodavam dentro do barco. Havia muito espaço a bordo, e quando Henrik gritou para a mulher dizendo alguma coisa em sueco, apontando para os lugares vazios, Kaushik adivinhou que estava convidando ela e as crianças para se juntarem a eles. Mas a mulher recusou, sacudindo a cabeça e refugiando-se atrás de uma de suas revistas.

Kaushik experimentou alguns instantes de nervosismo por Henrik ser tão grande, mas o barco absorveu o peso dos dois. O menino tai ergueu o remo e começaram a avançar. Kaushik sentiu o movimento do mar sob o casco, perto de seu corpo, sem tocá-lo mas ao mesmo tempo penetrando-o. O resort foi sumindo de vista, os bangalôs debaixo das palmeiras e as formas irrequietas dos filhos de Henrik transformando-se em pontinhos, a praia conhecida afastando-se em curva como um grande animal sorridente e plano. O menino falava um pouco de inglês e contou a Henrik sobre um cardume de peixes-papagaio que vira na véspera. O sol da manhã já estava forte, e depois de algum tempo Henrik tirou a camisa. Kaushik olhou para as costas largas e rosadas de Henrik, reluzentes de suor. Estavam margeando uma gruta abandonada. "Está ficando quente", disse Henrik. Deu um tapinha no ombro do menino. "Vou dar um mergulho aqui para me refrescar."

O menino assentiu e pousou o remo. Henrik mergulhou pela borda do barco e começou a nadar, e seu corpo desajeitado tornou-se gracioso quando ele passou a cortar a água com braçadas rápidas, experientes. E ao lado de Henrik, por um instante, Kaushik viu a mãe nadando também, viu o corpo dela ainda cheio de vida, um breve borrão que passou com a mesma desenvoltura dos peixes iridescentes que zuniam de vez em quando por debaixo do barco. Seu torso lançava uma sombra no mar. Ele pensou na fina escultura de bronze do menino que vira com Hema em Volterra, no Museu Etrusco. Chamava-se *L'Ombra della Sera*: a Sombra da Noite. Mas em Khao Lak era de manhã, o sol quente batia em Kaushik, e sua sombra ainda estava proporcional ao seu corpo.

Quando ele ergueu os olhos, viu que o menino os havia guiado para mais perto da costa. Henrik emergiu da água, chapinhando atabalhoadamente em direção à gruta deserta. A areia branca era imaculada, e colinas de calcário se erguiam mais atrás. Kaushik suspendeu a câmera até o rosto, bateu uma foto, e pousou-a a seus pés. Molhou as mãos na água e refrescou o pescoço e o rosto, surpreso com o gosto salgado. Então desabotoou a camisa, sentiu o sol bater na pele. Queria ir nadando até a gruta como Henrik havia feito, para mostrar à mãe que não estava com medo. Tirou os óculos escuros, que deixou no barco ao lado da câmera. O pontinho em seu campo de visão subia e descia, apagando seu trajeto aleatório. Kaushik se segurou na borda do barco, passou as pernas para fora e entrou n'água. O mar era morno e acolhedor como um banho de banheira. Seus pés tocaram o fundo, então ele se soltou.

Passei o dia inteiro sem saber. Tinha saído com minha mãe e duas tias para tirar medidas para blusas, escolher joias. Havíamos passado horas em cima de um fino futon, tomando coca-cola e comendo salgados de cordeiro, enquanto os vendedores de uma loja de sáris desdobravam a maior parte de seu estoque. Eu entrei no jogo, escolhi um Benarasi vermelho para usar. Mas passei o tempo inteiro pensando em você, com medo do erro que estava cometendo. Ainda estava meio zonza por causa da diferença de fuso, com vontade de comer as comidas que costumávamos comer juntos, ansiando pelo sabor de um bom café e vinho. Na rua apinhada, no caminho de volta para o apartamento de meus pais perto de Triangular Park, procurei seu rosto feito uma boba. "Aconteceu uma coisa horrível", disse-nos o porteiro quando chegamos.

Na televisão, em uma portaria cor-de-rosa iluminada por uma forte luz fria, vi imagens do litoral da Índia e do Sri Lanka, imagens de filmadoras de turistas que nunca haviam pensado em registrar uma coisa assim. Vi uma gigantesca massa de água movendo-se tão depressa que a fita parecia estar sendo reproduzida em velocidade acelerada. Primeiro eu só ouvi falar do estrago no sul da Índia e no Sri Lanka, das aldeias de pescadores riscadas do mapa, dos turistas ilhados no rochedo de Vivekananda. Então soube que a Tailândia também havia sido gravemente atingida.

Eu não sabia em que lugar da Tailândia você estava, só que planejava ficar em uma praia. Não havia lhe perguntado os detalhes, pensando, enquanto me preparava para deixá-lo, que esse tipo de informação só faria piorar as coisas. Na manhã seguinte, fui até a banca, comprei os jornais e estudei cada foto, procurando seu nome em um dos créditos, esperando que você tivesse tido sorte e que tivesse continuado a fazer o seu trabalho. Fui a um cyber café e entrei no seu site. Vi as últimas imagens que você havia postado. Uma fina nesga de costa que havíamos visto de Volterra. Três rostos enegrecidos, supostas divindades etruscas, suspensos acima de nossas cabeças. E então cenas de outro litoral. Duas crianças brincando, um mar sereno azul-turquesa.

No final dessa semana, Navin chegou para se casar comigo. Vê-lo me causou repulsa, não por eu tê-lo traído, mas porque ele continuava respirando, porque estava ali ao meu lado e tinha incontáveis dias ainda por viver. No entanto, sem sequer perceber, com firmeza mas sem força, Navin me afastou de você enquanto as derradeiras rajadas de vento do outono arrancavam as últimas folhas das árvores. Nós nos casamos, fomos abençoados, minha mão foi posta em cima da dele, e as pontas de nossas roupas foram amarradas. Senti o peso de cada ritual, senti meus pés pisarem novamente o chão. Nossa lua de mel em Goa foi cancelada. Navin disse que não parecia certo nadar nas águas poluídas que cercavam a Índia naquele período.

Retornei à minha existência, a existência que havia escolhido em vez de você. Era novamente inverno em Massachusetts, trinta anos depois de você e seus pais terem ido embora pela primeira vez. Em fevereiro, Giovanna entrou em contato para dizer que tinha ouvido a notícia de Paola. O *The New York Times* publicou um pequeno obituário. A essa altura, eu já não precisava de nenhuma prova da sua ausência do mundo; sentia-a de forma tão cristalina e implacável quanto as células que se multiplicavam e tomavam forma dentro do meu corpo. Esses dias frios e escuros que passei na cama, sem conseguir falar, habitada por uma nova vida mas chorando a sua morte, não foram questionados por Navin, que já começara a exibir um discreto orgulho em relação ao meu estado. Minha mãe, que ligava com frequência da Índia para saber como eu estava, também tinha ouvido a notícia. "Você se lembra dos Chaudhuri, aquela família que se hospedou conosco uma vez?", começou ela. O filho poderia ter sido seu, mas não era o caso. Tínhamos sido cuidadosos, e você não deixara nada para trás.

ESTA OBRA FOI COMPOSTA EM ELECTRA POR OSMANE GARCIA FILHO E IMPRESSA PELA BARTIRA EM OFSETE SOBRE PAPEL PÓLEN SOFT DA SUZANO PAPEL E CELULOSE PARA A EDITORA SCHWARCZ EM MAIO DE 2009